伝承文学注釈叢書1

予章記

佐伯真一
山内　譲
校注

三弥井書店

伝承文学注釈叢書『予章記』目次

〔三〕通治（通盛）〔南北朝時代〕……128

付録

『予章記』凡　例

本書は、【本文】【校異】【注釈】【補注】及び【解題】と、それらに付属する【参考文献一覧】【伊予・河野氏関係資料一覧】から成る。【本文】【校異】【注釈】【参考文献一覧】【伊予・河野氏関係資料一覧】は佐伯・山内の共同作業によって制作したが、【補注】【解題】は、佐伯・山内が各々の個人的見解を含めて執筆し、署名入りの文章とした。

【本文】

＊底本は、加越能文庫本を用いた。

＊底本は段落を分けないが、私意に段落を区分し、章・節の題名を付した。即ち、まず、全体を大きく四つの時代に分け、「（一）神代～親清（神話～平安時代）」のように番号・題名を付した。これを「章」と呼ぶ。次に、各々の章をさらに十五～二十程度の段落に分け、「①（神代～孝元天皇）」のように番号・題名を付した。これを「節」と呼ぶ。注釈文中では、この章・節の番号により、各部分を「一―①」のように示した。

＊底本は句読点無し。濁点もほとんどないが（例外に二―⑱〔三〇丁裏〕「ヲヂヲイ」がある）、私意に補った。

＊漢文的な表記における返点は、底本には適宜記されるが、記されない場合はこれを補った。補った箇所については、特に必要な場合を除き、注記していない。

＊まず長福寺本と対校し、長福寺本にあって底本にはない字句のうち、読解の参考になると思われるものは（　）に入れて補った（逆に底本にあって長福寺本にない字句については、特に必要な場合を除き、注記していない）。また、長福寺本や京都大学本・黒田本などによって底本の誤りを訂し得ると思われる箇所は本文を訂し、校異欄にその旨を記した。

＊底本にある振仮名はそのままカタカナで示した。底本にない振仮名が長福寺本にあり、参考になると判断した場合は（　）内に入れて示した。その他、校注者の判断で補った振仮名は、ひらがなで示した。

＊底本にある割注は〈 〉内に入れて示した。
＊底本にある傍書は〔 〕内に入れて示した。
＊漢字の字体は現代通行の字体に改めた。また、カタカナの合字なども現代通行の表記に改めた。
（例）「嶋」「嶌」→「島」、「舩」→「船」、「躰」→「体」、「耻」→「恥」
＊底本の仮名には、一部小書きのものがあり、そのままの形で表記した。
（例）「其ノ子」「落ス」

【校異】

＊底本本文の読解に関わる問題と、増補記事の存在などに関わる問題の二種類に関して校異をとった。
＊本文中から問題部分を抜き出して見出しとし、算用数字を付して示した。
＊底本本文の読解に関わる問題や、固有名詞などに関わる問題については、長福寺本・尊経閣文庫本・京都大学本・黒田本・松平文庫本と対校し、細かい異同を拾った。底本及び長福寺本本文に問題がある場合を中心としたもので、異同を網羅しようとしたものではない。また、必要に応じて、その他の諸本についても言及した場合がある。諸本については、解題Ⅰ参照。
＊対校本は略号を用いて表記した。〈長〉…長福寺本、〈尊〉…尊経閣文庫本、〈京〉…京都大学本、〈黒〉…黒田本、〈松〉…松平文庫本。各々の伝本については、解題Ⅰ参照。
＊京都大学本・黒田本・松平文庫本に増補記事が存在する場合は、原則として校異欄にこれを示した。ただし、末尾の増補記事については、校異欄では扱いきれないため、四章末尾に別に示した。
＊長福寺本に付属する『予章記』等伝来書き（仮称）は重要な資料であるため、右記の諸本末尾記事の後に翻刻を掲載した。

【注釈】

＊本文の読解に資する問題、依拠資料、歴史事実、伝承文学に関わる問題などを取り上げて注釈を施した。
＊本文中から語句ないし短文を切り出して見出しとし、漢数字を付して示した。

【補注】

＊段落全体に関わる解説や、【注釈】には収まりきれない長文の解説を要する問題については、【補注】を設けて記した。

【解題】

＊「解題Ⅰ」「解題Ⅱ」の二つを設けた。「解題Ⅰ」は、諸本の問題と伝承文学としての問題を中心に、佐伯が執筆した。「解題Ⅱ」は、成立の問題を中心に、山内が執筆した。

【参考文献一覧】

＊【注釈】【補注】及び【解題】で引用した参考文献の書誌を、ここに一括して示した。なお、【注釈】【補注】【解題】の中では、単行本は書名を『　』に、雑誌などに掲載された論文は題名を「　」に入れて示している（副題は略した）。

【伊予・河野氏関係引用資料一覧】

＊【注釈】【補注】及び【解題】で引用した伊予の郷土資料や河野氏関係資料の書誌などを、ここに一括して示した。

底本とした加越能文庫本の翻刻掲載を許可してくださった金沢市立図書館、長福寺本伝来書きの翻刻掲載を許可してくださった長福寺、黒田本の部分的翻刻を許可してくださった黒田彰氏に厚く感謝申し上げる。

（一）神代～親清（神話～平安時代）

一―①〈神代～孝元天皇〉

【本文】

予章記[1]

夫《ソレ》[2]吾カ朝[一]日本秋津洲[二]豊葦原中津国《とよアシはらなかつくに》者ハ、[三]大洋海《たいヤウかい》ノ東、扶桑州也。[四]開闢ノ国主ヲ号ス㆓国常立尊《クニトコタチノみこと》㆒ト。其ノ子云フ㆓国《クニ》狭槌《サツチノ》尊《みこと》㆒ト。其ノ子称ス㆓豊斟渟尊《トヨクムヌノみこと》㆒ト。此三代者ハ空中出現シテ猶シ如㆓葦牙《イケ》㆒即チ神ト成ル。其後、[五]泥土瓊尊《スヒヂニノみこと》・沙土瓊尊《さひぢにのみこと》〈二神也〉。其次大戸道尊《おほトのヂノみこと》・大戸間辺尊《おフトマベノみこと》〈二神也〉。其次[六]面足尊《ヲモダルノみこと》〔三島大明神也〕・惶根尊《カシコネノみこと》〈二神ノ名〉。已上三代ハ者、雖ㇾ有㆓男女形㆒無㆓交会儀㆒。其後[七]伊弉諾尊《イザナキノみこと》・[3]伊弉開尊《いざナミノみこと》〈二神ノ名〉、謂フ㆓之ヲ[八]天神七代㆒ト。

[九]此二神天降テ国土ノ形ヲ造リ、一女三男ヲ儲ケ、為㆓国主㆒ト。一女者天照皇大神宮地神ノ初也。[一〇]三男者ハ日神〔春日〕、蛭子〔西宮〕、素盞烏尊〔出雲大社〕、是也。其後[一一]正哉吾勝々速日天忍穂耳《マサヤワレカツカツハヤヒアマノヲシホニノ》尊〈日神宮与弟ノ素盞烏尊共ニ生ス〉。其次[一二]天津彦火火瓊々杵尊《アマツヒコホホニニギノみこと》。母栲幡千々《タカナちぢ》姫ト云、高皇産尊《タカスヘひこのみこと》之女。在位[一三]一万八千五百四十二年也。其子[一四]天津彦火火《ほほ》出見尊《イデミノみこと》〈母木花開耶姫《このはなさくやひめ》、[4]大山祇神《おほやまづみのかみ》之女也、在位六十三万七千八百九十三年也〉。其子[一五]彦波瀲武鸕鷀草葺不合尊《ヒコナニサタケウガヤフキあへずのみこと》〈母豊玉姫海童之女也　在位三万六千四十二年〉。是ヲ地神五代ト云。

其子[一六]神武天皇〔人王ノ初也〕〈母玉姫大女神、日本彦尊。始定㆓祭主㆒祭㆓於諸神㆒。在位五十二年、七十而崩御。自㆓辛酉歳㆒治ㇾ天。是人皇始也〉。其子〔第二〕[一七]綏靖天皇〈治三十二年、八十四歳崩〉。其子〔第三〕[一八]安寧天皇〈治三十九年、五十七歳崩〉。其子〔第四〕[一九]懿徳天皇〈治七十五年、七十七歳崩〉。[二〇]孝照天皇〔第五〕〈治八十三年、[5]八十四歳崩〉。其子〔第六〕[二一]孝安天皇〈治百二年、百三十七歳崩〉。其子〔第七〕[二二]孝霊天皇〈治七十六年、百[6]十歳而崩御〉。其子〔第八〕[一三]孝元天皇〈治五十七年、[7]百五十ニ而化〉。

【校異】

1巻首題、諸本同様。〈黒・松〉及び内閣文庫本は、この下に「一忍居士撰」とあり。 2天理本は本節該当記事を欠き、巻頭を「孝元天皇ノ御弟ヲ伊予皇子ト申ス」と、次節該当記事から始める。国会本・広島大学本も同様だが、本節本文に代えて神統譜・皇統譜を記す（解題Ⅰ参照）。 3伊弉開尊―〈尊・京・黒〉「伊弉冊尊」。 4大山祇神―底本「大祇神」。〈長〉などにより訂正。 5八十四歳―〈長・尊・黒・松〉「百卅歳」。 6百十歳―〈長・黒〉「百二歳」。 7百五十ニ而―〈尊〉「百五十二歳而」、〈京〉「百五十二而」、〈松〉（傍書）「七十七歳」。

【注釈】

一 日本秋津洲 「秋津洲」（秋津島）は日本の古称（本来は大和国の地名による名か）。『日本書紀』神代上・第四段本文（国生みの条）では、本州の名を「大日本《おほやまと》豊秋津洲」とする。 **二 豊葦原中《とよアシはらなか》津国《つくに》** 高天原と黄泉国の間にある国の意で、日本の古称。『日本書紀』神代上・第七段本文では、天照大神の岩戸隠れにより、「豊葦原中国」が闇夜になったとする。 **三 大洋海《たいヤウかい》ノ東、扶桑州也** 「扶桑」は日本の異称（本来は中国から見て東の海中にあるという神木をいう）。『神皇正統記』序「又扶桑国ト云名モアルカ。『東海ノ中ニ扶桑ノ木アリ。日ノ出所ナリ』トミエタリ」。 **四 開闢ノ国主ヲ号二ス国常立《クニトコタチノ》尊《みこと》一ト** 『日本書紀』神代上・第一段では、「開闢之初、洲壌浮漂、譬猶三游魚之浮二水上一」であった時に、天地の中に生まれた「葦牙」の如きものが神となったのが国常立尊、次に「国狭槌尊」「豊斟渟尊」であり、「乾道独化」（純粋な陽気＝男性）であったとする。以下、主に『日本書紀』による記述。 **五 泥土瓊《スヒヂニノ》尊《みこと》・沙土瓊《さひぢにの》尊《みこと》** 『日本書紀』神代上・第二段本文で、前項に見た三神に続いて生まれたとされる。訓みはウヒヂニノミコト・スヒヂニノミコト。次の「大戸道尊・大戸間辺尊」も、それに続く二神。 **六 面足《ヲモダルノ》尊《みこと》〔三島大明神也〕・惶根《カシコネノ》尊《みこと》** 『日本書紀』神代上・第二段本文で、右の神々に続いて生まれたとされる神。「面足尊」を三島大明神とする傍記は、傍記または割注の形で、多くの諸本に共有される。また、一四世紀中頃の成立とされる『伊予三島縁起』は、冒頭に「天神第六代面足尊惶《カシコネノ》根尊ノ末孫、代々異国ノ敵誅伐ノ目録」として、以下、面足尊及び惶根尊の子孫が来襲した外敵を退治してきたと語る。また、全国の三島社をも面足尊末孫とする。面足尊が祖とされる理由は、『神道大系・神社編四二』の『伊予三島縁起』解題に、「同社（大三島の大山祇神社―引用者注）が日本惣鎮守であるという由緒を主張するために熊野信仰の諸冊二尊にとっては父母神であり、伊勢信仰の天照大神にとっては祖父母神にあたる天神第六代面足惶根という耦生神を選び出す必要があった」と説かれる。**七 伊弉諾尊《イザナキノみこと》・伊弉冉尊《いざナミノみこと》**　イザナキ・イザナミ（伊弉冉）。日本の国土を生んだとされる男女の神。**八 天神七代**　『日本書紀』神代上・第三段本文に、イザナキ・イザナミまでを「神世七代」とする。**九 此二神天降テ国土ノ形ヲ造リ、一女三男ヲ儲ケ、為二国主一**　『日本書紀』神代上・第四〜五段によれば、イザナキ・イザナミは淡路島や本州など日本の島々を生んだ後、海・川・草・木を生み、さらに、大日孁貴（天照大神）、月神（ツクヨミノ尊）、蛭児、素盞嗚尊を生んだ。**一〇 三男者日神〈春日〉、蛭子〈西宮〉、素盞烏尊〈出雲大社〉、是也**　右に見たように、『日本書紀』では月神（月読尊）とある位置に、「日神〈春日〉」とある。春日大社は藤原氏の氏神である鹿島神を勧請したもので、祭神は武甕槌命などとされる。**一一 正哉吾《マサヤワレ》勝々速日《カツカツハヤ》天忍穂耳《アマノヲシホニノ》尊**　『日本書紀』神代上・第六段本文に、天照大神と素盞嗚尊がウケヒを行い、素盞嗚尊が最初に生んだ男神とされる。訓みはマサカアカツカチハヤヒアマノオシホミミノミコト。「日神宮与弟ノ素盞烏尊共ニ生ス」という割注の内容は『日本書紀』とは異なり、未詳。**一二 天津彦《アマツヒコ》火火《ホホ》瓊々《ニニ》杵尊《ギノみこと》**　『日本書紀』神代下・第九段本文に、前項の天忍穂耳尊が高皇産霊尊の女の栲幡千千姫をめとって「天津彦彦火瓊瓊杵尊」（アマツヒコヒコホノニニギノミコト。以下ホノニニギ）を生んだとする。また、ホノニニギは日向の高千穂峯に天降ったとする。**一三 在位一万八千五百四十二年也**　前項のホノニニギについて言うのだろうが、ホノニニギは降臨したものの、未だ天皇として即位したわけではないので、「在位」は不審。『日本書紀』では、ホノニニギは「久之」（久にありて）崩じたとする。**一四 天津彦火火出見尊《ホホイデミノみこと》**　『日本書紀』神代下・第九段本文によれば、ホノニニギが「鹿葦津姫」（木花之開耶姫）をめとって生んだ子。ヒコホホデミ。兄の火闌降命《ほのすそりのみこと》がいわゆる海幸、ヒコホホデミがいわゆる山幸。木花之開耶姫は天神が大山祇神の女をめとって生んだ子とする。なお、ヒコホホデミも即位したわけではなく、「在位六十三万七千八百九十三年也」は不審。**一五 彦波瀲武鸕鷀草葺不合尊《ヒコナニサタケウガヤフキあへずのみこと》**　『日本書紀』神代下・第十段本文によれば、ヒコホホデミが海神の女豊玉姫をめとって生んだ子。ヒコナギサタケウガヤフキアヘズノミコト。前項と同様、「在位三万六千四十二年」は不審。**一六 神武天皇**　『日本書紀』神代下・第十一段本文によれば、ウガヤフキアヘズが玉依姫をめとって生んだ子が神日本磐余彦尊。その後、東征して大和国橿原宮で即位したとされ、在位七十六年、百二十七歳で崩御とされる。**一七 綏靖天皇**　『日本書紀』によれば、在位三十三年、八十四歳で崩御。**一八 安寧天皇**　『日本書紀』によれば、在位三十八年、五十七歳で崩御。**一九 懿徳天皇**　『日本書紀』によれば、在位三十四年。享年は明記されないが七十七歳となる。**二〇 孝照天皇**　『日本書紀』によれば、孝昭天皇。在位八十三年。享年は明記されないが百十三歳となる。**二一 孝安天皇**　『日本書紀』によれば、在位百二年。享年は明記されないが百三十七歳となる。**二二 孝霊天皇**　『日本書紀』によれば、在位七十六年。享年は明記されないが百二十八歳となる。続群書類従本『越智系図』、同『河野氏系図』、同『河野系図』（別本）、聖藩文庫本『河野家譜』などの系図は、孝霊天皇―伊予皇子（次節一―②）から始まる。ただし、『河野系図』（別本）は二種の系図を収めており、後半に収載される系図は神武天皇から始まるが（続群書七上・一六三頁）、これも「神武～孝霊」が加えられただけで、実質的には変わらない。なお、本書第一章に該当する注記を豊富に有するのは前半収載の系図であり、以下、同系図については特に断らない限り、前半収載のものを引用する。

一三 孝元天皇 『日本書紀』によれば、在位五十七年。享年は明記されないが百十六歳となる。

一―②〈伊予皇子〉

【本文】

[一]此孝元天皇ノ御弟ヲ伊予皇子ト申ス〈母皇后細姫命、磯城県主大日女。孝霊第三王子、御諱彦狭島尊[1]〉。[二]此比、南《なん》蛮《バン》・西戎動《ヤヽ》モスレバ令ニル蜂起一間、此御子ヲ当国ヘ下給フ。[三]仍西南藩屏《ハンペイ》将軍ト一云印《イン》ヲ以テ宣下セラル故（ニ）、伊予皇子ト号ス。抑《そもそも》、当国ヲ伊予ト云事、[四]三島大明神ハ天神第六代面足惶根尊《おもだるかしこねのみこと》也。[五]天照皇大神宮ノ御祖父也。然間《しかるあひだ》、当国ヲ御支配有（シ）時、[六]伊予《カレニアヅクル》ト御詔《ミコトノリ》有シヲ即名トス。伊予ヲカレニアヅクルト読也。預ト予ト字訓同ジ。与ノ字ヲ書モ略儀ナガラ心ニ叶ヘリ。アタユル儀也。[七]上古ハ日本三十三ヶ国也。其時、[八]爰《ここ》ハ二名《フタナノ》島トテ、伊与・土佐二ノ島国也。其後、[九]六十六ヶ国ニ分シ時、伊予ヨリ讃岐ヲ分出シ、土佐ヨリ阿波ヲ分出ス。[一〇]然者《しかれば》伊与・讃岐ハ大明神ノ御本国、当家旧領タルベシ。此皇子ノ御坐ス処ヲ[一一]伊予国伊与郡神崎ノ庄ト号ス。[一二]今ハ霊宮ト申、親王（ノ）宮ト奉レ崇。即当家ノ鼻祖、宗廟神也。件ノ宮ノ南方十八町、山（ノ）腰ニ皇子ノ御陵《みサヽギ》有。臣下多ク死（スル）ニ随テ、宝玉ノ陵ヲナス。天子ノ御廟ニ似（リ）。仍《よりて》[一三]今岡《いマヲカ》王子ト号ス。

【校異】

1彦狭島尊―底本「彦狭嗚尊」。〈長〉などにより訂正。

【注釈】

一　此孝元天皇ノ御弟ヲ伊予皇子ト申ス　「伊予皇子」については未詳だが、長禄四年（一四六〇）十二月の河野教通申状（『大友家文書録』）に、「孝霊天皇第三御子伊予皇子之末孫」とあり、当時の河野氏が伊予皇子の末裔を称していたことがわかる。『日本書紀』孝霊天皇二年条では、皇后として細媛命を立て、細媛命が「大日本根子彦国牽天皇」（孝元天皇）を生んだとし、また、妃の倭国香媛が倭迹迹日百襲姫命、彦五十狭芹彦命（吉備津彦命）、倭迹迹稚屋姫命を生み、妃の庸某弟（ハヘイロド）が彦狭島命、稚武彦命を生んだとする。彦狭島命は、『古事記』には「日子寤間命」とあり、針間（播磨）の牛鹿臣の祖とされる。稚武彦命も吉備臣の始祖とされ、吉備に関わる兄弟と見られる。彦狭島命を細媛命の子、伊予皇子として河野氏の祖先とするのであれば、付会だろう。なお、享禄四年（一五三一）に湯築城主河野通直が、道後温泉の湯釜に刻んだとされる銘文には、「孝霊天皇」と「伊予親王」の文字が見える（『愛媛県編年史』第四）。また、『水里玄義』は、伊予皇子を桓武天皇皇子の伊予親王のこととする。本節注釈一二末尾「今は霊宮ト申…」参照。　**二　此比、南蛮《なんバン》・西戎動《ヤヽ》モスレバ令二ル蜂起一間、此御子ヲ当国ヘ下給フ**　『日本書紀』のこの時期の記述に、「南蛮・西戎の蜂起」に類する事項は全く見えない。強いて類例を探すならば、『八幡愚童訓』甲本・上巻冒頭に、「開化天皇四十八年ニ二十万三千人、仲哀天皇ノ御宇ニ二十五万人」などといった異国（新羅・百済・高麗）の襲来を記すこと（『類聚大補任』『一代要記』『神明鏡』などにも同様の記事あり）、慈光寺本『承久記』上巻冒頭に、綏靖天皇の時に「震旦国」から「十万八千騎ノ勢」の襲来を記すことが挙げられようか。本書の場合、二―⑱に「愚童訓」の書名が見え、『八幡愚童訓』甲本を参照していたことは確認できるが、すべてをその影響のみで説明できるとはいえない。一―⑤参照。　**三　西南藩屏将軍ト云印ヲ以テ宣下セラル故**（二）、**伊予皇子ト号ス**　「西南藩屏将軍」未詳。「南蛮・西戎」を討って朝廷を守る将軍の意の、架空の称号であろう。「藩屏」は垣根の意で、守りとなるものの比喩。特に皇帝、朝廷の守りとなること。佐伯真一「「将軍」と「朝敵」」は、河野氏の自己像が、「朝敵を退治する将軍」という観念として語られることに注目する。　**四　三島大明神八天神第六代面足《おもだる》惶根《かしこねの》尊《みこと》也**　前節一―①では、「面足《ヲモダルノ》尊《みこと》〔三島大明神也〕・惶根尊《みこと》〈二神ノ名〉」としていた。二神とするのが正しい。　**五　天照皇大神宮ノ御祖父也**　「面足尊・惶根尊」の次に現れたイザナキ・イザナミから天照大神が生まれる。その意味では「祖父」と言えなくもないが、前節では、「已上三代者、雖レ有ニ男女形一無ニ交会儀一」としていたので、「祖父」は不審。　**六　伊予《カレニアヅクル》ト御詔《ミコトノリ》有シヲ即名トス**　「伊」を「カレ」と訓む例は『倭玉篇』、「予」を「アヅカル」と訓む例は『類聚名義抄』

などに見える。　**七　上古ハ日本三十三ヶ国也**　日本は古く三十三ヶ国だったが、後に六十六ヶ国に倍増したとするのは、中世に流行した俗説。同様の説は、『平家物語』巻二「阿古屋之松」や、『聖徳太子伝』太子十八歳条などに見える。『神道集』巻六・三三「三嶋之大明神之事」にも、神武天皇の代に日本を「三十余箇国」に分けたとする。　**八　爰ハニ名島トテ、伊与・土佐ニノ島国也**　四国を「二名島」と言ったことは、『日本書紀』神代上・第三段本文に、「豊秋津洲」（本州）に続いて「伊予二名洲」を生んだとあることからわかる。なお、『古事記』では、伊予は愛比売《エヒメ》、讃岐は飯依比古《イヒヨリヒコ》、阿波は大宜都比売《オホゲツヒメ》、土佐は建依別《タケヨリワケ》と、伊予・讃岐、阿波・土佐を各々二組の男女とする。ここでは、讃岐を河野氏の旧領とする論理につながる。　**九　六十六ヶ国ニ分シ時、伊予ヨリ讃岐ヲ分出シ、土佐ヨリ阿波ヲ分出ス**　日本を六十六国二島とする制度の定着は、弘仁十四年（八二三）加賀国建置以降。ここでは、前々項に見た俗説に基づき、三十三ヶ国が六十六ヶ国に倍増したとして、四国も二ヶ国が四ヶ国になったとする。　**一〇　伊与・讃岐ハ大明神ノ御本国、当家旧領タルベシ**　「大明神」は三島大明神。伊予に加えて讃岐も三島大明神の本国、河野氏の旧領であるとする。　**一一　伊予国伊与郡神崎ノ庄**　現愛媛県伊予市から松前町周辺。　**一二　今ハ霊宮ト申、親王（ノ）宮ト奉レ崇**　「霊宮」「親王ノ宮」は、現松前町の伊予神社を指す。この神社が「霊宮」「親王宮」と呼ばれたことは、『予陽郡郷俚諺集』や『伊予古蹟志』『伊予温故録』『続伊予温故録』『予陽旧跡俗談』など、多くの地誌類に見える。なお、『水里玄義』は、伊予皇子を、謀叛の疑いで捕らえられて死んだ桓武天皇皇子・伊予親王のこととするが、『予章記』のような伝を改めたものであろう。一―⑮の、「嵯峨天皇第十御子…」項参照。『日本紀略』大同二年（八〇七）十一月条によれば、伊予親王は川原寺に幽閉されて服毒死したもので、伊予で死んだわけではない。　**一三　今岡《イマヲカ》王子**　現伊予市宮下、行道《ぎょうどう》山麓の茶臼山は、伊予皇子の陵と伝えられ、彦狭島命・大小市命を祀る今岡神社が近年まであった（『歴史地名大系・愛媛県』）

一―③〈伊予皇子の三子―うつほ舟伝承〉

【本文】

[一]和気姫ヲ娶テ、三子ヲ産給フ。[1][二]世ニ聞ヘ恥トテ、[2][三]棚無キ小船三艘ニ乗テ、海上ニ放（チ）奉ル。[四]此和気姫ハ、海童女《ワタツミノムスメ》也。[五]三島大明神御天下リ以前ニ、和気郡沖ノ島ニ下リ給フ。[六]故ニ母[3]居《コ》島ト号ス。此ニテ三子ヲ産給フ。[七]御子ノ船ヲバ海上ニ放、此島ニ住給フ。[八]嫡子（ノ）御舟（ハ）伊豆国へ着ク。彼（ノ）所ニ大ナル宅有リ。爰ニ

テ御生長有ケル。即大明神ト現（ジ）給フ。[九]従一位諸山積大明神ト申也。[一〇]御本地阿閦如来（ナリ）。[一一]伊豆国（ハ）歓喜国ナルベシ。其[一二]孫ヲ大宅氏ト云。子孫多（ク）庵ヲ並テ栖 際[4]《（アイダ）》、[一三]此処ヲ庵原ト云。[一四]第二（ノ）王子ノ御船（ハ）、中国吉備ノ山本ニ付ク。備前（ノ）小島也。其処ニ家三ツ有シニ、奉レ養。仍[一五]其子孫ヲ三宅氏ト号ス。児島ト云ハ此孫也。

【校異】

1世ニ聞へ恥―〈尊・黒〉「世ノ聞ヘ恥シ」。　2棚無キ小船―〈尊〉「棚無小舟」、〈京・黒・松〉「棚無小船《タナナキヲブネ》」。　3母居《コ》島―振仮名、〈京〉「コ、シマ」、〈黒〉「ゴゴシマ」。　4際《（アイダ）》―底本「際ク」。〈長〉「際《アイタ》」などにより訂正。

【注釈】

一　和気姫ヲ娶テ、三子ヲ産給フ　前節一―②に見た伊予皇子が、「和気姫」をめとったとする。「和気姫」は未詳だが、以下の記述によれば、和気郡にちなむ名か。「三子」はみつご。**二　世ニ聞へ恥《トテ》**　双生児や多胎児を異常と見なして忌む風潮は、全国に見られる。**三　棚無キ小船三艘ニ乗テ、海上ニ放チ奉ル**　「棚無キ小船」は、一般には「たななしをぶね」。船棚のない小さな船。『万葉集』巻一「いづくにか舟泊てすらむ安礼の崎漕ぎたみ行きし棚無し小舟」（五八。高市黒人）以来の歌語。次節一―④の「堀《ホリヘ》（江）漕（グ）棚無小舟」歌参照。子を小船に乗せて流す話は、いわゆる「うつほ船」伝承である。補注参照。**四　此和気姫ハ、海童《ワタツミノ》女《ムスメ》也**　「海童」は、「海神」に同じか。「ワタツミ」は、海神及び海そのものをいう。

五　三島大明神御天下リ以前ニ、和気郡沖ノ島ニ下リ給フ　「三島大明神御天下リ」は、これまでの記述では明瞭ではないが、①〔神代～孝元天皇〕によれば面足尊が三島大明神とされる。それが大三島に降臨した意か。「沖ノ島」は次項の「母居島」（興居島）を指す。**六　故ニ母居《コ》島ト号ス**　「母居島」は興居《ごご》島《しま》を指す。現松山市に属し、高浜港から海上約二キロ。次節に、「彼母居島ヲモ、母ノ字ヲ恐テ興居島ト改也」とある。**七　御子ノ船ヲバ海上ニ放、此島ニ住給フ**　三人の子は船に乗せて流し、和気姫自身はそのまま母居島に住んだ意。**八　嫡子（ノ）御舟（ハ）伊豆国へ着ク**　「嫡子」とあるが、次節には「世間ニ三子ニ子ヲ儲事有ル（ハ）、後（ノ）産ヲ兄トスルハ、胎内ニ処（スル）時、上ニ有ル故也」とあり、三番目の小千御子を兄とするので、ここは最初に出てきたという意味で長男との意か。善応寺本『河野系図』は「初産」の子と表現する。以下、本書では、第一子は伊豆に流れ着き、大宅氏の祖となったとする。本書においては、伊予と伊豆の親近性がしばしば語られる（一―⑦など参照）。そうした観念を示す伝承であろう。但し、異伝があり、善応寺本『河野系図』及び続群書類従本『河野系図』（別本）では、三子は皆「海童」に養われて吉備の児島に着き、第一子はこの島に留まって三宅氏の祖となったとする。続群書類従本『越智系図』や聖藩文庫本『河野家譜』では、第一子は「駿河国清見崎」に着いて、大宅氏の祖先となったとする。なお、伊豆の三島大社の祭神については、伊予の三島社から大山祇神を遷祀したとする説と、それを否定する説があり、江戸時代以来、議論が続いている（『神道大系・神社編　三島・箱根・伊豆』参照）。　**九 従一位諸山積大明神ト申也**　諸山積明神は、現在、大三島の大山祇神社に祀られる他、松山市・今治市などに神社がある。『姓氏家系大辞典』「廬原」（イホハラ）項は、『延喜式』神名帳の廬原郡豊積神社を指すか、あるいは三島大社をいうかとする。　**一〇 御本地阿閦如来（ナリ）**　未詳。大山祇神社に祀られる十六王子の筆頭とされる大気神社の本地が阿閦仏とされる（『大三島町誌・大山祇神社編』）。十六王子については、一―⑨注釈八「当初十六人の天童…」参照。　**一一 伊豆国（ハ）歓喜国ナルベシ**　右に見たような伊豆との関わりによる記述だろうが、未詳。　**一二 其孫ヲ大宅氏ト云**　『姓氏家系大辞典』「廬原」（イホハラ）項は、駿河国の廬原国造家の氏姓である廬原君が、『新撰姓氏録』『日本書紀』などの所伝によれば、ヤマトタケルの東征に従った吉備武彦の後裔と見られることを指摘、その祖先を彦狭島命（前節注釈一参照）とするのは、事実に基づく伝承と見る。ただし、大宅姓は武内宿禰の末葉とされるので、大宅氏をその子孫とするのは「氏神と氏の祖先とを混淆したる」ものとし、三島大山祇神の伊豆駿河地方への勧請を伝説化したものと考える。

一三 此処ヲ庵原ト云　庵原は、駿河国庵原郡。現静岡県静岡市清水区とその周辺。　**一四 第二（ノ）王子ノ御船（ハ）、中国吉備ノ山本ニ付ク。備前（ノ）小島也**　「山本」の地名は未詳。あるいは山の麓の意か。小島は現在の児島半島（現岡山市・倉敷市・玉野市）。なお、善応寺本『河野系図』及び続群書類従本『河野系図』（別本）では、第二子は「駿河国清見崎」に着いて大宅氏の祖となったとする（本書の第一子の伝に近い）。

一五 其子孫ヲ三宅氏ト号ス。児島ト云ハ此孫也　三宅氏は、備前児島にいた三宅連の一族をいう。児島氏は、『太平記』に見える児島高徳によって著名。三―④には、児島高徳との戦いの場面で、「児島ト河野ハ一姓也」とあり、これは『太平記』巻八に「小島ト河野トハ一族ニテ」とあるのによった記述。『姓氏家系大辞典』「三宅」項は、三宅・越智・庵原などに共通の伝承が見えるのは、共に大山祇神を氏神とすることにより、自家の出自を説いたものとする。なお、やはり三宅氏の後胤とされる備前の宇喜多氏にも、百済からの漂着とする類似の伝承があり（『宇喜多和泉守三宅朝臣能家像賛』）、三宅基一氏蔵『三宅系図』にも、「新羅王子」の漂着とする類似の伝承が記されるという（佐々木紀一「系図と家記」）。

【補注】

◎うつほ舟伝承　「うつほ舟」（うつぼ舟、うつお舟）とは、本来は大きな木をくりぬいて造った丸木船の意。王子や王女などの貴種がそうした舟に乗って海に流され、漂着した先で神あるいは一族の始祖などになるといったタイプの伝承は、たとえば『宮寺縁事抄』、『八幡愚童訓』甲本・下、『神道集』巻一などに所載の大隅正八幡宮の縁起や、お伽草子『伊豆箱根の本地』などに見える。覚一本『平家物語』巻四や謡曲「鵺」では、死んだ鵺をうつほ舟に入れて流したともいう。柳田国男「うつぼ舟の話」は、「瀬戸内海沿岸の古い移住者」にこの伝承が多いとして、周防の大内氏の例などと共に、小千御子の伝承を紹介し、さらにアジアの諸例へと視野を広げている。ただし、柳田が紹介する伝承は、興居島の漁夫和気五郎大夫が、海上で見つけたうつほ舟の中に和気姫があり、養育したところ、後に伊予王子の妃となって小千御子を生んだというもので、本書の所伝とは異なる。おそらく、『伊予温故録』などの郷土資料あるいは現地の伝説によったものか。糸井通浩「伊予の「空船」伝承考」は、続群書類従本『越智系図』や、対馬河野氏の伝承なども含めて、比較検討する。なお、本書の場合、二―⑤に見られる出雲房宗賢の伝承を、そのさらなる変奏の一つとして捉えることもできようか。（佐伯）

一―④〈小千御子〉

【本文】

[一]第三ノ王子ノ御舟ハ、[二]当国和介郡三津浦ニ着給フ。即、国ノ主ト奉レ崇、[三]小千御子《をちのみこ》ト称ス。此時ノ事ヲ以、万葉集歌ニ有リ。云、

[四]堀《ホリヘ》（江）漕（グ）棚無小舟コギカヘリ思人ヲヤ恋渡ルラン[1]

ト読メリ。[五]古文ナドニ難波堀江ト云ヘリ。[2]不レ知人（ノ）故也。[六]是ハ和介ノ堀江ナルベシ。[七]此御子ヲ始祖トシテ、御諱ヲ以テ為レ氏、宗廟ノ神ト崇（メ）奉ル。[八]七歳ニシテ天子ノ勅ヲ蒙リ都ニ上リ、[九]四州ニ主タリ。即御帰有（リ）テ、[一〇]当国越智郡大浜ニ着テ、御館ヲ造リ、住御坐《（ヲワシマス）》。故（ニ）郡ヲモオチト云。総ジテ四州ニ四十一ヶ所ノ御館アリ。天帝ニ礼[3]忠有テ諸民（ニ）仁恵ヲ施シ、国家安全ニ治メ給フ。

[一一]此時土佐（ノ）鬼類ヲ虜《イケド》リ、[4]白人ノ城ニ蔵シ玉フ。依レ之、[一二]当国諸社ノ祭礼ニモ、先初（ニ）当社ヲ八月七日奉レ祭。[一三]勝岡《カタオカノ》八幡宮ヲモ同日（ニ）申（ス）也。[一四]世間ニ三子ニ子ヲ儲事有ル（ハ）、後（ノ）産ヲ兄トスルハ、胎内ニ処（スル）時、上ニ有ル故也。是モ其儀タルベキ也。[一五][5]彼母居島ヲモ、母ノ字ヲ恐テ[6]興居島ト改也。[一六]諸家ノ氏ニ就テ朝臣・宿祢（ノ）差別有リ。[一七]朝臣ヲバ、マヒルヒト、読（ム）。[一八]宿祢（ハ）トノヰノオトナトヨム。近習・外様ホドノ替リ也。朝臣ハ折節毎ニ出仕申分ナリ、宿祢ハ不断致二伺候一ヲ専二忠義一ヲ分也。[一九]当家ノ宿祢ナル故ニ、忠功（ヲ）可レ守也。

[二〇]小千御子ノ御子天狭貫《アマサツラ》ト申。其子天狭介《アマサスケ》。其子粟鹿《アワカ》。其子三並《ミナミ》。此時、[二一]吾朝（ヨリ）新羅国退治ノタメニ大将拾人被二渡遣一、其三番目也。但以二和与ノ儀一属スル二無為二之間、即帰朝有シ也。其子熊武。[二二]其子伊但馬《イタマ》。当国西南、土佐堺ニ御館有リ、故以二居所一ヲ為レ名ト。其子喜多守。其子高縄。其子高箕。其子勝海。其子久米丸。其子百里《モ、サト》。其子百男《モ、ヲ》。

【校異】

1ラン―底本「ヲシ」。〈長〉などにより訂正。　2云ヘリ―〈長〉「云ヘルハ」。　3礼忠―底本及び〈京〉「礼中」。〈長〉などにより訂正。　4白人―〈黒〉振仮名「シラヒト」あり。　5母居―振仮名、〈長〉「オキノ」、〈京〉「コ、」、〈黒〉「ゴゴ」。　6興居―振仮名、〈長〉「オフキノ」、〈黒〉「ゴ、」。

【注釈】

一　第三ノ王子ノ御舟―前節一―③に見た、和気姫の生んだ三子のうち、三番目の子を乗せたうつほ舟。　**二　当国和介郡三津浦ニ着給フ**　「三津浦」は、現松山市西部の三津浜。善応寺本『河野系図』や続群書類従本『河野系図』（別本）は、この第三子が早くから成長し、七歳でもとの船（うつほ船。前節参照）に乗せて都近くまで流したが、天子の勅を蒙って難波の堀江から伊予に帰ったとする。佐々木紀一「系図と家記」は、これらの形の方が本来であるとする。補注参照。　**三　小千御子《をちのみこ》**　「小千」は「越智」の古い表記の一つ。建治二年（一二七六）九月日の田所免田注進状案（国分寺文書）などに「陪従分小千立花郷」と見える。　**四　堀《ホリヘ》（江）漕（グ）棚無小舟コギカヘリ思人ヲヤ恋渡ルラン**　『古今和歌集』恋四「堀江こぐ棚無し小舟こぎかへり同じ人にや恋ひわたりなむ」（七三二。よみ人しらず）。『古今和歌六帖』第三・江「入り江こぐたななしをぶねこぎかへり同じ人のみ思ほゆるかな」（一六五四）。昔の女性を恋い続けようとする男の歌。「棚無小舟」は前節注釈三参照。善応寺本『河野系図』や続群書類従本『河野系図』（別本）は、下の句を省略し、「堀江漕棚無小船古宜返」までを引く。　**五　古文ナドニ難波堀江ト云ヘリ**　「堀江」は運河のことだが、「おしてる難波堀江の葦辺には雁ねたるかも霜の降らくに」（『万葉集』巻一〇・二一三五。『古今和歌六帖』第六・三八二二にもあり、下句小異）などの歌があり、難波の歌枕。『古今集』歌についても、『顕註密勘』は「津の国に堀江と云所あり」と注し、『古今栄雅抄』は堀江を「難波堀江也」とする。「当国和介郡三津浦ニ着給フ」項に見たように、善応寺本『河野系図』や続群書類従本『河野系図』（別本）は、小千御子の船が難波の堀江から伊予に帰ったとしており、佐々木紀一は「古文」云々はこうした所伝を指すと見る。補注参照。　**六　是ハ和介ノ堀江ナルベシ**　前項に見た歌の難波の堀江を、伊予の和気郡にある堀江（現松山市堀江町）のことであると言いなしたもの。　**七　此御子ヲ始祖トシテ、御諱ヲ以テ為レ氏**　「をち」即ち「越智」を氏の名とした意。　**八　七歳ニシテ天子ノ勅ヲ蒙リ都ニ上リ**　「天子」がどの天皇を指すか、明らかではない。父の伊予皇子を孝元天皇の弟とする点から言えば、開化朝または崇神朝に宛てるか。次節では十数代を経た子孫の益躬を推古天皇時代とする。　**九　四州ニ主タリ**　四国全体の主である意。続群書類従本『越智系図』は小千御子に、「造館為二名島主一」と注記する。　**一〇　当国越智郡大浜**　現今治市大浜。大浜八幡神社（大浜八幡大神社）がある。同社は、『予陽郡郷俚諺集』が「所祭神小千御曹子也といふ」、『伊予温故録』が「祭る所は越智氏の祖小千御子なりといふ」と記すなど、小千御子を祀った神社と伝えられる。　**一一　此時土佐（ノ）鬼類ヲ虜《イケド》リ、白人ノ城ニ蔵シ玉フ**　「土佐ノ鬼類」については未詳だが、「白人ノ城」については、『神道集』巻六・三三「三嶋之大明神之事」に、「（子をさらった鷲が）イヨ・サヌキ・アハ・トサノ四箇国ノ境ナル、白人ノ城ト云所ヲ飛超ヘテ、與那ノ大嶽ヘ入ニケリ」との記述がある。平瀬修三「『神道集』巻第六「三嶋大明神事」考」は、『神道集』と『予章記』の共通性に注目し、『神道集』所収の三島明神縁起が四国に存在した証拠の一つと見る（一―⑫参照）。「白人城」は未詳だが、松本隆信「本地物草子と神道集」は、『神道集』の記述について、「石鎚山あたりを指すのであろう」とした。『予陽郡郷俚諺集』は、浮穴郡に「白人城〈土佐境に有〉」として、開化天皇の時代に叛いた田上の昆谷を小千御子が生け捕り、この城に押し込めたと記す。『伊予古蹟志』は、和気郡高浜邑に「有国社曰勝岡、或曰白人御前、祭小千御子」として、『予陽郡郷俚諺集』と同様の伝を非常に詳細に記した上で、小千御子の死後、廟を大浜に作ったのがこの神社であり、「以八月七日祭之」とする。さらに、『予陽旧跡俗談』も、和気郡の「勝岡八幡宮」について、同様の伝を簡略に記した上で、「毎年八月七日に祭礼を執行ふ事ハ、小千の御子、土佐の鬼類を虜にし白人の城に押籠給ふ日也」とする(『伊予温故録』はこれを引用する)。この「勝岡八幡宮」は、松山市勝岡町に現存する勝岡八幡神社である。ただ、「白人城」の所在については、以上のような郷土資料においても要領を得ない。あるいは、現徳島県三好市池田町にあった中世城郭「白地城」や、現高知県香美市(旧物部村)の白人牛王大明神(現白髪神社)と関連する可能性も考えられようか。　**一二 当国諸社ノ祭礼ニモ、先初(ニ)当社ヲ八月七日奉レ祭**　「当社」は、前々項に見た大浜八幡神社を指すか。八月七日の祭礼については、前項に見たように、勝岡八幡宮のこととして、郷土資料に伝えられる。　**一三 勝岡《カタオカノ》八幡宮ヲモ同日(ニ)申(ス)也**　勝岡八幡宮は、現松山市勝岡町字片岡の山腹にある。小千御子を祀ることは、前項注釈に見たとおり。初めは太山寺村の字中野山にあったが、永享年間(一四二九~四一)に焼失、その後、霊験があったので勝岡に移し、勝岡八幡と呼ぶようになったという(『予陽旧跡俗談』)。　**一四 世間ニ三子ニ子ヲ儲事有ル(ハ)…**　以下、前節に見た三子のうち、三番目の小千御子が兄であったとする。従って、前節で一番目の王子(伊豆に流れ着いた子)を「嫡子」と表現していたのは、単に最初に出てきた子であった意となろう。　**一五 彼母居島ヲモ、母ノ字ヲ恐テ興居島ト改也**　「母居島」を「興居島」と改称したことは、『水里玄義』や続群書類従本『越智系図』、同『河野系図』(別本)などにも見える。　**一六 諸家ノ氏ニ就テ朝臣・宿祢(ノ)差別有リ**　以下、「朝臣」と「宿祢」について独自の解釈を展開、河野氏は宿祢として忠義を尽くすべきであると主張する。　**一七 朝臣ヲバ、マヒルヒト、読(ム)**　「朝臣」(アソミ、アソン)は、「アサ」(朝)または「アセ」(吾兄)+「オミ」(臣)の転とされる。八色の姓の第二位。「参る人」という語義は不明だが、次項の「宿祢」を「トノヰ」としたのに対して、毎朝出勤する人といった意に付会したものか。

一八 宿祢(ハ)トノヰノオトナトヨム　「宿祢」(スクネ)は、「スクナ」(少)+「エ」(兄)の転かとされる。八色の姓の第三位。「トノヰ」とするのは「宿直」の「宿」字との連想か。

一九 当家ノ宿祢ナル故ニ、忠功(ヲ)可レ守也　河野氏を「宿祢」とする根拠は未詳。　**二〇 小千御子ノ御子天狭貫《アマサツラ》ト申。其子天狭介《アマサスケ》。其子粟鹿《アワカ》。其子三並《ミナミ》**　以下、百男までの系譜を記す。人名は、続群書類従本『越智系図』、同『河野系図』(別本)、聖藩文庫本『河野家譜』なども同様だが、いずれも未詳。

二一 此時、吾朝(ヨリ)新羅国退治ノタメニ大将拾人被二渡遣一、其三番目也　「三並」の時に朝鮮半島に出兵したとするが、未詳。もとより史実ではないが、三並は伊予皇子から六代目に当たり、あるいは神功皇后の出征伝承を念頭に置いている可能性もあるが、「和与」が成立したと記す点など、神功皇后をめぐる諸書の記事とも一致しない。あるいは、一―⑥注釈二に見るように、百済救援の兵を送った記憶に関わるか。なお、この話は、二一―⑩にも、「先祖三並夷国退治ノタメニ日本ヨリ大将十人被二渡遣一ケル時、三番目タリシ」云々と見える。

二二　其子伊但馬《イタマ》。当国西南、土佐堺ニ御館有リ、故以二居所一ヲ為レ名トカ　「伊但馬《イタマ》」は、現宇和島市北西部の板島郷を指すか。

【補注】

◎『予章記』と『河野系図』　注釈二一「当国和介郡三津浦ニ着給フ」に引いた佐々木紀一「系図と家記」は、広汎な資料を博捜した好論である。本節の部分については、善応寺本『河野系図』などが、『予章記』以前の形を残しているとする。その論拠は主に、小千御子の船が備前児島から三津浦に着いたとする『予章記』の形では、「堀江漕グ…」歌の「コギカヘリ」の句が意味を持たないのに対して、一度は船に乗せて都近くまで流したが難波の堀江から伊予に帰ったとする『河野系図』の形ならば歌に即していると見る点にあり、『予章記』の「古文ナドニ難波堀江ト…」云々と批判している文は、『河野系図』のような伝を意識したものであるとする。確かに、『予章記』では「堀（江）漕（グ）…」歌が引用される文脈がわかりにくく、『河野系図』の方が歌と記事の文脈が合っていることは認められよう。ただ、もとより本来は本話と無関係な古歌の引用なので、もともと本文に即応した引用であったかどうかは考慮の余地があろう。たとえば、『河野系図』は「堀江漕グ…」歌の下の句「思人ヲヤ恋渡ルラン」を省略するが、この句は本話とはどうにも合わない。『予章記』がそうした整合性を顧慮しないのに対して、『河野系図』は、文脈を意識した改作を行っているようにも見える。善応寺本などの『河野系図』が『予章記』よりも古い形をとどめる可能性は、この後、玉興関係の記述などでも認められるが（一―⑨補注参照）、現存する『河野系図』が直ちに『予章記』の祖型であるとは断定できず、古い形を留めた異伝として、慎重な検討を要するだろう。とはいえ、『河野系図』の類によって『予章記』を補訂し得る可能性が示されたことは、本書の読解にとってまことに貴重なことといえよう。（佐伯）

一―⑤〈益躬―鉄人退治〉

【本文】

[一]其子益躬《マスミ》〈号[1][二]鴨部大神、府中樹下ニ御館有リ。仍樹下ノ押領使ト云。東禅寺館有リ〉。[2]当国々司ニ被レ任。推古[三]天皇ノ御宇、三韓襲来ス。[四]戎人八千人、鉄人為二大将一来ル。然バ、伐[五]（ニモ）射ニモ不レ叶、以レ人為二粮食一、筑[六]紫九ヶ国ノ者ハ禦《フセク》ニ手ナシ。向者大半（ハ）被二打殺一、或ハ山林ニ逃隠テ、総而向者ナシ。中西国マデ打テ上ル。爰ニ益躬、「[七]夷敵退治ノ事（ハ）家ノ先例」トテ、勅ヲ承テ、[3]九州ニ発向シテ見玉ヘバ、味方一人モナシ。詮

方尽（テ）俄ニ智謀ヲ設テ、先（ヅ）降ヲ乞テ申様（ハ）、「我生《むまれ》ナガラニシテ得《タリ》二武芸一ト云ヘドモ、[八]日本ノ武将劣識《れつシキ》ニシテ不レ知レ之。サレバ日本ノ住居モ懶《ものう》（ク）アリ、願《ねがはく》ハ御手ノ奴ト作《なり》テ忠ヲモ致シ、恩顧ヲ蒙度《かうぶりたき》也。殊ニ日本ハ山嶮《さがしく》水深《ふかく》シテ、無案内ノ人輙《たやす》ク可レ透《とほるべき》地ニアラズ。我案内ヲ致二存知一也。先引可レ申《ト》」（ト）云ケレバ、「[九]ゲニモ相好怜利ニシテ、諸芸ニモ可レ将器量也」トテ、即降ヲ赦シテ、彼鉄人、馬ノ先ニ立テ打上ル程ニ、益躬如何ニモ近付（キ）寄（テ）伺（ヒ）見ル。[一〇]鉄身ト云ヘドモ肉身ノ[4]処可レ有ト思テ伺見テ行程ニ、播[一一]磨明石ノ浦ニ着テ、「[一二]此処ヨリ陸地（ニテ）、風景面白処ナリ」ト云ケレバ、舟ヲ[一三]室津高砂ニ止（メ）テ、馬共追下（テ）打乗、蟹坂[一四]（ヲ）越ルニ、彼坂ハ上レバ下ル坂ナレバ、須磨ヤ明石ノ浦伝ニ、景（モ）勝タル処ナレバ、[一五]鉄人モ乗《ジテ》レ興ニ、足ヲ挙テ馬ノ上ヨリ遠見シテ彼是問ケルヲ、[一六]答ル体ニテ見バ、足ノ裏ニ眼アリ。「誠ニ神明ノ御示現ヨ」ト嬉テ、袖ノ下ニ隠テ持タル矢ヲ〈[一七]鏃ハ[5]綿繰《わたくり》也。名二掃鬼《オニハライ》一〉以テ、今度又挙ル処ヲ、[一八]抛矢《ナゲヤ》ニナゲラレケレバ、[一九]趺《タナウラ》ヨリ頭迄徹《トほ》リケルホドニ、馬ノ上ヨリ真倒ニ落（タリ）。[二〇]此時迄モ、出江《デヘ》橋立ト云、益躬ノ被官ノ有ケルニ課シテ、[6]頸ヲ打セラル。[7][二一]鉄人ナレドモ気尽ヌレバ、安々ト首ヲ刎テ是ヲ指上レバ、[二二]夷国ノ習ニ、大将死スレバ士卒皆自殺スル也、[8][二三]戎人八千人自害スル也。

残党ドモ（ハ）忙然ト逃方モ不レ知迷ケルヲ、日本（ノ）者共、[二四]須磨・垂水《タルイ》ノアタリマデ逃延タル夷賊[9]ヲ（悉）切捨ラル。[二五]余ニ多ク切ホドニ打物皆ホトヲリカヘル。[二六]サレバ、少々ハ降ヲ赦シ、ヨ（ウ）ロ筋ヲ断テ海辺ニ被レ放タリ。[二七]其子孫、[10]海士宿海ト成テ、漁捕《スナドリ》ニテ命（ヲ）続《つ》ギケル故ニ、[11][二八]西海（ノ）浦人（ハ）河野（ガ）下人タルベシト被レ定。其間ニ残徒四国ノ地ヘ渡（テ）濫妨シケルヲ、益躬下向有テ被二追伐一。[二九]其被二切捨一タル処ヲ鬼谷ト云。[三〇]和介郡三津ノ北ニ有リ。又、[三一]播州大蔵谷ノ西ニ三島大明神御坐ス。益躬ノ此時御勧請ト也。[三二]其矢今[12]在レ之。[三三]伊与国ニテハ鴨部大神ト号ス。[三四]伊与皇子ヨリ十七代也。[三五]異説ニ、大三島社巽角若宮也ト有（リ）。

【校異】

1号鴨部大神……—以下の割注、〈黒〉は異文。「贈太政大臣諸兄也、舒明御宇、任ス二与州国司ニ一、鴨部《カモベ》大明神是也。府中樹下ノ押領使ト云。樹下ニ御館有、東禅寺ニモ御館アリ」。〈松〉はこの異文を貼紙。　2当国々司ニ被レ任—〈黒〉なし（前項に見たように、国司就任は割注内に記す）。〈松〉は底本と同様。　3九州ニ発向シテ—〈黒〉この前に異文「殊ニハ益躬者、弩芸《ドゲイ》ノ達人、武略ノ名誉有レ之、異国〔故ニ名クレ夷ト〕造貢《ゾウコウ》五年〔戊午〕歳」。〈松〉はこれに近い文を傍書補入。　4肉身ノ処可レ有ト思テ伺見テ行程ニ—〈黒〉「肉身《ニクシン》無クテハ、働《ハタラク》事ハ不レ可レ有ル、見出ス程成ラバ、討取テ達セント二本意ニ一、色ニハ不シテ二見セ心中ニ祈《キ》二請《セイシ》仏神ニ一行程ニ」。〈松〉はこれに近い文を傍書補入。　5綿繰—〈長・黒〉「腸繰《ワタクリ》」。　6頸—底本「頭」。〈長〉などにより訂正。ただし、底本や〈京〉などは、「頸」とあるべきところに多く「頭」を用いる。　7鉄人ナレドモ—〈黒〉「精《セイ》ノ有ル程コソ鉄人ナレ」。〈松〉「トモ」を見せ消ち、「精《セイ》ノ有ル程コソ」と傍書補入。　8戎人八千人—〈尊〉「戎人ハ千人」。　9夷賊ヲ—〈黒〉この前に「招寄《マネキヨセ》テ」とあり。　10海士宿海ト〜続《つ》ギケル故ニ—〈黒〉「西海大浜ノ成テ二海士ト一、垂《タレ》レ釣《ツリヲ》漁捕《スナドリ》ヲ専トシ、命ツナギケル。号ス二宿海《スクノウミ》ト一、自リ二上古一、当家河野ノ家人ニ被ルレ定メ」。〈松〉は〈黒〉とほぼ同文を傍書。　11西海—〈長〉「西国」。　12今在レ之—〈底〉「合在レ之」。〈長〉などにより訂正。

【注釈】

一　其子益躬《マスミ》　「越智益躬」の名は、諸文献に見える。まず、山内譲「越智益躬の鉄人退治」などが指摘するように、益躬は往生人として名高い。『日本往生極楽記』三六話に、「伊予国越智郡土人越智益躬。為二当州主簿一」と見え、国衙の四等官で、往生を遂げたとされる。同様の記事は、『法華験記』下・一一一、『今昔物語集』巻一五・四四にも見える（これらでは益躬を越智郡の大領とする）。また、河野通広の子である一遍を描いた『一遍聖人絵伝』巻一〇でも、「聖ノ曩祖」（一遍の先祖）の「越智益躬」は、「朝廷につかえては三略の武勇を事とし、私門にかへりては九品の浄業をつとめとす」といった人物で、やはり往生を遂げたと記される。しかし、往生人としての所伝は、『予章記』の伝える推古天皇代の神話的な鉄人退治の将としての「益躬」とはあまりにもかけ離れている。おそらく、往生人の「益躬」は実在人物（平安時代の在庁官人）であろうが、鉄人退治のモデルとなるような人物ではなかったと考えておくべきか。ただし、『一遍聖人絵伝』に「三略の武勇を事とし」と描かれる点は、往生人としての説話には見えない要素であり、あるいは何らかの武勇伝承の投影があるとも考えられようか。また、奈良市手向山神社所蔵『紀氏系図』と一連の河野系図は、益躬を「氏祖」とし、「伊与守益躬、河野先祖也、子孫注裏、今ハ越智氏」と記す（国立公文書館内閣文庫蔵『諸家系図纂』にも、同内容の系図がある）。補注参照。　**二 号鴨部大神府中樹下ニ御館有リ。仍樹下ノ押領使ト云**　「鴨部大神」は、現今治市旭町に越智益躬を祭神とする鴨部神社が残っている。「鴨部」の名は、賀茂社への信仰に関わるか。一―⑨注釈一三「東ハ駒ノ蹄《ヒヅメ》ノ届《イタル》ホド…」項参照。「府中樹下」は、鴨部神社の地が「木ノ元」とよばれている。また一―⑪に玉澄を「宇摩大領樹下大神」とする記述もある。　**三 推古天皇ノ御宇、三韓襲来ス**　推古天皇は、五九二～六二八年在位。『日本書紀』等々に、該当の史実は見えない。ただし、長禄四年（一四六〇）十二月の河野教通申状（『大友家文書録』）には、「推古天皇第八〈庚申〉、新羅賊来、異国戎人八千余輩、鑵人為レ将襲来、終着二幡磨国明石一、鑵人之首於取天奉　天皇、或誅レ之、或虜レ之、切レ足棄置西海之浦浜、適存者自二上古一至二于今一、彼奴原召仕者也」と、「益躬」の名はないが、類似の伝承が見える。『水里玄義』は『予章記』と同様の所伝を記す。佐々木紀一「系図と家記」は、『王年代記』や『改暦雑事記』も、推古天皇条に鉄人を将とした新羅の軍勢の侵攻を記すと指摘する。また、塙保己一『螢蝿抄』に抄録されているように、開化天皇・仲哀天皇・神功皇后・応神天皇・欽明天皇・敏達天皇・推古天皇・天智天皇などの各代に、「異国襲来」があったとする書は、『類聚大補任』、『一代要記』、『八幡愚童訓』甲本、『伊予三島縁起』、『神明鏡』など多く存在し、その中には、敏達天皇の代に敵が明石まで攻め寄せたと記すものも多い（注釈一一参照）。とりわけ、『八幡愚童訓』甲本では、滅びた敵勢について、「其子孫ハ今ノ屠児也」とされる。これらの伝は、『予章記』本節の記事に類似する面があろう。補注参照。なお、『八幡愚童訓』の「異国」は「新羅・百済・高麗国」とされる。本書の「三韓」も同様の認識であろう。ただし、「三韓」の語は「新羅・百済・高句麗」が適切であり、「高麗」はその後の王朝を指すはずだが、この時代の日本人の認識は曖昧であり、そもそも朝鮮半島の国家と蒙古など大陸の国家を十分に識別していたかどうかも疑わしい。　**四 戎人八千人、鉄人為二大将一来ル**　「戎」は、中華思想で西方の蛮族をいう。ここは、右に「三韓襲来」ともあったので、朝鮮半島を意識したものであろう。なお、前項に見た『八幡愚童訓』の「異国襲来」記事では、開化天皇・仲哀天皇の代に二十万三千人、神功皇后の代に三万八千五百人など、いずれも数万から数十万の勢とされ、それに比べれば本書の「戎人」の勢は少ない。「鉄人」は、肉体が鉄でできた、あるいは鉄で覆われた人間を指す。右記「河野教通申状」の「鑵人」も同様であろう。一箇所だけ、弱点があったとされるのが通例。注釈一六・補注参照。　**五 伐（ニモ）射ニモ不レ叶、以レ人為二粮食一**　刀や矢が通用しない点は「鉄人」伝承に共通だが、人を食うという点は必ずしも鉄人伝承の特徴ではない。『八幡愚童訓』の「塵輪」の描写は本書の「鉄人」と異なるが、「遠ク偏《ノヒ》テ是ヲ射バ矢折レ、近ク寄レバ心迷テ身ヲ亡ス。人種既ニツキントス」と描かれる点、「鉄人」にやや似る面もある。　**六　筑紫九ヶ国ノ者ハ禦《フセク》ニ手ナシ**　前々項に見たように、この敵勢は朝鮮半島から襲来したと想定されているようで、九州北部に上陸して中国地方に進んだとするのだろう。　**七　夷敵退治ノ事（ハ）家ノ先例**　これ以前の記事に「夷敵退治」の例はほとんど記されていないが、伊予皇子の「西南藩屏将軍」の称号（一—②）や、三並の出征（前節一—④）などを意識するか。　**八　日本ノ武将劣識《れつシキ》ニシテ不レ知レ之**　「劣識」は用例未詳だが、知識・見識に劣る意だろう。日本の武将は愚かで益躬の武芸を評価できないと訴えて、敵の将に取り入ったとする。　**九　ゲニモ相好怜利ニシテ、諸芸ニモ可レ将器量也**　敵将（鉄人）が益躬を評した言葉。「相好怜利」は、顔つきが賢そうである意。　**一〇　鉄身ト云ヘドモ肉身ノ処可レ有**　全身が鉄でできているが、一箇所だけ弱点があるというのは、こうした鉄人伝承の類型である。補注参照。　**一一　播磨明石ノ浦ニ着テ**　明石は現兵庫県明石市。異国の勢が明石まで着いたとする理由としては、以下に見るように風光明媚な地であるという物語上の趣向があろうが、『八幡愚童訓』も「異国襲来」の歴史を記す中に、「敏達天皇ノ御宇ニハ播磨ノ国明石浦マデ着ニケリ」とし、『伊予三島縁起』も、敏達天皇の時、「従ニ異国一、幡磨国明石浦マデ攻寄ル」とする。その他、佐々木紀一「系図と家記」が紹介するように、『類聚大補任』文永四年条に引かれる異国襲来の先例や、『一代要記』推古天皇八年条、妙本寺本『雑録』なども、外敵が明石まで攻め寄せたことを記しており、これらには、共通の祖型があった可能性もある。佐々木は金沢文庫本『宗像記』に見える書名から、『新羅合戦記』の存在を想定する。　**一二　此処ヨリ陸地（ニテ）、風景面白処ナリ**　明石は海上交通の要衝であると同時に、明石駅が置かれ、陸路の要衝でもあった。また、海岸の景勝は『万葉集』以来多く歌に詠まれ、『源氏物語』明石巻などにも描かれて著名。　**一三　舟ヲ室津高砂ニ止（メ）テ**　「室津」は、現兵庫県たつの市御津町室津。「高砂」は現兵庫県高砂市。いずれも港として著名。　**一四　蟹坂（ヲ）越ルニ**　「蟹坂」は、現明石市和坂。江戸初期まで「上和坂」「蟹和坂」などと表記された。明石川河口に近い西側、印南野台地の東端にあたる。台地下の王子村からの山陽道は急な曲り坂を登ることになる（『歴史地名大系・兵庫県』）。佐々木紀一「系図と家記」が指摘するように、『園城寺伝記』三之四に見える朝山氏の伝承では、蒙古の大将であった「蟹」を退治した場所が蟹坂だったとされる。　**一五　鉄人モ乗レジテ興ニ、足ヲ挙テ馬ノ上ヨリ遠見シテ**　景勝に興じて、足の裏の目でそれを見た意。　**一六　答ル体ニテ見バ、足ノ裏ニ眼アリ**　全身が鉄で弓矢や刀剣でも傷つかないが、一箇所だけ弱点があるとするのは鉄人伝承の類型。こうした鉄人伝承は、海外では、踵《かかと》にのみ弱点があるというギリシャのアキレウスの話が有名だが、日本では平将門が鉄身であったという伝承が有名だろう。将門鉄身伝承の場合、『俵藤太物語』などに記されるコメカミの弱点が特に著名だが、眉間や片目を弱点とする伝説も見られる（村上春樹『平将門伝説』）。鉄人伝承は、大林太良「本朝鉄人伝奇」、福田晃「沖縄説話との比較」、谷川健一『鍛冶屋の母』

などによって、多くの例を紹介されるが、それらの中に、足の裏を弱点とする例は見あたらない。しかし、佐々木紀一「系図と家記」が、さらに多くの例を紹介する中で、『園城寺伝記』所見の朝山氏の伝承に、「遍身鉄」の蒙古の大将が、合戦で「被射足裏滅亡」とあるのは興味深い（注釈一四参照）。　**一七　鏃ハ綿繰《わたくり》也。名ニ掃鬼《(オニハライ)》一**　「綿繰」は、「腸繰」がよい（校異参照）。尖矢《とがりや》の鏃《やじり》の一種。尖根の鏃の元の両側に逆さに刃を設けたもので、獲物の腸をえぐるところからの名称（『日本国語大辞典』）。「掃鬼」は、この鏃の固有の名であろう。鏃に名が付けられるのは珍しいが、本節末尾に、播州大蔵谷の西の三島大明神社にこの矢が保存されていると記す。　**一八　抛《(ナゲ》矢《さ)》ニナゲラレケレバ**　「投げ矢」は、矢を弓につがえず、手で投げること。『太平記』巻一五「正月二十七日合戦事」に、「上差一筋抽出テ、櫓ノ小間ヲ手突ニゾ突イタリケル」という例がある。　**一九　趺《タナウラ》ヨリ頭迄徹リケルホドニ**　「趺」の振仮名「タナウラ」は「アナウラ」がよいか。足の裏の意。足の裏から頭まで通ったとは誇張表現。　**二〇　此時迄モ、出江《デヘ》橋立ト云、益躬ノ被官ノ有ケルニ**　「出江橋立」未詳。「此時迄モ」の句は不審だが、鉄人に降伏した後も益躬に従っていた意か。　**二一　鉄人ナレドモ気尽ヌレバ、安々ト首ヲ刎テ**　足の裏の眼以外は鉄身だったはずだが、それも気力が尽きれば肉身に戻るといった意か。　**二二　夷国ノ習ニ、大将死スレバ士卒皆自殺スル也**　未詳。『八幡愚童訓』は、弘安の役で嵐に遭って多くの船が水没した後、船のない敵勢と戦って首を取り、また、降伏した者も捕らえて首を切ったとする。　**二三　戎人八千人自害スル也**　先に八千人で襲来したとあったので、全員自害したことになるが、この後の記述では、残党も少なくなかったと読める。　**二四　須磨・垂水《タルイ》ノアタリマデ逃延タル夷賊ヲ（悉）切捨ラル**　「須磨」は現神戸市須磨区、「垂水」は同垂水《たるみ》区。敵勢は明石から東へ逃げたことになる。　**二五　余多切ホドニ打物皆ホトヲリカヘル**　「ホトヲル」は、熱を帯びる、熱くなる意。　**二六　サレバ、少々ハ降ヲ赦シ、ヨ（ウ）ロ筋ヲ断テ海辺ニ被レ放タリ**　「ヨウロ筋」は「よほろ（よぼろ）筋」に同。膝の後ろのヒカガミ部分の筋。『宇治拾遺物語』九一話「（羅刹国に捕らわれた者が）よをろ筋を断たれたれば、逃べきやうなし」。　**二七　其子孫、海士宿海ト成テ、漁捕《(スナドリ)》ニテ命（ヲ）続《つ》ギケル故ニ**　「海士」（あま）は漁夫。「宿海」は未詳。黒田本「号ニ宿海《スクノウミ》一ト」（校異参照）、続群書類従本『越智系図』、同『河野系図』（別本）も「号ニ（之）宿海一」とする。これらによれば固有名詞のようでもあるが、続群書類従本『河野氏系図』の該当語は「西海ノ漁人」。二一—②に「宿海ニテ」の例があり、これは海で夜を明かす意か。本節では、海で暮らす人々の意で漁夫を指すか。異国の軍勢の子孫が身分の低い民となっているという話は、次項に見るように河野氏の支配権の由来を語るものだが、同時に、前掲「播磨明石ノ浦ニ着テ」項に見たように、『八幡愚童訓』が「異国襲来」の歴史を記す中の、敏達天皇の代に明石まで来た異国の勢の子孫が「今世ノ屠児也」となっているという記事と類似する（ただし、『八幡愚童訓』諸本の中にはこの記事を欠くものもあり、脇田修『河原巻物の世界』や佐々木紀一「系図と家記」は増補記事である可能性を考える）。なお、振仮名「スクノウミ」は内閣文庫本にも所見。松平文庫本本文では「シュクウミ」（同本の傍記ではスクノウミ）。

「しゅくかい」などと読むことも可能か。志田元「異本義経記覚え書」は、『異本義経記』に登場する語り手「珠懐」との関連を想定し、福田晃「世継の伝統」は、服従の寿詞を唱える「語り部宿海」を想定する。　**二八　西海（ノ）浦人（ハ）河野（ガ）下人タルベシト被レ定**　西国全体への河野氏の支配権を主張したものか。本書は、一貫して河野氏の伊予または伊予・讃岐、さらには四国全体への河野氏の支配権を主張し、その起源を種々説いている。本話もその一つであろう。伊藤喜良「日本中世における国家領域観と異類異形」は、「下人」は身分的観念としては非人にあたるとし、『八幡愚童訓』の「屠児」と同様の意識が窺えるとする。　**二九　其被ニ切捨一タル処ヲ鬼谷ト云**　「鬼谷」未詳。『予陽郡郷俚諺集』は和気郡に「鬼ヶ谷」を立項、益躬が蒙古を滅ぼし、残党を切り捨てたと『予章記』に見える場所であると記すが、「所知れず。今新浜とて塩焼の砌にて有べきか」とする。『伊予温故録』も和気郡に「鬼ヶ谷」を立項、「新浜村に在り」として『予陽郡郷俚諺集』を引く。また、『予陽塵芥集』は越智郡の「鴨部太神宮」項で、『予陽郡郷俚諺集』と同内容を記す。　**三〇　和介郡三津ノ北ニ有リ**　「三津」は、旧和気郡古三津村あたりをいうか。現松山市内。　**三一　播州大蔵谷ノ西ニ三島大明神御坐ス**　大蔵谷は現兵庫県明石市内。山内譲「越智益躬の鉄人退治」が指摘するように、明石市大蔵本町に現存する稲爪神社は大山祇神を祀り、益躬の伝承を伝える。また、その近くの大蔵八幡神社は、もとは益躬を祀った小千神社であったという。佐々木紀一「系図と家記」は、稲爪神社の縁起が『明石記』（東大史料編纂所蔵謄写本）に引かれることを指摘する。　**三二　其矢今在レ之**　右記の、鉄人を倒した「掃鬼」の鏃を付けた矢が、明石の三島社に保存されていたとする。　**三三　伊与国ニテハ鴨部大神ト号ス**　益躬が鴨部大神として祀られた意。「鴨部」については、本節冒頭「号鴨部大神府中樹下ニ…」項参照。　**三四　伊与皇子ヨリ十七代也**　伊予皇子を第一代とすると、小千御子・天狭貫・天狭介・粟鹿・三並・熊武・伊但馬・喜多守・高縄・高箕・勝海・久米丸・百里・百男・益躬で、十六代。続群書類従本『越智系図』は、小千御子・天狭貫・天狭介以下に「第二・第三・四…」の番号を振るが、益躬は「十六」。　**三五　異説ニ、大三島社巽角若宮也ト有（リ）**　室町時代のものとされる、三島大祝家蔵「大山祇神社古図」（重要文化財。『大三島町誌・大山祇神社編』等に掲載）では、大宮の奥（東側）に「若宮」が描かれる。現在の姫子邑社の位置にあたるか。

【補注】

◎益躬と鉄人退治　本節は、『予章記』の中で最も有名な部分であろうか。その内容は、多々良一竜『後太平記』（延宝五年〈一六七七〉刊）巻八が引く河野家伝の中でも最も詳しく紹介される。また、井沢蟠龍は、『広益俗説弁』（正徳五年〈一七一五〉刊）巻九において、「百合若大臣」の原拠の一つとして『予章記』に言及した。その当否は別として、本節の特異な伝承は早くから人目を引いていたわけである。百合若説話全体の由来を本書に帰することは明らかに不可能だが、金関丈夫「中国の百合若伝説」は、百合若伝説の分布と河野一族の分布の近さから、井沢蟠龍の説を興味深いものと評価する。もっとも、注釈三の中で記したように、襲来した異国との戦いの物語としては、『八幡愚童訓』甲本その他に先例が見られる。「愚童訓」の書名は、二―⑱に見える。また、「河野教通申状」にも「石清水八幡愚童記」の名が見え、河野氏に『八幡愚童訓』甲本が伝わっていたことは疑いない。従って、本節の記事も同書の異国襲来記事の影響を受けていると見られる。注釈二七「其子孫、海士宿海ト成テ…」項に見た、『八幡愚童訓』甲本の「屠児」の記事との類似も注意すべきである。しかし、『予章記』本節の記述がその影響のみでは説明できないことも確かである。とりわけ、「鉄人」に関する物語を、『八幡愚童訓』甲本に見える怪物「塵輪」からの思いつきと考えることは難しい。「塵輪」は、鬼神の如き姿で身の色は赤く、頭が八つあり、黒雲に乗って来たなどと描かれるが、全身が鉄でできていて一箇所だけ弱点があるといった鉄人伝承の型は備えていない。本節を考えるには、日本各地に見られる鉄人伝承との関連の考察が不可欠であろう。この点、伊予に伝わった益躬の夷賊退治伝承が明石にあった伝承と結びつき、鉄人伝承として伊予に里帰りしたと考える山内譲「越智益躬の鉄人退治」や、蒙古襲来から生まれた夷賊襲来説話が河野氏の伝承の淵源になったとする佐々木紀一「系図と家記」などの見解が興味深い。明石への襲来を語る点などを重視すれば、蒙古襲来以外の起源を考える必要もあろう。『伊予三島縁起』に「塵輪」の記述はあっても「益躬」の伝承が見えないことを重視するならば、一四世紀半ば頃には、益躬の鉄人退治伝承は未だ完成していなかったかもしれないが、さまざまな伝承を取り込みながら、祖先の武勇を語る河野氏独自の伝承として成長したと考えられよう。なお、網野善彦「南北朝内乱の社会史的意義」「中世から見た古代の海民」は、本節の説話から河野氏と朝鮮半島の関係を考え、村井章介「中世日本の国際意識について」や金光哲「新羅「日本攻撃説」考」は、日本人の朝鮮観を考える。海を介した日本人と大陸の関わりを考える材料としても、本節は興味深い材料である。（佐伯）

一―⑥〈守興―茶碗を定器とする事〉

【本文】

[一]益躬ノ子ヲ武男ト云。其子ヲ玉男ト云。其子ヲ諸飽《モロアキ》、其子万躬《マミ》、其子ヲ守興ト云。[二]天智天皇ノ御宇ニ勅命ヲ承テ新羅国ニ赴キ給フ。[三]堺目ニテ三ヶ年逗留有也。抑、[四]茶碗ヲ為二定器一事、何（ノ）時ヨリノ事ゾト云ニ、此守興御代ヨリ始也。[五]此ヨリ先ハ権化《ゴンげ》ノ体（ニテ）、[1]朝夕定器ハ土器ニテ、其（ヲ）モ二度トハ不レ用。[六]然ヲ此時遥々異国ニ滞留有ケレバ、此方ヨリ用意ノ分ハ船中ニシテ尽ヌ、海上ニテ作事不レ叶、仍唐土ノ茶碗モ土器ニ同トテ

用レ之。自レ爾以来処々用来也。漆器《シツき》[七]ヲ嫌ニハアラズ、烏帽子・武具等、何漆器ニアラザル。只当家[八]ハ近来迄（モ）権化体ニテ住著[2]ヲ被レ忌ケル也。只潔斎ヲ為レ本。サレバ贄《ニエ》[九]殿ニ御台[3]ヲ盛者モ覆面ヲ垂テ水火ヲ浄メケルト申伝タリ。去[一〇]レバ近頃迄（モ）御飯ノ残ヲ戴テ忽病ヲ除キ奇特有ケル也。今（ノ）人不レ信故ニ依テ御威光衰ケルコソ口惜ケレ。不浄ナラバ失錯可レ多、能々可レ慎事也。此[一一]守興迄ハ朝敵退治三ヶ度也。

【校異】

1定器—〈黒〉「木具」に「定器イニ」と傍書。〈松〉「定器ニテ」を見せ消ち、「木《キ》具《グ》土器《カハラケ》ニテ用イニ」と補入。　2住著—〈京〉「住著《ジウチヨ》」。〈黒〉「住着《ジウジヤク》」の左に「著」と傍書。　3御台—〈黒〉「御飯」。

【注釈】

一 益躬ノ子ヲ武男ト云　以下、玉男—諸飽—万躬—守興の系譜については、続群書類従本『越智系図』なども一致するが、未詳。　**二 天智天皇ノ御宇ニ勅命ヲ承テ新羅国ニ赴キ給フ**　天智天皇は、在位六六八～六七一年だが、六六一年七月、斉明天皇崩御により皇太子のまま称制。実質的な治世のもとで、百済救援の兵を送り、白村江の戦い（六六三年）で大敗、以後、北九州から瀬戸内にかけて防御態勢を築いたことは著名。百済救援の出兵に越智氏も動員されたらしいことは、『日本霊異記』上・一七話に、「伊予国越知郡大領之先祖越智直」が百済救援のために派遣されたが、唐の軍に捕らわれ、観音信仰のおかげで帰国できたと語られることからもわかる。本書にそうした史実の反映を見ることも可能だろうが、本書はもとより史実を忠実に記述したものではない。一—⑧では、守興が「唐土越国」に残した子とされる玉澄が、父を「一ト年日本ヨリ蒙古退治ノタメニ御渡有シ大将軍、伊与大領守興」と語る。大陸や朝鮮半島の地理、また古代における日本との関係について、本書は必ずしも正確な知識のもとに記述しているわけではないだろう。　**三 堺目ニテ三ヶ年逗留有也**　日本と新羅の「堺目」がどこを指すのかは未詳。「堺目」の語からは、朝鮮半島に渡る手前の対馬など、あるいは朝鮮半島に渡ったが新羅国ではない百済の地などが想定されるが、右にも見たように、一—⑧では、守興は「唐土越国」に子を残したとされる。　**四 茶碗ヲ為ニ定器ニ事**　ここでいう「茶碗」は、「釉（うわぐすり）をかけて焼いた陶器の総称」（『日本国語大辞典』ちゃわん②）に近い意であろう。『十訓抄』一〇・四七「獅子のかたを作りける茶碗の枕を奉るとて」のように、この意味の「茶碗」（茶垸）は、食器以外に用いることもある。「定器」は日常用いる器物、特に食器をいう。河野氏に通常、土器を用いる習慣があったことについては、本書では、四―⑰でも、土器を用いる通能に強いて塗物で食事を賜ったところ、たちまちに顔が腫れたという話も見られる。『吾妻鏡』文治五年（一一八九）十月一日条によれば、頼朝の奥州攻めに従軍した河野通信は、土器を持参し、毎度それを使用したという。『源威集』下にも、この時のこととして、「川野四郎土器ヲ用。是ハ三嶋明神ノ氏子成故」とある。また、湯築城の発掘現場からも大量の土師質土器が出土している（川岡勉『河野氏の歴史と道後湯築城』）。『予陽塵芥集』は温泉郡の「湯月城」項で、城の東に「土器谷」があり、今も掘れば土器が出ると記す。　**五　此ヨリ先ハ権化《ゴンげ》ノ体（ニテ）、朝夕定器ハ土器ニテ、其（ヲ）モ二度トハ不レ用**　「権化の体」は、神仏を遇するように、清浄を重んじる様子を言うか。「土器」（かわらけ）は、釉薬をかけずに焼いた素焼きの土器。それを使い捨てで用いたとする。かわらけを使い捨てで用いる理由の一つとしては、伊勢貞丈『安斎随筆』第一に見るように、「清浄を貴ぶ」意識があったものと見られる（藤原良章「中世の食器・考」）。　**六　然ヲ此時遙々異国ニ滞留有ケレバ…**　以下、外地に長期滞在したため、使い捨ての土器は尽きてしまい、海上では土器を新たに作ることもできないので、唐土の陶器を用いたとし、それ以来、茶碗（釉薬をかけて焼いた陶器）をも用いるようになったとする。　**七　漆器《シッき》ヲ嫌ニハアラズ、烏帽子・武具等、何漆器ニアラザル**　「漆器」は漆塗りの器、塗り物。通常、食器などに用いるが、ここでは烏帽子や武具などをも含めて「漆器」と呼ぶ。なお、烏帽子は古くから薄く漆を塗るものだったが、一二世紀頃から漆に厚薄の区別を生じ、一五世紀からは紙で張り固めて漆を塗った烏帽子が一般化した（『有職故実大辞典』）。「武具」としては、鎧の札《さね》に漆を塗ることや、弓矢、箙などを意識するか。　**八　当家ハ近来迄（モ）権化体ニテ住著ヲ被レ忌ケル也**　「住著」（住着）は、とどまって離れないこと。執着すること（『日本国語大辞典』「じゅうちゃく」）。ここでは、一つの器を繰り返し使用することによる穢れの付着を忌む意か。　**九　贄《ニエ》殿ニ御台ヲ盛者モ覆面ヲ垂テ水火ヲ浄メケルト申伝タリ**　「贄殿」は台所。「御台」は食物を盛る台、また食物自体をいう。調理にあたる者が覆面をして、唾や息などが食物にかからないように、また、水火を正常に保っていたとする。　**一〇　去レバ近頃迄（モ）御飯ノ残ヲ戴テ忽病ヲ除キ奇特有ケル也**　貴人の食事の残りを従者などに下げ渡して食べさせる習慣があり、「おろし」「わけ」と呼んだ（水原一「「おろし」・「わけ」をめぐって」）。ここでは、かつては、その残飯によって病を癒す奇跡があったとの意であろう。だが、今は信仰心の衰えにより、そうした力は失われたという。**一一　此守興迄ハ朝敵退治三ヶ度也**　「三ヶ度」は、三並（一―④）・益躬（一―⑤）と、この守興をいうか。

一―⑦〔玉興と役小角〕

【本文】

[一]守興ノ子玉興〈散位[1]伊与大夫、号二伊与大領一〉、[二]人王四十二代文武天皇御宇大化五年〈己亥〉、[三]役優婆塞《エンノウバそく》、[四]葛城山ニ久米ノ岩橋ヲ懸ントテ、[五]諸神ヲ咒寄（テ）、[六]一夜ノ中ニ可レ渡約束有ケルニ、不二渡得一夜明ケレバ、行者怒ケル事アリ。或歌ニ云、

　[七]岩橋ノ夜ノチギリモ断ヌベシ[2]アクルワビシキ葛城ノ神

ト云モ此心也。[八]諸神腹立シテ行者ヲ讒奏被レ申ケレバ、御逆鱗有テ行者ヲ流刑（ニ）被レ処。[九]玉興ハ、行者御過ナキヨシ陳ジ被レ申ケレバ、同罪ニ被レ行ケル。

去程ニ、[一〇]玉興モ行者モ同途ニテ摂州ヘ下給フ。難波アタリニ流浪シ玉ヒヌ。昔ハ王命重（キ）故、勅勘ノ人ナドニハ舟借ス人モナカリケレバ、徒ニ徘徊セラレタリ。[一一]其ヨリ此処ヲ三島江ト云。サテ、「行者（ハ）何方ヘ行玉フベキヤ」ト問玉ヘバ、「[一二]伊与国（ニ）見島有。彼ヘノ便船ヲ可レ尋」ト宣（フ）。[一三]伊与ノ見島ハ賀茂領也。[一四]行者ハ賀茂再誕ナリ。[一五]其儀カト覚ユ。其時迄ハ摂州中島ハナクテ、此辺迄海岸ナレバ、常ニ唐船ナドモ着ヌ。故ニ[3]唐崎ト云。

【校異】

1伊予大夫―底本「伊太夫」。〈長〉などにより訂正。　2アクル―〈長〉「明《アケテ》」。〈尊・京・松〉「明ル」。　3唐崎―〈長〉「接州ノカラサキヲ云」と傍書。

【注釈】

一 守興ノ子玉興〈散位伊与大夫、号二伊与大領一〉 玉興の実伝は不明。「大領」は、郡司の一等官だが、この名が用いられるのは『大宝令』施行（七〇一年）以降という（『国史大辞典』）。一―⑤注釈一に見たように、『法華験記』下・一一一、『今昔物語集』巻一五・四四では、越智益躬を越智郡の大領としていた。**二 人王四十二代文武天皇御宇大化五年〈己亥〉** 文武天皇の在位は六九七〜七〇七年だが、大化五年は己酉、六四九年で、記述が整合しない。『続日本紀』文武天皇三年（己亥。六九九年）五月丁丑（二十四）日条に、役小角配流の記事が見えるので、この年のことを「大化五年」と誤ったものであろう。**三 役優婆塞《エンノウバそく》** 役小角（役行者）。七、八世紀頃、葛城山で修行したとされる山岳信仰の宗教者で、修験道の開祖とされる。生没年未詳。『諸山縁起』第四項「役行者熊野山参詣日記」には、役小角は朱鳥元年（六八六）に二十二歳だったとあるが、九条家本『箕面寺縁起』（『図書寮叢刊・諸寺縁起集』）、『当麻曼荼羅疏』巻六などは、小角の生年を舒明天皇六年（六三四）とし、懸隔が大きい。その事蹟は、前項に見た『続日本紀』の配流記事の他、次項に見る葛城の岩橋の話を中心とした説話が、『日本霊異記』上・二八、『三宝絵』中・二、『扶桑略記』文武天皇三年条・大宝元年条、『本朝神仙伝』三、『俊頼髄脳』「岩橋の夜のちぎりも…」歌条、『奥義抄』中・同前歌条、『今昔物語集』一一・三、『袖中抄』「久米路の橋」項、『和歌色葉』中、『水鏡』中、『色葉和難集』巻一、「葛城山」『後撰集正義』「葛城や久米路の橋に…」歌条、『堀河院百首聞書』「葛城や渡しもはてぬ…」歌条、延慶本『平家物語』巻七、『源平盛衰記』巻二八、『諸山縁起』第一〇項「金峰山本縁起」、『私聚百因縁集』巻八、『真言伝』巻四、『元亨釈書』巻一五、神宮徴古館本『太平記』巻三「桜山自害事」、『当麻曼荼羅疏』巻六、謡曲「葛城」、『六花集』等々、きわめて多くの文献に伝えられる。**四 葛城山ニ久米ノ岩橋ヲ懸ントテ…** 以下の説話は、前項に挙げた諸文献に見える。話の細部には異同が多いが、役小角が、山の間に橋を架けよと神々に命じたものの、果たさなかったとする話。「葛城山」は、大和国と河内国境の葛城山系、主に現在の金剛山を指す。橋を渡そうとしたのは、『日本霊異記』以下、葛城山と大峰（吉野の金峯山）の間とする書が多い。「久米ノ岩橋」の語は、前項の諸説話の中では『私聚百因縁集』に「久米石梯《クメノイハハシ》」と見えるものの、あまり例が多くないが、「久米の岩橋」「久米路の橋」は大和国の歌枕で、恋の途絶えのたとえなどに用いられ、「葛城や久米路に渡す岩橋の中々にても帰りぬる哉」（『後撰集』恋五、よみ人しらず。九八五）、「葛城や高間の山の山風に花こそわたれ久米の岩橋」（『俊成卿女集』二一）など多くの歌がある。また、『袖中抄』などが、「久米路の橋」の解説として役小角説話に触れる。**五 諸神ヲ咒寄(テ)** 橋渡しを命じた相手は、『日本霊異記』「諸鬼神」、『奥義抄』「日本国の神々」、『諸山縁起』「諸国神」など、多くの神々であるとする書が多いが、『俊頼髄脳』『堀河院百首聞書』『詞林采葉抄』のように最初から葛城の一言主神に命じたとする書もあり、最終的には一言主神との争いに話が集約されてゆくのが一般的。**六 一夜ノ中ニ可レ渡約束有ケルニ、不二渡得一夜明ケレバ** この話は、本来、一夜のうちに渡すことを条件としたものではない。『日本霊異記』では、神々は単に山間に橋を架ける労力を嘆いたと読めるし、『三宝絵』『本朝神仙伝』『俊頼髄脳』『今昔物語集』など多くの文献では、神々特に一言主神が自らの醜い姿を恥じて昼は働かず、夜のみ働こうとしたので行者が怒ったとする。ただ、歌学書の類では、たとえば『奥義抄』に「一夜の間に、かの山この山にいしのはしをわたしはじめて」云々のように、「一夜」の語を用いるものが多い。『堀河院百首聞書』「此橋わたしはてずして、夜の明し事」といった記述もある。特に、戦国時代頃の『六花集』では、「一夜の内に渡ける、渡もはてぬ先に夜明にけり」とあって、一夜のうちに渡そうとして果たさなかったと読める。なお、一夜の内に橋を架けようとしたという点、たとえば和歌山県東牟婁郡串本町の「橋杭岩」のように、弘法大師が一夜の内に橋を架けようとしたが、天邪鬼の妨害で果たさなかったとする類の話型への接近ともいえようか。　**七　岩橋ノ夜ノチギリモ断ヌベシアクルワビシキ葛城ノ神**　『拾遺和歌集』雑賀「岩橋の夜の契りも絶えぬべし明くるわびしき葛木の神」（春宮女蔵人左近。一二〇一）。詞書「大納言朝光下﨟に侍ける時、女のもとに忍びてまかりて、あかつきに帰らじと言ひければ」。右の岩橋の伝承をふまえて、「夜が明けたら、岩橋が完成しないままに途絶えてしまったように、私たちの愛情も途絶えてしまうのがわびしいことだ」と歌ったもの。謡曲「葛城」などにも引かれ、著名な歌。　**八　諸神腹立シテ行者ヲ讒奏被レ申ケレバ、御逆鱗有テ行者ヲ流刑（二）被レ処**　『続日本紀』によれば、役小角が流刑に処せられたのは「妖惑」の行いのためだが、『日本霊異記』以下、前掲の諸書の多くは、岩橋の件によって一言主神などの神々が讒言したとする。小角は験力によってなかなか捕らえられなかったので、母を捕らえて人質にしたなどとも伝える。

九　玉輿ハ、行者御過ナキヨシ陳ジ被レ申ケレバ、同罪ニ被レ行ケル　玉輿の件は前掲諸書のいずれにも見えず、本書独自の記述。なお、善応寺本『河野系図』玉輿条では、「和銅年中仁、三嶋大明神相共役行者、自豆州有御上落（上洛カ）而後、霊亀年中、摂津国淀河乃岸仁御臨幸之時、依有因縁、明神玉輿之乗船仁乗移」とあり、役小角は伊豆から三島明神と共に上洛した後、摂津に来て玉輿と出会ったのだとする。続群書類従本『河野系図』（別本）も同様。次項注釈参照。　**一〇　玉輿モ行者モ同途ニテ摂州へ下給フ**　「摂州」は摂津国（現大阪府北部及び兵庫県東南部）。役小角がなぜ摂津へ行くのか、わかりにくい。『続日本紀』以下の諸書では、小角は伊豆に流されたとある。本書もこの後、一―⑩冒頭には「行者是ヨリ伊豆国ニ渡給（フ）」とあり、伊豆へ行くべきだという認識はあるのだろうが、伊豆へ向かうのに「難波アタリ」を流浪したという点も不審。一―③に見たように、観念上、瀬戸内海から伊豆への距離を近いとする観念によるとも考えられるが、前項注釈に見たように、善応寺本・続群書類従本『河野系図』では、役小角が摂津に来たのは伊豆から上洛した後であったとする。摂津に来た理由としては、この方が合理的である。ただし、同『河野系図』では、三島明神と役小角が伊豆から上洛した事情や摂津に下った理由などを全く記さず、その点では不審の残る記述である。一―⑨補注参照。　**一一　其ヨリ此処ヲ三島江ト云**　「三島江」の地名は、大阪府高槻市に残る。歌枕として知られるが、高槻市三島江から淀川下流の鳥養《とりかい》（現摂津市）に至る淀川右岸一帯をさすとされる（『日本歴史地名大系・大阪府』）。なお、本書では、この地を「三島江」と呼ぶ理由が記されないが、善応寺本『河野系図』玉興条では、前項に見たように、三島明神が乗船したとあり、それ故にここを三島江と呼んだのだとする。佐々木紀一「系図と家記」が指摘するように、「三島江」の名の由来はその方がわかりやすい。一—⑨補注参照。　**一二　伊与国（二）見島有**　大山祇神社のある大三島。伊予国越智郡に属する。この後、一—⑨には、「行者下向之時見シ島トアリシ故ニ見島ト云也」とあるが、一方、一—⑪では、「抑《そもそも》三島大明神、御天下ハ、崇峻天皇御宇端正二年〈庚戌〉、当国迫戸《セト》ノ浦ニ天降（リ）玉フ…其時迄（ハ）見島也」ともあって、整合性を欠く。**一三　伊与ノ見島ハ賀茂領也**　大三島を賀茂領とする点は未詳。網野善彦「南北朝内乱の社会史的意義」「中世から見た古代の海民」は、河野氏や三島と賀茂の密接な関係を指摘する。**一四　行者ハ賀茂再誕ナリ**　役小角は、『日本霊異記』に「役優婆塞者、賀茂役公、今高賀茂朝臣也」と記されるように、賀茂氏の出身とされる。　**一五　其時迄ハ摂州中島ハナクテ、此辺迄海岸ナレバ、常ニ唐船ナドモ着ヌ**　摂津の「中島」は、中世から近世に用いられた地域名称。西成郡の神崎川と中津川、中津川と淀川（大川）に挟まれた島形の地をいい、近世以降はこのうち神崎川と中津川間を北中島（現東淀川区・淀川区と西淀川区東部）、中津川と淀川間を南中島（現大淀区と北・福島・淀川三区の一部）といった。中島の称は『太平記』巻二五「藤井寺合戦事」に見えるのが早く、以後、室町幕府の発給文書や当時の日記などにしばしば見られる（『日本歴史地名大系・大阪府』）。　**一六　故ニ唐崎ト云**　唐崎は現高槻市内、前出の三島江の北に残る地名。地名は古代唐船の停泊した河岬（サキ）に由来するとの説があるという（『日本歴史地名大系・大阪府』）。典拠は『大阪府全志』。

一—⑧〈玉興と玉澄の出会い〉

【本文】

[一]爰ニ又唐船二艘見ヘタリ。玉興便船乞玉ヘバ、「[1]入テ二其国一可レ随二其国政一ナレバ、勅勘ノ人ニ如何ン」トテ、不レ借也。今一艘ニ御侘事アリケレバ、「御頼アルヲ甲斐ナク可二申放一哉」トテ、即領掌シ、纜（ヲ）解ク。両人乗テ、漫々タル西海ヲ差テ漕出玉フ。津々浦々ニモ勅命ヲ恐テ寄セザリケレバ、水ニ渇シテ[2]苦ム間、[二]備中ノ沖ニテ、玉興御弓ノ弭《ハズ》ヲ以テ海潮ヲカキ廻テ、「此内ニ可レ有レ水。呑テ見ヨ」ト宣ケレバ、挙レ船ニ是ヲ呑バ即清水也。各渇ヲ止テ蘇生ノ心地シケリ。[三]其ヨリ此沖ヲ[3]水島渡ト云也。

此時玉興船主ニ向テ、「是程難義極タルニ、不意ノ便船ニ依テ今（ニ）命（ノ）存セル事、希代（ノ）縁也。サテ何（ノ）国ノ（人）ゾ」ト問玉ヘバ、船主答テ云、「[四]我ハ[4]唐土越国者也。我母ハ遊女ナリシガ、[五]一ト年日本ヨリ蒙古退治ノタメニ御渡有シ大将軍、伊与大領守興ト申人、我母御妻愛有テ、程ナク[5]懐妊スル也、守興（ハ）御敵ヲ退治シ、御帰リ有。母ハ越国ニテ二子ヲ儲テ候也。日本ヲ恋忍ベドモ甲斐ナク年月ヲ送シ也。[6]母サヘ逝去スル間、孤子ト成テ有ホドニ、越ノ国ノ住居モ懶《ものうく》テ、様々思立、此地ニ渡着ケドモ、案内モ不レ知間、可二尋寄一方モナク、徒ニ日ヲ送ル処（ニ）、便船御頼ニ依テ如レ此也。[六]今一艘（ノ）辞退セシハ我兄ナリ。父（ノ）御前ニモ奉レ逢バヤト、モロトモニ契リタリ。今ハ我ヲ可レ被レ待也」（トテ）、跡ヲ返リ見テ涙ヲ流シケリ。玉興ツク〲ト聞玉ヒテ、「[七]サテハ我弟也、何カ験有」ト宣ヘバ、「[八]御重代（ノ）物ナリトテ、御剣等并御手跡ナドモ有」ト云テ、取出シ懸二御目一ケレバ、無レ疑[7]守興御手跡也。

【校異】

1入テ二其国一―〈黒〉この前に「安程ノ御事ナレドモ」とあり。〈松〉は「一艘ハ安程ノ御事ナレ共」と傍書。　2苦ム―底本「苔ム」。〈長〉などにより訂正。　3水島渡―〈黒〉「水島戸」。〈松〉「渡リ」を「戸」と傍書訂正。　4唐土―底本「東土」。〈長〉などにより訂正。　5懐妊―底本「壊妊」。〈長〉などにより訂正。　6母サヘ逝去スル間―〈黒〉なし。　7守興―底本「玉興」。〈長〉などにより訂正。

【注釈】

一　爰ニ又唐船二艘見ヘタリ　以下の記述によれば、一つは玉興に船を貸さなかった新居の船（一―⑫に「彼唐崎ニテ便船不レ進ヲバ」云々とあり）、もう一つの、頼みを聞いてくれたのが玉澄の船である。困っている旅人を歓待した者と冷たくした者とで運命が分かれるという、蘇民将来や弘法清水に類する話型。なお、続群書類従本『河野系図』（別本）では、三島大明神と役行者が和銅年中に伊豆から上洛した後、霊亀年中に淀川の岸に臨幸し、玉興の船に乗ったという異伝を記す。　**二 備中ノ沖ニテ、玉興御弓ノ弭《ハズ》ヲ以テ海潮ヲカキ廻テ…**　以下、海水をかき回すと、中から清水が湧いたとする。「水島渡」（次項）でのこととされる。前項に見た続群本『河野系図』の異伝では、弓で海をかき回して清水を出したのは三島明神のしわざとされる。　**三 其ヨリ此沖ヲ水島渡ト云也**　現岡山県倉敷市に「水島」の名があるが、前面の「水島灘」にちなんだ名（『歴史地名大系・岡山県』）。このあたりの海をいう。　**四 我ハ唐土越国者也**　以下、玉澄は、守興が大陸に渡っていた時、越国の遊女を寵愛して生ませた子であり、母の死後、日本に渡って来たのであると自己紹介する。「越」は、中国の国名。特に、春秋時代の末に呉と戦って滅ぼした越が著名。現在の浙江省・江蘇省などにあたる地域。しかし、本書においてその正確な位置が意識されているとは考えがたく、次節一—⑨で見るように、「越智」の起源を語るために「越」の名を出したものであろう。なお、続群書類従本『伊予三島縁起』の「十六王子因起感通分」（この部分は神道大系本にはなし）には、「越智氏先祖玉澄者。大唐越州主第一王子豊勝之後胤云々」とある。「豊勝」は未詳だが、七世紀の百済王子・豊璋を連想させる名である。　**五 一《ト》年日本ヨリ蒙古退治ノタメニ御渡有シ大将軍、伊与大領守興ト申人**　守興は、前々節一—⑥では「新羅国」に赴いたとされ、本節では前項に見たように「越」国にいたとされるが、それは「蒙古退治」のためであったとされる。正確な歴史や地理をふまえた記述でないことは明らかである。ただし、前々節「天智天皇ノ御宇ニ…」項に見たように、『日本霊異記』上・一七話は、越智直が百済救援に大陸に渡り、捕らわれたと語る。自らの祖先に異国の血統を交え、その由来を大陸との往還によって語る点は、そうした記憶をもどこかに残した、河野氏らしい伝承として注目される。村井章介「中世日本の国際意識について」は、益躬の鉄人退治（一—⑤）と本節から、朝鮮観と中国観の大きな落差、西国武士の国際意識の複雑さを読み取る。　**六 今一艘（ノ）辞退セシハ我兄ナリ**　「兄」は、この後、一—⑫に新居氏の祖とされる人物だが、名は記されない。続群書類従本『越智系図』では「新居殿」。彰考館本『予章記』巻末付載系図では「高市《タケチ》　号新居橘四郎」。聖藩文庫本『河野家譜』では「玉材」。『姓氏家系大辞典』「新居」「矢野」項に引かれる『矢野系図』『一宮社記』では、「玉守」。なお、続群書類従本『河野系図』（別本）や群書類従本『予章記』巻頭付載系図などは、この「兄」にふれない。　**七 サテハ我弟也、何カ験有**　「験」は「シルシ」と読むか。守興の子である証拠、父の形見などの意。　**八 御重代（ノ）物ナリトテ、御剣等幷御手跡ナドモ有**　「重代」は、祖先から代々伝わること、また伝わる物。ここでは、父守興から伝えられた形見の剣や自筆文書などであろう。そのうち、文書が疑いなく守興の筆跡であったとする。

一—⑨〈越智と河野の由来〉

【本文】

「誠ニ[一]宿縁[1]純熟シテ相逢事モ、併《しかしながら》曩祖御引合也。我年老矣。可レ続レ世ヲ子モナシ。所詮[二]一跡ヲ令ニ相続一国家ヲ可レ譲」トテ、堅ク御契約有テ、又「[三]姓ヲモ小《ヲ》千《ち》ト云ヘバ、先祖ノ御諱也。非レ無レ憚。[四]是亦越ノ人ニ縁有テ家ヲ令レ継故ニ越知ト云ベシ」トテ、音ヲバ本ノ物ニテ、字ヲ改テ越知トゾ申也。又[五]名字ナクテモ不レ叶トテ、「[六]只今探《サクリ》得ツル水ハ、伊与国高縄山ヨリ流出シタル水ノ末ナリ、[七]彼高縄山（ハ）[2]観音薩埵霊験ノ地也。[八][3]当初十六人ノ天童彼ノ処ニ来遊シ玉フ。即三島大明神十六王子霊跡有也。新宮ト号ス。其廟下ヨリ流来水也。我奇瑞有テ是ヲ知レリ。汝モ、然バ彼水上可レ住。サレバ、『[九]水ヲ予里《ワガサト》（ト）スベシ』ト云ヲ二文字ニ成テ、河野ト名付ベシ」。[一〇]故ニ其処ヲモ河野ト云也。[一一]サテ此三人ハ三島へ落着シテ、行者下向ノ時見シ島トアリシ故ニ見島ト云也。[4][一二]神書ニハ、「[一三]東ハ駒ノ蹄《ヒヅメ》ノ届《イタル》ホド、西ハ櫓械ノ及ホド、賀茂ノ御領ニアラズト云事ナシ」ト見（エ）タリ。其儀ニヤ、[一四]此島モ本ハ賀茂（御）領ナリ。[一五]今モ十六王子ノ御社ノ上ニ一段ト有社ヲ葛城ト申ハ、此義分明也。

【校異】

1純熟—底本「潤熟」。〈長〉などにより訂正。　2観音薩埵—〈長〉「観音菩薩」。〈松〉「観音菩薩埵」の「菩」を見せ消ち。　3当初—底本「当社」。〈長〉などにより訂正。　4神書ニハ—底本「神書テ」。〈長〉などにより訂正。

【注釈】

一　宿縁純熟シテ相逢事モ、併《しかしながら》曩祖御引合也　「宿縁純熟（淳熟）」は、機縁が十分に熟し、結果が実現すること。ここでは、玉興と玉澄が偶然出会うという奇跡的な出来事の実現をいう。「曩祖」は先祖。ここでは二人の父の守興。　**二 所詮一跡ヲ令二相続一国家ヲ可レ譲**　玉興には子が無いので、弟の玉澄に跡を譲ろうという。「国家」は、古くは日本国全体を指すような意味で用いられることが多い。十七条憲法第四条「百姓有レ礼、国家自治」（『日本書紀』推古天皇十二年四月条）など。しかし、戦国時代から近世にかけて、特に大名の領国をいう（『角川古語大辞典』）。『葉隠』三・三六、「竜造寺隆信といひし者は名将とおもわれ候。子細は、鍋嶋飛騨守に国家を打任せ候は、能人を見知たる也」など。ここは後者。　**三 姓ヲモ小千《ヲチ》ト云ヘバ、先祖ノ御諱也。非レ無レ憚**　姓を「小千」というのは、先祖の小千御子の名なので、憚られる意。しかし、これまでの叙述で、河野一族の「姓」については記されてこなかったので、突然「姓ヲモ小千ト云ヘバ」とあるのはわかりにくい。この点、善応寺本『河野系図』では、小千御子条に、「末孫以小千為姓、後改号越智」としていた（続群書類従本『河野系図』別本も同様）。「姓《かばね》」は、古く「臣《おみ》」「連《むらじ》」「造《みやつこ》」などの家柄を示す称号を言った。その意味では、一―④に「諸家ノ氏ニ就テ朝臣・宿祢（ノ）差別有リ」とあった「朝臣」「宿祢」こそが、本来の意味では「姓」である。しかし、「かばね」は姓氏の意味でも早くから用いられた。『大鏡』基経「皇胤なれど、姓給てただ人にて仕へて、位につきたる例やある」。ここでは「をち」を姓氏ないし氏の意味で用いている。なお、『伊予三島縁起』には、玉興が三島明神と同船し、越智の姓を賜ったと読める記述があり、関連が注目される。補注参照。　**四 是亦越ノ人ニ縁有テ家ヲ令レ継故ニ越知ト云ベシ**　「小千」（をち）の姓を、中国の「越」から来た玉澄に継がせるので、「越知」と改めたとする。この後、一―⑪では、三島大明神の神託により、「知」を「智」と改めたとする。なお、善応寺本『河野系図』は玉興条で、「玉興、姓小千乃字於改天、換御本地之文字天、号越智越智大義也」とする（続群書類従本『河野系図』別本も同様）。「大通智勝仏」の「智」字を取った意であろう。「越」字に重点のある本書の伝承とは異なる。　**五 名字ナクテモ不レ叶**　「名字《みょうじ》」は、古来、姓氏や名に関わるさまざまな意味で用いられるが、ここでは「氏から出たしかるべき家家に、その住所・名田などにちなんでつけた名」（『時代別国語大辞典・室町時代編』）という定義が最も適合するか。「越智」姓の一族であると同時に、土地の名でもある「河野」の名字を有するということになる。ただし、この話の中では、海水の中から湧き出した清水にちなんで、「河野」の名字と地名を同時につけたことになる。

六 只今探《サクリ》得ツル水ハ、伊与国高縄山ヨリ流出シタル水ノ末ナリ　前節で、水島渡の海中から湧き出した清水は、高縄山から流れ出したものだとする。高縄山は、高縄半島中西部、現松山市に属する、標高九八六メートルの山。山頂に、河野氏の拠った高縄城跡があり、山裾の馬場には河野氏が崇敬した高縄神社がある。　**七 彼高縄山（八）観音薩埵霊験ノ地也**　「薩埵」は「菩提薩埵」の略で、「菩薩」に同。前項に見た高縄神社は、主に三島明神を祀る。また、創建当初は高縄山西斜面の横谷にあり、後に米之野に移った高縄寺は、千手観音を祀る。『愛媛面影』は、これを「高縄観音」と称する。　**八 当初十六人ノ天童彼ノ処ニ来遊シ玉フ、即三島大明神十六王子霊跡有也。新宮ト号ス**　十六王子は、大山祇神の本地である大通智勝仏の十六人の王子とされ、続群書類従本『伊予三島縁起』の「十六王子因起感通分」に詳しく説かれる（この部分は神道大系本にはなし）。十六王子が大山祇神社に祀られていたことは、三島大祝家蔵「大山祇神社古図」に見える。現在も古図の十六王子の位置に、諸山積神社と併せて「十七神社」として祀られる。この十六王子が高縄神社にも祀られたことは、同社に、鎌倉中期の作とされる十六王子像が残ることから確認できる（以上、『大三島町誌・大山祇神社編』参照）。　九『水ヲ予里《ワガサト》トスベシ』ト云ヲ二文字ニ成テ、河野ト名付ベシ　「水可予里」の四文字を、「水」即ちサンズイと「可」で「河」字、「予」と「里」で「野」字とし、「河野」の名とした。同様の発想から名づけられた書に、土居通安が明応八年（一四九九）に著した『水里玄義』がある。ただし、この後の系譜で、実際に「河野」を名乗ったとする人物は、一―⑯の親経「河野新大夫」、親清「河野冠者」を待たねばならない。　一〇　故ニ其処ヲモ河野ト云也　「河野」の地名と氏姓の名が同時につけられたとする起源説話。河野郷は伊予国風早郡、高縄山西麓の地。　一一　サテ此三人ハ三島へ落着シテ、行者下向之時見シ島トアリシ故ニ見島ト云也　「見島」の名の由来については、一―⑦「伊与国（二）見島有」項参照。　一二　神書ニハ　「神書」は、神のことを書いた書物（『日本国語大辞典』）。この場合、何を指すか未詳だが、賀茂社関係の書であろう。次項参照。　一三　東ハ駒ノ蹄《ヒヅメ》ノ届《イタル》ホド、西ハ櫓械ノ及ホド、賀茂ノ御領ニアラズト云事ナシ　「駒の蹄ノ届ホド」は陸路、「櫓械ノ及ホド」は海路をいう。賀茂は上賀茂神社。網野善彦「南北朝内乱の社会史的意義」「中世から見た古代の海民」は、「鴨脚《いちょう》秀文文書」により、この句は、賀茂及び鴨（下鴨）神社の供祭人がしばしば主張した漁撈、交通上の特権の表現であると指摘すると同時に、河野氏や三島と賀茂の密接な関係を指摘する。なお、類句は、覚一本『平家物語』巻一一「逆櫓」に、西海へ出発する義経の奏上として、「陸は駒の足のおよばんをかぎり、海はろかいのとづかん程せめゆくべし」とある。中国の「南船北馬」と同様、日本では「西船東馬」ともいうべき、東日本は陸路、西日本は海路が重視される傾向があった。ここはそうした認識に基づき、その双方を用いてゆける限り、の意。　一四　此島モ本ハ賀茂（御）領ナリ　一―⑦にも、「伊与ノ見島ハ賀茂領也」とあった。前項所引網野善彦論文参照。　一五　今モ十六王子ノ御社ノ上ニ一段ト有社ヲ葛城ト申ハ、此義分明也　未詳。

【補注】

◎「越智」と「河野」　一―⑦から一―⑬まで、玉興が役小角と共に流され、唐から帰った弟達に奇跡的に出会う一連の物語は、「越智」と「河野」、さらには「新居」の起源の物語である。「河野」はもともと「越智」であり、玉澄の代から「越智」と「河野」を名乗ったと語られ、また、「新居」は玉澄の兄（前節に見たように名が一定しない）の子孫だが、玉興との出会いのあり方によって、「河野」よりもやや下風に立つと位置づけられる。ともあれ、これらの一族は、すべて同族であると語られるわけであり、実際、そのように信じられてきた。一―⑤注釈一に見たように、『一遍聖人絵伝』巻一〇では、河野一族の一遍の先祖に「越智益躬」があるとされているし、東大寺の学僧凝然によって正応三年（一二九〇）頃に書かれた『与州新居系図』は、玉澄の数代後の子孫が「新居・別宮・川乃」三家に分かれたとする。鎌倉時代には、こうした認識が確立していたわけである。しかしながら、景浦勉「善応寺文書解説篇」や、山内譲『中世瀬戸内海地域史の研究』は、越智・河野同族説に疑問を呈し、特に山内譲は、『与州新居系図』や、武士団の分布状況の分析などによって、古代に伊予国衙在庁を掌握して権勢を誇った越智氏とそれを継承した新居氏に対して、新興勢力の河野氏は治承・寿永の内乱で勝利し、鎌倉幕府の勢威を背景に大きく勢力を伸ばしたと見る。新居・高市両氏が河野氏と対立していたことの徴証としては、延慶本『平家物語』が、西寂殺害の後、「依之当国ニハ新井武智ガ一族ヲ始トシテ皆河野ニ随候ナリ」（長門本も同様）とすることや、にもかかわらず、その後新居氏・高市氏は、一ノ谷合戦や壇ノ浦合戦で平家方として描かれることを挙げることもできよう。このように考えられるとすれば、『予章記』の記述は、在地の諸勢力を一つの血縁神話の中にとりこみ、河野一族として統合した系譜を作るものであったといえよう。それは、記紀神話が、隼人や出雲、吉備などの諸勢力を天皇家との関係において系譜化していった様相と、近似するものといえるだろう。とりわけ、新居氏との優劣の起源を、玉澄兄弟の玉興に対する応接の善し悪しによって説明する叙述は、蘇民将来的話型であると同時に、記紀が隼人の服属の起源をいわゆる海幸・山幸神話によって語ることにも類比できよう。本書においては、そうした神話的な伝承が、話型や話の断片の形で残存するだけではなく、神話的機能においても継承されている点、大変興味深いものがある。

さて、『伊予三島縁起』では、三十七代孝徳天皇の代に、三島明神が日本を巡礼し、伊予に下向した際、「玉興ノ船ニ御乗在レ之。同海上ニテ住吉ト御対面在レ之。同越智性給レ之」とある。「越智性」は、「越智姓」であろう。だとすれば、三島明神が玉興と同船し、住吉明神とも対面した際に、「越智」姓を賜った話と解せよう。本書一—⑦以来の、玉澄が玉興・役小角と出会い、姓を賜る物語は、『伊予三島縁起』に見えるような、玉興が三島明神・住吉明神と出会い、姓を賜る物語の換骨奪胎であった可能性が強いと考えられようか。また、善応寺本・続群書類従本『河野系図』も玉興条で、玉興が三島明神・役小角と出会ったことや、「越智」への改姓を記す（一—⑦注釈九〜一一及び本節の注釈三参照）。これらの場合、玉興が三島明神・役小角と出会ったとするので、『伊予三島縁起』とも本書とも異なる別伝である。『河野系図』では、役小角の役割が不明確であり、三島明神と共に摂津に来るまでの事情が語られない点、省略があるようにも見え、本書との関係をどう考えるか、判断が難しい。だが、本書の形は、摂津での出会いという設定に無理がある上、河野と新居の優劣へと話を複雑に発展させている点などで、より後次的なものと見るのが穏当か。（佐伯）

一—⑩〈役小角・玉興の赦免〉

【本文】

[一]行者是ヨリ伊豆国ニ渡給（フ）。此人ヲ初、神達ハ、「王位ヲカタムケントセラル、二」（ト）讒奏有シニヨッテ被二流刑一ケルガ、[二]猶世ニ在ヲ恐テ死刑可レ有由重テ奏シ申サル（、）間、勅使ヲ下テ誅セント被レ擬ケル。[三]任レテ勅欲レ切ト時、剣ノ面ニ表文顕タリ。「[四]依二諸神讒言[1]一、無レ咎行者欲レ誅之条、然者三災《サイ》七難（ヲ）世ニ行テ、王法モ可二滅亡一」ト見ケレバ、[五]勅使驚恐テ此由ヲ奏聞申間、君モ御恐有テ行者ヲ被二召返一訖。[六]大宝二年御帰洛有シニ、同時（ニ）玉興モ参洛シ玉フ。

【校異】

1讒言—底本「説言」。〈長〉などにより訂正。

【注釈】

一 行者是ヨリ伊豆国ニ渡給（フ）　「行者」は役行者（役小角）。一—⑦〈玉興と役小角〉に、「御逆鱗有テ行者ヲ流刑（ニ）被レ処」とあったが、配流先は記されていなかった。しかし、該当部注釈一〇に見たように、配流先が伊豆であったことは、諸書が一致して記す。本書もそれを前提にしていると読めようか。

二 猶世ニ在ヲ恐テ死刑可レ有由重テ奏シ申サル（、）間、勅使ヲ下テ誅セント被レ擬ケル　小角の殺害命令は、『続日本紀』には記されない。『日本霊異記』では、命を狙われたらしいことはわかるが、文章が簡略でわかりにくい（次項参照）。『扶桑略記』大宝元年条（「役公伝」引用部）や『諸山縁起』には、白鳳五十六年に一言主の託宣によって小角を殺す勅使が向かったとある（後掲注釈六参照）。『奥義抄』、『和歌色葉』、『色葉和難集』、『袖中抄』、『後撰集正義』、『真言伝』、『当麻曼荼羅疏』などにも類似の記事あり。

三 任レテ勅欲レ切ト時、剣ノ面ニ表文顕タリ　「表文」は、「君主や政府に上奏する文章。また、文章一般」（『日本国語大辞典』）。前項に見た諸書は、『当麻曼荼羅疏』を除き、同様に剣に表文が現れたとする。『扶桑略記』（前項参照）に「行者不レ拒而勅使前蹲居乞二殺刀一、左右肩并面背等、経二三度一、以レ舌舐畢（中略）使受二取其刀一、見二上下一者、有レ文。写二取於締一見者、富慈明神表文也」とあり、小角が自分を殺すための刀をなめると、その刃に富士明神の表文が現れたとする。

『色葉和難集』、『諸山縁起』、『真言伝』、延慶本『平家物語』、『源平盛衰記』にも類似の記事がある。『日本霊異記』「庶下賓（宥カ）二斧鉞之誅一近中朝之辺上故、伏二殺剣之刃一上二富反一」も、難解ながら同様の意であろう。　**四　依二諸神讒言一、無レ咎行者欲レ誅之条、然者三災《サイ》七難（ヲ）世ニ行テ、王法モ可二滅亡一**　前項に見た「表文」の内容。『扶桑略記』は、博士を召して解読させたところ、「天皇可二慎宗（崇カ）一。是非二凡夫一、大賢聖也。早免二殺罪一、速迎二於都城一、尊重可レ令二住修一也」とあったとする。『諸山縁起』、『真言伝』、延慶本『平家物語』、『源平盛衰記』などもこれに近い。『奥義抄』「神の讒言によりてあやまたぬ役行者をつみせらる、ことあたはぬよし」（『和歌色葉』『袖中抄』同文）、『色葉和難集』「行者をころすべからず」など。本書もそれらに類するものだが、「然者三災《サイ》七難（ヲ）世ニ行テ、王法モ可二滅亡一」と、より脅迫的な言辞が加わっている。　**五　勅使驚恐テ此由ヲ奏聞申間、君モ御恐有テ行者ヲ被二召返一訖**　小角が天皇に許され、都に召し帰されたとの記述は、『日本霊異記』以下、多くの書に見えるが、ほとんどは都に帰ったことよりも唐へ渡ったことを記す（母を伴って渡ったとする書が多い）。　**六　大宝二年御帰洛有シニ、同時（二）玉興モ参洛シ玉フ**　大宝二年は西暦七〇二年。『日本霊異記』は赦免を大宝元年のこととする。『扶桑略記』大宝元年条（「役公伝」引用部）や『諸山縁起』は、小角を殺す勅使が向かったのが白鳳五十六年であったとする。「白鳳五十六年」は慶雲三年（七〇六）にあたるか（参考・思想大系『寺社縁起』補注一一三16）。しかし、『扶桑略記』は同じ記事の後半で、小角が赦免後、大宝元年（七〇一）に唐へ渡ったとも記し、解し難い。この点は『扶桑略記』の編者皇円自身が、この記事の末尾に注記している。『扶桑略記』は文武天皇三年（六九九）条にも小角の件を記しており、正確な年紀は定めがたい。本書の場合、玉興が赦免後、次節において、大宝二年に三島明神の祭祀にあたったとする記事に接続する。

一―⑪〈玉興から玉澄へ―三島明神祭祀〉

【本文】

[一]此時奇瑞有テ三島大明神造《ツクリ》[1]レ宮《ミヤ》アリ。

[二]抑《そもそも》三島大明神、御天下ハ、崇峻天皇御宇端正二年〈庚戌〉、当国[三]迫戸《セト》ノ浦ニ天降（リ）玉フ。故ニ此浦ニ社壇有リ。今号二横殿《ヨコドノ》一。[四]其時迄（ハ）見島也。[五]大宝二年〈壬寅〉、文武天皇御尋ニ付テ、当社（ノ）深秘（ヲ）奏達有（ル）間、勅号ヲ被レ成、[六]正一位大山積大明神ト額ニ被レ銘レ之。[七]玉興、竜ノ駒ヲ餉《ヲクリ》玉フ。其黒駁即献二于明神一。故

ニ神厩ノ御馬ハ駮也。御宝殿ノ御戸ニ有二[2]神馬（ノ）図一。[八]玉輿ハ老後「雲上ノ立栖《タヽズミ》懶《ものう》キ」トテ御暇申、帰国アツテ彼島ニ住ス。

[九]越人ヲ舎弟ナガラ猶子ニシテ家ヲ奉二譲与一。[一〇]御名ヲバ[3]玉澄ト[4]申ケル。[一一]宇摩大領樹下大神ト申〈[5]異本ニハ玉純トモアリ不審〉。[一二]高縄山（ノ）麓（ニ）河野ノ館アリ。[一三]姓ヲバ越智ト称ス。[一四]玉輿ハ常ニ島ニ御坐ス。玉澄ハ河野ニ（御）坐ス。時々ハ国へ御渡アツテ風早郡[6]河野郷ニテ御遊山有テ御帰アレバ、御舟本迄モ送（ニ）出玉フ。[一五]有時、今治ノ西畔ニテ御暇請次ニ、「汝国ニアラバ我モ有ン、汝国ニナクンバ我モアラジ」ト御約諾有シ故ニ、[一六]此ヲ[7]因約ノ浜ト云也。[一七]細々御坐ス所へ御音信御消息ナドモ有（ケ）レバ、御島ト申ツケタリ。其時ハ御島ト書テミシマト云也。

[一八]霊亀二年〈丙辰〉以二勅裁一宮作アリ。[一九]大祝安元奉テ、コレヲ造進セシニ、不日ニ事成テ遷宮ノ砌ニ、蓬莱・方丈・瀛州、三島出現シテ、天仙来臨アリシヨリ、三島ト被二改定一。[二〇]其比明神ノ御告有テ、「姓ノ字、日文字ヲ加ヨ」ト有（シヨリ）「越智」ト成シ。[二一]大通智勝仏ノ義ニ叶者歟。[二二]蓬莱・方丈・[8]瀛州ノ出現ノ次第、淡路ノ廃帝天皇御宇マデ（ハ）上聞ニ達（シテ）、別テ御崇敬有ケル。[二三]称徳天皇御宇迄ハ無二造宮之儀一、只瑞籬計曳結テ置ケルニ、此時宝殿社壇等ヲ被二造進一仍、[9][二四]叢祠《そうシヤ》露《ロ》瑩《ケイ》、松《しよう》烟《エン》風《ふう》仰《ゴウ》ト云々。[二五]即三島大明神ト被レ称。

[二六]此比、太宰少弐広嗣《ヒロツグ》謀叛之時、称徳天皇ノ宣旨ヲ蒙テ鎮西ニ発向シテ、[二七]不日ニ[10]追討シテ家名ヲ施ケリ。

【校異】

1造《ツクリ》レ宮《ミヤ》—〈長〉「造営」。　2神馬（ノ）図—〈黒〉「神馬駮《ブチ》之図画」。〈松〉「有二駮之図昼一」と傍書。　3玉澄—

〈黒〉…「玉純」に「イニ玉澄トモアリ」と小書き傍書。〈松〉「澄」を見せ消ちで「純」と訂正、「澄トモアリ」と注記。4申ケル―底本「申ケレ」。〈長〉などによる。5〈異本ニハ玉純トモアリ不審〉―底本割注。〈長〉「異本ニハ玉純トモ丹麻純トモアリ」。6河野郷―底本「河野郡」。〈長〉などにより訂正。7因約ノ浜…底本「因ノ束ノ浜」。〈長〉などにより訂正。8瀛州―底本及び〈長・尊〉など「瀛」。〈黒・松〉により訂正。9叢祠露瑩《そうシヤロケイ》、松烟風仰《しようエンふうゴウ》…〈尊・京・黒・松〉、振仮名を除き同様。〈長〉「叢祠露ノ如ク瑩キ松烟風ノ如ク仰グ」。10追討シテ―底本「追討ノ」。〈長〉などにより訂正。

【注釈】

一 此時奇瑞有テ三島大明神造《ツクリ》レ宮《ミヤ》アリ 「此時」は、前節に見たように、玉興が参洛した大宝二年（七〇二）。「奇瑞」の内容は不明。三島大明神は、愛媛県今治市の大三島に鎮座する大山祇神社。『伊予三島縁起』『三島宮御鎮座本縁』（『神道大系・神社編四二 阿波・讃岐・伊予・土佐国』所収）にも、この前後に社殿造営の記事はあるが、特にその原因となるような「奇瑞」の記事は見えない。 **二 抑《そもそも》三島大明神、御天下ハ、崇峻天皇御宇端正二年〈庚戌〉** 「天下」は「天下り」即ち神としての出現をいう。「端正」は私年号（古代年号）。『二中歴』第二・年代歴に、「端政五年〈己酉 自唐法華経始渡〉」とある。また、長門本『平家物語』巻五・『源平盛衰記』巻一三所引の厳島縁起や、『厳島の本地』その他、厳島縁起の諸書にも所見。久保常晴『日本私年号の研究』は、名称は「端政」、元年は崇峻帝の二年、継続年数は五年とするのが原形に近いとする。『伊予三島縁起』にも、「端政二年〈庚戌〉、自レ天降給」とある。同縁起は「端政元暦己酉」は崇峻天皇の代とし、「卅四代推古天王ノ位同二暦〈庚戌〉、当島迫戸浦ニ雨降、此砌ヲ号二横殿一」とする。崇峻・推古天皇は六世紀末〜七世紀初の天皇。『日本書紀』によれば、在位は崇峻天皇が五八七〜五九二年、推古天皇が五九二〜六二八年。その間の庚戌年は五九〇年。なお、『三島宮御鎮座本縁』は、人代の始めから崇められていた「大山積皇大神」が「伊予国小千郡鼻繰迫戸島」に遷ったのが崇峻天皇二年己酉、勅によって初めて「三島迫戸浜」に「大山積神社」を造立したのが推古天皇の「端政二年甲寅」であったとする。大山祇神社の実際の創始年代は不明だが、『続日本紀』天平神護二年（七六六）四月甲辰（十九日）条に、「伊予国神野郡伊曾乃神・越智郡大山積神、並授二従四位下一、充二神戸各五烟一」とあり、この時期には既に崇敬されていたことが知られる。 **三 当国迫戸《セト》ノ浦ニ天降（リ）玉フ。故ニ此浦ニ社壇有リ。今号二横殿《ヨコドノ》一** 「迫戸浦」は大三島の東側、現今治市上浦町瀬戸。『伊予三島縁起』『三島宮御鎮座本縁』も、当初は迫戸浦に横殿を祀ったとする。初めて祀った宮を「横殿」（横殿宮）とする理由について、『大三島町誌・大山祇神社編』は、「宮浦に大山祇神社の本殿があり、その後別に建てられた社殿、つまり元亨年間に兵火で焼失したのち永和四年に再建されるまでの仮の遷座地に建てられたのが『横殿』ではなかろうか」とする。 **四 其時迄（八）見島也**　一―⑦に、「伊与国（ニ）見島有」とあった。該当部注釈一二に見たように、本書では、「見島」「三島」の呼称の由来について、整合しない数種の記述がある。この後、「御島」の表記を、蓬莱・方丈・瀛州の三島にちなんで三島と改めたともある。 **五 大宝二年〈壬寅〉、文武天皇御尋ニ付テ…**　文武天皇は、在位六九七〜七〇七年。大宝二年（七〇二）に、三島大明神に勅号が下ったという件は未詳。『三島宮御鎮座本縁』は、大宝元年に、「小千玉澄」が勅命によって「横殿宮ヲ同嶋乾ノ方遷二ス磯辺之浜一ニ」とする。 **六 正一位大山積大明神ト額ニ被レ銘レ之**　前掲「抑《そもそも》三島大明神…」項に見たように、『続日本紀』によれば、大山積神は天平神護二年（七六六）に従四位下に叙せられている。 **七 玉興、竜ノ駒ヲ餉《ヲクリ》玉フ。其黒駁即献二于明神一。故ニ神厩ノ御馬ハ駁也**　未詳。 **八 玉興ハ老後「雲上ノ立栖《タヽズミ》懶《ものう》キ」トテ御暇申、帰国アツテ彼島ニ住ス**　前節末にあったように、参洛していた玉興が地元に帰り、大三島に住んだ意。 **九 越人ヲ舎弟ナガラ猶子ニシテ家ヲ奉二譲与一**　「越人」は玉澄（次項）。一―⑧に見たように、守興が大陸に渡っていた時、越国の遊女に生ませた子とされる。 **一〇 御名ヲバ玉澄ト申ケル**　校異3参照。玉澄は一―⑧に登場して以来、描かれてきたが、ここで初めて名を記される。『与州新居系図』では、新居・別宮・川乃（河野）三家の祖とされる、伝承上の重要人物。手向山八幡宮本『河野系図』では、「三島大明神社造立人也」と注記される。 **一一 宇摩大領樹下大神ト申**　「宇摩」は、東予地方東部をいう古代以来の旧郡名。「樹下」は、一―⑤注釈二参照。一―⑤冒頭では、益躬への割注に、「号鴨部大神、府中樹下ニ御館有リ。仍樹下ノ押領使ト云」とあった。また、一―⑭には、「息利〈樹下押領使ト云〉」とある。 **一二 高縄山（ノ）麓（ニ）河野ノ館アリ**　河野氏の本拠・河野郷は高縄山の西麓あたりをいう。現松山市北条地区。 **一三 姓ヲバ越智ト称ス**　「ヲチ」姓は一―④で見た小千御子に由来するとされ、「越智」の表記は一―⑨で見たように、「越人」玉澄に由来するとされるが、「智」字を用いるのはこの後、三島明神の神託によるとされる。 **一四 玉興ハ常ニ島ニ御坐ス**　現実政治をつかさどる玉澄が河野にいたのに対して、引退した玉興は大三島にいて、時折は対岸に訪れたとする。 **一五 有時、今治ノ西畔ニテ御暇請次ニ…**　以下、大三島から対岸を訪れた玉興と玉澄が、一体であることを誓ったとする。 **一六 此ヲ因約ノ浜ト云也**　今治北部の海岸をいうのだろうが、未詳。 **一七 細々御坐ス所ヘ御音信御消息ナドモ有（ケ）レバ、御島ト申ツケタリ**　「御音信」「御消息」の「御」によって「御島」と呼んだとする。先には「見島」とも記されていた。 **一八 霊亀二年〈丙辰〉以二勅裁一宮作アリ**　霊亀二年（七一六）は、元正天皇の代。『三島宮御鎮座本縁』では、大宝元年から霊亀二年まで十六年かけて、本社神殿及び大己貴神社・事代主神社・大市姫神社・荒神社を造営したとする。 **一九 大祝安元奉テ、コレヲ造進セシニ、不日ニ事成テ遷宮ノ砌ニ、蓬莱・方丈・瀛州、三島出現シテ、天仙来臨アリシヨリ、三島ト被二改定一**　「蓬莱・方丈・瀛州」は、中国で、はるか東の海上にあると想像された三つの神山。不老不死の神仙が住むとされた。ここでは、遷宮に際して、海上に神山が出現したとするか。未詳。　**二〇　其比明神ノ御告有テ、「姓ノ字、日文字ヲ加ヨ」ト有（シヨリ）「越智」ト成シ**　先に、一—⑨で、「小千」を「越人」にちなんで改めた際は、「越知」としていた。その「知」を、「日」を加えて「智」に改めた意。　**二一　大通智勝仏ノ義ニ叶者歟**　「大通智勝仏」（大通智勝如来）は、『法華経』化城喩品に見える仏の名。偉大な通智によって勝れた者の意。大山祇神の本地とされる。ここでは、「智」字が「大通智勝仏」に通う意であろう。一—⑨の注釈四にも見たように、善応寺本『河野系図』は玉興条で、「姓小千乃字於改天、換御本地之文字天、号越智越智大義也」とする。　**二二　蓬莱・方丈・瀛州ノ出現ノ次第、淡路ノ廃帝天皇御宇マデ（八）上聞ニ達（シテ）、別テ御崇敬有ケル**　「淡路ノ廃帝」は、淳仁天皇。在位七五八〜七六四年。藤原仲麻呂（恵美押勝）の乱の後、廃され、淡路に流された。霊亀二年（七一六）の三島出現の奇瑞以降、淳仁天皇在位の時期までは、朝廷の尊崇を受けたとするか。しかし、次項との整合性がわかりにくい。この時期を区切りとする意識は、『伊予三島縁起』『三島宮御鎮座本縁』からは窺えない。　**二三　称徳天皇御宇迄ハ無㆓造宮之儀㆒、只瑞籬計曳結テ置ケルニ、此時宝殿社壇等ヲ被㆓造進㆒**　この前後、文脈がわかりにくい。大宝から霊亀年間の社殿造営と、その後の衰退・復活をいうように見えるが、前項は、淳仁天皇の代まで、朝廷の尊崇が続いていたように読める。あるいは、淳仁天皇の頃まで社殿の造進が途絶え、それを歎いていたが、称徳天皇の代に社殿造営がなされたという意を誤ったものか。称徳天皇は、聖武天皇第一皇女。七一八〜七七〇年。孝謙天皇として、在位七四九—七五八年。その後重祚、称徳天皇として、在位七六四〜七七〇年。前項の淳仁天皇は、その重祚の前に在位した天皇であった。　**二四　叢祠《そうシヤ》露《ロ》瑩《ケイ》、松烟《しようエン》風仰《ふうゴウ》**　「叢祠」（そうし）は、草木の茂みにあるほこら。「露瑩」（ろえい）は、露が玉のように光るさま。『本朝無題詩』・月下言志（藤原茂明）「露瑩鶴警野村外、風冷馬嘶関隴頭」。「松烟」は、松を燃やす時にのぼる煙。「風仰」は、吹く風を仰いでいるさまをいうか。全体として、社殿が立派な建物ではなく、草木の中に埋もれ、風雨にさらされているような状態にある意をいったものか。　**二五　即三島大明神ト被㆑称**　再び社殿が造営されて尊崇を集め、「大明神」と呼称されるようになった意か。　**二六　此比、太宰少弐広嗣《ヒロツグ》謀叛之時、称徳天皇ノ宣旨ヲ蒙テ鎮西ニ発向シテ…**　藤原広嗣の乱。藤原式家宇合の長子・広嗣が、天平十二年（七四〇）、九州で起こした反乱。聖武天皇の代であり、記述に時間前後がある。　**二七　不日ニ追討シテ家名ヲ施ケリ**　九州での反乱だったので、朝敵追討を伝統とする河野（越智）氏が追討したとするのだろうが、追討軍への参加などの事実は未詳。

一―⑫〈新居の由来〉

【本文】

[一]彼唐崎ニテ便船不レヲバ進、家兄ナレドモ、其時ノ恨ニ依テ玉興御中違也。[二]然ドモ[1]玉澄心得ニテ当国へ渡リ、新居郡ニ居住シテ新居トゾ申ケル。[三]明神モ[2]河野ヲバ「朝日弥高」、新居ヲバ「夕日弥入」ト仰ケルヲ恨申テ、其比[四]橘長者清正ト云人、[五]当国々司ニテ下ケルニ契約シテ、姓ヲサへ橘ト改ラル。

[六]平家物語十一巻ニ、長門国赤間関ニテ、[七]平家方ヨリ、「伊与国ノ住人新居橘四郎」トテ、[八]和田太郎義盛ガ矢ヲ射返ケルニ、義盛ガ矢道ニ三段計射越テ[3]弓精ノ名ヲ挙タリケルトアリ。

【校異】

1玉澄―〈黒〉「玉純ノ」。〈松〉「澄」を見せ消ち、「純」と訂正。　2河野ヲバ「朝日弥高」、新居ヲバ「夕日弥入」―〈長〉「河野ノ朝日弥高、新居ノ夕日弥低」。　3弓精…〈長・黒〉「弓勢」。

【注釈】

一　彼唐崎ニテ便船不レヲバ進、家兄ナレドモ、其時ノ恨ニ依テ玉興御中違也　一―⑧で、玉興に船を貸さなかった、玉澄の兄。該当部注釈六「今一艘（ノ）辞退セシハ我兄ナリ」項に見たように、名がはっきりしない人物で、新居・高市一族の祖先とされる。以下、⑬〈新居の子孫―高市武者所清儀・華厳三郎など〉まで、新居氏に関わる叙述。　**二　然ドモ玉澄心得ニテ当国へ渡リ、新居郡ニ居住シテ新居トゾ申ケル**　「当国へ渡」ったのは、玉興に嫌われた、玉澄の兄。玉澄の配慮によって、新居郡への居住を許されたとする。河野本家からは一段劣った存在と位置づけられているわけである。　**三　明神モ河野ヲバ「朝日弥高」、新居ヲバ「夕日弥入」ト仰ケル**　三島明神が、河野を朝日、新居を夕日に譬えたとする話は未詳。河野側に都合良く作られた伝であろう。　**四　橘長者清正**　『神道集』巻六「三嶋大明神事」に、「平城天王ノ御末にて橘ノ朝臣清政ノ長者」「平城天王ノ七代の御孫子、橘ノ諸兄ノ卿ノ末子、橘ノ朝臣清政長者」「イヨノ国尾田ノ郡ノ地頭、橘ノ朝臣清政長者」などと見える名。『神道集』では、清正が大和の長谷寺に申し子をして授かった子が鷲にさらわれ、やがて都に上って朝廷に仕えるが、自分の出生の秘密を聞いて四国に下り、父母との再会を果たして、ついには三島大明神になったとする。平瀬修三「『神道集』巻第六「三嶋大明神事」考」や、松本隆信「本地物草子と神道集」が論じるように、伊予国にあった伝承であろう。清正の名を伴う同様の伝承は、お伽草子『みしま』や、三宅島を中心とした伊豆諸島の神々の縁起を語る『三宅記』（『神道大系神社編一六駿河・伊豆・甲斐・相模国』所収）などにも見られる。しかし、本書では、そうした三島明神縁起や鷲の捨て子伝承には触れず、次に見る「新居橘四郎」の名を説明するために、「橘」姓の由来として、現地で著名な「橘清正」の名を借りたに過ぎないようである。　**五　当国々司ニテ下ケルニ契約シテ、姓ヲサヘ橘ト改ラル**　橘清正は、『神道集』では、国司として下ったとは記されないが、前項に見たように平城天皇の子孫、橘諸兄の子とされるので、中央から下ってきたとする理解ではあろう。なお、『姓氏家系大辞典』は、「新居」項2で、「新居氏は、何時とはなく、橘姓と称するに至れり」とし、「橘」項53で、「信じ難き点甚だ多きも、此の氏が橘姓を称せし事は明白にして、且つ中央橘氏の流にあらざる事も、想像するに難からず。而して橘清正など云ふ人は、橘系図に見えざれば、此等は後世付会の伝説にて、恐らく橘嫗再生説より遂に橘氏となりしものとすべきか。或は地生を負ひて遂に姓とせしなるか、両者その一なるや必せり」とする。　**六　平家物語十一巻ニ、長門国赤間関ニテ…**　以下、『平家物語』巻十一「遠矢」による。壇ノ浦合戦で、源氏勢の和田義盛が、陸上から三町（三百メートル余り）の距離を飛ぶ矢を射てきた。平家勢はそれに対抗して、新居紀四郎親清が和田義盛以上の距離を射返したが、源氏勢は浅利与一が四町余りの距離を射て新居を射倒したという。『平家物語』諸本に基本的には共通する記事。山内譲『中世瀬戸内海地域史の研究』は、次節に見る「高市ノ武者所清儀」などの例と共に、源平合戦において新居氏が平家側に付いたことを示すと指摘する。河野氏が早くから平家に反旗を翻し、源氏側に付いたことは著名で、この時期の両者の間に対立関係を見ることができよう。　**七　平家方ヨリ、「伊与国ノ住人新居橘四郎」トテ…**　現存『平家物語』諸本では、八坂系四類本の彰考館文庫蔵如白本が「新井橘四郎」「新井ノ橘四郎橘ノ親清」、同系統の米沢市立図書館本が「新井ノ記四郎」「新井ノ喜四郎橘ノ親清」とするが、「橘」の字は記さない本が一般的。覚一本・流布本「仁井の紀四郎親清」、屋代本・平松家本・鎌倉本・国民文庫本「新居紀四郎親家」、竹柏園本「新居紀四郎親清」、延慶本「新井四郎家長」、長門本「新紀四郎親家」、源平盛衰記「新居紀四郎宗長」、四部合戦状本「新居《アライ》紀四郎」など。本書が依拠した『平家物語』本文は、二―②では四部合戦状本・源平盛衰記の祖本に近い本文と想定されるが、本節の場合、新居が「橘」を名乗ったことの具体例としての文脈なので、依拠した『平家物語』本文にかかわらず「橘」とすることもあり得るので、依拠本文を特定することは難しい。　**八　和田太郎義盛ガ矢ヲ射返ケルニ、義盛ガ矢道ニ三段計射越テ弓精ノ名ヲ挙タリケルトアリ**　新居紀四郎が射返した矢が和田義盛を越えたとする点は『平家物語』諸本同様だが、「三段計」（三〇メートル余り）とする点は、延慶本に近い。盛衰記は四段、覚一本・流布本・四部合戦状本などは一段、国民文庫本は二段など。これも、依拠本文の特定は難しい。

【補注】
◎新居の由来　一―⑨の補注に見たように、新居氏は、実際には本来、河野氏とは別の勢力であり、伊予国で権勢を誇った越智氏の継承者であったと見られる。しかし、本書は神話的な伝承によって、新居氏を河野氏と同族と位置づけた上で、河野氏の新居氏に対する優越を語る。本節はその仕上げともいうべき部分。玉興に対する応援の相違により、新居氏の祖先は零落するはずだったが、玉澄の計らいにより新居の地に住んだとされ、さらに三島明神からは河野の朝日に対して新居は夕日であると言われたと記して、その優劣を決定づける。ただし、新居の子孫の著名な伝承についても、本節から次節〔新居の子孫〕にかけて語る。同族の名誉という意識はあると見られよう。また、それが河野氏と対立する平家方での活躍であったことは、さほど意識されてないようである。次節でも高市武者所清儀の平家方での活躍を記す。（佐伯）

一―⑬〔新居の子孫―高市武者所清儀・鯖売の華厳三郎など〕

【本文】

新居[一]ト云テ後、二三代過テ、兄弟（ノ）別有ケルヲ高市ト云。其孫[二]、元暦ノ比、高市ノ武者所清儀・同太郎友儀ト云者、摂州[三]生田ノ森ノ攻口ニテ、鹿ヲ射テ弓勢ノ聞ヘアリケル。道後[四]伊与郡三谷ト云処ニ在テ氏寺ヲ立、多喜寺ト号ス。本尊[五]ノ像ニ清儀ガ骨ヲ作籠ケルト也。其孫[六]繁盛シテ、吾河郷ニ居住スルヲ吾河ト云。

又、高市ノ始、親類ノ中ニ、各別[1]シテ弓馬ノ名ヲ得タル者アリ。後醍醐[七]天皇（ノ）山門へ御臨幸ノ時、最前ニ馳参ジ、供奉仕タリシ勲功ニ依テ叡感ニ預リ、三八十[2][八]ト云紋ヲ玉ハリ、幕ニ付名ヲ挙ケル井門[イ]ノ一族是也。其時八十三騎ニテ参リタリシ故也。

此家[九]ニ昔華厳三郎ト云異俗アリ。河[一〇]（ノ）江ニアツテ鯖カゴヲ荷テ売シガ、後ニ南都東大寺供養ノ導師ヲ君ノ御夢想ニ依テ被㆓仰付㆒ケレバ、勤タリシ故、華厳[一一]三郎ト勅裁アリケル。其外種々奇特アリシ者也。

又、岡田郷[3][一二]（ニ）居住スル一族アリシヲバ、岡田ト申シケル。是等ハ皆高市末裔也。新居[一三]一党モ八ヶ村アリ、所謂周敷・越智・今井・松本・難波江・徳永・高部、新居共ニ八ヶ村也。子[4]孫繁茂シテ多々ナレバ、不レ遑レ記レ之。

【校異】

1各別シテ―〈黒〉「各別ノ」。　2三八十ト―〈長〉「三八ナト」。　3岡田郷―〈長〉「岡田郡」。〈松〉「郡」を見せ消ち、「郷」と訂正。　4子孫―〈長・尊・京〉「孫枝子葉」。

【注釈】

一 新居ト云テ後、二三代過テ、兄弟（ノ）別有ケルヲ高市ト云　新居氏と高市氏の関係について、『与州新居系図』は、玉澄の数代後の子孫が、新居・別宮・川乃（河野）の三家に分かれたとするが、その新居の子孫に「国義　高市大夫」などの高市氏を記す。また、彰考館本『予章記』付載系図は、玉澄の兄の位置に「高市《タカチ》号新居橘四郎」と記す。　**二 其孫、元暦ノ比、高市ノ武者所清儀・同太郎友儀ト云者…**　以下、『平家物語』巻九「坂落」による。「一の谷のうしろ鵯越」に上った義経勢が、坂落を決行する直前、軍勢に驚いた大鹿二頭、牝鹿一頭が、平家陣に向かって落ちて行った。それを見て、平家の陣を守っていた「伊予国住人武知の武者所清教」が、大鹿二頭を射止めたが、越中前司盛俊に、罪作りであり、矢の無駄だと制せられたという。以上は覚一本によるが、他本も概ね同様で、人名は、「武知」に、流布本・延慶本・長門本・源平盛衰記・八坂系如白本・両足院本・同米沢本「武智」、平松家本・竹柏園本・百二十句斯道本「高市」など、また、「清教」に、延慶本・長門本・源平盛衰記「清章」、四部合戦状本・八坂系如白本・両足院本・同米沢本「清則」などの表記の異同がある程度で、「友儀」は未詳。これも依拠本文は特定できない。山内譲『中世瀬戸内海地域史の研究』は、『与州新居系図』に、高市一族のうち国成の五世の孫として「清義《ノリ》〈源四郎武者所。本瀧口〉」と見える人物であろうと指摘する。　**三 摂州生田ノ森ノ攻口ニテ、鹿ヲ射テ弓勢ノ聞ヘアリケル**　『平家物語』の記述では、一ノ谷合戦の大手・生田の森ではなく、搦手の一ノ谷側のことであったとされる。山から鹿が落ちてくる描写は、生田の森にはふさわしくない。　**四 道後伊与郡三谷ト云処ニ在テ氏寺ヲ立、多喜寺ト号ス**　多喜寺は、伊予市上三谷字大替地《おがいち》にあったが、現在は廃寺。寺跡に石造層塔があり、軸部に「建治三年丁丑七月十三日」の文字がある（正岡健夫『愛媛県金石史』）。建治三年は、一二七七年。　**五　本尊ノ像ニ清儀ガ骨ヲ作籠ケルト也**　未詳。　**六　其孫繁盛シテ、吾河郷ニ居住スルヲ吾河ト云**　「吾河」は、現伊予市上吾川・下吾川。元久二年（一二〇五）の石清水文書にみえる石清水八幡宮領の「吾河保」はこの地域にあったと推定される。ここには鎌倉期の初め平家方の高市俊儀・秀儀がいたとされる。二―⑫で通信の合戦相手とされる、元暦二年正月十六日に「高平（高市カ）源太秀則」か。該当部注釈五参照。　**七　後醍醐天皇（ノ）山門へ御臨幸ノ時、最前ニ馳参ジ…**　以下は、後醍醐天皇が足利尊氏の軍勢を避けて山門に行幸した、建武三年（一三三六）正月、あるいは同年五月の件をいうか。しかし、そこに井門あるいは高市の一族が真っ先に駆けつけたという件は未詳。河野一族が宮方で活躍したことは著名であり、『太平記』では、「河野」あるいは「土居」「得能」の名で多く描かれるが、「高市」の登場は四国の情勢を描く場面にほぼ限られ、中央での戦いには描かれない。　**八　三八十ト云紋ヲ玉ハリ、幕ニ付名ヲ挙ケル井門ノ一族是也**　校異2参照。「三八十」の紋は未詳だが、『見聞諸家紋』（群書類従）には、鳥の絵に「三十万」と記す家紋を、「越智氏得能〈佐々木本鳥ナシ〉」として記す。これに類するものか。なお、やや類似する伝承として、久下重光が頼朝挙兵に真っ先に馳せ参じて「一番」の文字を賜り、家紋としたという伝承が、『太平記』巻九に見える。　**九　此家ニ昔華厳三郎ト云異俗アリ**　以下の記述は、『今昔物語集』一二・七、『東大寺要録』巻二・供養章、『建久御巡礼記』東大寺条、『古事談』巻三・二話、『宇治拾遺物語』一〇三話、『本朝新修往生伝』三九・沙門円能伝などに見える説話に関わるか。『今昔物語集』によって述べれば、東大寺開眼供養に際して、当日、寺の前に最初に来た者を読師にすると定めると、鯖を売る翁が来た。翁は供養を終え、鯖を入れていたイカキを置いて去るが、鯖と見えたのは『華厳経』八十巻であった。この話は華厳会の起源とされ、『建久御巡礼記』などでは、翁が梵語を話した、突き立てて去った杖が枝葉を生じたなどの奇瑞をも語る。また、翁が忽然と消えたことにより、華厳会の講師は後戸からかき消すように去るのだともいう。その他、話の細部には異同がある。山折哲雄『神から翁へ』は、この翁を海神の系譜に属すると見る。浅見和彦「翁の族類」は、種々の類話との関連を検討する。　**一〇　河（ノ）江ニアツテ鯖カゴヲ荷テ売シガ、後ニ南都東大寺供養ノ導師ヲ君ノ御夢想ニ依テ被二仰付一ケレバ…**　『今昔物語集』以下の説話は、前項に見たように、東大寺供養に神仏が化現した話と解されるが、本書の場合、「異俗」とし、また、「君ノ御夢想」によって導師を務めたとする点も独自。鯖売りの翁を新居・高市一族の人間とするようであり、この伝承に伴う儀礼や習俗があったようにも読める。あるいは、魚商人の習俗などに関わる伝承とも考えられようか。松前町には、「松前のおたた」と呼ばれる女性の魚商人の伝統があるが、網野善彦「伊予国二神島をめぐって」は、こうした漁撈特権は中世の「職人」的な海民の特権に起源を持つと見る。　**一一　華厳三郎ト勅裁アリケル**　「華厳三郎」の名は、前掲の諸書に見えない。鯖売り翁を神仏の化現とする説話では、こうした名付けの発想は生まれないだろう。ただし、「華厳」の名は、右記の伝承に関わると見られる。未詳。　一二 **岡田郷（二）居住スル一族アリシヲバ、岡田ト申シケル**　「岡田」は現伊予郡松前町の北西部。　一三 **新居一党モ八ヶ村アリ…**　以下、新居氏の八つの氏族を挙げる。地名と対応する名が多い。「周敷《すふ》」は『和名抄』に見える郡名で、現西条市西部の「周布《しゅう》」に地名が残る。「越智」も『和名抄』に見える郡名。高縄半島の大部分と、芸予諸島をいう。今井は、周桑平野の西部。現西条市丹原町今井。松本は、現伊予市上吾川の松本か。難波江・徳永は、未詳。高部は、現今治市高部か。

一—⑭〈好方—純友追討〉

【本文】

[一]玉澄ノ子益男、周敷ノ郡司ト号ス。[二]其子実勝〈西条御館ト云〉。[三]其子深躬〈桑村御館ト号ス〉。[四]其子息村《ヤス》〈桑村御館〉。[五]其子息利〈[1]樹下押領使ト云〉。[六]其子息方〈大井御領〉。[七]其子好方〈越智郡ノ押領使ト云。在国シケリ〉、[八]是朱雀院ノ御宇也。

[九]天慶二年〈己亥〉、純友《スミとも》ト云逆臣、九州ヲ押領シテ宣旨ヲ背ケリ。[一〇]仍退治スベキ由ヲ好方ニ被二仰付一。[一一]朝敵退治ハ先例タル上、[一二]綸命、赤地ノ錦鎧直垂ヲ賜ル間、罷向（フ）。[一三]被官奴田新藤次忠勝ヲ差遣シ純友ガ頸[2]ヲ令レ取。[一四]其比村上ト云者、新居ノ大島ニ流謫セラレテ年久住シ故ニ、海上ノ案内者、船上ノ達者ナレバ、好方勅許ヲ申請テ同道ス。[一五]其外、中国・西国武士引率シテ、彼此三百余艘ニテ九州ノ地ニ押渡、退治シ畢。忽（チ）武勇ノ威名ヲ揚（ゲ）、忝モ御感綸言ヲ蒙リ、[一六]此時三島大明神御託宣ニ、「吾奉レ守二朝廷一ヲ事無二シ余念一」ト云（々）。

【校異】

1〈樹下押領使ト云〉―底本「樹下〈押領使ト云〉」。〈長〉などにより訂正。　2頸―底本「頭」。〈長〉などにより訂正。

【注釈】

一　玉澄ノ子益男、周敷ノ郡司ト号ス　文脈は一―⑪を承ける。人名はいずれも伝承上のもので、未詳。「周敷」は前節一―⑬注釈一三参照。　**二　其子実勝〈西条御館ト云〉**「西条」は現西条市あたり。　**三　其子深躬〈桑村御館ト号ス〉**「桑村」は現西条市桑村。　**四　其子息《ヤス》村〈桑村御館〉**　続群書類従本『河野氏系図』、同『河野系図』（別本）では、「興村」とする。両本は、以下、「興利―興方」と、「息」に代えて「興」を用いる。　**五　其子息利〈樹下押領使ト云〉**「樹下」は、一―⑤注釈二「号鴨部大神府中樹下…」項参照。「押領使」は、令外の官。はじめは兵士を管理統率する役で、戦乱の時に任命される臨時の職であったが、のち転じて常置の職となり、部内の盗・狼藉の者を逮捕鎮圧する役となった（『国史大辞典』）。　**六　其子息方〈大井御領〉**「大井」は、『和名抄』に野間郡の大井郷として見える地名。現今治市大西町大井浜あたり。　**七　其子好方〈越智郡ノ押領使ト云。在国シケリ〉**「越智郡」は前節注釈一三に見た。「在国シケリ」は、玉興などが朝廷に仕えて在京したとされるのに対していうか。　**八　是朱雀院ノ御宇也**　朱雀天皇は、九二三～九五二年。醍醐天皇第十一皇子。九三〇～九四六年在位。　**九　天慶二年〈己亥〉、純友《スミとも》ト云逆臣、九州ヲ押領シテ宣旨ヲ背ケリ**　いわゆる天慶の乱。藤原純友は、良範の子。伊予掾として赴任・土着し、伊予の日振島を根拠地としていた。天慶二年（九三九）十二月、摂津国須岐駅で備前介藤原子高を襲撃した。関東の平将門と同時期の反乱に、朝廷は動揺したが、将門敗死の後、天慶四年二月、宮道忠用が伊予の純友の本拠地を攻撃した。純友は九州に逃れ、五月、大宰府を襲撃したが、小野好古らの軍に敗れて伊予に帰り、六月二十日、警固使橘遠保に討たれた。　**一〇　仍退治スベキ由ヲ好方ニ被㆓仰付㆒**　越智氏あるいは河野氏が、当時、純友追討に参加したという記録は見えない。九州に逃げた純友を討ったのは小野好古であり、純友を討ち取ったのは橘遠保であると伝えられる（『本朝世紀』天慶四年五月十九日条、同七月七日条）。ただし、その七年後、『貞信公記抄』天暦二年（九四八）七月十八日条に、越智用忠が「海賊時功」によって叙位を受けたとの記述が見え、越智氏が純友側ではなく政府側についたことは認められようが、顕著な戦功があったとはいえまい（小林昌二「藤原純友の乱と伊予地域」）。　**一一　朝敵退治ハ先例タル上**　一―⑤には「夷敵退治ノ事（ハ）家ノ先例」、一―⑥には、「此守興迄ハ朝敵退治三ヶ度也」と見えた。さらに、本節の好方は、二―⑲において、「是（ハ）先祖好方ノ純友退治ノ例ニマカセテト有」と回顧される。好方の純友退治は事実からは遠いだろうが、河野氏の伝承としては朝敵退治の例の中にはっきり位置づけられているわけである。　**一二 綸命、赤地ノ錦鎧直垂ヲ賜ル間、罷向（フ）**　朝廷から追討の命令と共に「赤地ノ錦鎧直垂」を賜ったとする。善応寺本などの『河野系図』にも見える所伝。『蒙古襲来絵詞』では河野通有が赤地錦の直垂を着用しているさまが描かれ、詞書には河野通信が源平合戦において着用した直垂とされる。本書では、この後、一―⑯に、その親清への相伝が記される。また、二―⑦に引かれる寿永三年正月十一日付の義経文書の中には、「抑《そもそも》錦之直垂事、可レ存二其旨一候」と見えるが、『水里玄義』には、この文書が「錦直垂の事」の項目の中に収められ、「越智好方、朱雀院（の御宇）純友を退治せし時、錦ノ直（垂）を勅許せられ、通明の時、亦義家より伝来の例に依りて通清・通信これを相承せり」とする。本書ではさらに、四―⑥にも、「征夷将軍吏部親王、御直垂ヲ召替テ御対面アリ。是ハ通直ノ錦ノ直垂ニテ出仕之間、俄御衣ヲ召替タリ。実ニ面目ノ至也」とあるが、これも『水里玄義』の同じ項目に引かれる。岡田利文「新居浜における藤原純友伝承をめぐって」は、「家宝赤地錦の鎧直垂の由緒について、河野氏の伝承は、直接的には源氏との関係にその起源を求めようとしながら、それに留まらず、なお古く遡って越智好方の純友追討伝承に結びつけることによって、より一層の歴史的権威づけをはかろうとする」と指摘する。　**一三 被官奴田新藤次忠勝ヲ差遣シ純友頸ヲ令レ取**　善応寺本『河野系図』なども同様に記す人名だが、同時代の記録には見出せず、史実は未詳。「奴田」は安芸国沼田庄（現広島県三原市）であろう。沼田氏は、純友を倒した藤原倫実の子孫であるという伝承を『楽音寺縁起』に残しており、また、本書二―④などに、河野氏との関係が伝えられる。岡田利文「新居浜における藤原純友伝承をめぐって」は、この沼田氏の伝承が改変されて河野氏の家伝の中に取り込まれたのが、本節の所伝であると見る。　**一四 其比村上ト云者、新居ノ大島ニ流謫セラレテ年久住シ故ニ…**　以下、「村上ト云者」が、好方を案内し、純友を討ち取ったとする。善応寺本などの『河野系図』や『水里玄義』などにも見えない、本書独自の所伝。「村上」の名は、南北朝時代頃から登場する村上水軍を連想させる。本書では、四―⑤に「村上三郎左衛門尉義弘」が登場、以下の記事にも「村上」の名が散見される。岡田利文「新居浜における藤原純友伝承をめぐって」は、新居大島を拠点として一四世紀に活躍した村上義弘の記憶に基づいて、好方の所伝の中に「新居ノ大島ニ流謫」された「村上」が書き加えられたものと見る。　**一五 其外、中国・西国武士引率シテ、彼此三百余艘ニテ九州ノ地ニ押渡、退治シ畢**　「中国・西国」全体の武士を統率する存在として、好方を描く。二―②や二―⑥で引用される『平家物語』では、通信の率いる船は十艘から三十艘とされるが、ここではそれらよりもはるかに大きな兵力として描かれる。　**一六 此時三島大明神御託宣ニ、「吾奉レ守二朝廷ヲ一事無シ二余念一」ト云（々）**　類似の表現として、三―⑥にも、三島明神の託宣として、「吾朝家ヲ守リ逆臣ヲ討伐スル事、暫モ休事ナシ」とある。河野氏が「朝敵退治」を標榜することは右の注釈にも見たとおりだが、三島明神も、『伊予三島縁起』巻頭には、「天神第六代面足尊惶《カシコネノ》根尊ノ末孫代々異国ノ敵誅伐ノ目録」とあるなど、こうした性格があったものか。

一―⑮〈好峯から親孝〉

【本文】

[一]其子好峯、野万（ノ）押領使ト云。[二]其子安国、風早大領ト号ス。[三]其子安躬、喜多郡司ト云。[四]其子元興[1]、温泉郡司。[五]其子元家〈久米権介〉。[六]其子家時〈和介大夫〉。[七]其子為世〈浮穴御館〉、[八]嵯峨天皇第十御子、藤原（ノ）姓ヲ賜テ伊与国被レ下、成二家時聟君一ト被レ続レ家ヲ故、姓ヲモ越智ト改レ之。「[九]代々無官五位タルベシ」ト被二宣下一ト云。[一〇]当家ノ元祖自二王氏一出タル故、又王子相続シ玉フ者也。

其子為時、浮穴四郎大夫。[一一]其子時高、浮穴新大夫。他本ニハ時孝トアリ、不明[2]也。其子為綱〈風早大領伊与権介〉。[一二]其子親孝〈北条大夫〉、氏長者ト云、蒙二リ勅裁一ヲ朝廷ニ（伺）候ス。[一三]孝霊天皇ヨリ四十二代[3]、功名[4]先祖ヲモ欺ホド也。仍如レ此被レ召ケル。[一四]玉澄ヨリ十八世[5]也。其弟宗綱（八）為二ル庶子一ト故ニ寺町判官代ト号ス。宗綱ノ子宗孝三郎、其次宗吉・盛宗等、皆寺町ト称ス。

【校異】

1元興―底本「元奥」。〈長〉などにより訂正。　2不明―〈長〉「不分明」。　3四十二代―〈長〉「四十一代」。〈尊・京・黒・松〉や聖藩文庫本なども含め、「四十二代」が一般的。注釈一三参照。　4功名―〈長〉「功名アリ」。　5十八世―〈長〉「二十世」。〈尊・京・黒・松〉や聖藩文庫本なども含め、「十八世」が一般的。注釈一四参照。

【注釈】

一　其子好峯、野万（ノ）押領使ト云　「其子」は、前節に見た好方の子の意。以下、為世までの系譜の人名はいずれも伝承上のもので、未詳。「野万」は「野間」（濃満）で、『和名抄』所載の古代伊予国の郡名。高縄半島の北部。　**二　其子安国、風早大領ト号ス**　「風早」は、『和名抄』所載の古代伊予国の郡名。

高縄半島の西部（海上の忽那諸島を含む）。　**三 其子安躬、喜多郡司ト云**　「喜多郡」は、『日本三代実録』貞観八年（八六六）十一月八日条以下に見える郡名。伊予国の西部で、現在の喜多郡と大洲市あたり。　**四 其子元興、温泉郡司**　「温泉郡」は、『和名抄』所載の古代伊予国の郡名。高縄半島の西南部で、現在の松山市・東温市に含まれる。　**五 其子元家〈久米権介〉**　「久米」は、『和名抄』所載の古代伊予国の郡名。松山平野の東部。　**六 其子家時〈和介大夫〉**　「和介」は「和気」で、『和名抄』所載の古代伊予国の郡名。松山平野の北部。　**七 其子為世〈浮穴御館〉**　『与州新居系図』は、「為世」を、別宮・川乃（河野）両家と分かれた新居氏の祖とするが、その系譜は『予章記』とは全く異なる。「浮穴《うけな》」は、『和名抄』所載の古代伊予国の郡名。古くは「ウキアナ」と読んだようである。現在の松山市から東温市・久万高原町にわたる地域。　**八 嵯峨天皇第十御子、藤原（ノ）姓ヲ賜テ伊与国被レ下、成二家時聟君一ト被レ続レ家ヲ故、姓ヲモ越智ト改レ之**　ややわかりにくいが、家時に子が無かったので、嵯峨天皇の御子に藤原姓を与えて伊予に下し、家時の聟として家を継がせ、姓を越智と改めた、それが為世であるとの意。続群書類従本『越智系図』は、為世に「浮穴御館。家時無二世子一。賜二皇子一為二婿君一。号二養子一。令レ継レ家」云々と注記する。嵯峨天皇は、七八六〜八四二年。在位は八〇九〜八二三年で、前節で数代前の「好方」を「朱雀天皇の御宇」（九二三〜九五二）としていたのと、時代が合わない。あるいは、単に「皇子」として、天皇の名を記さない形が本来とも考えられようか。しかし、いずれにせよ、もとより虚構であり、河野氏の系譜に天皇家の尊貴な人物を加えた伝承である（次節一—⑯補注参照）。なお、『水里玄義』は、一—②で見た伊予親王を桓武天皇皇子とするが、その伊予親王が伊予に下って家時の娘・和気姫をめとって婿となり、生まれた子が為世であるとして、為世を嵯峨天皇皇子とする説は、伊予親王が朝家に背いたために作りなした説であるとする。同書が為世を「人祖」とするのは、河野氏の真の血統が、天皇家の血筋を受けてここに始まる意か。『予章記』諸本や続群書類従『越智系図』などの諸系図の説とは異なり、河野氏の伝統的な所伝から外れ、「伊予親王」を桓武天皇皇子と解した故に創作された異伝と見られるが、『予章記』がここで「嵯峨天皇」の名を持ちだし、大幅な時代錯誤を犯していることや、『与州新居系図』に見るように「為世」が重要な名として伝承されていたことも、こうした異伝の創作の理由となったと考えられようか。　**九 「代々無官五位タルベシ」ト被二宣下一ト云**　天皇の子である為世への処遇として、その子孫を代々無官の五位とする意。　**一〇 当家ノ元祖自二王氏一出タル故、又王子相続シ玉フ者也**　一—②で見たように、河野氏の祖先が孝霊天皇の皇子である伊予親王に始まるので、ここで再び皇子が家を相続した意。　**一一 其子時高、浮穴新大夫。他本ニハ時孝トアリ、不明也**　「他本」云々の部分は、異同の多い黒田本や松平文庫本なども含め、多くの諸本に基本的に共通。上蔵院本も、「時高」への割注に、「異本此間ニ時孝ト次第ス。未分明故略レ之」とする。これら現存諸本以外の「他本」ということになる。一方、続群書類従本『越智系図』は「時孝〈浮穴新大夫〉」とする。『越智系図』に近い異本『予章記』が存在したことになろう。未詳。

一二 其子親孝〈北条大夫〉、氏長者ト云、蒙二リ勅裁一ヲ朝廷ニ

（同）候ス　朝廷への伺候は、玉興以来ということになろう。為世が嵯峨天皇皇子であったとすることと、次代の親経が源親清を養子としたとするため、この辺りの代で中央との関わりが必要とされた故の所伝か。　**一三　孝霊天皇ヨリ四十二代**　校異3参照。孝霊天皇—伊予皇子—小千御子—天狭貫—天狭介—粟鹿—三並—熊武—伊但馬—喜多守—高縄—高箕—勝海—久米丸—百里—百男—益躬—武男—玉男—諸飽—万躬—守興—玉興—玉澄—益男—実勝—深躬—息村—息利—息方—好方—好峰—安国—安躬—元興—元家—家時—為世—為時—時孝—為綱—親孝。孝霊天皇を第一代と数えれば、親孝が四十二代目。初代を孝霊天皇ではなく伊予皇子とする、また、玉興・玉澄の兄弟は一代と数えるなどの数え方の問題で、数え方が異なる可能性はあろう。　**一四　玉澄ヨリ十八世也**　校異5参照。系譜は前項に見たとおり。玉澄を第一世とすれば、親孝は十九世となるが、玉澄の子の益男以下の代数を数えたものか。長福寺本の「二十世」は不審。

一—⑯〈親経、源親清を養子とする〉

【本文】

[一]親孝ノ子親経〈河野新大夫、又氏長者ト云〉。[二]此比清和源氏（ノ）正統（ニ）伊予入道頼義、当国ノ国司トシテ在国アリ。[三]親経ト同志ニテ、国中ニ四十九ヶ処之薬師堂、八ヶ所八幡宮建立セラル。毎事知己《ちキ》ナリ。親経ニハ女子一人計ニテ[1]相継ノ者ナキ故ニ、[四]頼義（ノ）末子ヲ聟ニ取、家ヲ令レ続。頼義ノ子四人アリ。嫡子ハ八幡太郎義家、源氏之正統[2]任二陸奥守一、其子六条判官為義、其子義朝、其子頼朝等是也。次男賀茂次郎。三男新羅三郎義光、甲斐源氏（ノ）元祖也。四男三島四郎親清ト号ス。[五]家ヲ継テ河野冠者伊与権介ト名ク。故ニ頼義ヨリ依二契約一、赤地錦鎧直垂・白旗等相伝ス。[六]平治二年、後白河院ノ院宣ヲ承テ、任二伊与国々務職一。

【校異】

1相継ノ者—〈長〉「相続スル者」。〈黒・松〉「相続ノ者」。　2任—底本「住」。〈長〉などにより訂正。

【注釈】
一　**親孝ノ子親経〈河野新大夫、又氏長者ト云〉**　本節の親経・親清までは伝承上の人物で、史実を確認できない。これまでは主に「越智」を名乗ったとしていたが、ここから「河野」を名乗ったとする点、注意される。「河野」は、『和名抄』風早郡に河野郷として見える地名。高縄山西麓で、現松山市北条地区。「越智」と「河野」の関係については、一―⑨補注参照。　二　**此比清和源氏（ノ）正統（ニ）伊予入道頼義、当国ノ国司トシテ在国アリ**　源頼義は、九八八～一〇七五。清和源氏、源頼信の嫡子。前九年合戦（十二年合戦）の功により、康平六年（一〇六三）二月、伊予守に任じられた（『扶桑略記』など）。しかし、二年後の治暦元年（一〇六五）、頼義は伊予守重任を申し出たが（『本朝続文粋』巻六）、これは叶わなかったようで、治暦二年には源顕房が伊予権守として所見（『公卿補任』）。この間、恩賞問題などに追われた頼義が、伊予国に足を運んだとは考えがたい。親経と縁があったとは、伊予守の官職に着想を得た虚構であろう。　三　**親経ト同志ニテ、国中ニ四十九ヶ処之薬師堂、八ヶ所八幡宮建立セラル**　未詳。頼義が晩年、極楽往生を願って罪障消滅を祈り、堂（いわゆる「みのう堂」「みのわ堂」）を建てたとする説話は、『続本朝往生伝』三六話、『古事談』巻五などに見えて有名。そうした伝に関わるか。　四　**頼義（ノ）末子ヲ聟ニ取、家ヲ令レ続**　以下、頼義には八幡太郎義家・賀茂次郎・新羅三郎義光・三島四郎親清の四人の子があり、親清を婿に取ったとする。義家・義綱（賀茂次郎）・義光の三者は諸系図に確認できるが、「親清」は不明。架空の人物であろう。　五　**家ヲ継テ河野冠者伊与権介ト名ク**　親清が「河野冠者」を名乗ったとする。親経の「河野新大夫」に続くもの。　六　**赤地錦鎧直垂・白旗等相伝ス**　「赤地錦鎧直垂」は、一―⑭注釈一二参照。河野氏の家宝とするか。白旗は源氏の宝として相伝した意であろう。　七　**平治二年、後白河院ノ院宣ヲ承テ、任二伊与国々務職一**　平治二年（一一六〇）は、平治の乱の翌年。この時期の伊予守は、前年末の平治の乱直後から平重盛である（『公卿補任』長寛元年条、『平安遺文』三〇九三号など）。「河野親清」が院宣によって伊予の国務にあずかったとするのは、もとより虚構である。

【補注】
◎**養子・為世と親清**　孝霊天皇に始まるとされる河野一族の系譜は、次節二―①で、実在人物である河野通清の伝に入る直前に、嵯峨天皇の皇子という為世と、源頼義の子という親清の二人の養子が、中央から下って来て家を継いだことを記す。もとより虚構と見られることは言うまでもない。だが、皇室の血統も親経で絶え、源氏の血統も親清で絶えて、次節では三島大明神の申し子として通清が誕生し、系譜は結局、三島大明神の子孫としての河野一族という伝承に回帰してゆく。それでもこうした養子の相続を記しておくことには、いかなる理由があるのだろうか。第一に、河野一族の歴史を中央の尊貴な家系に関わるものとして荘厳し、権威化することが重要であったろう。また、第二に、天皇家との関係を語ることは、代々「朝敵追討」の家柄を誇る河野氏にとって、その根拠となる問題であり、源氏との関係を語ることは、この後、河野氏が源平合戦において平家政権に叛いて源氏側で激しく戦うことの根拠を示していると考えられよう。第三に、一―⑨の補注「「越智」と「河野」」で見たように、本書の系譜は、本来は別の一族である越智や新居と河野を、同一の氏族として一つの系譜のもとに語るものである。そうした擬制的な「血統」に、こうした断絶が挟まれることは、現実とは異なる系譜を語る上で、むしろ都合の良いことであったとも考えられようか。ともあれ、次節で、歴史的実在人物である河野通清の記述に入る前に、その系譜は、さまざまな想像力によって自由奔放に叙述されているわけである。本書において、平安時代までの古代は、そうした神話的伝承の時代であった。（佐伯）

（二）通清〜通有（平安末〜鎌倉時代）

二―①〈通清誕生―蛇聟入〉

【本文】

又[一]、親清ニモ長子[1]ナカリケレバ、女中[二]〈親経ノ女〉、氏神三島宮ヘ参籠有テ、家事ヲ祈請セラル。其比[三]迄ハ家督タル人ノ社参ニハ、丑ノ時ニ諸社[2]燈明ヲ悉ク消シテ参玉ヘバ、明神（モ）三ノ階迄御出有テ、御対談有シ事也。如レ其女中参勤有テ心中（ノ）趣具《つぶさ》ニ申玉ヘバ、明神モ下ラセ玉フ。「就レ中《なかんづく》長子ナクテハ誰ニ家ヲバ可レ令レ継」ト仰有ケレバ、明神ノ御声ニテ、「親清[四]ハ異姓（ニシテ）他人也。努々《ゆめゆめ》不レ可レ為二種姓一」トアリケル。女中、「シカラバ我身ヲ何トテ男子トハ成シ玉ハヌヤ。サテハ子孫ヲ御絶シ可レ有哉」ト申玉ヘバ、明神モ道理ニ攻ラレ（玉ヒ）テ、「然[五]バ今一七日伺候アレ」トテ、神ハアガラセ玉フ也。御託宣ニ任テ又七ヶ日、御社籠有ケル。（第）六日ニ当ル夜半程ニ、長《たけ》[六][3]十丈余ノ大蛇ノ身ヲ現シテ、御枕本ニ寄玉フ。本[七]ヨリ大剛ナル女中ナレバ少モ不レ騒、其時ヨリ御懐胎有テ男子一人出来玉フ。

其形[八]、常ノ人ニ勝テ容顔微妙ニシテ、御長八尺、御面[九]ト両ノ脇トニ鱗ノ如クナル物アリ。小[4][一〇]跼《セクミ》シ背溝《せみぞ》無也。面[5][一一]前ノ異相ナルヲ恥玉テ、人ニ向フ事ヲ慎（ミ）、常ニ手ヲ挿《カザシ》レ頭ニ玉ヘバ、「河野ノ物恥」ト申伝タリ。烏帽子[一二]ニ手形ノ有事（モ）此謂ナリ。河野[一三]新大夫ト云、後ニ伊与権介通清ト称ス。是[一四]ヨリ通ノ字ヲ名乗ル也。其故[6][一五]ハ、明神一夜密通ノ義ヲ以テ云レ爾。即[7][一六]大通知勝ノ理顕然タリ。然[一七]ルヲ今諸人是ヲ名乗ル事、太《ハナハダ》以不レ可レ然也。十[8][一八]八ヶ村ハ、皆連枝ノ末葉ナレバ不レ苦歟。其[一九]モ無ハ二引付一可レ有二斟酌一。況ヤ雑人共付（ク）事ハ惣ジテ不レ謂、可レ有二制止一事也。抑[二〇]、此通清、外儀《トザマ》ハ親清ノ子、真実ハ明神ノ権化也。然[二一]者御身近ク可レ被二召遣一人ハ、先祖相尋テ可レ定。殊[二二]御台給仕、加用ノ人能々可レ撰。他[二三]人不レ可レ令レ綺《イロハ》。先人モ大ニ誡被レ置也。

【校異】

1長子―〈黒〉「実子」。〈松〉は「長」を見せ消ち、「実」と傍書。2諸社―底本「詣社」。〈長〉などにより訂正。3十丈―〈長〉「十六丈」。4小跼《セクミ》シ背溝《せみぞ》無也―底本「小跼《セクミ》シ背溝《セシリ》無也」。「せみぞ」のルビは〈京・黒・松〉による。〈長〉「小シ跼テ背溝無也」、〈尊〉「小跼シテ背溝無也」、〈京〉「小跼《セク、ミ》テ背溝《セミソ》無也」、〈黒〉「小シ跼《セクヾミニテ》背溝《セミソ》ナシ」。〈松〉「小跼シテ背溝《セミソ》無シ也」（「也」は見せ消ち）。5面前―底本及び〈長〉「而前」。〈尊・京・黒・松〉による。6其故ハ―〈尊〉、以下「…可レ有二制止一事也」までなし。7即大通知勝ノ理顕然タリ―〈黒〉なし。8十八ヶ村ハ―〈黒〉この前に「尤可レ然《キハ》ル」とあり。〈松〉は〈黒〉と同文を傍書補入。

【注釈】

一　又、親清ニモ長子ナカリケレバ　「長子」を黒田本・松平文庫本は「実子」とするが、この後の「就レ中長子ナクテハ」の部分は同様に「長子」。「長子」を嫡男、跡継ぎの意で用いるのだろう。　**二　女中〈親経ノ女〉**　前節（一―⑯）に見たように、親清は源頼義の末子を聟に取った人物とされていた。この女は、その親清と結婚した、親経の娘。なお、「女中」は、室町時代には「しかるべき人の夫人の敬称」（『時代別国語大辞典・室町編』）として用いられた。　**三　其比迄ハ家督タル人ノ社参ニハ、丑時ニ諸社燈明ヲ悉ク消シテ参玉ヘバ、明神（モ）三ノ階迄御出有テ、御対談有シ事也**　この頃、三島明神は、家督たる人物が丑時（午前二時頃）に灯明をすべて消して参詣するならば、姿を現して対談したという。この後、二―⑪に、通信が明神の勧めを聞かずに袖を引き切って帰り、怒った明神がその時から面談しなくなったとの記述がある。「三ノ階」は、神殿の階段を三段目まで下りて来る意か。　**四　親清ハ異姓（ニシテ）他人也。努々《ゆめゆめ》不レ可レ為二種姓一**　三島明神の言葉。親清は源氏の血筋なので、河野の家を継がせてはならないとする。　**五　然バ今一七日伺候アレ**　「一七日」（いちしちにち）は七日。寺社への参籠・参詣は、七日を単位とし、「一七日」「二七日」…「七七日」（四十九日間をいう）などと数える。　**六　長《たけ》十丈余ノ大蛇ノ身ヲ現シテ、御枕本ニ寄玉フ**　三島明神の正体は蛇であったとする。蛇神が人間の女と婚姻し、子孫を残すのは三輪山型神話に類する異類婚の始祖伝承の類型。補注参照。　**七　本ヨリ大剛ナル女中ナレバ少モ不レ騒**　親経の娘は剛気な女性で、蛇体の神に動じなかったという。異類婚姻の神話や説話、昔話などでは、たとえば三輪山型神話の神が美男の姿で女と交わるように、異類（神）は本来の姿を露わさずに人間と交わり、正体を現した時には破局となるのが通例といえよう。神が蛇の姿を現して女性と交わったとする例は珍しい。補注参照。

八 其形、常ノ人ニ勝テ容顔微妙ニシテ、御長八尺 以下、通清の異相を語る。生まれた子が常人でないと語るのは、蛇聟入を含む異類婚姻譚にしばしば見られる類型。たとえば、豊後の緒方氏の祖先で、蛇神・高知尾明神の子とされる緒方三郎（あかがり大太）は、覚一本『平家物語』巻八では「せおほきにかほながく、たけたかかりけり」、延慶本『平家物語』第四（巻八）では「九国ニ聞ユル程ノ大力、何事ニ付テモ人ニ勝レタル者」、『源平盛衰記』巻三三では「容顔モユ、シク、心様モ猛カリケリ」とされる。「御長八尺」即ち身長が二メートル四〇センチもあったとするのはそうした類型による誇張表現の一つといえよう。但し、ここで「容顔微妙」とするのは美しかった意だろうが、この後で「面前ノ異相ナルヲ恥玉テ、人ニ向フ事ヲ慎（ミ）」とするのは矛盾。 **九 御面ト両ノ脇トニ鱗ノ如クナル物アリ** 前項に見た緒方三郎は、延慶本『平家物語』では「彼ノ大太ニハ背ニ蛇ノ尾ノ形有ケリ」、『源平盛衰記』では「後ニ蛇ノ尾ノ形ト身トニ鱗ノ有ケレバ」等と描かれる。多くの諸本で、手足にいつもあかがりが切れていたとするのも、蛇の鱗との類似によるものであろう。また、越後の五十嵐小文治の伝説では、脇の下に鱗が三枚あったなどとされる（『日本伝説大系・三』）。蛇神の子の印（聖痕）。 **一〇 小蹋《セクミ》シ背溝《せみぞ》無也** 校異参照。「小」は「少し」の意。「蹋」の訓みは、京大本・黒田本の「せぐくみ」がよい。背が丸く、前かがみになっていること。「背溝」は未詳だが、背骨の脇のくぼみをいうか。背中にくぼみがなく、前かがみなのは、蛇体の形状との類似をいうものであろう。 **一一 面前ノ異相ナルヲ恥玉テ、人ニ向フ事ヲ慎（ミ）、常ニ手ヲ挿《カザシ》レ頭ニ玉ヘバ、「河野ノ物恥」ト申伝タリ** 「異相」は、容姿が通常と異なっていること。良い場合にも悪い場合にもいうが、ここでは「恥」「慎」とあるので、醜い意か。しかし、先に「其形、常ノ人ニ勝テ容顔微妙ニシテ」とあったので、矛盾する。異類婚の始祖伝承では、生まれた子を特別な力を持つ者と描くが、同時に異類に似た異様さを残すと伝えることもある。その両面が交錯したものか。

一二 烏帽子ニ手形ノ有事（モ）此謂ナリ 未詳。 **一三 河野新大夫ト云、後ニ伊与権介通清ト称ス** 河野通清。生年は未詳だが、その死は、『吉記』養和元年（一一八一）八月二十三日条に、「伝聞、伊予国在庁川名大夫通清、被二誅伐一云々」と見える。「新大夫」の名や「権介」の官名は未詳だが、「大夫」の称は『吉記』に確認できる。 **一四 是ヨリ通ノ字ヲ名乗ル也** 「通」が河野氏の通り字（実名に、祖先から代々伝えてつける文字）であったことをいう。通清以下、通信・通継・通有・通治…と続き、嫡子以外の男子にも皆「通」字がついている。

一五 其故ハ、明神一夜密通ノ義ヲ以テ云レ爾 前項の通り字「通」は、三島明神との「密通」の「通」であるとする（女は親清の妻なので、密通となる）。但し、同時に次項のように「大通知（智）勝」の「通」でもあるとされる。 **一六 即大通知勝ノ理顕然タリ** 「大通知（智）勝」は、一―⑪に見えた「大通智勝仏」をいう。『法華経』化城喩品に見える仏の名で、大山祇神の本地とされる。 **一七 然ルヲ今諸人是ヲ名乗ル事、**

太《ハナハダ》以不レ可レ然也　以下、「通」の字を誰もが名乗るようになったとして、それに対する禁制を述べる。　**一八　十八ヶ村ハ、皆連枝ノ末葉ナレバ不レ苦歟**　「十八ヶ村」は、河野一族に属するとされた十八の氏族。この後、二―④では沼田次郎の子孫が、二―⑤では出雲房宗賢の子孫が、十八ヶ村に入ったとある。長福寺本の末尾付載記事「河野家之覚」に、十八の氏族の名が列挙されている。　**一九　其モ無ハ二引付一可レ有二斟酌一**　「引き付け」は紹介、引き合わせなどをいう。河野家の主な人物から紹介などを受けずに、勝手に名乗ってはならない意であろう。　**二〇　抑、此通清、外儀《トザマ》ハ親清ノ子、真実ハ明神ノ権化也**　通清は、親清の子の形をとってはいるが、実は三島明神の子であったとする。「外儀」は仏教語で、外面にあらわれた姿や立ち居ふるまいの意だが、ここは表向き、外面の意であろう。「とざま」には「表向き、おおやけの場」などの意味がある。「権化」は本来、仏が仮に人間の姿をとって現れた者、化身の意だが、ここでは、通清が三島明神の化身そのものであったとまでいうわけではなく、明神が奇跡的に人間界に残した子、といった意味か。　**二一　然者御身近ク可レ被二召遣一人ハ、先祖相尋テ可レ定**　河野家の当主が身近に召し使う者は、素姓の良い者でなければならない、血筋をよく調べて決めるべきであるとの意。次項参照。　**二二　殊御台給仕、加用ノ人能々可レ撰**　「御台」は貴人の食事を敬っていう語。前項に続き、河野家の当主が身近に召し使う女性は、素姓の良い者でなければならない意。親清の妻が三島明神との密通によって通清をもうけ、女系によって河野氏の血統を守ったことから、女系の血統も重要である意か。　**二三　他人不レ可レ令レ綺《イロハ》**　「いろふ」は、関与する意。ここでは、素姓のわからない者を当主の身の回りのことに関与させてはならない意。

【補注】

◎通清出生と三輪山型神話・蛇聟入伝承　本節から二―③までは、通清の伝である。注釈一三「河野新大夫ト云、後ニ伊与権介通清ト称ス」に見たように、通清は河野一族で初めて中央の記録に名を留めた存在である。『予章記』は、親清までで現実離れした神話の時代を終え、通清から歴史時代に入るといえようが、その通清の出生は、古代の神話的叙述の掉尾を飾るともいうべき神婚譚、異類婚（蛇聟入）伝承によって語られる。但し、山内譲「『一遍聖絵』と伊予三島社」が指摘するように、『一遍聖絵』（一遍上人絵伝）巻十には、「祖父通信は、神の精気をうけて、しかもその氏人となれり」とあり、この記述は、神婚伝承なのかどうか微妙なものだが、通信を神との婚姻によって生まれた子とするものとも読めよう。同書と『予章記』所伝との関係をどう考えるかは難しいところだが、あるいは、神婚によって生まれた子を、通清ではなく通信とする異伝が存在したと考えられようか。だが、通清・通信いずれであるにせよ、河野一族が意識する自家の歴史において、古代から中世への転換期、河野一族の飛躍の時期となった動乱期に、一族の血統を一新させる神話的由来が置かれていたことや、そうした神話的由来を語る意識が鎌倉時代には存在していたことがうかがえるといえよう。さて、蛇神または蛇との神婚・異類婚による始祖伝承としては、娘に通ってくる男に糸をつけて跡をたどり、正体を知ると語る三輪山型神話・蛇聟入苧環型の伝承が著名であり、『古事記』崇神天皇条をはじめ、『新撰姓氏録』巻一七・大神朝臣条、『肥前国風土記』松浦郡の条の他、『平家物語』諸本の巻八「緒環」に見える緒方一族の始祖伝承としても伝えられている。とりわけ、大和と豊後の大神氏が、伝承の母胎として注目される。また、沖縄の『遺老説伝』にも見える。昔話としては蛇聟入苧環型として各地に伝わり、越後の五十嵐小文治や信濃の小泉小太郎をはじめとした伝説も著名である。さらに、高麗の『三国遺事』巻二にも、後百済の甄萱の伝として見え、渡来民に関わる神話ともいわれる。（以上、佐竹昭廣「蛇聟入の源流」、関敬吾『昔話と笑話』、吉井巌『天皇の系譜と神話・二』、馬淵和夫「三輪山説話の原郷」など参照）。同話型に基づく説話は多いが、『俊頼髄脳』「三輪の山いかにまちみむ…」歌条や、『化物草子』等では苧環型の話型を残しつつも始祖伝承の形を失っており、昔話では、蛇の子を堕胎する結末となっているのが一般的である。蛇の子を堕ろす話は、早く『日本霊異記』中巻四一話にも見え、これも蛇神の神聖性を失った蛇聟入説話と捉えることができよう。一方、蛇聟入水乞型昔話は、田の水などと引き替えに娘を差し出せと要求する蛇を退治したと語るものが一般的だが、『天稚彦物語』は、大蛇に嫁ぐことを決意した娘が大蛇に言われてその首を切ると美男が現れたとして、蛇身をとっていた男との結婚を語る作品であり、これに類する筋の昔話もある（但し始祖伝承には展開しない）。『予章記』の場合、源氏とされる親清が一旦家督を継いだ後、三島明神の子たる通清によって新たな河野氏の歴史を始める、まぎれもない始祖伝承であり、その意味では三輪山型神話に近い。しかし、神が正体を隠して娘に通うという三輪山型（苧環型）の基本的話型ではなく、夫のある女が神に祈り、蛇体を現した神と交わるという物語展開は、特異なものといえよう。河野家の歴史を、三島明神の子を始祖として語り直す必要により、一般的な異類婚の物語を改作して作られたものと見るべきだろう。

（佐伯）

二—②〈通清の活躍と討死—平家物語の引用〉

【本文】

[一]治承年中当国々務職ニ任ゼラル。武芸ノ名弥昌《いよいよさかん》ニシテ、天下ニ博聞スル也。[二]保元・平治ノ比、源平相争テ天下大乱シケルニ、弐心《ふたごころ》ナク源家ヲ贔屓シテ、軍功ヲ被レ抽。[三]平家物語ニモ、養和元年二月ニ西国ヨリ平家ヘノ註進ニ、「[四]伊与国住人河野介通清ハ、去年ノ冬ヨリ謀叛ヲ起シ、[五]当国道後・道前ノ堺、高縄ノ城ニ楯籠間、[六]備中国住人奴可入道西寂、[七]備後ノ鞆《トモ》浦ヨリ兵船十艘ニテ押渡、[八]高

縄城へ寄テ通清ヲ討取ル。国中[九]并阿波・讃岐・土佐等ヲ静メ、正月・二月ノ間（ハ）居住スル処ニ、通清[一〇]ガ子息河野四郎通信、高縄城ヲバ忍出、安芸[一一]国沼田郷ヨリ兵船三十艘ホド、海士ノ釣舟ノ体ニテ浮出、西寂ヲ窺ホドニ、西寂[一二]ハ不レ知レ之、去三月廿一日ニ宿海[一三]ニテ室・高砂ノ遊君ヲ集テ船遊シケル処（ヘ）、通信[一四]押寄テ西寂ヲ虜テ、高縄城ニ曳上セ、張[一五]《ハツ、ケ》（付ニ）シタトモ申、又（ハ）鋸ニテ頸[2]ヲ切タルトモ申也。依[一六]レ之新居・高市ヲ始トシテ四国[3]ノ住人等、悉ク河野ニ付随フ」トゾ告タリケル。

【校異】

1治承年中―〈長〉は右肩に「人王八十高倉ノ御代」との注記あり。　2頸―底本及び〈京〉「頭」。〈長〉などによる。
3四国―〈長〉「西国」

【注釈】

一 **治承年中当国々務職ニ任ゼラル**　「治承年中」は、一一七七～一一八一年。「国務」は、国衙の政務、また、室町時代には守護の任国内の政務や、それにあたる人（守護代など）をいった。ここでは、後者に近い意味で用いている可能性もあるが、治承年間には、実際には未だ守護は置かれていない。挙兵以前の通清の官職については未詳だが、『吉記』養和元年（治承五年。一一八一）八月二十三日条には「伊予国在庁川名大夫通清」、『吾妻鏡』同年閏二月十二日条には「伊予国住人河野四郎越智通清」とある。『平家物語』諸本では、延慶本・長門本・四部合戦状本（以下「四部本」）の巻五相当部の記事では「河野大夫越智通清」、巻六相当部では、延慶本・長門本・源平盛衰記（以下「盛衰記」）・四部本「河野介通清」、覚一本・中院本などは「河野四郎通清」とする（補注参照）。在庁官人であったことは認められようが、国衙で高い位置にあったとは考えにくい。　二 **保元・平治ノ比、源平相争テ天下大乱シケルニ、弐心《ふたごころ》ナク源家ヲ贔屓シテ、軍功ヲ被レ抽**　以下、二―⑧あたりまで源平合戦期における河野氏の活躍を語る記事の前置きとなる一文だが、保元の乱・平治の乱における活躍については、二―⑦に見る為義文書などを除いてほとんど触れられず、実際に合戦に関与したとは考えられない。本書は次項以下で、通清の挙兵と西寂との合戦を『平家物語』の引用によって語るところから、記述を始める。なお、河野氏が源氏側についた理由として、かつては『予章記』などの語る源氏との姻戚関係が有力視されたが、一―⑯に見たように、源頼義の末子親清が河野氏を継いだとする伝承が事実であるとは考えられない。山内譲『中世瀬戸内海地域史の研究』は、伝統的に権勢を誇っていた越智・新居一族が平家と結んでいたのに対して、反旗を飜した河野氏が源氏と結んだものであると指摘する。なお、二―⑧に、頼朝が治承三年十月に通信に送った書状と称するものがあるが、偽文書であろう（該当部注釈参照）。 **三 平家物語ニモ、養和元年二月ニ西国ヨリ平家ヘノ註進ニ…** 以下、『平家物語』の引用（なお、上蔵院本は源平盛衰記を引く―解題I参照）。現在一般的となっている覚一本本文では巻六「飛脚到来」にあたる部分だが、現存『平家物語』諸本の該当記事は、異本により相違が大きい（補注参照）。その中で、『予章記』に最も近いのは、四部合戦状本巻六の本文である。ここでその原文を引いておく。句読点及び（ ）内の注記は引用者。「同日、伊予国住人河野介通清、自去年冬起シ謀叛、当国道前道後境ヘ籠リ二高城《キ》々一、備中国住人怒《ト》何入道西寂、自二備後戸茂《トモ》一調ヘ十艘兵船、押シ寄セ討執リヌ通清ヲ。鎮メント国中并阿波讃岐土佐等国上、正二月間、伊与国居住処、通清子息河野四郎通信、遁レ二高城々一渡リ安芸国ヘ、自怒《ヌ》何卿（郷か）、海男《マヲ》舩把《ツリフネ》迫躰、渡伊与国へ、田《ウカカ》ウ二西寂程、二月廿一日、西寂、宿シ海、武《ムロ》嶇・高砂《サコ》ノ遊君共召シ集メ舩遊ヒ。通信押シ寄セ虜ヒ、返二高城《キ》々為《シ》二張《ハリ》付一申。又鋸《ノコ》切レ首申。依レ之、当国新《ニイ》野高市始シ、皆随フ通信之上《ヘ》、四国住人悉ク告下ケレ東国ヘ与力由上、平家亦騒キ合」。なお、冒頭の「同日」は、文脈上、治承五年（養和元年。一一八一）二月十九日をいう。該当部分、『平家物語』の異本では、延慶本・長門本・盛衰記は同年同月十七日、覚一本は十六日。 **四 伊与国住人河野介通清八、去年ノ冬ヨリ謀叛ヲ起シ** 前項に引いた四部本と同文。『平家物語』諸本における通清の呼称については、本節冒頭の注釈一参照。通清が治承四年冬に挙兵したとの記述は、四部本の他、延慶本・覚一本など多くの『平家物語』諸本の巻六相当部に共通する。また、延慶本・長門本は巻五相当部でも治承四年二月の位置に河野通清の挙兵を記しており、四部本巻五にもそれと同様の記事がある。これらは巻六の記事と重複する。通清の挙兵について、記録類では、『吾妻鏡』養和元年閏二月十二日条に、「伊予国住人、河野四郎越智通清、為レ反二平家一、率二軍兵一、押二領当国一之由、有二其聞一云々」とある程度で、治承四年中の挙兵を示す確証はないが、『平家物語』諸本の様態から見て、事実である可能性は高い。但し、『平家物語』諸本は挙兵後すぐに通清が討たれたかのように読めるが、『吉記』養和元年八月二十三日条に「伝聞、伊予国在庁川名大夫通清被二誅伐一云々」とあり、通清の死は治承五年年頭では早すぎる。通清挙兵を治承五年二月頃の飛脚の情報として記す『平家物語』諸本巻六の形は、清盛の死の直前に諸国の反平家勢力が一斉に蜂起したように語るものであり、同時に、そこで事件の顛末を集中的に語ってしまうものである。そのために、通清の挙兵から死までが治承五年二月前後のことであるかのように読めるわけだが、実際には、通清は治承四年十二月頃に挙兵し、翌養和元年八月頃に討たれたものか。 **五 当国道後・道前ノ堺、高縄ノ城ニ楯籠間** 「高縄ノ城」、四部本は前掲のように「高城々」とするが、盛衰記「高縄城」。延慶本・長門本・覚一本「高直城」。一―⑨に見た高縄山の山上にあった。なお、道前・道後の行政区分は平安末期にできたようで、高縄山を含む風早郡が両地域の境界をなしたことは、『平家物語』諸本のこの箇所などから知られる。河野氏の勢力範囲は風早郡を中心とした道後であった。**六 備中国住人奴可入道西寂**　西寂を備中国の住人とするのは、前掲の四部本の他、延慶本・長門本など。盛衰記・覚一本は備後国とする。四部本・延慶本・長門本も、巻五の記事では備後国とする。本書の次節二―③も備後。沼賀《ぬか》（額・奴可などとも表記）は、現広島県比婆郡東城町・西城町辺で、備後国が正しい。「奴可入道西寂は、奴可郡の小奴可《おぬか》郷（現東城町）に住んだ人物といわれ、東城川西岸にある亀山《かめやま》城跡について「芸藩通志」に「治承の比、額入道西寂所居といふ」とあり、平氏政権を背景として奴可郡一帯を支配したものと思われる」（『歴史地名大系・広島県』）。巻五相当部の記事では、四部本は「奴何入道西寂」と同様だが、延慶本は「奴可田入道高信法師」、長門本は「ぬかの入道高信法師」。「高信」は西寂と同一人物と思われる。後世の史料ながら、『蔗軒日録』文明十八年（一四八六）四月二十七日条は、藤原氏小野宮流は、藤原忠文が将門追討の恩賞をめぐって実頼を怨んだことにより、零落して武士になったと語り、「今ハ備后ノ宮ト云々、小野宮殿ノ遠孫也。又カノ入道西寂ハ、ソノ先祖ナリ」とする。これによれば、西寂も藤原氏小野宮流で、備後の有力国人であった宮氏の先祖であったことになる。この点を指摘した斎藤拓海は、宮氏の一系統が「信」字を通字としていることと、「高信」の符合をも指摘した上で、仮に実際には血縁関係が無かったとしても、「平氏政権下の備後国における西寂と吉備津宮との関係に南北朝時代以降の宮氏と吉備津宮との関係が投影された結果、宮氏が西寂の子孫と噂されたものだと考えられる」とした。また、斎藤は、西寂を、平氏軍制における備後の「国奉行人」ととらえ、国内武士を統率にあたる有力な平氏家人であったと位置づける（「備後国の平氏家人奴可入道西寂について」）。なお、延慶本・長門本・盛衰記・南都本は、巻九相当部の一ノ谷合戦直前に平家勢を列挙する記事でも、「備後国ニハ奴可入道」（延慶本）など西寂の名を記すが、西国の主な武士の名を機械的に羅列したことにより、西寂が既に巻六相当部で討たれていることを失念した誤りか。二―⑤補注参照。　**七 備後ノ鞆《トモ》浦ヨリ兵船十艘ニテ押渡**　前掲の四部本とほぼ同文。他に長門本も同様。「備後ノ鞆《トモ》浦」は、延慶本・盛衰記も同様だが、「兵船十艘」は、盛衰記「数千艘ノ兵船」、延慶本「千余騎」。十艘程度の兵船とするのが現実的か（次節二―③の家伝では、平家が七ヶ国を催して一万余騎で攻めてきたとするが誇張だろう）。覚一本は該当の記述なし。鞆の浦は、現広島県福山市内。「沼隈半島の先端部に位置し、背後に熊ヶ峰山塊が迫る古くからの港町。沖合の備讃《びさん》瀬戸は瀬戸内海のほぼ中央で東西の潮流の分岐線にあたり、また仙酔《せんすい》島・大可《おおが》島・玉津《たまつ》島などに囲まれて風波を避けるのに便利な地であることから、潮待ちの港として栄えた」（『歴史地名大系・広島県』）。　**八 高縄城へ寄テ通清ヲ討取ル**　四部本や盛衰記・覚一本などは、高縄城に押し寄せて通清を討ち取ったと簡単に語る。一方、延慶本・長門本は、この部分を詳述し、『予章記』次節二―③に類似する面がある。次節注釈五参照。　**九 国中并阿波・讃岐・土佐等ヲ静メ、正月・二月ノ間（八）居住スル処ニ**　西寂が四国全体を鎮定し、治承五年の正月・二月の間、伊予に居住した（その間に通信による復讐があった）とする。前掲の四部本はほぼ同文で、盛衰記もこれに近い。覚一本は、通信の復讐を正月十五日とする。一方、延慶本・長門本は、高縄城合戦の時期に関する記述はないが、治承五年二月の報告の中に通清の死を含むので、それ以前のことと読める。しかし、『吉記』養和元年八月二十三日条により、通清の死が八月頃と考えられることは、前掲注釈四「伊与国住人河野介通清ハ…」に見たとおり。　**一〇 通清ガ子息河野四郎通信、高縄城ヲバ忍出**　通信は、父通清が高縄城で討たれた際にそこを脱出したとする。四部本・盛衰記と同様の記述であり、延慶本・長門本も、高縄城合戦の記述の後に類似の記述がある。長門本は、通信が沼田郷にこもったとする。延慶本は通信が石見国にこもったとするが、石見は遠すぎ、誤りか。覚一本は、通清が討たれた時、通信は、母方の伯父奴田次郎のもとにいたとする。　**一一 安芸国沼田郷ヨリ兵船三十艘ホド、海士ノ釣舟ノ体ニテ浮出、西寂ヲ窺ホドニ**　四部本・盛衰記に類似。但し、「沼田郷」は、四部本「怒《ヌ》何卿」、盛衰記「奴田城」。「兵船三十艘」は、盛衰記「三十艘ノ兵船」、四部本なし。「海士ノ釣舟」は、四部本「海男《マヲ》舩把迫《ツリフネ》」、盛衰記「猟船」。盛衰記に近い面と四部本に近い面とがある。延慶本・長門本・覚一本などには該当の記述がないが、長門本は、通信が沼田郷にこもったとする（前項注釈参照）。「沼田」は、現広島県三原市。通信が沼田氏と親しかったことは、この後、二―④に、「河野四郎通信是ヲ聞テ、安芸国住人沼田次郎源氏ニ志有トテ一手ニ成、沼田尻へ渡ル。（中略）沼田次郎ハ通信ノコジウト也」などとあることからもわかる。四部本の「怒《ヌ》何」は、西寂の本拠地怒（奴）可郷との混同。　**一二 西寂ハ不レ知レ之、去三月廿一日ニ…**　以下、西寂が船遊をしていたところを通信が襲ったとする点は、多くの『平家物語』諸本に共通するが、本項についてほぼ同文といえるのは、四部本・盛衰記のみ。「去三月廿一日」は、四部本「二月廿一日」に近い。盛衰記「今月一日」。延慶本「去二月一日」、長門本「去月一日」、覚一本「正月十五日」。『平家物語』諸本では、この内容は二月に都に着いた飛脚の報告なので、「去三月廿一日」という日付は矛盾をはらむ。四部本の「二月廿一日」も無理があるが、四部本の場合、河野合戦記事冒頭の「同日」が、前段の「二月十九日」を受けるはずではあるものの、前段の記事中の「二月二十五日」（城資長の頓死）を受けていると読む余地もあり、そうした理解に基づいて記されたのが「二月廿一日」の日付か（『四部合戦状本平家物語全釈・巻六』参照）。『予章記』が引く『平家物語』本文は、そうした四部本的本文の「二月廿一日」を「三月廿一日」と誤ったものであろう。いずれにせよ、『平家物語』諸本は、通信の西寂殺害を治承五年春頃のこととして描くわけだが、前掲注釈四「伊与国住人河野介通清ハ…」に見たように、通清が討たれたのが養和元年八月頃と見られる以上、西寂に対する河野氏の復讐も、実際にはそれ以降のことであったと見られる。西寂殺害を、『予章記』二―⑫では「元暦元年十二月」、『水里玄義』では「元暦元年二月」のこととする。『平家物語』諸本も二―⑤の河野家伝も、通清を討って勝ち誇った西寂が、船遊びをして油断していたと描くが、西寂殺害は、おそらく通清が討たれた直後ではない。だが、元暦元年だとすれば、呑気に船遊びをしているような状況ではないとも考えられ、これも疑問。二―⑤補注参照。　**一三 宿海ニテ室・高砂ノ遊君ヲ集テ船遊シケル処（へ）**　「宿海」は、四部本「宿シ海」。盛衰記や延慶本・長門本は該当語を欠き、「船遊」をしていたとする。覚一本「あそびたはぶれさかもりけるが」。「宿海」は未詳だが、夜通し船上で酒宴を張る意か（一―⑤にも見えた言葉）。先に「正月・二月ノ間（八）居住」とあったので、船遊びの場所は伊予の海岸であったと読める。一方、覚一本や『予章記』二―⑤では鞆の浦。延慶本も西寂の本拠に近い海と読める。長門本では不明。西寂を高縄城に連れ去り、処刑したのだとすれば、西寂が軍勢を引き連れて伊予に滞在していたとするよりも、備後に引き上げていたとする方が自然か。また、室・高砂の遊君を集めていたとする点は、四部本・盛衰記・延慶本・長門本同様（覚一本は遊君遊女とするのみで地名を挙げない）。室は現兵庫県たつの市御津町室津、高砂は現兵庫県高砂市。いずれも代表的な港町で、遊女の存在も著名。右記のように、この船遊びの場所は鞆の浦または伊予のどこかと想定されているのだが、室・高砂には、鞆の浦の方がより近いとしても、かなり離れている。ここは、遊女のいる地として著名な室・高砂の名を挙げたに過ぎまい。　**一四　通信押寄テ西寂ヲ虜テ、高縄城ニ曳上セ**　四部本・盛衰記同様。覚一本も基本的には同内容だが、通信が三百余人で押し寄せたなどの合戦描写を有する。一方、延慶本・長門本は、出雲房宗賢を登場させ、『予章記』二―⑤に類似する記述を見せる（該当部注釈参照）。　**一五　張《ハツケ》（付ニ）シタトモ申、又（八）鋸ニテ頸ヲ切タルトモ申也**　四部本同文。盛衰記・覚一本・中院本も類似の記述。延慶本・長門本では、西寂を鋸引きにし、また、通信が生け捕った大子源三を張り付けにしたとする。張り付けは、体を縛り付けたり釘で打ちつけたりした後、殺す処刑方法。『今昔物語集』巻一六・二六話に「罪重クシテ縄ヲ以テ四ノ支《エダ》ヲ機物《ハタモノ》ニ張リ付テ、弓ヲ以テ令射ルニ」、同巻二九・九話に「其ノ所ニ張付テ射殺シテケリ」などとあり。『塵袋』六によれば、後から止め矢を射るという。鋸引きの例は、説経「山椒大夫」などが著名だが、金刀比羅本『平治物語』下巻では、義朝を裏切った長田忠致を鋸引きにせよとの声があったと記す。　**一六　依レ之新居・高市ヲ始トシテ四国ノ住人等、悉ク河野ニ付随フ**　四部本・盛衰記はほぼ同文。延慶本・長門本も同内容。覚一本は「新居・高市」にふれず、「四国の兵共」が河野に従ったとする。校異3に記す長福寺本の「西国」は誤写か。一―⑨、一―⑫などに見たように、新居・高市は本来、河野とは別の氏族。この後も、新居・高市が平家に従ったと見られることは、『予章記』自身、一―⑫の「新居橘四郎」や、一―⑬の「高市ノ武者所清儀・同太郎友儀」について述べてきたとおりである。従って、実際には、治承五年当時の河野氏は、「四国」はおろか、伊予一国をも征服できてはいなかったと見るべきだろう。四国には、阿波民部重能をはじめとした平家方武士が多かったことはいうまでもなく、河野氏のような反平家勢力は、むしろ少数派として苦戦を強いられていたはずである。『平家物語』は、清盛の死の直前に全国で謀反が起きたと描くために、河野氏のみならず、諸国の反乱を誇張して描いている。この記述もその一環として理解すべきだろう。

【補注】

◎**『平家物語』における治承五年の合戦**　本節から二―⑥まで、『平家物語』における河野氏関係記事の引用と、その関連記事が続く。第一部の神話による記述から、『平家物語』『太平記』などの著名作品や文書を根拠として引用する記述へと変わる転換点が、ここである。本節はまず、通清の挙兵と西寂による通清追討、そして通信の西寂殺害に関する『平家物語』の記述を引用する。この事件に関わる『平家物語』の記事は、諸本によって大きく異なる。まず、この記事は基本的には十二巻本で巻六前半部に位置するものだが、延慶本・長門本・四部本では、巻五後半に該当する位置にも通清の挙兵と討死を簡単に記す〈延慶本では第二末〈巻五〉・卅八「福田冠者希義ヲ被誅事」〉。これら三本は、巻六該当部にも河野合戦の記事をより詳細に記すので、内容的に重複している。佐伯真一「『平家物語』と『予章記』」は、この重複を有する延慶本・長門本・四部本をA類、重複のない南都本や語り本（屋代本・覚一本・中院本など）をB類とした上で、A類は、①巻六に詳細な記事を有する延慶本・長門本、②やや簡略な四部本に分け、源平盛衰記は重複記事を欠くが、巻六該当部では四部本とほぼ同文なのでA類②に準ずるものとした。一方、巻六にのみ記事を有するB類は、①やや簡略な覚一本・中院本、②極めて簡略だが一応「伊予河野」に触れる南都本・屋代本、③河野の名も挙げない百二十句平仮名本の一部伝本の三種に分けた（但し、中院本の河野合戦記事は下村本による補入であり、八坂系一類本の本来的本文とは見られない）。A類①の場合、巻五該当部の簡略な記事が記録類による可能性が高いのに対して、巻六該当部の記事は極めて詳細で、内容は一部、『予章記』が「家ノ相伝」などとして伝える内容（二―③、二―⑤）に近い。一方、『予章記』が本節で引用しているのは、A類②系統の巻六該当部の本文である。

つまり、『平家物語』は本来、記録類による記事（巻五）と河野氏自身の伝承に取材した記事（巻六）の双方を取り入れたと見られ、その形を最もよく留めているのがA類①（延慶本・長門本）、その記事のうち巻六の部分を簡略化したのがA類②（四部本）であると見られるのだが、『予章記』はおそらく自らの家伝に近いA類①系統の本文とは接触せず、A類②系統の本文を引用した上で、それとは異なる自らの家伝を示しているわけである。なお、『予章記』の引用した『平家物語』本文について、佐伯真一前掲論文は、四部本・盛衰記の共通祖本というべき、現存しない異本の本文であると考えた。その理由としては、「備後戸茂」「高城々」といった地名を含む四部本の特異な真名表記が『予章記』の引用本文には反映されていないことや、四部本と盛衰記が一致して他本と対立する部分の本文に近い引用が、『予章記』の他、『撰集抄』や『保暦間記』にも見られ、そうした異本が実在していた可能性が高いことを挙げた。しかし、佐々木紀一「系図と家記」は、在地で現存四部本本文を利用した例がいくつか見られること、とりわけ、室町後期の伊予で作成された『王年代記』が、四部本の真名表記を書き下して引用していることから、『予章記』は四部本そのものを引用したものと考える。この点は、なお検討すべき問題であろうが、本節の引用本文では、注釈一一「安芸国沼田郷ヨリ…」に見たように、微細ながら、四部本にはなく盛衰記と一致する箇所もあり、やはり現存四部本そのものとは言えまい。それが仮に「四部本」と呼び得る異本であったとしても、その本文は現存本とは多少の相違を抱えるものであったと見ることになろう。

（佐伯）

二―③〔通清の討死―家の相伝〕

【本文】

[一]彼物語ト家（ノ）相伝ト、少シ替目アリ。[二]云、平家大勢ニテ当国へ寄来リ、通清三ヶ度ノ合戦勝利タル間、[三]平家又一万余騎ヲ（引）卒（シ）、七ヶ国ヲ催シ（テ）寄来ル時ニ、温泉郡ニテ合戦ス。[四]通清利ヲ不レ得、高縄城ニ籠処ニ、備後国奴可入道西寂等ヲ相語テ[1]（彼）城ヲ責ケルニ、[五]城中ニ返忠ノ者有テ敵ヲ曳入ケレバ、通清被レ打畢。[六]子息通孝[2]・通員討死。[七]中河衆、同名十六人[3]討死生害ス。[八]城中ニ無[4]二踏留者一落ヌ。[九]彼山ニ在[5]二今矢ノ穴、太刀・刀ノ跡一、骸骨等充満セリ。

[一〇]依レ之中河一族皆亡ケルニ、相模国（之）藤沢道場ニ生阿弥陀仏ト云時宗一人有ケルヲ呼下シテ令[6]二還俗一、家ヲ続セタリ。其孫亦繁昌シテ多カリケリ。

【校異】

1相語テ―〈長〉「相謀テ」。　2通孝―〈長〉「通考」。　3同名十六人―〈長〉は右肩に「三十五代元家ノ下ヨリ中河一族ハ御取立也」との注記を付す。　4無二踏留一者……―底本「無キ二踏留一シテ者」。〈長・尊〉「無二踏留者一」、〈京〉「無テ二踏留者《モノ》一」、〈黒〉「無二踏留《フミト、マル》者一」、〈松〉「無ク二踏留ル者一」。　5在二今―底本「在々」。〈長〉などによる。　6令二還俗一―底本「令」なし。〈長〉などにより補う。

【注釈】

一 彼物語ト家（ノ）相伝ト、少シ替目アリ　前節に引用された『平家物語』の所伝は、河野氏自身が伝えてきた「家ノ相伝」と違いがあるとして、本節では、以下、その所伝を引く。その所伝がどのような形で伝えられていたのかは不明。補注参照。

二 云、平家大勢ニテ当国へ寄来リ、通清三ヶ度ノ合戦

勝利タル間　「云」は、以下の内容が「家ノ相伝」であることを示す。前節に引用されていた『平家物語』では、挙兵してから西寂が攻めてくるまでの過程を、「謀叛ヲ起シ、当国道後・道前ノ堺、高縄ノ城ニ楯籠間」としか記さない。この点は延慶本・長門本も同様だが、ここではその間に、「平家大勢」との間に三回の合戦があったとする。この点、『水里玄義』では、「治承四年七月二十五日、信頼卿跡小松内府〈平重盛〉、同惟盛、国務伝領目代、与㆓通清㆒三箇度致㆓合戦㆒、通清則得㆓勝利㆒」とあり、高縄城合戦以前に三度の合戦があったとの所伝があったものか。しかし、『水里玄義』の記事では、「治承四年七月二十五日」が何の日付なのかわかりにくい。この時期には、平治の乱の首謀者であった藤原信頼はもとより、平重盛も前年に没している。頼朝が伊豆で挙兵するのが同年八月であり、反平家の反乱が起きていたとは考えられない時期である。次項も含め、河野氏の戦いぶりが誇大に描かれていることは疑いない。

三　平家又二万余騎ヲ（引）卒（シ）、七ヶ国ヲ催シ（テ）寄来ル時ニ、温泉郡ニテ合戦ス　「温泉郡」は、高縄半島の西南、伊予国のほぼ中央部、松山平野の中枢部にあたり、道後温泉などを含む地域。この時、まず温泉郡で平家勢と戦ったという記述は、『平家物語』諸本には見られない。前節に見た四部本や盛衰記だけではなく、延慶本・長門本・覚一本なども含めて、『平家物語』諸本は、高縄城に籠もった通清を西寂が攻めたとしか描かない。また、「二万余騎」「七ヶ国ヲ催シテ」は明らかに誇張である。前節に見たように、西寂が「兵船十艘」で攻めてきたとする四部本や長門本の記述が現実的か。

四　通清利ヲ不㆑得、高縄城ニ籠処ニ、備後国奴可入道西寂等ヲ相語テ（彼）城ヲ責ケルニ　本節では、ここで初めて通清が高縄城に籠もり、西寂との大規模な合戦となったと描く。前項までは、それ以前に平家勢との大規模な合戦があったと描く作為的な記述か。

五　城中ニ返忠ノ者有テ敵ヲ曳入ケレバ、通清被㆑打畢　高縄城に籠もった河野勢の中に返忠の者（裏切者）が出たとする記述は、前節に見た四部本や盛衰記、覚一本などには見られないが、延慶本・長門本はこのことを詳述する。延慶本によれば、西寂の甥「沼賀七郎伊重」が、通清に生け捕られたが、その後、通清の弟の北条三郎通経が西寂に生け捕られた。そこで、西寂は捕虜交換を申し出たが、通清は、「敵に生け捕られるような不覚者は生かしておいてもしかたがない」と、交換を断り、伊重を斬ってしまった。そこで、通経も斬られそうになったが、「合戦で生け捕られるのは常の習いであり、兄弟の情がないのは口惜しい」と、城攻めの手引きを申し出た。そこで、西寂は通経の案内に従って城の背後から夜討ちをかけ、高縄城を落としたというのである（長門本も同様）。返忠の者が出たために高縄城が落とされたという所伝として、『予章記』本節と一致し、もとをたどれば同じ情報ないし事実から出ている可能性が高いといえよう。但し、延慶本が記す北条三郎通経（長門本「みちつね」）は、未詳。延慶本・長門本ではこの後、通信に討ち取られたとある。『予章記』では、二—⑮に、通信の弟「河野五郎通経」の存在が記され、義経の烏帽子子として「経」の字を賜り、「甲曽五郎」と称せられ、子孫が文安の頃まで栄えているなどとある。この「通経」については、続群書類従本『越智系図』などにも記される（二—⑮注釈一参照）。しかし、延慶本が記す「北条三郎通経」は、通清の弟である上、裏切りによって高縄城を陥落させ、通清の死を招いた人物なので、これと同人であるとは考えられない。　**六 子息通孝・通員討死**（別本・前半部）は、
　通清の子。続群書類従本『河野系図』（別本・前半部）は、「通孝」について詳記するが、通信への注記を誤ったもの（一六一頁）。「通員」についてては「討死」とするのみ（同前）。同系図の後半部は、「通孝　新大夫」「通員（與父討死）」とするのみ（一六七頁）。続群書類従本『越智系図』は、「通孝」「通員」共に「討死」とのみ注記。一方、聖藩文庫本『河野家譜』には、「通孝　河野六郎　承久三年予州合戦時死」「通員　河野小太郎　予州之役戦死」とある。通清と共に討ち死にしたとする所伝と、承久の乱後まで生存、討ち死にしたとする所伝が錯綜している。未詳。　**七 中河衆、同名十六人討死生害ス**「中河」未詳。戦国期の越智郡霊仙山城主（現今治市）として中河（中川）一族がいたことが知られている。関連があるか。
八 城中ニ無ニ踏留者一落ヌ　この伝では、通信の行動に触れないが、通信も城内から落ちたとするか。延慶本・長門本ではそのように描く。　**九 彼山ニ在ニ今矢ノ穴、太刀・刀ノ跡一、骸骨等充満セリ**『平家物語』諸本が、巻七「倶利迦羅落」該当部に記す表現に似る。四部本「矢穴《アト》刀疵毎木下残リ枯骨満チテレ谷在トツ于今承ルレ」、延慶本「箭孔刀痕木本ゴトニ残リ、枯骨谷ニ満テ今ノ世マデ有トゾ承ワル」（長門本同様）、盛衰記「矢尻・古刀・甲ノ鉢・鎧ノ実、岸ノ傍、木ノ本ニ残、枯骨谷ニ充満テ、今ノ世マデモ有ト聞」、覚一本「矢の穴、刀の疵、残て今にありとぞ承はる」など。原拠は、白楽天『新楽府』「蛮子朝」の「至レ今西洱河岸辺、箭孔刀痕満ニ枯骨一」（唐の雲南征討軍六万の全滅を描いた句）。「兵船十艘」ほどで攻め寄せたかと見られる高縄城合戦の記述としては誇大か。但し、今川了俊『道行きぶり』が、安芸国沼田の古戦場から掘り出される「古き屍」に「矢の穴、刀のあとさへ見え侍る」（二―④注釈一〇「河野四郎通信是ヲ聞テ、安芸国住人沼田次郎…」参照）と記すように、類似の表現は種々あり得たものか。　**一〇 依レ之中河一族皆亡ケルニ、相模国（之）藤沢道場ニ生阿弥陀仏ト云時宗一人有ケルヲ呼下シテ令ニ還俗一、家ヲ続セタリ**「藤沢道場」は、現神奈川県藤沢市西富にある清浄光寺（遊行寺）。時宗総本山。時宗の開祖は一遍だが、清浄光寺開山は第四代呑海であり、開山は正中二年（一三二五）のこと。治承五年（一一八一）の合戦で滅びた中河一族の跡を継がせるというには、時代が離れすぎている。ここは源平合戦期のことではなく、後世の中河一族の復活について述べているとみるべきであろう。四―⑥の、通堯（通直）の鎮西下向の伴をした人物の中に「中川純阿入道」の名がある。阿弥号を名乗っていることから何らかの関連があるかもしれない。いずれにしてもこの部分は、前後の文脈から離れて中河一族の軍忠と後世の動向に触れており、本書の成立を考える際の参考となろう。解題Ⅱ参照。

【補注】

◎**「家ノ相伝」と『平家物語』延慶本・長門本**　『予章記』が「家ノ相伝」として記す伝承は、返忠の者があったために高縄城が落ちたとする点で、延慶本・長門本の記事と符節が合う。二―⑤に見る出雲房宗賢関係の記事では、『予章記』と延慶本・長門本により深い一致が見られるので、両者のもとをたどれば同源の伝承ないし事実に行き着くものと判断してよかろう。

但し、『予章記』の記す「家ノ相伝」の内容は、誇張が見られる上、甚だしい時代錯誤をも含んでおり、そのまま事実と見なすことはできないし、高縄城合戦については他に史料がなく、そもそも史実を確かめることができない。しかし、河野一族の中で伝えられていた何らかの「伝」があったことは認めてよかろう。誇張や時代錯誤も、その伝承の中で起きたことと考えられようか。それがどのような形で伝わっていたのかは不明で、口頭伝承とも考えられるが、次節には「家ノ旧記」という表現もあり、あるいは『予章記』以前に河野氏の家伝を記した書物も存在したものか。さらにいえば、ここでは『平家物語』の所伝と河野氏の家伝が食い違うために、「家ノ相伝」によることを明記するわけだが、こうした場合以外では、特に明記することなく家伝を記しているのかもしれない。だとすれば、『予章記』の多くの部分は既に存在した家伝によっているとも考えられる。中世の武士の家伝を考える上で興味深い事例といえよう。（佐伯）

二―④〈通信、教経と戦う―平家物語の引用〉

【本文】

通[一]清ノ子通信、童名ヲ若松丸ト云。二世[二]ノタメニ国府ニ若松寺ト云堂ヲ立テ、本尊ニハ通信等身（ノ）毘沙門天ノ像ヲ安置セリ。今ニ有レ之。北[三]条四郎時政（ノ）聟（ナリ）。与[四]ニ頼朝将軍一婭《あひむこ》[1]也。平[五]家物語九ノ巻ニ、元[六]暦元年、門脇中納言福原へ参玉フ。子[七]息二人ハ、伊与国ノ住人河野四郎通信ヲ攻ント、二手ニ分テ四国へ渡玉フ。越[八]前三位通盛ハ阿波国北郡花薗ノ御所ニ着玉フ。能[九]登守教経ハ讃岐国矢島ノ御所ニ着玉フ。河[一〇]野四郎通信是ヲ聞テ、安芸国住人沼田次郎源氏ニ志有トテ一手ニ成、沼[一一]田尻へ渡ル。能登守即追渡[2]ル。今[一二]日ハ備後ノ笠島ニ着テ、次日沼田尻へ付テ一日一夜戦フ。沼[一三]田次郎ハ矢種尽ケレバ、甲ヲ（脱）弓ヲ弛《（ハツ）》シ、能登殿へ降人ニ参ル也。河[一四]野四郎ハ、城主サへ如レ此ナレバ、主従七騎細畷ヲ向ノ浦迄船ニ乗テ落（テ）行。能[一五]登殿ノ郎等ニ平八・為員二騎（ハ）矢ニ斃テ死ス、三[3]人ハ馬ヲ射サセテタ[4]、ズ。通[5][一六]信（ノ）命ニ替ル程ノ郎等ナレバ、能登殿ノ讃岐七郎落合テ是ヲ討ントス。[一七]通信肩ニ引懸テ、小船ニ乗テ伊与国ヘ渡ケルト有（リ）。[一八]家ノ旧記ニハ、[一九]安芸国沼田（ノ）城ヲバ能登殿ニ責落サレヌ。[二〇]沼田次郎ハ通信ノコジウト也。故ニ合力スレドモ、無勢ナル故ニ落ヌ。[二一]力不ㇾ及、沼田次郎ヲ取テノクトテ、手負タル大武者ヲ肩ニカケテ、一里アマリノヰテ船ニ乗テヤス〳〵ト渡ケルトナリ。[二二]沼田（ハ）其ヨリ当国ニ居住シテ十八ヶ村ニモ入ケルト云々。

【校異】

1婭《あひむこ》—底本「婭《シウト》」、〈京〉「婭《シフト》」。振仮名は〈黒〉「婭《アヒムコ》」による。〈長〉「婭《アイムコ》」。〈松〉「婭《シウト》相聟」。　2追渡ル—〈黒〉「追ヒ懸ヶ渡リ給フ」。〈松〉「追渡」に「懸ヶ」「給フ」と傍書補入。　3三人—〈長〉右に「家人也」と傍書。　4タ、ズ—〈長〉「タ、ズム」、〈黒〉「不ㇾ立」。　5通信（ノ）命ニ替ル程ノ郎等ナレバ—〈松〉見せ消ち。上の「三人ハ」も見せ消ちで、その位置に「通信ノ命ニ替ル程ノ郎等三騎」と傍書補入。

【注釈】

一　通清ノ子通信、童名ヲ若松丸ト云　本節から二—⑭までは、基本的には通信の伝であり、『平家物語』、文書、家伝などによりつつ、関連する挿話などをも交えて記される。「若松丸」の幼名は、続群書類従本『越智系図』、聖藩文庫本『河野家譜』などに見える。　**二　二世ノタメニ国府ニ若松寺ト云堂ヲ立テ、本尊ニハ通信等身（ノ）毘沙門天ノ像ヲ安置セリ**　「二世」は来世。「若松寺」については、『予陽郡郷俚諺集』『伊予古蹟志』『予陽塵芥集』などの郷土誌類に記載があるが（いずれも越智郡内）、そのうち、『伊予古蹟志』には、「又古有若松館、伝云、河野通信幼而読書於此館、長寛元年修為寺、厝通信所信毘沙門天、中世殿廊破壊、後為空宇、今失其墟焉、所在不可知矣」とあり、江戸後期には既に名が知られるのみで、所在地なども不明になっていたようである。なお、伊予の国府は今治市内にあったと見られるが、詳細は不明。　**三　北条四郎時政（ノ）聟（ナリ）**　通信は北条時政の娘をめとったとされる。二—⑯では、通信の次男通政や四男通久の母が、時政の娘であったとされる。この点、北条氏側の史料からの検証が必要であろう。北条氏側の系図では、最古本とされる野津本「北条系図・大友系図」（皇学館大学史料編纂所蔵）や『尊卑分脈』の当該部分には見えないが、『続群書類従』一四〇所収の二本の「北条系図」には、時政に「伊予河野妻」になった女子がいることが見える。明証する史料はなく、なお検討が必要だが、石野弥栄「河野氏と北条氏」は、事実と見てさしつかえないとし、「河野通堯原蔵文書」の元久二年閏七月関東下知状が、偽文書ながら（最近は偽文書ではないという意見も出ている）精巧な時政の花押を有するのは、通久が時政の孫であったために可能だったと見る。　**四　与二頼朝将軍一婭《あひむこ》也**　「婭」（相婿）は、妻の姉妹の夫同士の関係をいう。北条時政の娘政子の夫である頼朝と、時政の娘の夫である通信が、相婿の関係にある意。**五　平家物語九ノ巻二…**　以下、『平家物語』の引用。覚一本でいえば巻九「六ヶ度軍」で、平教経が淡路や和泉から安芸にわたる広い地域で、六度まで反平家勢力を撃破したと描く中の一節。文脈的には寿永三年（元暦元年。一一八四）一月二十日の義仲滅亡以後、同二月八日の一ノ谷合戦以前のこととなるが、実際には広域にわたる六回もの合戦が二十日足らずの短期間に行われたとはとうてい考えられず、実際にはその前後の時期に行われた合戦を含めて、ここに集約的に記したものと見られる。また、平家方の大将を教経に集約している可能性も強い。ともあれ、以下の引用は、二—②と同様、四部本に近い本文によっている（上蔵院本は、ここでは「平家物語」として流布本を引く—解説参照）。ここで、四部本の原文を引用しておく。「門脇中納言参リ下福原ヘ。御子息二人、責メ二伊与国住人河野四郎通信、分ケ二一手渡ル四国ヘ。越前三位通盛、着下ヘ阿波国北郡花苑御所上。能登守教経、着下二讃岐国屋島御所一。河野四郎通信、聞之、安芸国住人《スマ》沼田次郎源氏有志聞、成一手渡ル二治田《シタ》尻一ヘ。聞之、能登守、追ヒ渡リ下、今日着下備後笠島一、次日着治田尻、責之、一日一夜戦。沼田次郎矢種尽ケレ、晩キ甲却レシ弓、能登守許ヘ参二シ降人。河野四郎、城主モ落ケレ、成無勢、成主従七騎、細畔《ナハラ》〔疇イ〕向ケ浦ヘ、乗船落行ク。能登守郎等平八為員、射《カス》ケレ之、七騎内五騎被ヌ射落サ。二騎中矢死ヌ。三人射馬落立。三人内一人、河野替ヘ命モ思フ郎等、能登守郎等讃岐七郎季員、乗替《ヘ》落合欲討タン見、河野四郎不レ討《シ》セ敵彼等レ郎、道《（ママ）》信取レ肩引懸カ、退ッ、、乗レセ船渡ル伊与国ソ」。但し、この部分の『平家物語』諸本には、二—②に見たような大きな相違はなく、諸本とも基本的には同様の記事である（源平闘諍録は六ヶ度軍記事を欠く）。　**六　元暦元年、門脇中納言福原ヘ参玉フ**　「門脇中納言」は、平教盛。忠盛の子、清盛の弟で、通盛・教経の父。『平家物語』諸本では、この前に、淡路にいた源為義の子、賀茂冠者・淡路冠者を教盛・通盛・教経父子が攻めたとの記事があり、その合戦に勝って、教盛は福原に帰ったとの文脈。なお、『平家物語』では、この直前に平家は福原を回復したと描かれていた。　**七　子息二人ハ、伊与国ノ住人河野四郎通信ヲ攻ントテ、二手ニ分テ四国ヘ渡玉フ**　四部本・延慶本・盛衰記ほぼ同文。長門本は三手に分けたとし、南都本・覚一本は二手に分けたことを記さないが、通盛と教経の動向は同様に描く。中院本は通盛については記さない。　**八　越前三位通盛ハ阿波国北郡花薗ノ御所ニ着玉フ**　「阿波国北郡花薗ノ御所」、四部本・長門本・盛衰記同。延慶本は「阿波小郡花薗」、南都本「喜多ノ郡花園ノ御所」、覚一本は「花園の城」とする。「花園」は、現徳島市国府町花園。名東《みょうどう》郡に属した。『阿波志』に、「春日祠〈在花園村、古木蒼然、所謂花園林是也〉」「花園館〈在二花園村一、元暦元年正月、平通盛至レ此欲レ攻二伊予河野通信一也。見二平語一。有レ池称二御所一池今廃〉」とあり。延慶本の「小郡」は、「北郡」の誤写である可能性が強いが、「北郡」「喜多郡」も不明。あるいは伊予の喜多郡との混乱か。

九 能登守教経ハ讃岐国矢島ノ御所ニ着玉フ　『平家物語』諸本ほぼ同様だが、「矢島」は屋島（八島）。現香川県高松市内。

一〇 河野四郎通信是ヲ聞テ、安芸国住人沼田次郎源氏ニ志有トテ一手ニ成　四部本ほぼ同文。「沼田次郎」は、覚一本同。延慶本・長門本・盛衰記「奴田太郎」、南都本「奴田次郎」。「源氏ニ志有トテ」は、延慶本・長門本・盛衰記・南都本も同様だが、覚一本・中院本はこれを欠き、覚一本は「沼田次郎は母方の伯父なりければ」とする。通信が沼田氏と親しかったことは、二―②の『平家物語』引用部分に、「高縄城ヲバ忍出、安芸国沼田郷ヨリ兵船三十艘ホド」云々とあったことからも窺える。また、本節後半では「家ノ旧記」を引用し、「沼田次郎ハ通信ノコジウト也」などとする。沼（奴）田太郎・次郎共に、十分に明らかではないが、沼田氏については、石井進『日本の歴史12　中世武士団』や『三原市史』などによってある程度明らかにされている。『楽音寺縁起絵巻』によれば、沼田氏は藤原倫実の子孫。倫実は藤原純友を討った功績で沼田七郷を賜り、その感謝のために、天慶年中（九三八～九四七）、楽音寺を建立したという。石井によれば、平安末期には、沼田荘（現広島県三原市）は蓮華王院に寄進され、沼田氏はその下司となり、さらに平氏の家人になって勢力を伸ばし、海の武士団としても発展して、河野氏とも姻戚関係を結んでいたかとされる。また、『三原市史』によれば、楽音寺の「本願縁起」には、「沼田治郎」が源氏に通じて楽音寺を攻め、寺は寿永三年五月に灰燼に帰したとあるという（同縁起については現在未詳）。しかし、教経に敗れた後、沼田氏には平家に従った者とそうでない者とがあったようである。「都宇竹原并生口島荘官等罪科注文」（小早川家証文二号）によれば、「毛字（門司）関合戦」即ち壇ノ浦合戦まで平家に従った沼田五郎という人物が存在した（『三原市史』）。一方、河野氏に従って伊予に居住した者もあったようである（本節末尾参照）。

一一 沼田尻へ渡ル　四部本・延慶本・長門本・盛衰記・南都本同様。覚一本・中院本は「沼田尻」の地名なし。「沼田尻」は、沼田（現広島県三原市）を流れる沼田側の川尻（河口）を指す。後に沼田を通った今川了俊は、『道行きぶり』に、「平家の世に沼田の某とかやがこもりけるを、教経の朝臣の攻め落としける所と申めり。いまも賤が田返す折々は、古き屍など掘り出すことも侍るに、矢の穴、刀のあとさへ見え侍るとなん」と記している。厳密な時期は不明にせよ、沼田氏が沼田の地で教経と激しく戦ったことは事実だろう。次節二―⑤では、おそらく同時期の描写として「（通信は）如何ニモシテ敵ヲ討バヤト明暮悲メドモ、牢落ノ身ナレバ詮方モナシ」とあり、河野氏はこの時期、伊予の支配もままならず、各地を転戦していたように読める。だとすれば、実際にはこの合戦は、河野氏の合戦というよりも沼田氏の合戦というべきものであったかもしれない。しかし、それを『予章記』のみならず『平家物語』諸本も河野氏の視点から描いている点は注意すべきだろう。

一二 今日ハ備後ノ笠島ニ着テ、次日沼田尻へ付テ一日一夜戦フ　四部本同文。延慶本「今日備後ノ蓑島ト云所ニ留ル。次日蓑島ヲ出テ奴田城へ着ニケリ。平家ヤガテ追カヽリテ一日一夜戦ケルホドニ」（「蓑」は、「笠」のようにも見えるが、「蓑」の異体字「屆」か）。盛衰記や覚一本も「簑島」。中院本「みのしま」。長門本は「笠嶋」にとどまったとしつつ、次の日に「みの嶋」を出たとする。四部本や『予章記』などの「笠島」は、「簑島」の誤読か。簑島（蓑島）は、現広島県福山市箕島町。一方、延慶本・長門本・盛衰記は、簑島を経て、奴田へ向かった主体を通信とするが、文脈的にも、地理的にもおかしい。主語は、四部本・覚一本や『予章記』のように、教経であるべきところ。　**一三　沼田次郎ハ矢種尽ケレバ、甲ヲ（脱）弓ヲ弛《ハツ》シ、能登殿ヘ降人ニ参ル也。**　四部本ほぼ同文。他本もほぼ同様。「甲ヲ（脱）弓ヲ弛《ハツ》シ」は、降伏するために武装解除するさまの表現。沼田次郎について、本節末尾に引かれる「家ノ旧記」によれば、通信が沼田次郎を助けて逃げ、沼田は十八ヶ村に入ったという。　**一四　河野四郎ハ、城主サヘ如レ此ナレバ、主従七騎細畷ヲ向ノ浦迄船ニ乗テ落（テ）行**　「城主」は、降人となった沼田次郎のこと。四部本ほぼ同文だが、「向ノ浦迄船ニ乗テ落（テ）行」にあたる句は「向ヶ浦ヘ乗船落行ク」であり、「浦へ向けて、船に乗らんとて落ちて行く」などと読むのだろう。「細畷」（細いあぜ道）を船に乗って落ちて行くというのはおかしい。次項に「馬ヲ射サセテタヽズ」とあるように、騎馬で逃げて行く場面である。盛衰記「主従七騎ニ成、細縄手ヲ浜ヘ向テ落ケルヲ」、延慶本「僅ニ主従七騎ニテ細縄手ヲ浜ヘ向テ落ケルヲ」、覚一本「たすけ舟に乗らんとほそ道にかゝッて、みぎはの方へおちゆく程に」など。　**一五　能登殿ノ郎等ニ平八・為員二騎（ハ）矢ニ斃テ死ス、三人ハ馬ヲ射サセテタヽズ**　四部本は、「能登守の郎等に平八為員之を射ければ、七騎が内五騎は射落とされぬ。二騎は矢に中りて死ぬ。三人は馬を射させて落ちて立つ」と読める。二騎延慶本「能登守ノ侍ニ平八為員ト云者、取テハゲテヨクヒキテ射タリケレバ、六騎ハ射落シテケリ。六騎ガ内三騎ハ目ノ前ニテ死ニケリ」。『予章記』では、教経の郎等である「平八」と「為員」という二人が射殺されたように読めるが、『平家物語』諸本によれば、教経の郎等「平八為員」が射た矢によって、通信の郎等が射落とされたもの。「二騎」が矢に当たって死んだとする点は、四部本本文に近い。やはり四部本に類する本文の誤解によって生じた本文であろう。為員に射落とされた五騎の内、二騎が死亡とするのは、四部本の他、南都本・覚一本。盛衰記は、六騎のうち二騎。延慶本・長門本は六騎のうち三騎。中院本は五十騎が二騎に討ちなされたとする。為員は系譜等未詳。南都本は「能登ノ前司ノ郎等讃岐ノ七郎ガ乗替平八為員」とする。　**一六　通信（ノ）命ニ替ル程ノ郎等ナレバ、能登殿ノ讃岐七郎落合テ是ヲ討ントス**　四部本は、「三人が内一人は、河野が命にも替へて思ふ郎等なれば、能登守の郎等讃岐七郎季員、乗替に落ち合ひて討たんと欲るを見て」と読める。南都本「其中ニ河野ガ命ニ替テ大切ニ思フ郎等ガ頸ノ骨ヲ射サセテ、能登前司ノ郎等七郎季則ニ既ウタレントスル間」。このように、「讃岐七郎」（名は四部本「季員」、南都本「季則」、覚一本「義範」）を、教経の郎等とするのが四部本・南都本・覚一本。中院本は平八兵衛の家の子「あへの七郎ともなり」とする。一方、延慶本・長門本・盛衰記は、「残三人ガ内一人ハ、讃岐国七郎為兼ト云者也。命ニカヘテ思郎等ナリケレバ」（延慶本）のように、「七郎」を河野の郎等とする（名は延慶本・盛衰記「為兼」、長門本「為包」）。いずれも系譜等未詳。この時期に、通信の郎等に讃岐国出身者がいたとするのはやや疑問で、その意味では教経の郎等とする方が自然か。　**一七　通信肩ニ引懸テ、**

小船ニ乗テ伊与国へ渡ケルト有（リ）　四部本は、「河野四郎、『敵に彼の郎等を討たせじ』とて、通信取りて肩に引き懸け退きつゝ、船に乗せて伊与国へぞ渡る」と読める。前半の「河野四郎、『敵に彼の郎等を討たせじ』とて」の部分は独自異文であり、『予章記』が依拠した『平家物語』にはなかった可能性もある。延慶本「河野肩ニ引係テ、小船ニ乗テ伊与国へ落ニケリ」。なお、四部本には、この後、「能登守打漏ラシ通信沼田《ヌマタ》次郎為降人相具シ福原モ木（不か）審シ以レ夜継レノ日被上テ」云々とある。また、『平家物語』諸本はこの後、通信が豊後の緒方一族と連合して備前国の今木城（現岡山県瀬戸内市邑久町北島か）に籠もったが、平家の大軍に追われたとの記事も記す。**一八　家ノ旧記ニ八**　以下の記述は「家ノ旧記」によったものとする。あるいは、次節の記事もその続きか。前節補注参照。**一九　安芸国沼田ノ城ヲバ能登殿ニ責落サレヌ**　沼田城を落とされるところまでは、『平家物語』の所伝と大差なく、次の沼田次郎をめぐる記述に相違があったものか。**二〇　沼田次郎ハ通信ノコジウト也**　沼田次郎と通信の関係は史実未詳。『平家物語』諸本では、四部本・延慶本・長門本・盛衰記・南都本などは縁戚関係を明記しない。覚一本は、巻九・巻六とも通信の「母方の伯父」とする。中院本は巻九では「おぢ」、巻六では「母かたのおぢ」。**二一　力不レ及、沼田次郎ヲ取テノクトテ、手負タル大武者ヲ肩ニカケテ、一里アマリノヰテ船ニ乗テヤスくト渡ケルトナリ**　「ノヰテ」は「退いて」。右に見てきた『平家物語』諸本の記事では、沼田次郎は教経に降伏し、通信は自分の郎等を肩に負って逃げたとあったが、この「旧記」では、通信は沼田次郎を負って伊予へ逃げたのだという。次節に「牢落ノ身」と描かれる通信に、本国で沼田氏を保護するほどの余裕があったかどうかは問題だろう。次項注釈・補注参照。**二二　沼田（八）其ヨリ当国ニ居住シテ十八ヶ村ニモ入ケルト云々**　「十八ヶ村」は、二―①に「十八ヶ村ハ、皆連枝ノ末葉」云々と見えた。河野一族に属するとされた十八の氏族。次節にも出雲房宗賢の子孫が十八ヶ村に入ったとある。河野氏の家伝では、沼田氏は教経に降伏せず、河野氏に従ったことになる（但し、長福寺本の末尾付載記事「河野家之覚」が列挙する十八の「侍大将覚」の中に、「沼田」の名はない）。岡田利文「新居浜における藤原純友伝承をめぐって」は、本書のこの部分や、『予陽河野家譜』に見える国人名簿に、「奴田新三郎光遠」の名が見えることから、沼田氏の一部は河野氏に従って伊予に住んだものと考え、沼田氏の伝承が『予章記』にも取り入れられたと考える（一―⑭、二―⑦義経文書参照）。

【補注】

◎**『平家物語』六ヶ度軍**　本節は、通信に関する『平家物語』の記述として、寿永三年（一一八四）頃のいわゆる「六ヶ度軍」の部分を引き、「家ノ旧記」によって若干の異伝を記す。注釈一一「沼田尻へ渡ル」に見たように、沼田氏が沼田の地で教経と激しく戦ったことは事実であり、「牢落ノ身」ともいわれる状態だった通信は、沼田氏を頼ったと考えられよう。『平家物語』は、それを河野氏に偏した視点から描いているのではないか。おそらく、西寂との合戦記事も含めて、『平家物語』は早い段階で河野氏の視点に立った記事をまとめて取り込んだことが想定される。

さて、注釈一〇「河野四郎通信是ヲ聞テ…」に見たように、その後の沼田氏には一方で、壇ノ浦合戦まで平家に従った沼田五郎がいた一方、河野に従って伊予に住んだ者もあったようである。おそらく、教経に敗れた結果、沼田氏は分裂ないし瓦解したものか。沼田五郎は平家滅亡後も活動を続け、承久の乱では京方に参じたようだが、沼田荘の保持は叶わなかった。沼田荘には、一三世紀の初め頃、関東から土肥氏が入り、やがて小早川氏としてこの地を長く支配することになる（『三原市史』参照）。そうした沼田氏滅亡の歴史を、『平家物語』よりもさらに河野氏側に偏った視点から語り、河野通信が沼田次郎を庇護し、自らが支配する十八ヶ村に組み込んだという、室町期河野家の支配秩序の一つの起源を語る物語としたのが、「家ノ旧記」であると考えられようか。（佐伯）

二―⑤〔通信・宗賢、西寂を討つ〕

【本文】

又[一]、出雲坊宗賢ト云ハ、通清[1][二]若年ノ比、江州西坂本ニテ捨子（ヲ）拾得タリ。葛籠[三]ノ蓋ニ入テ錦ニテ裹《ツヽメリ》。上ニ平ノ字ヲ書タリ。「如何様[四]ヤウアル者也」トテ、抱《イダヒ》テ帰リ、養育シテ見レバ、生長[五]スルニ随テ容儀モ吉（ク）、勢力世ニ超タリ。先法師ニ成シテ出雲房ト名ク。

通信[六]ハ親ヲ奴可入道ニ討セ口惜思ヒ、如何ニモシテ敵ヲ討バヤト明暮悲メドモ、牢落[七]ノ身ナレバ詮方モナシ。宗賢[八]モ同思[2]ニテ鬱念含タル計ニテ月日ヲ送ル処ニ、奴可[九]入道備後国ニ恩賞玉テ、栄花ノ余ニ鞆ノ浦ヲ出テ、室・高砂ノ遊君ヲ集メ、山海ノ鱗蹄（ヲ）集テ連日之酒宴ヲシケル。此[一〇]節又鮑ノマワリ三尺余ナルヲ設タリ。以レ之宗賢（ト）二人、彼酒宴ノ処へ行テ云様、「是ハ与州今治ノ海人也。御遊宴ノ由承及間、可レ然肴求得テ持参（ス）」ト申ケレバ、西寂ヲ始トシテ満座ノ人、驚レ目悦（ブコト）不レ斜。幕[一一]ノ内へ呼入テ対面シテ、盃ヲ出ントスル処ヲ、宗賢飛[3]入テ西寂ヲ生取テ提テ出テ、船[一二]（ニ）乗リ、筒ノ前ニ搦付テ、両人船ヲ推出シ、通信大音揚テ名乗也。「是[一三]ハ河野四郎通信也。父ノ敵ヲバ真[4]コウ取ゾ」ト云テ漕出シタル也。伊[一四]与国風早郡北条ノ浜ニ着テ、[一五]西寂ヲバ高縄城通清（ノ）墓（ノ）前ヲ三度[5]曳廻テ首ヲ刎シ也。[一六]西寂モシレモノニテ、其墓ニ尿《バリ》ヲマリカケケリ。[一七]其ヨリ当家（ニ）ハ墓（ヲ）立事ヲ不レ用。

[一八]サテ、鞆ノ浦ニ残ル者共（ハ）各仰天シテ、追懸ント思フ者モ、初ハ西寂ヲ虜ホドニ、若ヤ赦ント思テアラケナウモセズ、船ニ乗テ後ハ二人ナガラ船達者ナレバ、櫓ヨ械ヨト云間ニ行延ル程ニ、可二追付一様（モ）ナシ。且ハ二人ノ武略ニ恐レ、且ハ大酒酩酊ニ忘却シテ、追懸ル者モナキ也。[一九]二人而思ヒノ儘ニ[6]サイナミテ本意ヲ遂ル事、希代ノ名誉也。[二〇]出雲房ヲバ弥忠賞シテ十八ヶ村ニ入。[二一]桑原ト称シテ一種姓トナル也。今ニ繁昌シケル也。

【校異】

1通清―底本「通信」。〈長〉などによる。　2同思―〈長・尊〉「同志」。〈松〉「同シ思」の「思」を見せ消ち。　3飛入テ―〈黒〉「ツ、ト入テ」。〈松〉「飛入テ」の「飛」を見せ消ち、「ツ、ト」と傍書。　4真コウ―〈長・尊・京・松〉「真カウ」、〈黒〉「真《マツ》カウ」。　5曳廻テ―〈長・尊・京〉「曳シリ廻テ」。　6サイナミテ―〈長〉「振マヒナシテ」。

【注釈】

一　又、出雲坊宗賢ト云ハ　以下は、前節の「家ノ旧記」に続き、河野氏の家伝によって述べたものか。内容的には、二―②に見た西寂殺害記事の異伝。『平家物語』延慶本・長門本の巻六該当部（二―②該当記事）に類似する。「出雲房宗賢」の名は、延慶本同、長門本「出雲坊宗厳」（なお、延慶本・長門本は、通信を宗賢の「舎弟」とするので、宗賢は養子ながら兄ということになる）。延慶本・長門本の記述は、『予章記』との同文関係などは全くなく、直接の依拠関係にあるとは考えられないが、にもかかわらず「出雲房宗賢」の名が一致するなど、興味深い符合を見せる。以下の注釈・補注参照。　**二　通清若年ノ比、江州西坂本ニテ捨子（ヲ）拾得タリ**　以下、出雲房宗賢の出生に関わる伝承。宗賢は捨て子だったが、以下に見るように、高貴な生まれであったとされる。高貴な血筋の捨て子の物語には、お伽草子『小敦盛』や『小式部』などがあるが、佐伯真一「『平家物語』と『予章記』」は、うつほ船に入れて流された王子や王女の姿を連想させるとして、一―③に見たように河野氏の始祖伝承との関わりを考える。『予陽郡郷俚諺集』和気郡の条では、漁師の五郎太輔が、たとえば『予陽郡郷俚諺集』和気郡の条では、漁師の五郎太輔が、ある時海上に浮かぶうつほ船を取り上げ、中に入っていた女子、即ち和気姫を育て、伊予王子の妃としたと語られる。なお、うつほ船伝承は、 **三 葛籠ノ蓋ニ入テ錦ニテ 裹《ツヽメリ》。上ニ平ノ字ヲ書タリ** 錦で包まれていたのは高貴な生まれであることを示唆するだろうし、「平ノ字」は、平氏だったことを意味していよう。『平家物語』延慶本では、宗賢を「爰ニ通清カ養子出雲房宗賢ト云僧アリ是(八)平家忠盛子也大力ラノ甲ノ者也」と紹介する（長門本も同様）。忠盛の子にこのような人物があったことは他書に見えず、史実とは思えないが、平忠盛の子が伊予の河野通清の養子になっていたという説は、尋常の事情では説明できないだけに、背後に何らかの伝承、物語の存在を思わせる。そこで、『予章記』の記述との関係が注目されよう。佐伯真一前掲論文は、本来、「籠に入った捨子を通清が拾った、それは実は平忠盛の子であった」という類の伝承であったものが、延慶本には忠盛の名のみ伝えられ、『予章記』には「忠盛」の名を除く伝承の骨格が伝えられたものと推測する。ただ、『予章記』が忠盛の名を伝えない理由については、河野氏が源氏とのつながりを強調しているために、平家との関係を明記しなかったなどと考えられようが、だとすれば、そもそもなぜ忠盛の実子という伝承が生まれたかなど、不明とせざるを得ない点が多い。 **四 如何様ヤウアル者也** 「ヤウアル」は、「様有る」で、わけがある、事情があるの意か。 **五 生長スルニ随テ容儀モ吉（ク）、勢力世ニ超タリ** 「容儀」は容貌、「勢力」は威勢、力。延慶本・長門本では、前々項に見たように「大力ラノ甲ノ者」とする。 **六 通信ハ親ヲ奴可入道ニ討セロ惜思ヒ、如何ニモシテ敵ヲ討バヤト明暮悲メドモ** 「奴可入道」は西寂。通清が西寂に討たれたことは、二―②参照。 **七 牢落ノ身ナレバ詮方モナシ** 前節二―④の『平家物語』の引用では、通信は沼田城に籠もって沼田氏と共に戦ったとあり、「家ノ旧記」では、沼田次郎を助けて伊予に帰ったとあった。『平家物語』では、その後さらに豊後の緒方一族と共に備前の今木城に籠もったとも記す。寿永三年頃、通信は伊予を安定して支配するには至らず、各地を転戦していたと見られようか。 **八 宗賢モ同思ニテ鬱念含タル計ニテ月日ヲ送ル処ニ** 宗賢がどこでどう暮らしていたかは記されない。『平家物語』延慶本・長門本では、宗賢は「帥以前ニ他行シタリケルガ、此ヲ聞、忿ギ伊与ヘ越テ、舎弟通信ニタヅネアヒテ、西寂ヲ伺ケルホドニ」と、他国にいた宗賢が通清の討ち死にを聞いて伊予に戻り、通信と相談して西寂を狙ったとする。 **九 奴可入道備後国ニ恩賞玉テ、栄花ノ余ニ鞆ノ浦ヲ出テ、室・高砂ノ遊君ヲ集メ、山海ノ鱗蹄（ヲ）集テ連日之酒宴ヲシケル** 西寂が海辺で酒宴をしているところを襲って捕らえたとする点は、二―②に引用された『平家物語』本文を含め、多くの『平家物語』諸本に共通する。該当部注釈一二「西寂ハ不レ知レ之、去三月廿一日ニ…」などに見たように、『平家物語』諸本では、治承五年春のことであり、酒宴の場所は、覚一本では鞆の浦、四部本・盛衰記では伊予の海岸であったと読める。室・高砂の遊女を集めたとする点は、四部本・盛衰記・延慶本・長門本同様。

一〇 此節又鮑ノマワリ三尺余ナルヲ設タリ　以下、通信と宗賢が今治の漁師に扮し、大きな鮑を持参して西寂に近づき、捕えたとする。この趣向は延慶本・長門本を含む『平家物語』諸本には見えない。在地らしい伝承ではあるが、この場面を設定したために、次項に見るような不自然さが生じたともいえよう。

一一 幕ノ内ヘ呼入テ対面シテ、盃ヲ出ントスル処ヲ、宗賢飛入テ西寂ヲ生取テ提テ出テ　「幕」は宴会用に海岸に設営したものであろう。漁師に扮した通信・宗賢の二人がそれを訪ね、西寂が呼び入れて対面しようとしたところ、宗賢が飛び込んで西寂を生け捕ったとする。西寂が油断していたところを拉致したとするのだろうが、具体的状況がやや想像しにくい。周囲にいた西寂の郎等については、この後で、「サテ、鞆ノ浦ニ残ル者共（ハ）各仰天シテ、追懸ント思フ者モ、初ハ西寂ヲ虜ホドニ、若ヤ赦ント思テアラケナウモセズ」云々と説明されるが、いささか不自然といわざるを得ない（後掲注釈一八参照）。この点、延慶本では、「家子郎等共磯ニ下リ混テ、西寂只一人残タリケリ。出雲房サラヌヤウニテ船ニノリ、トモヅナヲシキリ、西寂ヲバ船バリニシバリ付、奥ヲ指テ漕出ル。家子郎等ハ、シバシハ入道ノ漕ト心得テ目モカケズ、次第ニ奥ノ方ヘ遠ナリケレバ、『アレハイカニ〳〵』ト申ドモ、又船モナケレバ、不力及ヌケ〳〵ト被取ニケリ」と、船に乗っていた西寂が一人きりになったところを宗賢がひそかに襲い、船出したと描く（長門本も同様）。これならば、西寂の郎等が手を出せなかった理由がわかりやすい。なお、四部本・盛衰記は、通信が単独で西寂を生け捕ったとする。覚一本・中院本などは、通信が百余人の兵を率いて襲ったとする。

一二 船（ニ）乗リ、筒ノ前ニ搦付テ、両人船ヲ推出シ、通信大音揚テ名乗也　宗賢が西寂を捕らえた際、通信がどうしていたのか記されないが、船を漕ぎ出したところで、通信が見せ場を作る。本来は宗賢の勲功談であった中に、通信が割り込んでいる感がある。なお、延慶本では、「出雲房ハ、夜ニ入テ有ル渚ニ船ヲ漕付テ通信ヲ尋ル処ニ、川野四郎、沼田郷ヨリ大勢率テ、伯父北条三郎打取テ、并大子ノ源三生取テ、出雲房ニ行合ヌ。二人ノ敵ヲ生取テ各ノ悦テ高直城ニ将返テ…」云々とあり（長門本も同様）、通信は、伯父北条三郎通経（高縄城で裏切った人物。二―③注釈五参照）を討ち取り、大子ノ源三（未詳）を生け捕って帰る途中、ある渚で宗賢に出会ったとする。出会った「渚」がどこであったかは不明。

一三 是ハ河野四郎通信也。父ノ敵ヲバ真コウ取ゾ　「真コウ」は「まつかう」（まっこう）。「斯う」（かう）の強調で、「まさしくこのように」の意。

一四 伊与国風早郡北条ノ浜ニ着テ　風早郡は古代伊予国の十四郡の一。高縄半島の西部。北条は現松山市北条地区。

一五 西寂ヲバ高縄城通清（ノ）墓（ノ）前ヲ三度曳廻テ首ヲ刎シ也　延慶本では、「大子ヲハ張付ニシテ西寂ヲハ鋸ヲ以テ七日七夜ニ頸ヲ切テケリ」とし、長門本は「七日七夜」を欠くが、ほぼ同。四部本・盛衰記・覚一本・中院本は、西寂を張付にしたとも、のこぎり引きにしたとも言われたとする（二―②参照）。いずれも、通清の墓にはふれない。この件についての『平家物語』諸本の記述で、『予章記』に関わるのはそこまでである。なお、西寂の墓と伝承されるこうもり塚（甲森塚・甲盛塚）が、高縄山の中腹の閏谷（現北条地区）にある。『予陽郡郷俚諺集』『伊予古蹟志』『伊予温故録』などに記載があり、得居衛『風早探訪』に、昭和に撮影された写真が載る。　**一六　西寂モシレモノニテ、其墓ニ尿《バリ》ヲマリカケケリ**　「シレモノ」は「痴れ者」、つまり馬鹿者の意だが、ここでは「尋常ではない者」「猛者」といった意味があろう。「マリ」は大小便を排泄する意の動詞「マル」の連用形。　**一七　其ヨリ当家（ニ）ハ墓（ヲ）立事ヲ不レ用**　河野氏が墓を作らなかったことについては未詳。あるいは海洋民としての習俗に関わるか。　ここはその起源譚の形を取っており、源平合戦期が神話時代と歴史時代の接点となっていることを窺わせる。　**一八　サテ、鞆ノ浦ニ残ル者共（ハ）各仰天シテ、追懸ント思フ者モ、初ハ西寂ヲ虜ホドニ、若ヤ赦ント思テアラケナウモセズ…**　以下、西寂が宗賢と通信に拉致されるのを、西寂の郎等たちが防げなかった理由を記すが、前掲注釈一一「幕ノ内ヘ呼入テ対面シテ…」に見たように、不自然といわざるを得ない記述。最初は、西寂を殺されてはならない、ことによると解放するかもしれないと思って手を出せず、船に乗ってからは通信と宗賢が船の達者だったために追いつけず、また、二人の武略に恐れ、あるいは大酒に酩酊していたために忘却して追いかけなかったというのだが、寝込みを襲われたわけでもなく、西寂の周囲にいくらも郎等達がいたはずの状況で、主君が海岸から船に乗せられ、拉致されて行くのを呆然と見ていた、まして酩酊して忘却したというのは、理解し難い。前掲注釈一一に見た『平家物語』延慶本・長門本の形に比べて、説得力に欠ける。　**一九　二人而思ヒノ儘ニサイナミシテ本意ヲ遂ルコト、希代ノ名誉也**　「サイナミテ」は西寂を責め苦しめた意。復讐を遂げた名誉は、通信と宗賢二人のものであったとされる。
二〇　出雲房ヲバ弥忠賞シテ十八ヶ村ニ入　「十八ヶ村」は、二一①、二―④に前出。　**二一　桑原ト称シテ一種姓トナル也。今ニ繁昌シケル也**　長福寺本の末尾付載記事「河野家之覚」の中に、「桑原」がある。桑原氏の「繁昌」については、解題Ⅱ参照。なお、宗賢の菩提所と伝えられる「桑原寺《そうげんじ》」別名「宗賢《そうけん》寺《じ》」は、現在も松山市桑原に存在する。『予陽郡郷俚諺集』『伊予古蹟志』『予陽塵芥集』『伊予温故録』などの温泉郡の条に記載される。

【補注】

◎出雲房宗賢　本節は、二―②の『平家物語』引用記事のうち、西寂への復讐部分に関する異伝である。二―②と本節の間に、二―③（高縄城合戦に関する異伝）、二―④（平家物語六ヶ度軍の引用）があり、ここで再び西寂の話題に戻るため、一見、混乱した構成のように見える。しかし、このような構成となる必然性が二点考えられよう。第一に、『予章記』は系図を基礎として、各々の人物に関する記事を連ねてゆく叙述形態をとっているため、二―①から③まで通清の伝とその異伝を記した後、二―④からは通信の伝を述べ、その関連で、前節では沼田次郎、本節では出雲房宗賢の件を述べていると整理できる。第二に、編年的構成としても、二―②③は治承五年（一一八一）頃の西寂との合戦であり、二―④は寿永三年（一一八四）頃の「六ヶ度軍」であった。本節の西寂殺害は、『平家物語』諸本では治承五年（一一八一）春頃のことのような印象を受けるが、二―②注釈一二「西寂ハ不レ知レ之、去三月廿一日ニ…」に見たように、実際には養和元年八月以降のことであったと見られ、『予章記』二―⑫では、西寂殺害を「元暦元年十二月」のこととする（『水里玄義』では「元暦元年二月」）。『予章記』が西寂殺害を元暦元年（寿永三年。一一八四）十二月のことと位置づけているのであれば、二—②から⑤は、整然と編年通りに並べられていることになる。また、『平家物語』延慶本・長門本・南都本及び源平盛衰記には、元暦元年年頭、福原に城郭を構えた平家の軍勢の中に、「奴可入道」即ち西寂の名があるので、これを信じれば、西寂は元暦元年年頭には生存していたことになり、同年の末に殺害とする『予章記』の記述も妥当な感がある。しかし、『予章記』のこの時期の年次表記は、次節（二—⑥）では元暦二年のはずの義経勝浦着を「元暦元年」と誤り、二—⑦では実際にはあり得ない寿永二年の梶原文書、同三年の義経文書を載せるなど、あてにならない。また、『水里玄義』のいう「元暦元年二月」も、一ノ谷合戦の前後に、西寂が呑気に船遊びをしていたことになる点、信じ難く、同年十二月としても、周辺の地域が戦場となっている時期で、船遊び云々はやはり疑わしい。これは、殺害場面の描き方如何にもよることだが、史実の認定にはなお問題があろう。

さて、『予章記』本節の記事が、『平家物語』延慶本・長門本と、相互に直接関係があるとは考えられないにもかかわらず、符節を合わせた内容となっていることは、きわめて興味深い。おそらく、『予章記』よりもはるか以前に河野氏の立場から書かれた資料が存在し、『平家物語』に影響を与えているのであろう（前節に見た沼田氏の戦いの記事も、そうした観点から理解することができよう）。『予章記』本節も、そうした古い資料に基づいて書かれているのだろうが、おそらく、『平家物語』の記事に比べてより多くの脚色を施していると見られる。一つには、河野本家の立場から通信の活躍場面を作り、一つには物語としての興趣を増すことを意図したものだろうが、「マワリ三尺余」の鮑などを持ち出した脚色は興味深いものの、不自然な場面を作ってしまった面がある。ともあれ、宗賢の出生秘話のような神話的ともいえる記事を含む資料が、鎌倉時代に合戦記録の一つとして『平家物語』に取り入れられる一方、室町時代の河野氏本家の立場から『予章記』に取り入れられ、さらに伊予の郷土資料などに記載されつつ、現在も桑原寺や甲森塚といった伝説地を残していることは、伝承文学というものの持つ力を示す貴重な一例といえるだろう。（佐伯）

二—⑥〈通信と阿波—平家物語の引用〉

【本文】

[一]又、平家物語ニ云、[二]元暦元年二月、九郎大夫判官義経ハ、阿波ノ勝浦ニ着、[三]坂西近藤六[1]近家ヲ召テ阿波民部成良ガ事ヲ御尋有シニ、「[四]子息田内左衛門尉則良ハ、伊与国（住人）河野四郎通信召セドモ不ㇾ参間、彼等ヲ責ント

テ三千余騎ニテ越候」ト申ケリ。[五]其後通信三十艘ノ兵船ニテ勝浦へ参リタリトアリ。[六]其外、源平ノ合戦ノ時、処々（ニテ）高名抜群也。

【校異】

1近家―〈長〉「親家」。

【注釈】

一 又、平家物語ニ云 以下「…ト申ケリ」までの問答の記事は、覚一本でいえば巻一一「勝浦付大坂越」にあたる記事。元暦二年（一一八五）二月、源義経は、渡辺（現大阪市）から嵐の中を船出して、僅か一晩で阿波勝浦に着く。現地にいた近藤六親家を従え、桜間介良遠を破り、そこから陸路、屋島を攻めようとして、屋島周辺の事情を親家に尋ねる場面である。『平家物語』の記事は現存諸本の多くに共有され、短い記事でもあり、依拠本文は特定しにくい。 **二 元暦元年二月、九郎大夫判官義経ハ、阿波ノ勝浦ニ着** 「元暦元年」は、「元暦二年」の誤り。「勝浦」は現徳島県勝浦郡勝浦町。義経は、着いた地が勝浦であったことを、近藤六親家に聞いて知ったとする。

三 坂西近藤六近家ヲ召テ阿波民部成良ガ事ヲ御尋有シニ 「近藤六親家」は、阿波国板野郡の武士。系譜未詳。『平家物語』に見える西光の子とする伝もある（『阿波志』巻三）。義経が阿波に上陸した時、渚で待ち構えて義経と一戦を交えたが、間もなく義経に従い、四国の情勢や屋島への順路などを教えたと描かれる。「阿波民部成良」は、阿波国名西郡の豪族。田口氏。平清盛の家人として早くから中央でも活躍し、都落ち後、屋島に拠点を構えた平家を支えた。『平家物語』諸本の本文では、義経の質問は、屋島に平家の勢がどれほどあるかという問いであり、阿波民部のことを尋ねたわけではないが、阿波民部の動向が、その答えの重要な部分となっていることは確かである。

四 子息田内左衛門尉則良ハ、伊与国（住人）河野四郎通信召共不ㇾ参間、彼等ヲ責ントテ三千余騎ニテ越候 前項に見た義経の質問に対する親家の言葉。「田内左衛門尉則良」は、阿波民部成良の子息。阿波民部の主力部隊が、通信と戦うために伊予へ向かっていたため、屋島の平家軍は手薄であるはずだという情報。『予章記』としては、そこが重要な点である。この文とほぼ同文は、四部本・長門本・覚一本・南都本などに見られる。盛衰記や屋代本・中院本などは、「通信召共不ㇾ参間」を、単に「通信セメントテ」（盛衰記）、「河野ヲ攻ン」（屋代本）などとする。また、延慶本のみ、この場面で河野に言及せず、九州の緒方一族などの対策で兵を分散させているとする。但し、延慶本も、後に、河野との戦いで取った首を屋島に送り、また、屋島に帰る則良（成直）を描くので、この場面で河野に触れないのは不審。 五 **其後通信三十艘ノ兵船ニテ勝浦へ参リタリトアリ** 通信が兵船を率いて勝浦に来たという記述は、『平家物語』諸本には見あたらない。これは、屋島合戦や志度合戦の後に、河野通信や熊野別当湛増が源氏に加わったという記事の誤解であろう。該当記事、通信が三十艘の兵船で加わったとするのは、やはり四部本である。覚一本「百五十艘」、南都本「千余騎（艘見せ消ち）ニテ百余艘」。延慶本・長門本・盛衰記「千余騎」、屋代本「五百余騎」、中院本「三百余騎」など、船ではなく騎馬の数をいう本が多い。また、『吾妻鏡』元暦二年二月二十一日条にも、河野通信が三十艘の兵船を率いて源氏に加わったとある。延慶本・長門本・盛衰記では屋島合戦に馳せ参じたように読めるが、その他の諸本では、どこで源氏勢に合流したのか、場所は明らかではない。『吾妻鏡』は志度に来たように読めるが、明確ではない。 六 **其外、源平ノ合戦ノ時、処々（ニテ）高名抜群也** 「其外」とはいうものの、『予章記』は、『平家物語』に描かれた河野氏関係の記事をほぼ網羅している（一―⑫、一―⑬では、平家方についた新居・高市氏の記事をも引いていた）。漏れているのは、二―④に見た「六ヶ度軍」中の備前国今木城での戦いや、盛衰記巻二六（祇園女御記事直後）に見える、通信追討のために伊予国へ召次を下したという記事など、ごく僅かであろう。『平家物語』に見える自家の記事に深い関心を持っていたことが窺える。

二―⑦〈梶原景時・義経・為義の文書〉

【本文】

[一]サレバ梶原平三景時[1]奉書曰、

[2][二]周防大内介・伊与河野四郎、此両人者惣西国居住之輩非二一列仁一、[三]就《なかんづく》レ中河野者自二最初一云下背二平家一合戦之志上、

[四]又云二先祖[3]親昵[4]好之内儀一、旁以可レ有二御芳心一之由追所レ被レ仰候也。仍執達如レ件。

[五]寿永二年十一[5]月三日　　　平[6]景時　奉

[六]九郎御曹司　御[7]陣所人々御中

[七]又、義経御書云、

[八]兵粮米、酒肴等、悦給候畢《をはんぬ》。鎌倉殿御事書如レ此候。可レ有二御覧一候。[九]抑《そもそも》錦之直垂事、可レ存二其旨一候。

同可レ申二関東一者也。合戦（之）間事、見参之時可二申談一也。恐々謹言

[一〇]寿永三年正月十一日　　（義経御判）[8]

河野殿

又[一一]、六条判官為義、かな文ニ云、

猶[一二]々これの人に、よく〳〵国のやうをしへさせ給ひ候へ。去[一三]年の近江の合戦に、おりふし御ざい京候て、[9][一四]せんにあわせ給て候事、返々本意候。又いつごろ（ニ）上洛候べきやらん。[一五]びんぎにはうけ給候へ。[一六]くめへ人をくだし候。あんないしらず候。人ひとりつけてやらせ給候へ。御渡候へば心やすく候。[一七]しきぶの大夫（ハ）東国へくだして候なり。[一八]なによりも〳〵轡・鏃少々給候へ。よろず後に申べく候。恐々謹言

[一九]正月十一日　　為　義

河野冠者殿[10]

【校異】

1奉書―底本及び〈京〉「奉レ書」。〈長〉「奉書」、〈尊〉「奉書ニ」〈黒〉「奉書ニモ」などによる。　2周防―〈黒〉この右肩に「此ノ状ノ写正則ノ家ニ有」と注記。　3先祖―〈黒〉「先ン跡」。　4親昵―…底本「新昵」。〈長〉などによる。　5十一月―〈黒〉「十二月」。　6平景時　奉―〈長〉なし。　7御陣所人々御中―〈黒〉この右に「此七字証本巻物ニ無之」と注記。　8（義経御判）―〈長・尊・京・黒・松〉あり、底本なし。　9せん―〈長〉「かつせん」。　10河野―〈黒〉この上の位置に「右之状本書ノ写為後証尊氏公御袖判之一巻正則ノ家ニ有」と注記。

【注釈】

一　サレバ梶原平三景時奉書曰　本節は、梶原景時・源義経・源為義のものと称する文書を引いて、源平合戦における河野氏の活躍の証拠とする。いずれも偽文書と見られるが、三通とも、原文書が残っている（文化庁保管。池田寿「文化財調査における筆跡」参照）。池田寿は、これら三通及び次節に見る文治三年頼朝文書は、同じ筆跡であり、筆跡や料紙から一四世紀に作成されたものと見られるという。こうした点からも、また、以下に見る内容上の問題点からも、偽文書であることは明らかだろう。つまり、おそらく『予章記』成立よりは古い時代に偽作された文書を、引用しているわけである。また、文書を証拠として歴史を叙述しようとする姿勢が、本書では、この時期の記事から現れることにも注意すべきであろう。梶原景時は、桓武平氏・鎌倉党の武士、父の名は梶原景長とも景清とも伝える。頼朝の側近として鎌倉幕府において重要な位置にあり、一ノ谷合戦以降の平家追討の戦いでは有力な指揮官であり、義経の副官的位置にあった。『平家物語』では「逆櫓」をめぐる義経との争いや讒言の逸話が知られるが、巻九「二度懸」などでは、勇敢で風雅な武士として描かれる。　**二　周防大内介・伊与河野四郎、此両人者惣西国居住之輩非二一列仁一**　「周防大内介」は、周防の大内氏。百済聖明王の子孫で多々良の姓を賜わったと伝える。十二世紀中葉から周防在庁の有力者で、盛房以来周防権介を世襲し大内介と称した。鎌倉中期以降、六波羅評定衆となり、南北朝時代以降、西国で勢力を拡大、室町時代から戦国時代には、西国一の勢力を誇った。しかし、源平合戦期には、目立った活躍は見られない（大内惟義は信濃に住んだ清和源氏で、別の氏族）。後代の感覚で、西国で最も有力な大内氏と並ぶ存在として河野氏を描こうとしたものであろう。　**三　就レ中《なかんづく》河野者自二最初一云下背二平家一合戦之志上**　河野は最初から平家に背いて戦っていた意。これは事実と言ってもよいだろう。

四　又云二先祖親昵好之内儀一　「先祖の親昵」とは、通清の父とされる親清が、源頼義の子であったという伝（一―⑯）による。

五　寿永二年十一月三日　寿永二年（一一八三）十一月は、七月末に平家が都落ちした後、源義仲が京都に入り、実権を握っていた時期。頼朝勢は、未だ京都を攻めるには至らず、まして西国の合戦を考える段階ではない。従って、この年の十一月に、梶原景時が西国の情勢を義経に進言する文書を送ることはあり得ない。このあたりは、現実の歴史に対して無頓着な偽文書といえよう。　**六　九郎御曹司　御陣所人々御中**　梶原景時が、義経の「陣所」の人々に送った文書という形をとる。「陣所」は、『日本国語大辞典』では、「軍隊が、陣を設けてしばらく駐在する所。陣屋。軍営。陣営」の意とし、「上杉家文書」永享十三年（一四四一）五月二日以降の用例を挙げる。但し、梶原景時が義経の陣所に送ったという文書が、なぜ河野氏に伝わっているのかも不審。　**七　又、義経御書云**　以下の義経文書は、『水里玄義』では「錦直垂事」の項にも収載される。同書では、「越智好方、朱雀院（御宇）退二治純友一時、被レ勅二許錦直垂一、通明時、亦依下自二義家一伝来之例上、通清、通信相二承之一。此故、通信時、義経免許之状曰」として引用され、直後には、正平年中（南朝一三四六〜一三六八）、河野通直が細川頼之と不和になり、南朝に帰参して征西親王（懐良親王）に拝謁した際、錦の直垂を着用していたとの記事がある（四―⑥参照）。次々項に見る錦の直垂の着用を許されたとの主張に重点を置いた偽文書であろう。　**八　兵粮米、酒肴等、悦給候　畢《をはんぬ》**　河野氏が義経に対して兵糧米や酒肴を送ったとするが、この文書の日付「寿永三年正月十一日」以前に、そのようなことはあり得ない。　**九　抑《そもそも》　錦之直垂事、可レ存二其旨一候。同可レ申二関東一者也**　「錦之直垂」の着用許可を関東（頼朝）に取り次ぐことを了承した意。錦の直垂は、一―⑭の好方による純友追討記事に、「朝敵退治ハ先例タル上、綸命、赤地ノ錦鎧直垂ヲ賜ル間罷向（フ）」とあったもの。前々項注釈に見たように、『水里玄義』では、これに加えて源義家から伝来したとも記す（親清が頼義の子であったとの伝によるのであろう）。岡田利文「新居浜における藤原純友伝承をめぐって」は、『蒙古襲来絵詞』に登場する河野通有も赤地の錦の直垂を着用しており、「へいけのかつせんの時、みちのぶのかわのの四郎源氏の御方にまいりし時きたりしひたたれ」と解説されていることなどから、鎌倉時代には既にこれが河野氏の家宝となって実在していたと指摘する。　**一〇　寿永三年正月十一日**　寿永三年（一一八四）正月は、二十日に範頼・義経率いる頼朝軍が義仲を破り、入京する時期。正月十一日は、義経にとってはその合戦（宇治川合戦）の直前にあたる。この時期に、義経が河野氏に文を送るとは考えられない。右の梶原文書と同様、史実に配慮しない偽文書といえよう。　**一一　又、六条判官為義、かな文ニ云**　為義は、源義親の男だが、義親が誅殺されたため、祖父義家の子となった。保元元年（一一五六）、保元の乱に敗れ斬首された。以下の文書も偽文書だが、年代的には右の二つの文書よりも前にあるべきで、この位置に置くのは不審。伊予史談会蔵残闕本は二―②の位置に置く。　**一二　猶々これの人に、よく〳〵国のやうをしへさせ給ひ候へ**　為義のもとから伊予の河野氏に文書を持参した人物がいたという設定で作られた文書か。その人物に、伊予の事情を教えるよう、依頼しているという内容。　**一三　去年の近江の合戦に、おりふし御ざい京候て**　「近江の合戦」は未詳。保元の乱以前の為義の活動として、保安四年（一一二三）七月には延暦寺衆徒、大治四年（一一二九）十一月には興福寺衆徒の上洛を防いだことが知られるが、いずれも「近江の合戦」と呼ぶべき事柄ではない。河野氏が早くから都周辺で活躍していたと虚構するために、適宜創作したものか。　**一四　せんにあわせ給て候事、返々本意候**　校異8参照。「せん」は長福寺本の「かつせん」が良いようにも見えるが、「…合戦に、おりふし御ざい京候て、かつせんにあわせ給て」では、重複感が強い。「せん」は「詮」で、肝腎なところ、要所の意か。「せんにあふ」の用例として、「加様ノ実ノ詮ニアヒ奉ラン者ハ、類少コソ候ラメ」（源平盛衰記巻一「五節夜闇打」）がある。　**一五　びんぎにはうけ給候へ**　「びんぎ」は便宜。ことのついでにお聞きしたいの意か。　**一六　くめへ人をくだし候**　「くめ」は久米であろう。伊予国の古代の郡名で、松山平野の東部にあたる。　**一七　しきぶの大夫（八）東国へくだして候なり**　「しきぶの大夫」（式部大夫）未詳。為義が各地に一族の者を遣わしているさまを描こうとするか。　**一八　なによりも〳〵轡・鏃少々給候へ**　義経文書の「兵粮米、酒肴等」と同様、為義が河野氏に武具・馬具の援助を期待していると描く。　**一九　正月十一日**　何年を想定しているか、不明。

【補注】

◎偽文書と歴史叙述　平安時代までの叙述が神話的な物語によってなされていたのに対して、鎌倉時代の叙述は、『平家物語』や文書の引用を多用してなされている。文書の多くは偽文書で、特に本節や次節のものは、現代人が年表と対照してみれば一笑に付すような荒唐無稽なものともいえるが、偽文書に対する中世人の意識を、そうした視点からのみ裁断するのは誤りというべきであろう。偽文書は中世に数多く作られたが、それは、偽文書もそれなりに現実社会で効力を発揮したからである。鎌倉初期制作を装う偽文書が多いことは、早く八代国治『吾妻鏡の研究』が指摘していたことであり、笠松宏至「中世の「古文書」」は、中世において、「平家以往之文書」が失効してゆくのに対して、「右大将家御時」にはじまる文書が、鎌倉時代を通じて、更に室町時代に至っても力を持ち続けたと指摘する。頼朝の名を冠する偽文書が、職人・狩猟民・芸能民などにも伝えられたことは、網野善彦『日本中世の非農業民と天皇』などに詳しい。頼朝政権による支配秩序の再編は、平家政権時代までの文書を失効させ、頼朝時代以降に発給された文書こそ有効であるという意識をもたらしたわけである。頼朝を称する偽文書が量産された理由もそこにあるはずで、そのことは文書の問題のみならず、歴史に関わる文学の問題でもある（佐伯真一「源頼朝と軍記・説話・物語」）。つまり、この時期から文書の引用による叙述を始める『予章記』の歴史意識は、決して河野氏固有のものではなく、中世日本人全体に共通する歴史意識に関わるのである。（佐伯）

二―⑧〈頼朝文書〉

【本文】

[一]又、右大将家頼朝御書（二）云、

[二]さいごくには、それよりほかは、したしき人も候はず候。[三]此はる申ごとく、ひとへニたのみ入奉申候。[四]あわぢのかもんのくわんじやには、さだめて物がたり候つらん。心やすく候。[五]こなたざまは、みな思ふやうにした丶めて候。[六]ちかきほどに思ひたつべく候。又心やすく候（ハ）ん。したしき人ひとり給候へ。くわしきむね申たき事候なり。そなたの一[1]もんたちはなにとか候らん、おぼつかなく候。[七]さて、いろ〳〵の物下給候。

返々御心ざしよろこび入候。恐々謹言

[八]治承三年十月三日　　　頼朝御判

[九]河野四郎殿

[一〇]又、同御判、

[一一]伊与国御本領幷家人等、御進退不レ可レ有二相違一候也。[一二]遠国之間、年々上[2]下向其煩候歟。然者子息若シ近親一人、可二下給一候。[一三]且ハ委旨申二含実平一候畢。恐々謹言

[一四]文治元（年）三月二日　　　頼朝御判

河野四郎殿

【校異】

1なにとか—〈尊〉「なにと」。　2上下向—〈尊〉「上下向後」。

【注釈】

一　右大将家頼朝御書（二）云　本節は頼朝文書二通。頼朝文書は二—⑫にも一通引かれる。頼朝文書と称する文書は全国に数多く残されているが、多くは偽文書または疑わしい文書である。本節引用の文書も偽文書と見られるが、いずれも原文書がある。前半の治承三年文書は、『徴古雑抄』備後福山氏所載古文書及び内閣文庫所蔵古文書に同文の文書があり、後半の文治元年文書は、荻野惣次郎所蔵文書で「筆陳」に所収されている（黒川高明『源頼朝文書の研究　史料編』）。なお「筆陳」は、現在、下関市立長府博物館所蔵）。なお、後半の文治元年文書は、前節引用の三文書と同じ筆跡か（池田寿「文化財調査における筆跡」）。　二　さいごくには、それよりほかは、したしき人も候はず候　以下、治承三年（一一七九）のものとされる文書。翌治承四年八月に挙兵する頼朝が、前年からその企画のために河野氏と連絡を取っていたと演出するものだが、そうした連絡は、実際にはあり得ないことである。「西国には、河野通信以

外、親しい者がいない」とする理由は、親清が頼義の子で、縁戚関係にあるという点にあろう（一―⑯参照）。　**三　此はる申ごとく、ひとへニたのみ入奉申候**　治承三年の春から、頼朝は河野と連絡を取っていたとする。もとより虚構である。

四　あわぢのかもんのくわんじやには、さだめて物がたり候つらん　「あわぢのかもんのくわんじや」は、『徴古雑抄』所収文書では、「淡路掃部冠者」と漢字表記。源為義の子、あるいは孫として、『平家物語』巻九「六ヶ度軍」（二―④参照）に所見。『平家物語』諸本では、「掃部冠者」（賀茂冠者）と「淡路冠者」の二人の人物とする。延慶本・長門本・源平盛衰記は「掃部冠者ハ掃部頼仲ガ子息、淡路冠者ハ同四郎左衛門尉頼賢ガ子也」（延慶本）のように、為義の孫とする。四部本・覚一本などは、名を「賀茂冠者」と「淡路冠者」とし、四部本は為義の孫、覚一本は為義の子とする。『尊卑分脈』では、為義の十一番目の男（猶子）・為家に「号賀崎大夫　淡路冠者」と注し、続群書類従本『清和源氏系図』は、為義の子（保元の乱後に誅された天王丸の後）に「義久　淡路冠者　於二熊野一被レ誅畢」、「義次　賀茂冠者　義久同被レ誅」とするが、熊野で討たれたのだとすれば、『平家物語』「六ヶ度軍」とは合致しない。一方、『系図纂要』には、「頼賢―義房〈八条太郎、八条院蔵人、為二能登守教経一所レ討了〉」、「頼仲―頼秀〈掃部冠者〉」とあり、これによれば頼賢・頼仲の子が該当するようである。史実は未詳。ここでは、同じ源氏の血を引き、近くに住む者同士として、「淡路掃部冠者」と、連絡を取り合っているだろう、の意。

五　こなたざまは、みな思ふやうにしたゝめて候　「こちらはすべて思うように準備をしている」の意。挙兵の準備をしている意であろう。　**六　ちかきほどに思ひたつべく候**　間もなく挙兵する意であろう。　**七　さて、いろ〳〵の物下給候**　前節に見た義経・為義文書でも、河野氏が食糧や武具などを援助しているかのように描いていた。ここも同様であろう。　**八　治承三年十月三日**　治承三年十月の文書とするが、この時期に、頼朝が挙兵の構想を立てていたこと自体、事実とは考えられない。

九　河野四郎殿　「河野四郎」は通信を指すが、治承三年ならば、当主は通清だったはずである。この点でもつじつまが合っていない。　**一〇　又、同御判**　以下は、文治元年文書。前掲注釈一に見たように「筆陣」所収。　**一一　伊与国御本領幷家人等、御進退不レ可レ有二相違一候也**　いわゆる本領安堵の文言。ここでは、このような公的な内容と以下のような私的な内容が同じ文書の中に混じり合っている。　**一二　遠国之間、年々上下向其煩候歟。然者子息若シ近親一人、可二下給一候**　伊予と鎌倉の間は遠いので、子か近親を一人、派遣して欲しい意。ここには、御家人は鎌倉と在地の間を上下向する存在という認識が示されている。　**一三　且ハ委旨申二含実平一候畢**　「実平」は土肥実平。梶原景時と共に、西国遠征軍の副官的な存在。　**一四　文治元（年）三月二日**　「筆陣」所収文書（黒川高明『源頼朝文書の研究』掲載写真）では、「文治元」は小書き傍書。後筆か。文治改元は八月十四日で、三月は未だ元暦二年（一一八五）。なお、三月二日は、壇ノ浦合戦（三月二十四日）の直前。壇ノ浦合戦以前、既に頼朝が河野氏の功績を認め、所領安堵していたと主張するものか。だが、特にそうした意識もなく、適宜記した日付とも考えられようか。

二―⑨〔実朝文書〕

【本文】

[1][一]又、実朝御書云、

[二]道後管領事、御本領之上不レ及二子細一候。[三]故殿之御時、[2]差無二恩賞一候。返々無念候。[四]当国守護職幷闕所等、雖二望申輩候一、是非[3]可二申計一候也。[五]兼又八郎殿給候。御志難二申尽一候。朝夕随逐、心安候。[4][六]今年可レ差二随兵一之由、自二谷殿一仰候。出仕（等）之事、可レ加二扶持一候上者、不義之事不レ可レ有之。宜レ為二御計一候歟。恐々謹言

五月四日　　左近衛中将

河野四郎殿

又、八郎殿随兵之事ニ付テ、同御書ニ云、

[5]八郎殿随兵之事、依二谷殿仰一去八月勤仕候畢。[6][七]会《アイ》手《テ》里見冠者、[7]年増として下手ニ相並候。返々悦入候。[八]兼又、伊与国守護職幷新居西条両庄之事、先度親忠下向之時、書二進宛書一候キ。定下着候歟。諸事期二御参一候。恐々謹言

霜月一日[8]　　左近衛中将

河野殿

如レ此御書等雖二多々候一、無二別之儀一候。

【校異】

1〈京〉、この前に、独自記事あり。以下、引用する（人名を区切る読点は私意。不審あり）。「建仁三年癸亥四月六日、伊与国之御家人河野四郎通信、自二幕下将軍時一以来殊ニ抽二奉公之忠節一間、不レ懸二当国守護人佐々木三郎兵衛尉盛綱法師一奉行シテ、別シテ可レ致二勤厚一。兼亦如レ旧可三相二従国中ノ近親并郎従一之由、給二御教書一。通信年来在鎌倉之処、適賜二身之暇一云々。元久二年乙丑閏七月廿九日、河野四郎通信依二勲功異レ他、伊予ノ国御家人卅二人止二守護沙汰一ヲ、為二通信沙汰一可レ令レ勤二仕御家人役一之由、被レ下二御書一載二将軍御判一。件ノ三十二人名字所レ被レ載二御書之端一ニナリ。菩《本マ、》信奉二行之一。頼季浅海太郎同舎弟等、公久橘六、光達新三郎、高茂浮穴大夫、高房田窪太郎同舎弟、家員白石ノ三郎、兼恒越智ノ高野小太夫同舎弟、清員恒生太郎同舎弟、実蓮真膳房、重仲浮穴ノ井門太郎、山前権守同子、信家大内三郎同弟、高久十郎太夫、新居郡ノ金戸源三入道俊恒、高盛浮穴ノ久万太郎太夫同弟、永助久万太郎、安住江ノ四郎太夫、家平吉木ノ三郎、高兼同四郎同舎弟、長員越智ノ別宮太夫、頼高越智ノ別宮新太夫同舎弟、吉盛別宮七郎太夫、安時三嶋ノ大祝、頼重越智郡ノ弥熊ノ三郎、遠安藤三太夫同舎弟、信任江ノ二郎太夫、紀六太郎、信忠寺町ノ五郎太夫、時永寺町ノ小太夫、助忠主藤三、忠員寺町ノ十郎、頼恒太郎、以上三十二人ト云々」。　2差無二恩賞一―〈長・尊・京・黒・松〉「無二差恩賞一」。　3可二申計一―〈長・尊・京・黒・松〉「可二計申一」。　4今年―〈黒〉「今年必」。〈松〉「必」傍書補入。　5八郎殿―〈黒〉この上の位置に「此御書写正則家ニ有」と注記。　6会手《アイテ》…振仮名は〈京〉による。　7年増―底本「年僧」。〈長〉などによる。　8一日―〈黒〉「四日」。

【注釈】

一　**又、実朝御書云**　本節は、実朝時代の文書を載せる。なお、京大本の独自記事の文書は、『吾妻鏡』が建仁三年（一二〇三）四月六日条と元久二年（一二〇五）閏七月二十九日条に収載するもの。後者は河野通堯文書に原文書がある。　二　**道後管領事、御本領之上不レ及二子細一候**　伊予国では律令制で定められた郡制とは別に、道前と道後という区分が行われた。道後は伊予の西半分を指す。二―②注釈五参照。ここには道後を河野氏の本領とみる認識が示されている。　三　**故殿之御時、差無二恩賞一候。返々無念候**　「故殿」は頼朝のことであろう。頼朝の時さしたる恩賞がなかったことが残念であるとの意思を示している。　四　**当国守護職幷闕所等、雖二望申輩候一、是非可二**

申計一候也　守護職や闕所を望む者がいるけれども河野氏に与える意思を伝えている。「闕所」は領主のいない土地。史実としては、鎌倉期に河野氏が守護職を得た徴証はない。　**五　兼又八郎殿給候。御志難二申尽一候。朝夕随逐、心安候。**　八郎を随兵として差し出すことについての謝意を述べている。「八郎」は通末か。二―⑯に、「通信ノ三男通末〈河野八郎、見レ上〉」云々とあり。　**六　今年可レ差二随兵一之由、自二谷殿一仰候。**　八郎を随兵とすることが「谷殿」の意思であることを示そうとしている。「谷殿」は未詳。　**七　会手《アイテ》里見冠者、年増トシテ下手二相並候**　「会手《アイテ》」は相手に同じか。ともに随兵の役を勤める者の意であろう。「里見冠者」は、『吾妻鏡』に里見義成が里見冠者と称して頼朝に仕えていることが見えるので、その人物を念頭に置いたものと思われる。「里見冠者」についての情報をどこから得たかは興味深いところである。ここでは「里見冠者」が年長であったのでその下手に並んで仕えたとの意か。

八　兼又、伊与国守護職幷新居西条両庄之事、先度親忠下向之時、書二進宛書一候キ　「伊与国守護職幷新居西条両庄」に関する文書を親忠下向の時に託したとの意か。「新居西条両庄」は、あるいは前文書の「闕所」に対応させたものか。親忠については未詳。新居西条庄は、新居郡に実在した荘園。ここでは「両庄」とされているが、実際には、新居庄、新居西条庄（新居郡の西条庄の意）、のちには西条庄などと呼ばれる同一の荘園。実朝没後、その菩提を弔うために後室本覚尼が建てた遍照心院に、北条政子の意をうけた幕府が所領を寄進して成立したという来歴をもつ。したがってこの時点ではまだ成立していない荘園である。なお、新居西条庄の故地には実朝供養塔と呼ばれる七重石塔が所在していて、現地には実朝ゆかりの地であったとの伝承が残っていたものと思われる（山内譲「源実朝の記憶」）。本書の編者は、このような実朝と新居西条庄の関係を知っていて「新居西条両庄」の文言を挿入した可能性が高い。

二―⑩〈折敷に三文字の家紋由来〉

【本文】

[一]其後頼朝卿、天下ヲ打静（メ）給テ、鎌倉由井浜[二]ニテ大酒宴有ケルニ、「諸[三]侍ノ坐位、定テ諍可レ被レ申。然者先初ヲバ御定有ベシ」トテ、頼[四]朝小折敷ヲ御取寄有テ、坐牌[五]（ヲ）定玉フ。先[六]一文字ヲ被レ遊テ、我前ニ被レ置。北条殿ノ前ニハ二文字、河野殿前ニハ三文字被レ書被レ置ケレバ、兎[七]角云人モナカリケリ。

抑《そもそも》[八]当家幕ノ紋ノ事、先[九]祖三並夷国退治ノタメニ日本ヨリ大将十人被二渡遣一ケル時、三番目タリシ、其[一〇]時ノ幕ノ紋ハ一[2]鄰《スハマ》也。[一一]伊与皇子御下向之時、例也。[一二]異国ニ（テ）似タル紋共有テ紛ケレバ、[一三]河野殿ノ船ニ（ハ）折敷ヲ角違《すみちがへ》ニ挿《ハサミ》テ舫先ニ被レ立ケルニ、[一四]其影（ノ）白々ト海水ニ移タルニ三文字見ヘタリ。[一五]奇異ノ[3]想ヲナス処ニ、其舟ヨリ日本ノ軍得レ利、早ク帰朝アリシ故ニ、幕ノ紋ニモ用レ之。[一六]其（ノ）三文字波ニ移リタル体ニテ、[4]繙《チヽミ》三文字也。[一七]折敷モ只四方ナル折敷ヲ打ベキ也。

[一八]其後定[5]（ラ）ザリシニ、今ノ由井浜ノ坐位、天下三番ナリケレバ、名誉トテ先祖ノ吉例ヲ起タリ。但此紋ハ角[一九]（ノ）折敷ニ正三文字、折敷ニ縁アリ。[二〇]五《イツの》衲懸ニテ一端〈二帖也〉十枚也。[二一]一帖ニ五枚ヅ、有ケレバ、五枚折敷トモ云。[二二]惣領計ナルベシ。[二三]其外ハ二《ふたの》衲或三《みの》衲也。其ハ一帖十枚ナルベシ。

【校異】
1坐牌―〈黒〉「坐配」。　2振仮名「スハマ」は、〈京・黒・松〉による。　3想―〈尊〉「相」。　4繙《チヽミ》―〈長・黒〉「縮」、〈松〉「纐《チヽミ》」。　5定（ラ）ザリシニ―〈黒〉「定リシニ」。

【注釈】
一 其後頼朝卿、天下ヲ打静（メ）給テ…　本節は、折敷に「三」の文字をあしらった河野氏の家紋の由来を説く。頼朝時代と、それをはるかに遡る先祖の三並時代の二つの起源譚が重複している。本来は三島大明神の「三」の字によった紋であったが、それに基づいて発生した二種の伝承を、共に取り入れたと見るべきか。　**二 鎌倉由井浜ニテ大酒宴有ケルニ**　以下、頼朝時代、由比ヶ浜の酒宴の際のこととする起源譚。由井浜（由比ヶ浜）は、現神奈川県鎌倉市の、稲村ヶ崎から材木座・飯島崎までの海岸の総称（『日本歴史地名大系・神奈川県』）。頼朝は、由比ヶ浜（由比浦）で、しばしば遊覧・牛追物・小笠懸などを行い、また、それに伴って酒宴を催した（『吾妻鏡』寿永元年〈一一八二〉六月七日条、元暦元年〈一一八四〉五月十九日条、文治三年〈一一八七〉七月二十三日条、同年十月二日条など）。但し、以下の記述はもとより虚構であろう。
三 諸侍ノ坐位、定テ諍可レ被レ申　「坐位」（座位）は、座席の順序、席次。　四　頼朝小折敷ヲ御取寄有テ　「折敷《おしき》」は、檜の片木《へぎ》で作る角盆。食器などを載せるのに使った（『日本国語大辞典』）。以下、折敷に数字を書いて各人の前に置き、席次を決めたとする。　五　坐牌（ヲ）定玉フ　「坐牌」（座牌）は、各人の着くべき座を指定した名札をいうが、配置・配列の結果を比喩的に言う用法もある（『時代別国語辞典・室町編』）。もとは、禅家の僧堂で、各自その座席の上に貼る名札という（『日本国語大辞典』）。黒田本の「座配」は、各人が着くべき座の順序、座席の割り当てをいう、より抽象的な言葉。　六　先一文字ヲ被レ遊テ、我前ニ被レ置　頼朝自身を第一とし、以下、北条を第二、河野を第三としたとする。　七　兎角云人モナカリケリ　頼朝による席次の決定に、異論を唱えるものは無かった意。　八　抑《そもそも》当家幕ノ紋ノ事…　以下、時代を遡り、紋の起源は三並の時代にあったとする。　九　先祖三並夷国退治ノタメニ日本ヨリ大将十人被ニ渡遣一ケル時、三番目タリシ　三並は、一―④に、粟鹿《アワカ》の子、小千御子からは五代目の子孫として、「此時、吾朝（ヨリ）新羅国退治ノタメニ大将拾人被ニ渡遣一、其三番目也」と記されていた。該当部注釈二一参照。　一〇　其時ノ幕ノ紋ハ一鄰《(スハマ)》也　「鄰《スハマ》」は、ここでは「州浜形」（洲浜形）の意。州浜を上から見おろしたような形。「凸」字形、あるいは円形を組み合わせた形で、近世では、三つ輪形ともいう。「一鄰」は、その州浜形一つの紋の意であろう。河野の紋が古くは州浜形であったとする伝については未詳。　一一　伊与皇子御下向之時、例也　「伊与皇子」（伊予皇子）は、孝霊天皇の皇子、孝元天皇の弟とされていた。一―②及び③参照。その「御下向」とは、一―②によれば、「南蛮《なんバン》・西戎動《ヤヽ》モスレバ令ニ蜂起一間、此御子ヲ当国ヘ下給フ。仍西南藩屏《ハンペイ》将軍ト云印《イン》ヲ以テ宣下セラル故（ニ）、伊予皇子ト号ス」という次第で、伊予への下向であって、「異国退治」ではないはずだが、「南蛮・西戎」への対処ではあり、その時にも鄰《スハマ》の紋を付けて下向したので、三並もその例にならったとするものか。　一二　異国ニ（テ）似タル紋共有テ紛ケレバ　「一鄰《スハマ》」の紋が、味方の軍勢にもあって紛らわしかった意か。　一三　河野殿ノ船ニ（ハ）折敷ヲ角違《すみちがへ》ニ挿《ハサミ》テ舳先ニ被レ立ケルニ　「角違《すみちがへ》」は、対角線状であること。ここでは、方形の折敷を斜めにして（角が上下左右に来るように）、船の舳先に立てた意か。　一四　其影（ノ）白々ト海水ニ移タルニ三文字見ヘタリ　折敷の影が海面に白々と映ったが、その中に、折敷には無い「三」の字が浮かび上がっていた意であろう。　一五　奇異ノ想ヲナス処ニ、其舟ヨリ日本ノ軍得レ利　前項の「三」の字を不思議に思っていたところ、その奇瑞が起きた船が先頭に立って、日本軍に勝利をもたらした意。　一六　其（ノ）三文字波ニ移リタル体ニテ、繙《チヽミ》三文字也　「繙《チヽミ》」は、「一面にしわがよったような状態になること、また、そのしわやひだをいう（『時代別国語大辞典・室町編』）。縮織りの表面のような状態。ここでは、波を打つように曲がった「三」の字を、そのように表現したもの。三島大明神（大山祇神社）の紋は、角を切り落とした折敷を角違に立てた中に、波打った三文字で表現される。　一七　折敷モ只四方ナル折敷ヲ打ベキ也　角を切り落とした形ではない、正方形をいうか。　一八　其後定（ラ）ザリシニ、今ノ由井浜ノ坐位、天下三番ナリケレバ、名誉トテ先祖ノ吉例ヲ起タリ　三並の時代以来、はっきりした定めがなかったが、由比ヶ浜での頼朝の裁定以来、「天下三番」の意で、「三」字を用いるようになったとする。　一九 角（ノ）折敷ニ正三文字　折敷を、斜めではなく（角が斜め上下左右に来るように）置いた形の中に、波打っていない通常の「三」字を入れた紋をいうか。　二〇 五《イツ》納《の》懸ニテ一端〈二帖也〉十枚也　「納《の》」は、「幅」とも。　和語の数詞に付けて、布や織物の幅を数える単位。織り上げられた布の幅をいい、現今では、普通三六センチメートル（鯨尺九寸五分・曲尺一尺一寸九分）。その幅のままで衣服や幕などを作った場合に、横に何本の布を縫い合わせて使ってあるかを数えるのに、二《ふた》の、三《み》の、などと用いる（『日本国語大辞典』）。ここでは幕の大きさ（幅）をいうか。「一端」は「一反」で、布帛の長さの単位。「帖」は、幕を二張りずつ一まとめとして数えるのに用いる。五納・一反の布を十枚で幕を張り、二帖用いる意か。　二一 一帖ニ五枚ヅ、有ケレバ、五枚折敷トモ云　前項参照。幕一帖（二張り）につき、折敷の紋が五つある意か。　二二 惣領計ナルベシ　右のように五納で五枚折敷の幕を用いるのは惣領家に限られる意。　二三 其外ハ二《ふたの》納、或三《みの》納也。其一帖十枚ナルベシ　惣領家以外は、二納や三納の布を用いるべきである意。

二—⑪〈承久の乱と通信〉

【本文】

[一]其後京与二鎌倉一君臣ノ間虎口ノ讒言出来、後鳥羽院モ遂ニ隠岐国へ遷幸ナリシ、浅猿《あさまし》カリシ事共也。[二]加様ノ巷説共粗《ホゞ》[1]出来ノ時分、[三]通信三島宮へ参詣有テ、天下安危、家ノ成立ヲ明神ニ伺被レ申ケルニ、御神答ニ、「[四]天運可レ傾事ナラネドモ、御政道相違ニ依テ、一旦御蒙塵可レ有。[五]然共終ニハ天照太神ノ御苗裔、御裳濯河ノ流非レ可レ断。[六]君王先西北ノ方へ遷ラセ可レ給。[七]然而、関東運尽（キ）滅亡シテ、天下又君ノ御掌握ニ可レ帰。[八]汝ハ先関東ニ随ハゞ、四国ノ探題職ニ可レ居。[九]其後、君御帰座ノ時、忠ヲ勤バ、必叡感ヲ蒙リ、忠賞ニ可レ誇」ト宣ケレバ、通信、「[一〇]其（レハ）謀略也。世ノ成毀ヲ見テ可二取捨一ニアラズ。[2][一一]ナニ探題モ[3]不レ可レ入、[一二]偏ニ皇恩ヲコソ可レ奉レ報」トテ被レ帰ケルヲ、明神ハ、「[一三]時ノ変ヲ測《ハカ》ラザルモ勇者ニアラズ」ト諫給へドモ、用給ハズ、立出給へバ、明神「暫」

トテ直垂ノ袖ヲ控《ヒカ》ヘ給ヘドモ、引切テ帰リ玉フ。其ヨリ明神御怒リ有テ、「七代、吾前ヘハ不《ト》レ可レ詣」御託宣有テ後ハ、一四御面談モ止ケルコソ口惜ケレ。一五然ドモ、其後モ数代ノ武運、威名弥《いよいよ》高カリケルハ、尚以テ御加護ハ懈《おこた》ラセ玉ハズ、神力ヲ被レ加故也。一六通信ノ心ハ武道ノ正路也。神慮ハ時儀ヲ照覧アル謂也。一七真実ノ違背ニアラズ。一八且ハ通信ノ正直堅固ヲ末世ニ残サンタメナリ。一九天下ノ人皆本道ヲ守ラマシカバ、世モ乱レザラマシ。二〇澆季ノ衰弊、寔《まことに》悲歎有レ余者歟。二一只道ノ塗炭ニ可レ落時節、二二人間栄辱、独可レ免事ニアラズ。無[4]レ力事ナリ。

【校異】

1粗《ホヾ》―振仮名は〈京・黒〉による。　2ナニ探題モ―〈黒・松〉「何ノ探題モ」。　3不レ可レ入―〈尊〉「不可」。　4無レ力事―底本「無万事」。〈長〉などによる。

【注釈】

一 其後京与二鎌倉一君臣ノ間虎口ノ讒言出来、後鳥羽院モ遂ニ隠岐国ヘ遷幸ナリシ　本節は、承久の乱において河野通信が京方について敗れ、没落した事情を、通信が三島明神との問答で敗戦を予告されたにもかかわらず、義によって後鳥羽院に味方したものであったと描く。承久の乱は、承久三年（一二二一）五月、後鳥羽院が北条義時追討の命を発して始まったが、京方の軍勢はわずか一ヵ月で幕府軍に敗れ、後鳥羽院は隠岐に流された。　二 加様ノ巷説共粗《ホヾ》出来ノ時分　「加様ノ巷説」とは、後鳥羽院と幕府の戦いが始まるという噂を指す。前項に見た承久三年五月の開戦直前頃に、こうした噂が流れていたとするのだろう。　三 通信三島宮ヘ参詣有テ、天下安危、家ノ成立ヲ明神ニ伺被レ申ケルニ　以下、通信は、三島明神に参り、天下の行方や河野家の運命について、明神と問答したという。河野家の当主が明神と問答したことについては、二―①で、「其比迄ハ家督タル人ノ社参ニハ、丑時ニ諸社燈明ヲ悉ク消シテ参玉ヘバ、明神（モ）三ノ階迄御出有テ、御対談有シ事也」として、通清の母（親清の妻）と明神の問答を描いていた。　四 天運可レ傾事ナラネドモ、御政道相違ニ依テ、一旦御蒙塵可レ有　三島明神の言葉。朝廷が衰えるわけではないが、後鳥羽院の政治は誤っているので、一旦、都から逃げ出すことがあるだろう、の意。「蒙塵」は、変事のため、天子が難をのがれて都の外に逃げること。以下、明神は、承久の乱の結末などを予期していたとする。　**五　然共終ニハ天照太神ノ御苗裔、御裳濯河ノ流非ㇾ可ㇾ断**　天皇家の血統は絶えることが無い意。　**六　君王先西北ノ方へ遷ラセ可ㇾ給**　後鳥羽院の隠岐配流をいうが、以下に見るように元弘二年（一三三二）の、後醍醐天皇の隠岐配流をも重ね合わせているようである。　**七　然而、関東運尽（キ）滅亡シテ、天下又君ノ御掌握ニ可ㇾ帰**　前項に見た後醍醐天皇隠岐配流の翌年、鎌倉幕府は滅亡し、後醍醐天皇は京都に還幸した。それを見通した発言とするか。しかし、通信がその時期まで生きのびているとは考えられないはずである。注釈九参照。　**八　汝ハ先関東ニ随ハヾ、四国ノ探題職ニ可ㇾ居**　「探題」は、本来は仏教の論議における判決者の意であったが、鎌倉時代には、幕府の執権・連署と六波羅探題・鎮西探題をいった。室町時代には、九州探題・奥州探題・羽州探題など、幕府が遠隔地に設けた出先機関の首班者に対する呼称として用いられるようになったが、通信の時代には「四国探題」などあり得なかった。ここは、探題があちこちに置かれた室町時代の感覚による記述であろう。　**九　其後、君御帰座ノ時、忠ヲ勤バ、必叡感ヲ蒙リ、忠賞ニ可ㇾ誇**　「君御帰座ノ時」とは、後醍醐天皇の還幸をいうようだが、注釈七にも見たように、通信がその時まで生きているとは考えられないので、後鳥羽院が復権するという見通しを述べているようにも読める。本来は、後鳥羽院が後醍醐天皇のように復権するはずだったということか、あるいは「忠ヲ勤バ」とは、通信の子孫の忠勤をいうのか。あるいは、承久の乱から建武の新政までに百年以上の時間が流れていることを無視して、通信が無事に生きのびていれば、後醍醐天皇の時代に健在であり得たと考えている叙述と読むか。判断しにくい。　**一〇　其（レハ）謀略也。世ノ成毀ヲ見テ可㆓取捨㆒ニアラズ**　通信の発言。「成毀」は未詳だが、成否、成り行きなどの意であろう。どちらが勝つかを見て、勝つ方につこうという態度は謀略であり、正義ではないとする。　**一一　ナニ探題モ不ㇾ可ㇾ入**　（そんなことをして出世するぐらいなら）どこの探題にも成りたくない意。　**一二　偏ニ皇恩ヲコソ可ㇾ奉ㇾ報**　『予章記』では「朝敵退治」を標榜するなど、朝廷尊崇の念は多く描かれるが、「皇恩」の語は、本節の他には、二—⑭で、通信の子が「皇孫ノ姫宮」を賜った上、その子達が童昇殿を遂げたことを「如ㇾ此皇恩」と述べる箇所のみ。ここは、河野家代々の朝廷尊崇の念というよりも、通信が後鳥羽院から格別の寵愛を受けていたことをいうのだろう（二—⑬⑭参照）。

一三　時ノ変ヲ測《ハカ》ラザルモ勇者ニアラズ　「時ノ変」は、時節、世の成り行きなどをいうか。そうした状況を適切に判断するのも武士に必要な能力であるとする。　**一四　御面談モ止ケルコソロ惜ケレ**　明神との面談は、通信の代で終わったとする。『予章記』における神話的時代の完全な終焉ともいえよう。

一五　然ドモ、其後モ数代ノ武運、威名弥《いよいよ》高カリケルハ　「数代ノ武運、威名」は、この後の通有・通治（通盛）などをいうか。　**一六　通信ノ心ハ武道ノ正路也**　「武道」は、金刀比羅本『保元物語』や『太平記』などから見える語。武士の道をいう。類義語に「兵の道」「弓箭の道」などがあるが、これらは、本来は武士の能力をいう語であったが、次第に精神性・道徳性をいう面を強めていく（佐伯真一「「兵の道」・「弓箭の道」考」）。「武道」も同様だろうが、ここでは道徳的な意味で武士のあるべき道をいう。　一七 **真実ノ違背ニアラズ**　通信は正しいことを述べたのであり、明神は状況判断を優先したのだから、通信が根本的に明神に背いたわけではない意。　一八 **且ハ通信ノ正直堅固ヲ末世ニ残サンタメナリ**　通信の正直一徹さを後世に伝えるために、明神も通信の行動を認めたとするか。河野氏にとって、通信がせっかく伊予を支配下に収めて中央に進出した直後、承久の乱で没落したことは大きな痛手であっただろうが、京方についた通信の行動は正義だったのだと、懸命に弁護している。　一九 **天下ノ人皆本道ヲ守ラマシカバ、世モ乱レザラマシ**　「本道」は、人が進むべき正しい道。すべての人がそれを守っていれば、世は乱れない意。　二〇 **澆季ノ衰弊、寔《まことに》悲歎有レ余者歟**　「澆季」は末法をいう。末法（末世）であるために、人々の心は悪くなり、本道を守らないのだとする。　二一 **只道ノ塗炭ニ可レ落時節**　「塗炭」は、泥にまみれ火に焼かれるような、悲惨な状態。「道が塗炭に落ちる」とは、人の道が失われ、人々が道を顧みない状態をいう。『太平記』巻一「資朝俊基関東下向事」に、「時澆季ニ及デ、道塗炭ニ落ヌト云ドモ、君臣上下ノ礼違則ハ、サスガ仏神ノ罰モ有ケリ」と、類似の表現がある。　二二 **人間栄辱、独可レ免事ニアラズ。無レ力事ナリ**　「栄辱」は名誉と恥辱。通信の栄光も恥辱も、すべて運命であり、逃れることはできなかったのだとする。

二―⑫〈通信の前半生―軍功と出世〉

【本文】

[一]通信始ハ軍功ニ募[1]テ、伊与国守護職幷新居西条ノ庄ヲ賜リ、[二]三十六人ヲ進退シ、十八ヶ村等ノ一族ヲ一味シ令二馳走一、[三]親父通清被レ討テ後、関東ニ馳下、兵衛佐殿・木曽殿ニ見参シ、馳帰テ平家ヲ追討シ、[四]元暦元年十二月、奴可入道西寂ヲ虜リ、於二父（ノ）墓（ノ）下一首ヲ切リ、[五]同二年正月十六日、平家追討ノ手当ニ、高平源太秀則待受テ合戦シ、同親父図書允俊則ト鴛小山ノ戦迄皆以テ決二勝利一。[六]同月平家矢島ヨリ田内左衛門尉則能三千余騎ニテ発向スル時、[七]同廿五日喜多郡比志（ノ）城ニテ遂二合戦一。[八]五ヶ日有テ、則能ガ曳退、軍兵一千余騎ヲ退伐シ訖ヌ。[九]去バ右大将頼朝卿御書ニ云、

[2][一〇]伊与国道後七郡事、為二守護職一可レ有二管領一。[一一]道前事をば、佐々木三郎盛綱申付候畢。諸事申合可レ有二沙汰一

候。[一二]得能冠者事ハ勿論也。恐々謹言

[一三]元暦二年七月廿八日　　　頼朝

河野四郎殿

[一四]然処（二）、九郎判官殿被レ失故ニ、通信同心ノ由被二訴籠一、[一五]喜多郡ヲ以、梶原平三景時ニ賜リ、[一六]守護職ヲバ盛綱ニ被レ補畢。[一七]又梶原ヲ被レ失時、以二的矢一景時ヲ射タリシ勲功ニ依テ、宇都宮賜レ之。[一八]然共文治五年奥[3]入合戦之時、阿津賀志山ノ先陣懸タリシ軍功ニヨリ奥州三（ノ）迫ヲ給リ、[一九]又為二喜多郡ノ替一ト[4]久米郡ヲ賜ル。[二〇]建治ニ又半国ノ守護職ヲ給フ。[二一]元久元年閏七月、御家人卅六人ヲ管領。[二二]建暦三年新居（郡）西条（ノ）庄ヲ賜フ。建保六年ニ一国ノ守護ニ被レ補畢。

【校異】

1募テ—底本「劵テ」。〈長〉などにより訂正。　2伊与国—〈黒〉この右肩に「此御書写正則家ニ有」と注記。　3奥入合戦—〈長〉右肩に「八月七日ナリ」と注記。　4久米郡ヲ賜ル—〈長〉「郡」の右肩に「伊与道後ナリ」と注記。

【注釈】

一　通信始ハ軍功ニ募テ、伊与国守護職幷新居西条ノ庄ヲ賜リ　本節末尾に、守護職を賜ったのは建保六年、新居西条の庄を賜ったのは建暦三年とする。通信が守護職を賜ったとするのは、二—⑨の実朝御書について見たように虚構であろう。新居西条庄については、二—⑨注釈八参照。　**二　三十六人ヲ進退シ、十八ヶ村等ノ一族ヲ一味シ令二馳走一**　「三十六人」は未詳だが、本節末尾に「御家人卅六人ヲ管領」とあるのに関わるか。該当部注釈二一参照。「十八ヶ村」は、二—①、④、⑤に前出。「馳走」は、ここでは、通信を主君として奔走する意か。　**三　親父通清被レ討テ後、関東ニ馳下、兵衛佐殿・木曽殿ニ見参シ、馳帰テ平家ヲ追討シ**　通清が討たれた後、西寂を討つ前に、ま

ず関東に下って頼朝・義仲に会い、伊予に帰ってから平家を追討したとするが、明らかな虚構である。通清が討たれたのは、二―②に見たように、養和元年（一一八一）八月頃のことと考えられる。その後、通信が苦闘を続ける合間に関東に下ることも、「関東」で頼朝と義仲の双方に会うことも、あり得ない。　**四　元暦元年十二月、奴可入道西寂ヲ虜リ、於二父（ノ）墓（ノ）下二首ヲ切リ**　西寂の殺害は、『平家物語』の引用としては二―②に、また、河野家の相伝としては二―⑤に記されていた。『水里玄義』には元暦元年二月とある。いずれも直ちに信用できるわけではないが、二―②注釈一二や二―⑤補注に見たように、『平家物語』諸本が通清討死の直後に西寂を殺害したかのように描くのも事実ではないと考えられよう。　**五　同二年正月十六日、平家追討ノ手当ニ、高平源太秀則待受テ合戦シ、同親父図書允俊則ト鷺小山ノ戦迄皆以決二勝利一**　「高平」は「高市」が良いか。一―⑬に、「高市ノ武者所清儀」の子孫について、「其孫繁盛シテ、吾河郷ニ居住スルヲ吾河ト云」とあったが、該当部注釈六に見たように、吾河保（現伊予市上吾川・下吾川）には、鎌倉期の初め平家方の高市俊儀・秀儀がいたとされる。この秀儀が「高平源太秀則」にあたるか。　**六　同月平家矢島ヨリ田内左衛門尉則能三千余騎ニテ発向スル時**　「矢島」は屋島（八島）、「田内左衛門尉則能」は、阿波民部重能の嫡子として、『平家物語』に見える人物。名は「教能」（覚一本）、「成直」（延慶本）などとも。『平家物語』覚一本では、義経が屋島を急襲した時、教能は、河野通信を攻めるために三千余騎で伊予に行き、通信を討ちもらしたものの、家子郎等百五十人の首を取って献上していたとする（巻十一「勝浦付大坂越」）。また、屋島合戦の翌日、伊予から戻ってきたところを、伊勢三郎義盛にだまされ、生け捕りになったとする（同「志度合戦」）。延慶本巻十一では、重能の嫡子成直は、屋島近くの「勝ノ宮」に陣を張っていたと記す。だが、その後に、成直は、通信を攻めに「伊与喜多郡ノ城」へ向かい、通信を討ちもらしたが、「河野ガ伯父福良新三郎」以下の百六十人の首を取って献上していたとも記し、さらに、伊予からの帰路、義盛にだまされて生け捕られたとする点も覚一本などと同様なので、屋島近くに陣を張っていたとの記述とは矛盾する。なお、『予章記』は「同月」とするので元暦二年正月のこととなるが、『平家物語』によれば同年二月のことである。　**七　同廿五日喜多郡比志（ノ）城ニテ遂二合戦一**　「同廿五日」は、正月二十五日となるが、『平家物語』諸本では、則能は、二月十八～二十日頃とされる屋島合戦の直後に屋島に帰ってきたとあるので、正月二十五日から五日間の合戦では早すぎて時期が合わない（二月の誤りと見ても遅すぎて時期が合わない）。喜多郡は、愛媛県中西部、現大洲市などを含む地域。比志城は大津城（大洲城。現愛媛県大洲市大洲）の前身かといわれる（『歴史地名大系・愛媛県』）。　**八　五ケ日有テ、則能ガ曳退、軍兵一千余騎ヲ退伐シ訖ヌ**　『平家物語』では、前項に見たように、則能は、通信を討ちもらしたが、多くの首を取って帰ってきたというので、一応、則能の勝利と描いているようだが、河野側から見れば則能を撃退した勝利と描くことも可能な戦いであったと見ることができようか。この点、元木泰雄は、このあと通信が兵船三〇艘を率いて屋島合戦に参入した（『吾妻鏡』）ことからみて、通信が伊予において大敗したとは考えられず、実際には『平家物語』とは逆に教能（則能）は通信に敗れ、敗走してきたと考えるべきだとする（『治承・寿永の内乱と平氏』）。　**九　去バ右大将頼朝卿御書ニ云**　以下、頼朝文書。築山本『河野家譜』『予陽河野家譜』、また『諸家文書纂』巻一一にも見えるが、偽文書であろう（黒川高明『源頼朝文書の研究　史料編』）。

一〇　伊与国道後七郡事、為二守護職一可レ有二管領一　道前・道後については、二―②注釈五、二―⑨注釈二参照。道後七郡は、伊予国西部の和気・温泉・久米・浮穴・伊予・喜多・宇和の七郡を指すと考えられる（久葉裕可「鎌倉期における河野氏の権限について」）。守護職については補注参照。　**一一　道前事をば、佐々木三郎盛綱申付候畢**　佐々木三郎盛綱は、佐々木秀義の三男。定綱・経高の弟、高綱の兄。藤戸合戦で、騎馬で海を渡した高名で知られる。伊予国の守護であったと見られる。補注参照。　**一二　得能冠者事ハ勿論也**　「得能冠者」は、二―⑯に「嫡子得能冠者通俊、母ハ新居大夫玉氏ノ女、後ニハ四郎大夫ト云」と見える通俊か。その通俊の処遇について、頼朝との間に何らかの約束があったとするのだろうが、虚構であろう。

一三　元暦二年七月廿八日　元暦二年（一一八五）は、八月十四日改元、文治元年となる。三月に壇ノ浦合戦があって平家滅亡。八月六日には義経が伊予守となるが、その直前の比較的落ち着いた時期に、こうした文書が下されたとするか。

一四　然処（ニ）、九郎判官殿被レ失故ニ、通信同心ノ由被二訴籠一　頼朝と義経・行家の関係が決裂するのは、文治元年（元暦二年）十月のことであり、義経は十一月三日に京都を出て西国へ向かったが、嵐に遭って離散した。義経の没落によって、通信もせっかく得ていた所職を失ったとするが、通信が義経と「同心」していたという徴証は認めがたく、そのために権益を失ったという記述も疑わしい。山内譲『中世瀬戸内海地域史の研究』は、『吾妻鏡』建仁三年（一二〇三）四月六日条などにより、義経討伐後も、鎌倉幕府と河野氏の関係は必ずしも悪化していないと指摘する。　**一五　喜多郡ヲ以、梶原平三景時ニ賜リ**　「喜多郡」は、前掲注釈七「同廿五日喜多郡比志（ノ）城…」参照。梶原景時が喜多郡に勢力を有していた可能性については、注釈一七参照。　**一六　守護職ヲバ盛綱ニ被レ補畢**　盛綱は前掲注釈一一「道前事をば、佐々木三郎盛綱申付候畢」参照。守護職については補注参照。　**一七　又梶原ヲ被レ失時、以二的矢一景時ヲ射タリシ勲功ニ依テ、宇都宮賜レ之**　「宇都宮」は、下野国（現栃木県）の宇都宮氏。藤原道兼の子孫が在地豪族化したとされる有力武士。ここでは宇都宮頼綱が、景時を射殺したとするのだろうが、そうした事実は認められない。しかし、宇都宮氏が鎌倉時代に伊予国守護となったこと、喜多郡に勢力を有したことは事実と見られるので、梶原景時が得ていた喜多郡地頭職を、景時誅滅後に反景時派の一人であった宇都宮頼綱が得たとしても、そう無理ではないと考えられる（山内譲『中世瀬戸内海地域史の研究』）。　**一八　然共文治五年奥入合戦之時、阿津賀志山ノ先陣懸タリシ軍功ニヨリ奥州三（ノ）迫ヲ給リ**　「奥入合戦」は、文治五年（一一八九）の奥州藤原氏討伐をいう。この時、通信が従軍したことは、『吾妻鏡』同年七月十九日条、十月一日条などによって知られる。「阿津賀志山」は、現福島県伊達郡国見町。文治五年八月、幕府軍は、この地に設けられた防塁を突破し、藤原国衡を討ち取った。奥州合戦の山場だが、その合戦を記す『吾妻鏡』八月七日～十一日条に、通信が先陣をとげたとの記述は見えない。「三《さん》（ノ）迫《はさま》」は、現宮城県栗原市周辺、三迫川およびその本流迫川の流域をいう広域地名。通信がここに所領を得たことも未詳。**一九　又為二喜多郡替一久米郡ヲ賜ル**　河野氏と久米郡の関係については、二―⑯に記される、河野通久が阿波国富田庄の代わりに久米郡石井郷を求めたことにかかわる文書に、「相伝下人中、旧好を忘れざるの輩、自然相訪しむの故也」（『鎌倉遺文』三二〇七）との記述がみられ、古くから河野氏との縁の深い地であったことが伺われる。　**二〇　建治二又半国ノ守護職ヲ給フ**　建治は文脈から判断して建久もしくは建仁の誤記か。守護職については補注参照。　**二一　元久元年閏七月、御家人卅六人ヲ管領**　「御家人卅六人ヲ管領」は、二―⑨校異1・注釈一に見た、京大本の独自記事や、『吾妻鏡』元久二年（一二〇五）閏七月二十九日条に収載する、いわゆる「元久下知状」の記す三十二人の御家人に関わるか。　**二二　建暦三年新居（郡）西条ノ庄ヲ賜フ。建保六年二国ノ守護ニ被レ補畢。**　本節注釈一参照。西条庄については、二―⑨注釈八参照。二―⑨では「新居西条両庄」と、二つの荘園のように記されていたが、ここでは正しく「新居（郡）西条ノ庄」と記されている。守護については補注参照。

【補注】

◎鎌倉期の伊予国守護について

鎌倉期の伊予国守護については随所に記述がみられ、編者が守護という地位に強い関心を示していたことが窺われる。その記述は以下のとおりである。

1　二―⑨　実朝書状の中に「当国守護職并闕所等、雖レ望申輩候一、是非可二申計一候也」とあり、他に望み申す者がいるが、河野氏に守護職を与えようという実朝の意向が示される。

2　本節　元暦二年の頼朝書状の中に「伊与国道後七郡事、為二守護職一可レ有二管領一、道前事をば、佐々木三郎盛綱申付候畢」とあり、通信を道後七郡、佐々木盛綱を道前の守護に任ずる頼朝の意向が示される。

3　本節　通信が義経に与同したことにより守護職は佐々木盛綱に与えられる。

4　本節　梶原景時謀反のとき、景時を討った勲功により守護職は宇都宮氏に賜る。

5　本節　建治年間（正しくは建久もしくは建仁）に、通信に半国守護職が与えられる。

6　本節　建保六年に通信が一国守護に補せられる。

このうち1と6は同じことを指しているのであろうから、そのことを踏まえて整理すると、伊予国守護職に任じられた者の推移は以下のようなことになる。

道後半国―通信　道前半国―佐々木盛綱
一国　佐々木盛綱
一国　宇都宮氏
半国―通信　残りの半国（宇都宮氏か）
一国　通信

一次史料や『吾妻鏡』で確認できるところでは、『吾妻鏡』建仁三年（一二〇三）四月六日条に「当国守護人佐々木三郎兵衛尉盛綱法師」とあって、この頃佐々木盛綱が守護であったことがわかる。その後、承久元年（一二一九）～嘉禎三年（一二三七）のものと推定される二階堂行村（行西）書状（「忽那家文書」）から、宇都宮頼綱が守護であったことが確認され、守護は佐々木氏から宇都宮氏にかわったことがわかる（本節は前記のように、梶原景時の乱の時、宇都宮氏が景時を射殺した功により守護職を賜ったとする）。宇都宮氏はその後幕府滅亡時までその地位を維持したことが各種史料から確認できる（佐藤進一『増訂鎌倉幕府守護制度の研究』）。

これをみると、佐々木盛綱、宇都宮氏の守護職補任についてはある程度知識を得ていた編者が、それに河野氏の守護職補任を割り込ませたことがわかる。河野氏が最初に守護職に補任されたのは南北朝期以降であるが（南北朝期の通盛の時とする説、室町期の通義の時とする説などがある。三―⑱注釈四参照）、ここではその淵源がすでに鎌倉期にあることを強調しようとしたものと思われる。また、ここにみられる半国守護も、鎌倉時代の守護制度にはなく、室町期になってから見られ始めるものである。（山内）

二―⑬〈通信の後鳥羽院出仕と笠懸〉

【本文】

[一]是程ナルニ、宮方ヲ取テ、罷失ケル子細ヲ能々尋ルニ、[二]本道トハ乍レ申、難二捨申一事モ理也。[三]其謂（ハ）、天下君臣ノ逆乱未レ萌以前（ニ）、[四]「件ノ由井浜ニテノ座位ノ次第、其外度々ノ名誉等ハ、只北条ノ縁タル故也」ト、[五]通信、女中ノ昵《ムツ》物語リニ仕玉ヒケルヲ聞テ気ヲ損ジ、[六]「北条（ハ）平氏ノ末裔也。親好ハ縁也。聊《いささか》モ名望ニ非ズ」ト云イサカヒヲシテ、[七]夜中ニ鎌倉ヲ出テ上洛シ、内裏ニ参テ、[八]「伊与国河野ト云者参内」ト申ケレバ、君聞召、即被二召寄一、御寵渥不レ斜。[九]内々武士ヲ御尋ノ時ナレバ、[一〇]夫《それ》周文王ノ太公望ヲ得、漢高祖ノ張子房ニ逢玉フ程ノ叡慮也。

[一一]仁恵深カル故ニ、又偏執《へんしう》[1]モ多カリケル。[一二]「河野ハ久ク牢浪シテ、国（ノ）安坐モナカリケレバ、弓馬ノ道委《くはしく》ハ不二存知一。[一三]各笠懸ヲ射テ遊ンニ、河野ヲ召時、定テ赤面センカ。是ゾヨキ哄資《ワライクサ》ヨ」トテ、俄ニ被レ企レ之。[一四]君聞

召、内々勝事[2]（ニ）被二思召一ケレドモ、色ニハ御出《いだ》シナク、「[一五]河野ハ家ノ者也。加程ノ事不二存知一事ハ不レ有」ト思食、[一六]勅定ナリケレドモ、[一七]若又不レ知事ヤアラント、知音ノ女房（ノ）有ケルニテ、御尋ノ趣ハ、「[一八]此事兼テ可二存知一也。若又不レ知ハ、弓ハ本ヨリ達者也、馬ハ存知也。法様ナクトモ可レ仕。[一九]若問人アラバ、我家ノ一流ト答ヨ」ト被二仰合一。如レ案至二其日一ニ各打出ル処ニ、[二〇]貴賤ノ見ルヲモ物トモセズ、射手具足如レ形ソロヘテ馬ニ打乗テ、[二一]千鈞ノ弩（ノ）如ナル弓ヲ持テ散々ニ射ケルニ、[二二]少モ無レ所レ滞、誠ニ物々シゲニ見ヘケリ。可レ咲処モナシ。「[二三]余リ（ニ）無骨ナリ」ト計《ばかり》申アヘリ。

君（モ）御叡覧有テ、「[二四]サレバ家有ル者（也）。一向ニ不レ存者ハ、加様ニモイカヾハ可レ仕。[二五]定テ家ノ骨法ニテ有ラン、尋テ見ヨ」ト御定ナリケレバ、然バ可レ為二勅問一被レ申、以二勅使一御尋アリケル様ハ、「[二六]今日ノ笠懸ノ体見事也。然共法様道ノ如ナラズ。依二御不審一御尋也、子細アラバ可レ申」トノ仰也。通信畏テ承也。「[二七]某甲、久遠境ニ伶俜《れいへい》トシテ諸家之儀不二存知一候。[二八]我等ガ家、孝霊天皇ヨリ以来、朝敵退治ノ外ハ別ニ無[3]レ為二業事一。[二九]但此事ハ弓法ノ専一也ト申伝迄也」ト勅答被レ申ケレバ、諸人「サレバコソ」トテ、各舌ヲ巻テ退出ス。誠叡慮忝事難二申尽一者也。[三〇]仁（ハ）流二秋津洲之外一、恵（ハ）茂二筑波山ノ陰一ニトモ、是ヲヤ可レ申。

【校異】

1偏執《へんしう》—底本振仮名「ヘンユ」。〈黒〉「偏執《ヘンシウ》」による。　2勝事—〈黒〉「笑止」、〈松〉「勝レタル事」。　3無レ為二業事一—〈長・京〉「無二為レ業事一」、〈黒〉「無二行事一」。

【注釈】

一 是程ナルニ、宮方ヲ取テ、罷失ケル子細ヲ能々尋ルニ　「是程ナルニ」は、前節までに見たように、通信が源平合戦の戦功によって、幕府から十分な信任を得ていたことを指す。にもかかわらず、承久の乱において通信が京方についた理由を、以下、北条氏出身の妻とのいさかいと後鳥羽院の寵愛によって、物語的に説明する。　**二 本道トハ乍レ申、難二捨申一事モ理也**　「本道」は、人が進むべき正しい道。二―⑪にも、「天下ノ人皆本道ヲ守ラマシカバ」云々と見えた。また、二―⑪では、通信が京方についたのは、「武道ノ正路」であったとしていた。通信は、そのような「本道」「正路」の大義名分によって京方についたわけではあるが、それだけではなく、後鳥羽院を捨てられない事情があったのだという。　**三 其謂（ハ）、天下君臣ノ逆乱未レ萌以前（ニ）**　未だ承久の乱のきざしがない時期に、の意。　**四 件ノ由井浜ニテノ座位ノ次第、其外度々ノ名誉等ハ、只北条ノ縁タル故也**　「由井浜ニテ座位ノ次第」は、二―⑩で家紋の由来とされた、頼朝から第三位の席次を与えられた逸話を指す。それをはじめ、前節までに見たさまざまの名誉や地位は、すべて北条との縁によるのだと、通信の妻が言った意。　**五 通信、女中ノ昵《ムツ》物語リニ仕玉ヒケルヲ聞テ気ヲ損ジ**　「女中」は、通信の妻。二―④で、北条時政の娘とされていた。その妻が、寝物語に、夫の出世を北条との縁によるものだと言ったので、通信は腹を立てたとする。　**六 北条（ハ）平氏ノ末裔也。親好ハ縁也。聊《いささか》モ名望ニ非ズ**　北条氏は坂東平氏の流れとされる。それと縁戚関係になったのはただ因縁によることであって、決して誇らしいことではないとの意。平氏の末裔が誇りにならないというのは、河野氏が孝霊天皇の末裔を称し、また、源氏との深い関係を主張しているためか。　**七 夜中ニ鎌倉ヲ出テ上洛シ、内裏ニ参テ**　右の妻との物語は、鎌倉でのことであったとされる。通信は、伊予を出て鎌倉で暮らしていたという理解か。そこから出奔し、京都へ行ったとする。　**八 君聞召、即被二召寄一、御寵渥不レ斜**　「君」は後鳥羽院（一一八〇〜一二三九）。以下、後鳥羽院の並外れた寵愛を受けたことが、通信が京方につく大きな理由だったとする。後鳥羽院は、突然推参した通信を召し抱え、寵愛したとする。後鳥羽院の通信寵愛については、次節参照。　**九 内々武士ヲ御尋ノ時ナレバ**　後鳥羽院が既に倒幕を意識し、ひそかに武士を集めていた時期とされる。　**一〇 夫《それ》周文王ノ太公望ヲ得、漢高祖ノ張子房ニ逢玉フ程ノ叡慮也**　後鳥羽院が通信を得たのは、古代中国の王が太公望や張子房といったすぐれた軍師を得たようなものであったとする。周文王は、周の始祖。渭水で釣りをしていた太公望（呂尚）を見出して軍師としたという。漢高祖は、漢の始祖、劉邦。張子房は張良。高祖の功臣。黄石公から兵法を伝授されたという。兵法書『六韜』は太公望の著とされることが多い。また、張良は『張良一巻書』の著者とされたが、それと『六韜』『三略』の関係について、中世日本ではさまざまの説があった（大谷節子「「張良一巻書」伝授譚考」）。　**一一 仁恵深カル故ニ、又偏執《へんしう》モ多カリケル**　「仁恵」は後鳥羽院の通信への寵愛、「偏執」は後鳥羽院周辺の人物による通信への嫉妬、悪意をいう。　**一二 河野ハ久ク牢浪シテ、国（ノ）安坐モナカリケレバ、弓馬ノ道　委《くはしく》ハ不ジ二存知一**　以下、通信をねたんだ後鳥羽院近臣の言葉。通信は、鎌倉を出奔してすぐに京都へ行き、後鳥羽院に仕えたと描かれていたので、「久ク牢浪」は不審。「国（ノ）安坐モナカリケレバ」は、ここでは、安定して在国することがなかった意か。「弓馬ノ道」は、ここでは、笠懸・流鏑馬など、騎射の武芸をいうか。『吾妻鏡』文治二年（一一八六）八月十五日条によれば、鎌倉で西行に会った頼朝は、「歌道并弓馬事」について西行に尋ねたという。西行は、秀郷流の故実を知っていたと見られる。通信にはそうした知識があるまいと推断された意だろうが、それは河野氏の家柄の問題であり、「牢浪」や「国（ノ）安坐モナカリケレバ」という理由ではなかったはずである。　**一三 各笠懸ヲ射テ遊ンニ、河野ヲ召時、定テ赤面センカ**　「笠懸」は、馬上から的を射る競技。もとは笠をかけて的としたことによる名称。平安後期から京都周辺で盛んに行われたことは、『新猿楽記』や『中右記』などに見える。　**一四 君聞召、内々勝事（ニ）被ニ思召一ケレドモ、色ニハ御出《いだ》シナク**　「勝事」は、ここではよくないこと、異常なこと。後鳥羽院は、よくないことだと思ったが、不安を顔色に出すことはなかった。　**一五 河野ハ家ノ者也。加程ノ事不ニ存知一事ハ不レ有**　河野は代々の武士の家なので、この程度のことを知らないはずはないと思って。　**一六 勅定ナリケレドモ**　近臣の提案通り、笠懸の実施を命じた。　**一七 若又不レ知事ヤアラント、知音ノ女房（ノ）有ケルニテ、御尋ノ趣ハ**　しかし、万一、通信が笠懸の故実を知らないこともあるかもしれないと思い、通信と知り合いの女房を通じて、以下のように伝えた。　**一八 此事兼テ可ニ存知一也。若又不レ知ハ、弓ハ本ヨリ達者也、馬ハ存知也。法様ナクトモ可レ仕**　笠懸の故実は知っているだろう。もし知らなくとも、弓はもともと達者であり、馬術も心得ている。決まったとおりのやり方でなくとも、我流でやればよい。　**一九 若問人アラバ、我家ノ一流ト答ヨ**　もし、やり方について質問する者があれば、我が家独特の流儀であると答えよと、後鳥羽院は命じた。　**二〇 貴賤ノ見ルヲモ物トモセズ、射手具足如レ形ソロヘテ馬ニ打乗テ**　通信は、貴賤の多くの観客をものともせず、型どおりの武具を身につけて馬に乗り。　**二一 千鈞ノ弩（ノ）如ナル弓ヲ持テ散々ニ射ケルニ**　「鈞」は本来は重量三十斤をいうが、「千鈞」は大変重いさまの表現。「弩」は、本来は中国古代の武器で、ばねを使って石を発射し、遠距離を攻撃する大型のはじき弓をいうが、ここでは単に大型の弓をいうか。通信は、故実に則った典雅な騎射ではなく、大きく武骨な弓を持って、激しく射た意であろう。　**二二 少モ無レ所レ滞、誠ニ物々シゲニ見ヘケリ**　通信はためらったり迷ったりすることはなく、実に堂々としていた。　**二三「余リ（ニ）無骨ナリ」ト計《ばかり》申アヘリ**　通信を笑いものにしようと思っていた人々は、案に相違して、ただ「あまりに武張っていて、優雅でない」としか言えなかった。　**二四 サレバ家有ル者（也）。一向ニ不レ存者ハ、加様ニモイカヾハ可レ仕**　後鳥羽院の言葉。「やはり武士の家の伝統を継ぐ者だ。全く何も知らない者は、このようにやってのけることもできまい」。　**二五 定テ家ノ骨法ニテ有ラン**　「きっと、河野の家のやり方、心得なのであろう」と、後鳥羽院は、通信に尋ねてみよと命じた。　**二六 今日ノ笠懸ノ体見事也。然共法様道ノ如ナラズ**　今日の笠懸はみごとであったが、やり方は、通常のものではなかった。　**二七 某甲、久遠境ニ伶俜《れいへい》トシテ諸家之儀不ニ存知一候**　通信の言葉。「私どもは、僻遠の地で、中央とは無縁に暮らしているので、諸家のやり方は存じません」。「伶俜《れいへい》」は、「一人ぽつちのさま。さまよふさま。おちぶれるさま」（『大漢和辞典』）。　**二八　我等ガ家、孝霊天皇ヨリ以来、朝敵退治之外ハ別ニ無ㇾ為㆓業事㆒**　河野氏が孝霊天皇の子孫を称することは、一―②参照。「朝敵退治」については、一―⑥に「此守興迄ハ朝敵退治三ヶ度也」、一―⑭に「朝敵退治ハ先例タル上」、また、一―⑤〔益躬―鉄人退治〕には「夷敵退治ノ事（ハ）家ノ先例」などと見えていた。ここでは、朝敵退治の戦いに専念してきた家柄なので、弓馬の業は当然心得ている意。　**二九　但此事ハ弓法ノ専一也ト申伝迄也**　「弓法ノ専一」はわかりにくいが、笠懸は弓術の第一の事柄であり、わきまえているのも当たり前だとの意か。　**三〇　仁（ハ）流㆓秋津洲之外㆒、恵（ハ）茂㆓筑波山ノ陰㆒**　『古今和歌集』真名序による。本来の意味は、「天皇の仁愛は日本国の外まであふれ出し、その恩恵は筑波山の山かげに草が茂るように深く」（岩波新大系『古今和歌集』）といった意。ここでは、後鳥羽院の通信への寵愛が深かった意に用いているようである。

二―⑭〈通信の寵愛と奥州への流罪〉

【本文】

剰[一]（ヘ）其（ノ）時分随逐ノ子河野太郎通政、御寵渥ノ余ニ御皇孫ノ姫宮ヲ賜テ令ㇾ嫁。其宮[二]ノ腹ニ二人ノ子アリ。兄ヲバ又太郎政氏、弟ヲバ弥太郎通行ト云。彼等幼稚ノ時、童ニテ昇殿仕、兄ヲバ長丸、弟ヲバ弥長丸トゾ申ケル。童[三]昇殿トテ華飾ノ事（ニ）申伝[1]タリ。如ㇾ此皇恩、何ヲ以テ奉ㇾ報ベキ。サレバ又、君[四]ハ神武天皇（ノ）正胤也。我身モ又苟モ孝霊天皇ノ苗裔ナレバ、旁以難ㇾ止被㆓思召㆒ケルモ道理也。

又[五]承久兵乱ノ事ハ、臣弑ㇾ君之儀ナレバ不義ハ不ㇾ及ㇾ言者歟。通[六]信モ君ノ御運ニ被ㇾ引、当国他国領処五十三ヶ処、公田六十余町、一族百四十余人ノ旧領迄被㆓収公㆒訖。中[七]ニモ三島七島社務職等（ハ）全（ク）他ノ競望不ㇾ可ㇾ有事ナレドモ、京都ヨリ善家ノ者ヲ進止セラル、事、誠ニ無念ノ次第也。善[八]三島ト云ハ飯尾末葉也。結句又小早河ノ者、善家ヲ追ノケテ存知スル事、更以無キㇾ謂子細ナレドモ、是ゾ通信神慮ヲ背被ㇾ申ケル失[2]也。

九承久ヨリ奥州平泉ト云処ニ被レ流、（軈而《やがて》）出家シテ観光ト云シガ、貞応[3]二年五月十九日逝去畢。生年六十八。一生ノ行業、武略ノ名誉、不レ可二勝計一。一〇或本ニ東禅寺殿ト云。不二分明一。

【校異】

1中伝タリ―〈黒〉「中伝多シ」。〈松〉「タリ」を見せ消ち、「多シ」と傍書。　2失―底本「告」。〈長〉などにより訂正。
3一生ノ行業―〈黒〉この位置の上欄外に、「与州越智郡木ノ本東禅寺通信位牌有之　東禅寺殿観光大禅定門　裏書
貞応三年〈甲申〉五月十九日卒」と注記。

【注釈】

一 **剰（ヘ）其（ノ）時分随逐ノ子河野太郎通政、御寵渥ノ余ニ御皇孫ノ姫宮ヲ賜テ令レ嫁**　「随逐」は後を追い、従うこと。通政は、次節に「次男通政〈河野太郎、母時政女〉」として所見。その通政が皇孫の姫宮をめとったとするのだが、未詳。事実とは考えられない。　二 **其宮ノ腹ニ二人ノ子アリ。兄ヲバ又太郎政氏、弟ヲバ弥太郎通行ト云。彼等幼稚ノ時、童ニテ昇殿仕、兄ヲバ長丸、弟ヲバ弥長丸トゾ申ケル。**　通政と皇孫の姫宮の間にできた子とされる政氏（長丸）・通行（弥長丸）については、未詳。ただ、『与州新居系図』に、新居一族の一人として「長《ヲサ》丸」という人物がいて、その注記に「承久兵乱之時九才ニシテ有後鳥羽院御内」という文言が付されている。新居氏と河野氏の間には二―⑯で触れたように密接な関係があり、なんらかの関連があるか。　三 **童昇殿トテ華飾ノ事（ニ）申伝タリ**　「童昇殿」は、「童殿上《わらはてんじやう》」をいうか。童殿上は、元服前の貴族の子弟が宮中の作法見習いのため、昇殿を許されて、側近に奉仕すること。名門の子弟に与えられた特別の優遇であり、自身が殿上していない通信の孫（通政の子）に許されたとは考えられない。「華飾」は分を越えた華美、ぜいたくなどをいう。　四 **君ハ神武天皇（ノ）正胤也。我身モ又苟モ孝霊天皇ノ苗裔ナレバ、旁以難レ止被二思召一ケルモ道理也**　天皇家は神武天皇の嫡々の子孫であり、河野氏も孝霊天皇の子孫なので、寵愛されたのだという。　五 **又承久兵乱ノ事ハ、臣弑レ君之儀ナレバ不義ハ不レ及レ言者歟**　承久の乱は、臣下が主君を殺した不義の戦いであったとする。二―⑪から繰り返されている論理。　六 **通信モ君ノ御運ニ被レ引、当国他国領処五十三ヶ処、公田六十余町、一族百四十余人ノ旧領迄被二収公一訖**　後鳥羽院の不運の巻き添えで、通信も所領を大量に没収されたとする。『吾妻

鏡』承久三年六月二十八日条には、「伊予国住人河野入道、相下従当国勇士等一合戦之間、為二一方張本一。仍可二討罰一之由、武州下知国中不レ與二河野一之輩等上云々」とあるが、河野氏の蒙った処分の詳細については明らかではない。また、五三か所、六〇余町、一四〇人などの具体的な数値が何に拠るかも不明。**七　中ニモ三島七島社務職等（ハ）全（ク）他ノ競望不レ可レ有事ナレドモ、京都ヨリ善家ノ者ヲ進止セラル丶事、誠ニ無念ノ次第也**　「三島七島社務職」とは、本来であれば三島七島に勧請された三島社を管理する権限のことであろうが、ここでは三島七島に対する支配権の意で使われているように思われる。この支配権は、三島社と河野氏の深い結びつきを考えると、他の一族の「競望」があってはならない河野氏の支配権の根幹にかかわるものであるが、京都からやってきた「善家」の者の支配下に入ったのはまことに無念である、との意。**八　善三島ト云ハ飯尾末葉也。結句又小早河ノ者、善家ヲ追ノケテ存知スル事、更以無レキ謂子細ナレドモ、是ゾ通信神慮ヲ背被レ申ケル失也**　補注「三島七島の支配権」参照。**九　承久ヨリ奥州平泉ト云処ニ被レ流、（軈而《やがて》）出家シテ観光ト云シガ、貞応二年五月十九日逝去畢、生年六十八**　通信の出家や最期などについては未詳。但し、『一遍上人絵伝』（一遍聖絵）巻五に、「奥州江刺の郡にいたりて、祖父通信が墳墓をたづね給に、人つねの生なく、家つねの居なければ、只白楊の秋風に東岱の煙あとをのこし、青塚の暮の雨に北芒の露涙をあらそふ。よて荊棘をはらひて追孝報恩のつとめをいたし、墳墓をめぐりて転経念仏の功をつみたまふ」云々とあり、土饅頭風の墓の前で合掌する一遍たち一行が描かれる。これによって、平泉付近で亡くなり、埋葬されたことはわかる。現在、岩手県北上市稲瀬町水城に「ヒジリ塚」と呼ばれる塚があり、これが『一遍上人絵伝』に描かれた通信の墓とされている。**一〇　或本ニ東禅寺殿ト云。不二分明一**　今治市蔵敷町に真言宗東禅寺があり、通信の菩提寺とされている。

【補注】

◎通信と後鳥羽院　通信が後鳥羽院に寵愛され、子が皇孫の姫宮をめとったとか、孫が童殿上をとげたといった記述は全く信用できない。そのため、通信が京都や朝廷、院庁周辺に足場を持っていたということ自体、疑わしく見える。但し、小松茂美が「右兵衛尉平朝臣重康はいた」において紹介した史料、『後白河院北面歴名』（不二文庫現蔵）に、通信の名があることは見過ごしがたい。この史料は一三世紀中頃の書写とされる信頼度の高いものであり、原本は文治五年（一一八九）七月以後、建久二年（一一九一）までの成立とされる。「従四位下」から始めて三四種の分類で、合計三九〇名の名が列挙されている。そのうち「無官」の項の中に、「越智通信通清子」の記載があるわけである。従って、通信は無官ながら、後白河院の北面の中に数えられていたことになる。後鳥羽院との関係は不明だが、通信が承久の乱で京方についた前提として、後鳥羽院以前からこのような形で都に足場を持っていたことは考えておかねばなるまい（二―③に見たように、河野氏の家伝と類似の伝承が『平家物語』延慶本などに見られることについても、河野氏の伝承が都に伝わった経路を考える上で、この点を考慮に入れる必要があろう）。もっとも、『予章記』はそうした事実関係に全く無頓着であり、通信の動向については、家柄自慢をする妻とのいさかいによる鎌倉出奔、後鳥羽院への出仕と並外れた寵愛などを、非現実的な物語的記述によって語るばかりである。おそらく、通信の現実的な事蹟は、時代の大きく隔たった『予章記』作者には伝わっていなかったものか。私たちは、現実の河野氏について京都との関係を見直す必要があると同時に、『予章記』の物語的性格を改めて確認する必要があろう。（佐伯）

◎三島七島の支配権　「中ニモ三島七島社務職等（ハ）全（ク）他ノ競望不レ可レ有事ナレドモ、…是ゾ通信神慮ヲ背被レ申ケル失也。」の部分は、解釈の難しいところであるが、それは、承久の乱後のできごとについての記述と、『予章記』編集時の編者の現状認識がまじりあっているからである。

まず「三島七島」については、三島社の支配権の及ぶ七つの島々の意であるが、その七つの島々が具体的にどこを指すのかは必ずしも明確ではない。三島社の鎮座する大三島を中心にしてその西に点在する、大崎下島、岡村島、大下島《おおげ》、小大下島《こおおげ》などを含む島々を指すものと思われる（山本高志「中世の三島七島」）。

その三島七島の進止権を得たとされる「善家ノ者」というのは、鎌倉幕府問注所執事三善氏の一族である可能性がある。それは、鎌倉期の成立と考えられる『臼杵本三島社記録』に、「正治二年地頭改大夫志入道殿息進士信平代官□云有慶下着」という記述があるからである。「大夫志入道」というのは、このころ『吾妻鏡』に「大夫属入道」とか「大夫属入道善信」などと記されることが多い三善康信（善信）のことと考えられる。もしそうであるとすると、三善氏は正治二年（一二〇〇）、すなわち承久の乱以前に地頭職を得たことになり、『予章記』は、これと承久の乱による通信の所領収公を結びつけたことになる。

「善三島」というのは、三島七島周辺に土着した三善氏のことであろうか。暦応元年（一三三八）には、三島善孫五郎という人物が伊予における足利方の軍勢の一人として合戦に加わっていることが確認される（「予陽河野盛衰記所収文書」）。なお、前記記事の中に「善三島ト云ハ、飯尾末葉也」という記述がある。そのまま読めば、善三島が飯尾の末葉であるように取れるが、実際には、飯尾氏が三善氏の末流と言われており、ここでは両者の関係が逆転して理解されている。いずれにしても、突然飯尾氏のことが登場するのは、『予章記』編纂時点において飯尾氏が幕府奉行人等として大きな勢威を有していたのを反映しているとみることができよう。

「結句又小早河ノ者、善家ヲ追ノケテ存知スル事、更以無謂子細ナレドモ」という記述は、長く三島七島を支配してきた三善氏のかわって小早川氏の力が強くなったことを伝えていると読める。応永二十七年（一四二〇）～同二十九年に善（三善氏のことか）善麻という人物が何通かの譲状を残しているが、そこには伊予国三島領七島の内下島（前記大崎下島。同島は近世以降は安芸国に属するが、当寺は伊予国に属していたことがわかる）を、養子として迎えた小早川徳平に譲ることが記されている（「小早川家文書」）。徳平は竹原小早川氏の一族であるが、これ以後この海域には、沼田小早川氏も含めて両小早川氏の力が強くなる。

このように当初三島社や河野氏の支配下にあった三島七島は、その後三善氏の力が強まり、さらに小早川氏の支配下にはいるという歴史的経過をたどることになるが、『予章記』の編者は、そのような現実を目の前にして、その淵源を、通信が承久の乱に際して三島の神の意に背いて京方に味方したことに求めるのである。なお、三善氏については、三善康信系の三善氏とみる見方のほかに、伊予知行国主西園寺氏の家司である三善氏とする指摘もある（石野弥栄「中世の伊予河野氏と三嶋社（大山祇神社）について」、下向井龍彦「大山祇神社社務職善三島氏」）。（山内）

二—⑮〈通経とその子孫〉

【本文】

[一]舎弟河野五郎通経ト号ス。[二]源九郎大夫判官義経（ノ）烏帽子子トシテ経ノ字被レ出。[三]武芸ノ器量勝タル故ニ、甲曽五郎ト被レ称。[四]義経ノ兵書一流相伝、[五]本ヨリ家ノ兵法ヲモ存知ノ上ニ、義経ノ流ヲ伝授セラル。[六]其孫繁昌有ケルガ、細川武州頼之、上意違背ノ如クニテ四国下向ノ時分、[七]当国ヲ取合ケル時分、惣領ヲ恨テ、義ヲ替テ細川家へ被レ出来ノ中ニ、[1]甲曽与力シテ、其儘細川被官ト成リ、[八]文安ノ比、[九]京四条東洞院（ニ）居住シテ、甲曽加賀守トテ、細川右京大夫勝元ノ被官タリシハ此末流也。

【校異】

1甲曽—底本「甲曽ニ」。〈長・尊・京〉「甲曽」による。〈黒・松〉「甲曽モ」。

【注釈】

一 舎弟河野五郎通経ト号ス　本節は、通信の弟通経について記す。通信伝に続いてその弟について記し、次節では通信の子孫を記す構成は、系図の文章化ともいうべきものである。通経は、続群書類従本『越智系図』、同『河野系図（別本）』（前半部）に、「河野五郎」として、義経から一字を賜ったことなどを記す（河野系図別本・後半部一六五頁の通経への注記は通信との混同）。また、『予陽河野家譜』や聖藩文庫本『河野家譜』は、『予章記』と同様の記事をより詳しく記す。　**二 源九郎大夫判官義経（ノ）烏帽子子トシテ経ノ字被レ出**　「烏帽子子」は、元服する際に、有力者を仮親（烏帽子親）に立てて烏帽子を冠してもらい、また名を付けてもらった者をいう。ここでは義経に烏帽子親になってもらった意だが、四郎通信の弟の五郎通経が元服する時期、既に義経と親しかったとは考えにくく、事実とは信じ難い。「経」は名に多く用いられる字であり、義経との一致は単なる偶然であろう（二―③に見たように、『平家物語』延慶本では、通清の弟「北条三郎通経」の存在を記す）。　**三　武芸ノ器量勝タル故ニ、甲曽五郎ト被レ称**　「甲」は「剛」に通じ、勇敢な者を「甲の者」などと表記する。ここでは武芸にすぐれていたので「甲」の字を用いた意だろうが、「甲曽」の名については未詳。『予陽河野家譜』は、「遍可レ為二頂レ甲士之曽祖一也」とする。　**四　義経ノ兵書一流相伝**　義経の一ノ谷や屋島における奇襲戦法の成功は、幼少時の鞍馬における修行や奥州落ちなどもあって伝説化され、独自の兵法を伝えているといわれた。とりわけ、『義経記』巻二やお伽草子『みなづる』、『判官みやこばなし』などに見える鬼一法眼伝承においては、若き日の義経が秘伝の兵法書を持つ鬼一法眼に弟子入りし、その娘との密通によって秘伝の巻物を獲得したと語られる（兵法書所持者を「かねひら大王」とする『御曹子島渡』も同工異曲）。こうした物語は、二―⑬注釈一〇でも触れた『張良一巻書』の伝承と結びつき、義経が鬼一法眼から『張良一巻書』を得たという伝となり、『義経虎巻』などと称する兵法書を生んでいった。そうした伝によって、中世末期から近世初期には、義経流を称する兵法学も作られる（石岡久夫『日本兵法史・上』参照）。しかし、もとより事実の世界ではなく伝承の世界のことであり、とりわけ義経の「兵書」が盛んに語られたのは室町時代のことであるといってよいだろう。『予章記』の記述は、そうした世界を基盤としているわけである。　**五　本ヨリ家ノ兵法ヲモ存知ノ上ニ、義経ノ流ヲ伝授セラル**　河野氏に伝わる兵法に加えて義経流の兵法を伝授されたとする。河野氏の兵法については未詳。　**六　其孫繁昌有ケルガ、細川武州頼之、上意違背ノ如ニテ四国下向ノ時分**　細川頼之は頼春の男。一三二九～九二。四国管領と呼ばれた。貞治六年（一三六七）に義詮が没すると、足利義満を補佐して幕府管領となり、翌年武蔵守。管領在任は十二年間に及んだが、康暦元年（一三七九）、康暦の政変により管領を辞して出家、四国下向。その後、次第に勢力を盛り返し、明徳二年（一三九一）、再び入洛、幕府中枢への復帰を果たした。三―⑰注釈三参照。　**七　当国ヲ取合ケル時分、惣領ヲ恨テ、義ヲ替テ細川家へ被レ出衆ノ中ニ、甲曽与力シテ、其儘細川被官ト成リ**　「当国ヲ取合ケル時分」は、前項注解に見たように四国に下向した頼之が、河野氏と争っていた康暦元年（一三七九）から永徳元年（一三八一）頃をいうか。四―⑫～⑯あたりに、その頃の状況が記述されている。甲曽は、そうした争いの時期に河野を裏切って細川についたというのであろう。　**八　文安ノ比**　文安年間は、一四四四～四九年。『予章記』成立の上限を示す徴証の一つである。　**九　京四条東洞院（ニ）居住シテ、甲曽加賀守トテ、細川右京大夫勝元ノ被官タリシハ此末流也**　細川勝元は、持之の嫡子。一四三〇～七三。応仁の乱の一方の将として著名。「甲曽加賀守」については、『満済准后日記』永享五年八月一・六・九日条に、祇園社僧が殺害された事件について、「河野加賀入道」の妻や若党がかかわったとして幕府法廷で審議されていること、その加賀入道が管領細川持之の被官とされていることなどが記されている。仕えているのが持之と勝元の違いはあるが、加賀守という同一の官途から判断して両者は同一人物とみることができよう。また、『御前落居記録』（桑山浩然校訂『室町幕府引付史料集成』上）において、永享三年一一月に海老名氏との相論が記されている「河野加賀入道性永」もおそらく同一人物であろう。とすると、ここには文安～永享ころに在京した河野一族の動向が記されていることになる。なお、解題Ⅱ参照。

二―⑯〈通信の子孫〉

【本文】

[一]通信ノ子数多アリ。[二]嫡子ハ得能冠者通俊、母（ハ）新居大夫玉氏ノ女、後ニハ四郎大夫ト云。[三]是、得能ノ始トシテ、十八ヶ村ノ[1]十八番目ナリ。[四]其子通秀、太郎ト云、得能冠者ト号ス。[2][五]其子通純〈得能又太郎〉、文永年中、六波羅吏部ヲ討伐シテ阿波国富田庄ヲ賜ル。[六]次男通村〈得能弥太郎〉、三男信綱、四男通方。又、[七]通村ノ子通綱〈得能又太郎〉、任二備後守一。[八]元弘年中吉野院御一統ノ時、通信旧領ヲ玉テ惣領ニ被レ補、（其ヨリ）惣領ヲ背テ河野ト号ス。[九]其孫為二宮方一走廻リケルガ、他国ニテ断絶シヌ。

（又）[一〇]通信次男通政〈河野太郎、母時政女〉、承久ニ隠岐院御治世ノ時、西面武者所ニ被レ召。[一一]其子童長丸・弥長丸等之事[3]見二于前一。[一二]通信ノ三男通末〈河野八郎、見レ上。随兵ニ乗シ人也〉。[一三]同四男通久〈河野九郎左衛門尉、母北条四郎時政ノ女〉。[一四]承久兵乱ノ時、関東方（ノ）[一五]討手ノ大将トシテ上洛シ、宇治川（ノ）先陣ヲ渡シ、阿波国富田庄ヲ賜フ。後ニ当国久米郡石井郷ニ申替ケル。[4]此時親父通信（ハ）已（ニ）流刑セラレケレドモ、北条ノ孫タル故ニ家ヲ続、武名不[5]レ絶ケル。[一六]是又大明神御託（宣）ノ如クニ成行（ク）者歟。[6]又、[一七]通久ノ子、嫡子ハ通時〈河野四郎ト云〉。[一八]次男通継〈河野弥[7]九郎、母工藤祐経女〉、蔵人ト云、後、上野介ニ任ズ。

【校異】

1十八番目—〈長〉「十八ノ番トウ」、〈黒〉「十八ノ番頭」。　2其子—〈尊〉この上に独自異文「其弟別府七郎左衛門通広、其子智真坊、一遍上人是也」。通広・一遍については、底本では三—⑦で触れる。　3見二于前一—底本「見テ前ニ」。〈長〉などによる。　4此時親父—〈黒〉「此時」と「親父」の間に、異文「御奉書ニ曰、可下令二早河野九郎通久一為中伊与ノ国石井ノ郷地頭職上事、右人ハ依二勲功之賞一補任彼ノ職ニ之状、依レ仰下知如件、貞応二年八月十七日　前陸奥守平〔北条陸奥守義時〕在判」（〔　〕内は傍書注記）。聖藩文庫本にも同文あり（〈黒〉の傍書注記は割注で記す）。　5不レ絶ケル—底本「不」見せ消ち。〈長・尊・京・黒〉「施シケル」。〈松〉「武名」の下に「施ケル」を傍書補入、さらに「有イ」と注記。　6又、通久ノ子—〈尊〉は、この上の「成行者歟」までで上巻を終え、「又、通久ノ子」以下は現存しない。　7弥九郎…〈黒〉同、〈長〉「弥太郎」。

【注釈】

一　通信ノ子数多アリ　通信伝とその弟通経の記事に続いて、通信の子孫について記す。　**二　嫡子ハ得能冠者通俊、母ハ新居大夫玉氏ノ女、後ニハ四郎大夫ト云**　得能通俊（四郎大夫）を通信の嫡子とする点は、『予陽河野家譜』も同。善応寺本『河野系図』、続群書類従本『越智系図』、聖藩文庫本『河野家譜』も第一子とする。続群書類従本『河野系図』（別本）は、二つの系図を収めるが、前半（七上・一六一頁）では通俊、後半（同・一六五頁）では通政を先に記す。「新居大夫玉氏」は未詳だが、『与州新居系図』に、信明の子「信孝〈改名玉氏／新居三郎大夫〉」が見える。ただし、同じ『与州新居系図』は、信孝の祖父盛信に女子三人がいて、その一人を「通信之室」とする。　**三　是、得能ノ始トシテ、十八ヶ村ノ十八番目ナリ**　「十八ヶ村」は、二—①、④、⑤に前出。河野氏の連枝とされる十八の氏族。長福寺本の末尾付載記事「河野家之覚」には、「得能ハ十八将之番頭也」とあり、その後の十八の列挙には入っていない。その意味では、「十八番目」とされることには不審があり、長福寺本・黒田本の「十八ノ番頭」という本文も検討の余地があろう。しかし、尊経閣本・京大本・松平文庫本や聖藩文庫本・群書類従本などを含む多くの本が「十八番目」としており、松平文庫本に異本注記もない。しかも、「十八ノ番頭」は、意味がわかりにくく、誤伝や改訂である可能性を否定できない。以下の文勢から見て、得能への悪意を持った筆致として「十八ヶ村ノ十八番目」と記されたとみるのが穏当か。　**四　其子通秀、太郎ト云、得能冠者ト号ス**　通俊の子に通秀を記す点、善応寺本『河野系図』、続群書類従本『越智系図』、同

『河野系図』（別本後半）も同様。『越智系図』は「得能弥太郎」とする。　**五　其子通純〈得能又太郎〉、文永年中、六波羅吏部ヲ討伐シテ阿波国富田庄ヲ賜ル**　通純は、善応寺本『河野系図』、続群書類従本『越智系図』、同『河野系図』（別本後半）も同様。「六波羅吏部」は北条時輔（「吏部」は式部の唐名。時輔は式部大夫）。文永九年（一二七二）二月の、いわゆる二月騒動で、六波羅探題南方であった時輔が討たれた事件であろう。阿波国富田庄は、現徳島市内。この時に河野通純が戦功を立てて富田庄を賜ったことは未詳だが、同庄は、この後注釈一四「承久兵乱ノ時…」に見るように、河野通久が地頭に補任されており、富田庄の比定地である現西大工町五丁目には、河野氏勧請と伝える三島神社が鎮座していることなど、河野氏との強いつながりをうかがうことができる（『歴史地名大系・徳島県』）。　**六　次男通村〈得能弥太郎〉、三男信綱、四男通方**　通俊の子たち。続群書類従本『越智系図』も同様に記す。善応寺本『河野系図』は、「通秀―通純―通村―通綱」という親子関係とする。続群書類従本『河野系図』（別本後半）も善応寺本『河野系図』と同様であり、通村の弟に通方を記す。　**七　通村ノ子通綱〈得能又太郎〉、任二備後守一**　続群書類従本『越智系図』も同様に通村之子通綱〈得能又太郎〉とするが、「備後守」はなし。但し、「元弘比為二宮方一、於二他国一断絶」とし、以下の『予章記』の記述と一致。　**八　元弘年中吉野院御一統ノ時、通信旧領ヲ玉テ惣領ニ被レ補、（其ヨリ）惣領ヲ背テ河野ト号ス**　本書第三章に見るように、南北朝の戦乱において、河野通治（通盛）をはじめとする河野氏は鎌倉幕府方で活躍したが、一部、宮方（後醍醐天皇方）についた者があったことは、三―⑥にも、「土居・得能ハ新田殿（二）随逐シテ馳走シケレバ」とある。『太平記』巻六「河野謀叛事」には、元弘三年（一三三三）閏二月四日、伊予国から早馬があり、「土居二郎・得能弥三郎、宮方ニ成テ旗ヲアゲ、当国ノ勢ヲ相付テ土佐国ヘ打越ル処ニ、去月十二日、長門ノ探題上野介時直、兵船三百余艘ニテ当国ヘ推渡リ、星岡ニシテ合戦ヲ致ス処ニ、長門・周防ノ勢一戦ニ打負テ、死人・手負、其数ヲ不レ知」とある（星岡は、現松山市内）。だが、これら宮方となった勢力に、『予章記』は好意的ではなく、その事蹟はあまり記していない。三―②補注参照。　**九　其孫為二宮方一走廻リケルガ、他国ニテ断絶シヌ**　宮方についた河野氏のその後の消息については未詳。

一〇　通信次男通政〈河野太郎、母時政女〉、承久ニ隠岐院御治世ノ時、西面武者所ニ被レ召　通政については、『予陽河野家譜』も次男とする。善応寺本『河野系図』、続群書類従本『越智系図』、聖藩文庫本『河野家譜』も同様。続群書類従本『河野系図』（別本）も同様に記すが、本節冒頭に見たように、続群書類従本『河野系図』（別本・後半）では、通俊よりも通政を先に記す。　**一一　其子童長丸・弥長丸等之事見二于前一**　通政の子が童殿上をとげたという所伝が、二―⑭に見えていた。

一二　通信ノ三男通末〈河野八郎、見レ上。随兵ニ乗シ人也〉　通末については、善応寺本『河野系図』、続群書類従本『越智系図』、同『河野系図』（別本・前半）、聖藩文庫本『河野家譜』も同様の位置に記すが、母については、『越智系図』や聖藩本『家譜』は時政女とし、続群本『河野系図』（前半）は「二階堂信濃民部入道女」とする。善応寺本『河野系図』、続群本『河野系図』（後半）は母不記。「見レ上。随兵ニ乗シ人也」

は未詳。『予陽河野家譜』はこの前に、三男として通広の存在を記す（本節注釈一八参照）。　**一三　同四男通久〈河野九郎左衛門尉、母北条四郎時政ノ女〉**　通久については、善応寺本『河野系図』、続群書類従本『越智系図』、同『河野系図』（別本・前半）、聖藩文庫本『河野家譜』も、母のことなどを含めて同様に記す。　**一四　承久兵乱ノ時、関東方（ノ）討手ノ大将トシテ上洛シ、宇治川（ノ）先陣ヲ渡シ、阿波国富田庄ヲ賜フ。後ニ当国久米郡石井郷ニ申替ケル**　通久の勲功については、『鎌倉遺文』三二〇七・貞応三年〈一二二四〉正月二九日「関東下知状」に見える。それによれば、「父通信法師者、兵乱之刻、依レ為二京方一、令レ処二其咎一畢。道《ママ》久者、背レ父参二関東一、致二忠節一之間、給二阿波国富田庄地頭畢一。然而称レ非二本望一、申二替伊予国石井郷一畢」という。但し、勲功の内容は、下知状には記されない。『承久記』によれば、通信は京方として宇治川合戦に参加しており、下瀬（慈光寺本）または広瀬（古活字本）を守っていたとされるが、通久の戦いぶりは描かれない。富田庄については、前掲注釈五「其子通純〈得能又太郎〉…」参照。久米郡石井郷は現松山市石井町。　**一五　此時親父通信（八）巳（二）流刑セラレケレドモ、北条ノ孫タル故ニ家ヲ続、武名不レ絶ケル**　校異4及び前項注釈の「関東下知状」参照。この関東下知状を収載している諸本と収載していない諸本の違いが何によるのかは大きな検討課題といえる。　**一六　是亦大明神御託（宣）ノ如クニ成行（ク）者歟**　三島明神の託宣については、二―⑪参照。　**一七　通久ノ子、嫡子ハ通時〈河野四郎ト云〉**　通時については、『予陽河野家譜』も通久の嫡子とするが、善応寺本『河野系図』、続群書類従本『越智系図』、同『河野系図』（別本・前半）、聖藩文庫本『河野家譜』では、通継の弟とする。　**一八　次男通継〈河野弥九郎、母工藤祐経女〉、蔵人ト云、後、上野介ニ任ズ**　前項注釈に見たように、諸系図では通継を兄とする。『予陽河野家譜』は通継を通信の六男とし、兄通久の早世により惣領となったとする。なお、築山本『河野家譜』には、通時と通継の所領紛争を示す、文永九年の関東下知状が収載されている。また、通久の弟に通広（別府七郎左衛門）がおり、その子が一遍（智真坊）であることは、三―⑦に記される。

二―⑰〈蒙古襲来―通有出陣〉

【本文】

其子通有[一]〈河野六郎、任二対馬守一、母井門三郎長義女〉。後宇多院御宇弘安四年、蒙古襲来[二]。大軍[三]、志賀・鷹・能古等ノ島々海上ニ充満セリ。夷国退治ノ事ハ家ノ先例ナル間[四]、大将軍トシテ筑前ニ進発ス[五]。日本諸勢ハ博多・[六]

筥崎上下ノ[1]二三里ノ海涯ニ築地ヲ高クツキ、此方面ニハ馬ニテ馳、上様ニ土ヲ築上テ、面ニハラングイ逆木《サカモギ》ヲ付タリ。[七]海上ヨリ見レバ、危峰ノ江ニ臨ガ如シ。[八]然レドモ、河野ノ陣ニハ、海面ニハ幕一重ニテ、後ニ築地ヲツカセタリ。是ハ、「[九]敵ヲ輒《たやす》ク引入テ、一戦ニ勝負ヲ可レ決也。背ニ逃道有ラバ味方ヤ逃ン。トカクシテ一人モ引カセジ」ト也。[一〇]従レ是河野ノ後築地ト云付タリ。

【校異】

1二三里ノ海涯ニ―〈京・黒〉による。底本「二三里海涯テ」、〈長〉「二三十里ノ海ノ涯ニハ」。〈松〉は〈長〉と同文だが「十」を見せ消ち。

【注釈】

一 其子通有〈河野六郎、任二対馬守一、母井門三郎長義女〉 前節末から続く。通有は通継の子。通有の系譜と母については、善応寺本『河野系図』、続群書類従本『越智系図』、同『河野系図』（別本・前半）、『予陽河野家譜』、聖藩文庫本『河野家譜』も同様。　**二 後宇多院御宇弘安四年、蒙古襲来** 弘安四年（一二八一）六月、蒙古軍は北九州に襲来した。蒙古襲来については、次節末尾に「委《くはし》ク愚童訓ニ見ヘタリ」とあるように、『八幡愚童訓』に、詳しくまとまった記述があり、『予章記』は同書を参照しているようである。以下、同書を引用する場合は、思想大系『寺社縁起』所収翻刻（底本は菊大路本）によった（小野尚志『八幡愚童訓諸本研究』を参照したが、引用部については特記すべき異同はない）。　**三 大軍、志賀・鷹・能古等ノ島々海上ニ充満セリ** 『八幡愚童訓』は、蒙古軍が対馬・壱岐を経て「其ヨリ筥崎ノ前ナル能古・志賀二ノ嶋ニ着ニケリ」とする。志賀島と能古島は、博多湾の島（現福岡市）。鷹島は、現長崎県松浦市。『八幡愚童訓』は、河野通有らの奮戦を記した後、「蒙古ハ、遥ノ奥《おき》鷹ノ島へ漕寄リテケリ」とする。　**四 夷国退治ノ事ハ家ノ先例ナル間** 一―⑤〔益躬―鉄人退治〕には「夷敵退治ノ事（ハ）家ノ先例」とあり、その他、一―⑥や一―⑭、二―⑬に、「朝敵退治」が家の先例であるなどと見えていた。それは、一―⑥などに見たように、何らかの記憶に基づく伝承から生まれた意識かもしれないが、あるいは、蒙古襲来時の通有奮戦により生まれた意識であったかもしれない。　**五 大将軍トシテ筑前ニ進発ス** 河野通有の参戦は、『蒙古襲来絵詞』にも描かれる。竹崎季長が通有を見舞った場面と見られ、季長と通有、通有の嫡子八郎（通忠。二―⑳参照）などの姿がある。画中詞には、「みちありがいゑには、合戦落居せざる間はゐぼうしをきざるよし、これを申」「いよのかはの丶六らうみちあり生年三十二、このひた丶れは、へいけのかつせんの時、みちのぶのかはの丶四郎、源氏の御方にまいりし時、きたりしひた丶れなり」とある。但し、もちろん、日本の軍勢全体の「大将軍」ではない。 **六 日本諸勢ハ博多・筥崎上下ノ二三里ノ海涯ニ築地ヲ高クツキ、此方面ニハ馬ニテ馳、上様ニ土ヲ築上テ、面ニハラングイ逆木《サカモギ》ヲ付タリ** 文永十一年（一二七四）の蒙古来襲の経験により、建治二年（一二七六）以降、幕府は博多湾沿岸に石築地の構築を命じた（『鎌倉遺文』一二二六〇「少弐経資石築地役催促状」など）。『八幡愚童訓』「本ヨリ海端ニ数百町ノ石築地ヲ、面ハ急ニ一丈ヨリ高ク、此方ハ展《の》べニシテ、馬ニ乍レ乗馳上、賊船ヲ直下《ミヲロシ》テ下矢ニ射様ニ料理《こしらへ》タリ」。石築地は、海に面しては垂直に一丈（約三メートル）以上石を積み上げ、陸地側は傾斜を緩くして、馬で築地の上に登り、敵船を見おろして射ることができるようにしていた意。「ラングイ」は乱杭。 **七 海上ヨリ見レバ、危峰ノ江ニ臨ガ如シ** 「危峰」は、高く険しい峰をいう。そうした峰が海に面してそそり立っているようである意。 **八 然レドモ、河野ノ陣ニハ、海面ニハ幕一重ニテ、後ニ築地ヲツカセタリ** 築地は、その後ろで守るためのものだが、河野氏だけは海に面して幕を一重引いただけで、築地の前に陣を構えたとする。いわゆる「河野の後築地」の記事。有名な逸話であり、河野通有の奮戦は事実だが、「後築地」の事実性は未詳。 **九 敵ヲ輙《たやす》ク引入テ、一戦ニ勝負ヲ可レ決也。背ニ逃道有ラバ味方ヤ逃ン。トカクシテ一人モ引カセジ** 後築地を構えた理由の説明。但し、実際にこういう展開になったとは、『予章記』も記さない。 **一〇 従レ是河野ノ後築地ト云付タリ** 「後築地」の語は『予章記』と河野氏関係の資料にしか見いだせない。

二―⑱〈蒙古襲来―通有奮戦〉

【本文】

夷賊[一]ハ十万[1]八千艘、船々[二]ヲ見渡バ、呉山蜀嶺[2]ニ向ガ如シ。通有ハ、如何ニモシテ先懸セバヤト思ヘドモ、恒沙[三]ノ如ナル舟ノ中ニ入（テハ）不レ可レ得レ利、此方可[3]レ渡トモ不レ見無二詮方一。心中[四]ニ日本国大小神祇、別テハ三島・八幡ヲ祈念申、肝膽ヲ砕給フ処ニ、沖[五]ノ方ヨリ白鷺一飛来テ、矢倉[六]ノ上ニ被レ置タル百矢ノ中、山鳥ノ羽ニテ作タル征矢《そや》ヲ一ツクワヘテ上ケルガ、夷賊ノ舟ノ上ニ翔リ行ホドニ、両陣ヨリ見送リケルニ、夷国[七]ノ大将ト覚シクテ、[4]大山ノ如クナル大船ノ楼閣重々ニ金銀ヲ磨タルニ、旗旌片々トシテ風ニ飜タル舟ノ上ニ落タリ。蒙古[八]ハ、「是天ノ与ル所ナリ」トテ悦アヘリ。[九]日本ノ陣ニハ見レ之、カタヅヲ呑テ居タリ。

通有ハ、「[一〇]是則、明神ノ敵ノ大将船ヲ教玉フ者也。少モ不レ可二遅々一」トテ、[一一]伯父伯耆守通時ト二艘ニテ漕出テ、敵船ノ中ヘ分入ケル。[一二]味方ノ軍兵見レ之大ニ驚キ怪ミ、「如何ニ河[5]野ハ物ニ狂フカ」ト云ケレドモ、耳ニモ不二聞入一、差《さし》ニサシテ漕行ケル。[一三]蒙古ハ見レ之、雑兵ナドハ咲《わら》ヒケル。心アル者ハ、「アレヲ見ヨ、日本ノ武士ホド（ニ）不敵ナルハナシ。此数万艘ノ中ヘ只二艘ニテハ何事ヲカ可二仕出一ゾ。[6][一四]夜ノ忍ワザトモ不レ思。[7][一五]若《もし》降参ニテヤアル。[一六]矢ナイソ、不レ知体ニテ見ヨ」ト[8]云ケル処ヘ、多（ノ）舟ヲ押分テ大将ノ舟ヘ漕寄[9]タリ。「何事ゾ」ト問ケレ共、日本ノ人ハ不二聞知一、亦日本ノ人ノ言ヲバ蒙古不レ知、[10]アヤシミケル処ニ押寄テ、[一七]大将ノ船ニカギヲ掛、即乗移テ切テ廻ケレバ、[11]俄ニ驚テ「[12][一八]先ヅ楽ヲセヨ、毒面ヲカケヨ、毒鼓ヲウテヨ」ト[13]云間ニ乗入テ、[一九]伯耆守ハ長刀、通有ハ大太刀、[14]百人ニ及ブ者ドモ、此ヲ専度ト切テマワル。遠船ハ是ヲ不レ知、近キ船ハ我舟ノカマヘヲシテ[15]ヒシメキケルニ、通有ヲヂヲイ（ハ）、[16]大力大強ノ人ナレバ、身命ヲ捨テ戦フホドニ、[17][二〇]大将トヲボシキ玉冠キタルヲ虜ニシテ我舟ニノセ、[二一]敵船ニ火ヲカケテアレドモ、夷敵（ハ）大船ナレバ難二合期一、日ハ暮ヌ、日本ノ船ドモ漕出ケレバ、相共ニ押帰レドモ、追懸ル船モナク、[18]我陣ヘ入タリ。二三人虜リタルヲ問ケレバ、三人ノ大将ノ一人ナリトゾ申ケル。夜明ナバ可レ懸ト支度シタリシニ、[二二]夜半ホドニ折節大風吹テ、三韓ノ船ドモ悉ク被二吹返一、大半破損シテ浪ニ漂モ有。[二三]島陰ニ吹寄ル船（ニ）生残（リ）タル者ハ、降ヲ乞トモ不レ赦、皆被レ殺タリ。[二四]委《くはし》ク愚童訓ニ見ヘタリ。

【校異】

1十万八千艘—〈長〉「二十四万舟八千艘」。　2蜀嶺—〈京・黒・松〉による。底本及び〈長〉「蜀領」。　3可レ渡トモ—〈黒〉「無二左右一可レ渡トモ」。〈松〉「無二左右一」を傍書補入。　4大山ノ如クナル大船ノ—〈黒〉「大船ノ、太山ノ様ニ囲タルカ」。　5河野ハ物ニ狂フカ—〈長〉「河野ニハ物付カ」、〈京〉「河野ハ物ニ付クカ」、〈黒〉「河野ハ物ガ付テ狂カ」、〈松〉「河野ハ物ニ付テ狂カ」。　6夜ノ—〈黒〉「夜陰ナトニテ」。〈松〉「夜」の下に「ノ」と「陰ナトニテ」を各々傍書補入。　7若《もし》降参ニテヤアル—〈黒〉「如何様降人ト成ントテ来ルカ」。〈松〉は底本の形を見せ消ち・傍書で〈黒〉の形に訂正。　8云ケル処ヘ—〈黒〉「トテ静リ返テ待居タル処ニ」。　9漕寄タリ—〈黒〉「スル、、ト漕寄セタリ」。　10アヤシミケル処ニ押寄テ—〈黒〉「詰押ニ押寄テ」。　11俄ニ驚テ—〈黒〉「其時ト成テ」。　12先ヅ楽ヲセヨ—〈長〉「先楽セヨ」、〈黒・松〉「先楽ヲセヨ」。　13云間ニ—〈黒〉「云ケレトモ二艘ノ舟ノ衆」。〈松〉「云間ニ」の下に「二艘ノ衆」傍書補入。　14百人ニ及ブ者ドモ—底本「百人及ビノ者ドモ」。〈黒〉による。　15シテヒシメキケルニ—〈黒〉「コソスレ、アキレハテ、余所ナガラ守リ居」。　16大力大強ノ人ナレバ—〈黒〉「死生不レ知ノ勇士大力大剛ノ者ナレハ」。〈松〉「大力大剛」の上に「死生不知之勇士」を補入。〈松〉は底本の形を見せ消ち・傍書で〈黒〉の形に訂正。　17大将トヲボシキ玉冠キタルヲ虜ニシテ我舟ニノセ—〈黒〉「玉ノ冠キタルガ惘然トシテ居ケルヲ虜我舟ノ筒ノ前ニ縛付」。　18我陣へ入タリ—〈黒〉「安々ト我陣ヘ入ケル」。〈松〉「我」の上に「ヤス〳〵ト」傍書補入。

【注釈】

一　夷賊八〔八〕十万八千〔余〕艘　弘安の蒙古の船団は、『八幡愚童訓』には「十万七千八百四艘ノ大船ニ数千万人乗連テ襲来ス」（思想大系による）と描かれる。　**二　船々ヲ見渡バ、呉山蜀嶺ニ向ガ如シ**　「呉山・蜀嶺」は、蒙古の大船の比喩として、大きな山をいう。「呉山」は、中国の呉の地方の山全般をいうが、こは、陝西省の西南の山、嶽山、呉嶽ともいう山（『大漢和辞典』）を指すか。『史記』封禅書第六「自レ華以西、名山七、（中略）華山、薄山、薄山者、衰山也。岳山、岐山、呉岳、鴻冢、瀆山。瀆山、蜀之汶山」。「蜀嶺」は未詳。右の『史記』にいう瀆山（蜀之汶山）の可能性もあるが、あるいは、『長恨歌』「蜀江水碧蜀山青」などの句により、漠然と蜀の山をいうか。

三　恒沙ノ如ナル舟ノ中ニ入（テハ）不レ可レ得レ利　「恒沙」は、恒河沙、即ちガンジス川の砂の意で、無限に多い数量のたとえ。　**四　心中ニ日本国大小神祇、別テハ三島八幡ヲ祈念申、肝膽ヲ砕給フ処ニ**　三島明神に祈ったことは河野氏としては自然だが、それと並んで八幡を特記する理由はわかりにくい。『八幡愚童訓』の影響、次項に見る八幡関係説話の影響があろうか。あるいは、神功皇后説話などの影響も含めて、八幡には、外敵との戦いにおいて祈るべき神という認識があったか。なお、『八幡愚童訓』によれば、通有は本国を出る時、三島明神に「十年ノ内ニ蒙古不二寄来一者、異国ニ渡テ可シ二合戦一」と起請文を書き、灰に焼いて呑んで戦いを待っていたのだと描かれるが、『予章記』にはこの話は採録されていない。　**五　沖ノ方ヨリ白鷺一飛来テ…**　以下、白鷺がくわえた矢を敵の大将の船に落とした逸話。典拠等未詳。『平家物語』巻十一の壇ノ浦合戦における、白旗が源氏の船の上に落ちた奇瑞や、あるいは『八幡愚童訓』の文永の合戦記述に見える、鳩の奇瑞（少弐景資の旗の上に鳩が翔った）などの逸話を連想させるが、それらは鳩や白旗が現れた側が勝利するものであり、本話はそうした説話の型をふまえつつ、作り替えたものと考えられようか。　**六　矢倉ノ上ニ被レ置タル百矢ノ中、山鳥ノ羽ニテ作タル征矢《そや》ヲ一ツクワヘテ上ケルガ**　船の上に矢倉を構え、そこに多くの矢を置いていたが、白鷺は、その中から山鳥の羽を矢羽とした征矢を一本くわえて飛んでいった。「征矢」は戦闘用の矢。　**七　夷国ノ大将ト覚シクテ、大山ノ如クナル大船ノ楼閣重々ニ金銀ヲ磨タルニ、旗旌片々トシテ風ニ飜タル舟ノ上ニ落タリ**　敵の大将が乗っていると覚しき、大山のような船、船の上に楼閣を重ねて金銀で飾り、旗がへんぽんとひるがえる大船の上に、白鷺は征矢を落とした。　**八　蒙古ハ、「是天ノ与ル所ナリ」トテ悦アヘリ**　蒙古軍は、この白鷺の奇瑞を吉兆と見て喜んだ。前掲注釈五のように、『平家物語』壇ノ浦合戦の類話では、白旗が落ちた源氏側が勝利する。また、『八幡愚童訓』の類話は、『平家物語』巻七「木曽願書」や『陸奥話記』に見える説話と同工異曲で、いずれも、鳩が自軍の上に飛び翔ったことにより、勝利を確信するものである。そうした説話の型からすれば、蒙古軍の反応はもっともなものであるといえよう。　**九　日本ノ陣ニハ見レ之、カタヅヲ呑テ居タリ**　前項注釈に見たように、日本側としては凶兆と見るのが自然であり、日本の武士たちは緊張して固唾を呑んでいたとする。　**一〇　是則、明神ノ敵ノ大将船ヲ教玉フ者也。少モ不レ可二遅々一**　通有の言葉。右に見てきたように、常識的には凶兆であるはずの奇瑞を、敵の大将の船を教えてくれたものと理解する。　**一一　伯父伯耆守通時ト二艘ニテ漕出テ、敵船ノ中へ分入ケル**　通時は通久の子、通継の兄弟。『予章記』では二―⑯で、通継の兄としていたので、「伯父」の表記で正しい。但し、二―⑯では「伯耆守」とはしていなかったが、続群書類従本『越智系図』、『予陽河野家譜』、聖藩文庫本『河野家譜』には「伯耆守」の注記が見られる。また、『八幡愚童訓』も、「兵船二艘ヲ以テ推寄タリシ程ニ、蒙古ガ放矢ニ、究竟ノ郎等五人被二射伏一、憑所ノ伯父サヘ手負テ臥ヌ」と、「伯父」を登場させる。　**一二　味方ノ軍兵見レ之大ニ驚キ怪ミ、「如何ニ河野ハ物ニ狂フカ」ト云ケレドモ、耳ニモ不二聞入一、差《さし》ニサシテ漕行ケル**　『八幡愚童訓』では、河野の前に草野次郎が兵船二艘で夜討に寄せたと記しており、こうした反応は記されない。　**一三　蒙古ハ見レ之、雑兵ナドハ咲《わら》ヒケル**　『八幡愚童訓』では、こうした反応は記されない。むしろ、この前に草野次郎の夜討により、用心して船を鎖で結び合わせ、寄せる船は石弓で打ち破ったとあり、日本側は手を出せない状況に陥ったが、それでも河野は出撃したのだと描く。なお、『八幡愚童訓』には、日本側が射た鏑矢が笑われたという記述もあるが、文永の合戦記事である。　**一四　夜ノ忍ワザトモ不レ思**　夜討。前々項注釈一二に見たように、『八幡愚童訓』では草野次郎が夜討に寄せたと記す。　**一五　若《もし》降参ニテヤアル**　河野が二艘だけで来たのは降伏かと見たとする。　**一六　矢ナイソ、不レ知体ニテ見ヨ**　矢を射るな、知らない振りをして見ていろ。　**一七　大将ノ船ニカギヲ掛、即乗移テ切テ廻ケレバ**　「カギヲ掛」は、先に鈎のついた綱や棒、梯子などを敵船に引っかけた意であろう。『八幡愚童訓』は、「帆柱ヲ橋ニ懸テ蒙古ガ船ニ乗移テ、散々ニ切廻リ、多ク敵ヲ打取ル」とする。　**一八　先ヅ楽ヲセヨ、毒面ヲカケヨ、毒鼓ヲウテヨ**　蒙古軍の言葉。「楽」は、蒙古軍の用いた太鼓・銅鑼・鼓などの鳴り物をいうか。『八幡愚童訓』では、文永合戦の記述に、蒙古軍が「太鼓ヲ叩銅鑼ヲ打チ」、また「逃鼓」「責鼓」を用いて集団を整然と進退させたことを描く。もちろん、実際には、こうした奇襲に対して一々太鼓などを打ってから反撃するわけではあるまいが、やや戯画化した描き方である。また、「毒鼓」は未詳だが、蒙古軍が毒矢を用いたことは、『八幡愚童訓』の文永合戦の記述に見えており、それと右記の「鼓」を意識した修辞であろう。「毒面」も同様か（蒙古軍が面をつけたことは未詳）。　**一九　伯耆守ハ長刀、通有ハ大太刀、百人ニ及ブ者ドモ、此ヲ専度ト切テマワル**　前掲注釈一一「伯父伯耆守通時ト二艘ニテ漕出テ…」に見たように、『八幡愚童訓』では、「憑所ノ伯父サヘ手負テ臥ヌ」とあったので、通時の敵船での活躍はなかったように読める。また、通有も、「我身モ石弓ニ左ノ肩ヲ強ク被レ打、可二弓ヲ引一不レ及、片手ニ太刀ヲ抜持テ…」と、左肩を負傷していたために弓を引けず、片手に太刀を持って戦ったとされる。『蒙古襲来絵詞』では通有が負傷しているのかどうか不明だが、やはりこの戦闘の後の見舞いと見るべきであろう。なお、『八幡愚童訓』では、河野勢の人数は記さないが、「散々ニ切廻リ多ク敵ヲ打取ル」とする。　**二〇　大将トヲボシキ玉冠キタルヲ虜ニシテ我舟ニノセ**　『八幡愚童訓』「其中ニ大将軍ト覚テ、玉ノ冠着タリケル者ヲバ生捕テ、筒ノ前ニ責付テ帰テケリ」。この後、「三人ノ大将ノ一人ナリトゾ申ケル」とあるが、誰であったのかは未詳。　**二一　敵船ニ火ヲカケテアレドモ、夷敵ハ大船ナレバ難二合期一**　「合期《がふご》」は思うようになること。ここでは、蒙古軍の船は大きすぎて、放火に対する機敏な対応ができなかった意。　**二二　夜半ホドニ折節大風吹テ、三韓ノ船ドモ悉ク被二吹返一、大半破損シテ浪ニ漂モ有**　七月三十日から閏七月一日にかけて、九州方面は大暴風雨に襲われ、蒙古軍の船は多くが沈没した。『鎌倉年代記裏書』「同卅日夜、閏七月一日、大風、賊船悉漂倒、死者不レ知二幾千万一。但将軍范文虎帰国云々。大元船二千五百余艘、兵士十五万人、除二水手等一、高麗船千艘云々」。『八幡愚童訓』では、都への早馬の形で、「去七月晦日ノ夜半ヨリ、乾ノ風唱立吹《オビタヽシ》。閏七月一日ハ、賊船悉漂湯《ママ》シテ海ニ沈ヌ。大将軍ノ船ハ、風以前ニ青竜海ヨリ頭ヲ指出、流黄《ママ》ノ香虚空ニ満テ、異類異形ノ者共眼ニ遮シニ、恐テ逃去リヌ。所レ残船共ハ、皆破テ礒ニ上リ、奥ニ漂テ、海ノ面ハ算ヲ散スニ不レ異。死人多重テ如レ嶋ノタリ」とする。　**二三　島陰ニ吹寄ル船（二）生残（リ）タル者ハ、降ヲ乞トモ不レ赦、皆被レ殺タリ**　『八幡愚童訓』によれば、鷹島（前節注釈三参照）に打ち上げられた蒙古軍数千人は、破損した船を修繕して、七八艘の船で逃げ戻ろうとした。そこへ、少弐景資をはじめとした数百艘の日本勢が押し寄せ、船もない蒙古勢は戦って討死した。また、「千余人降ヲ乞シヲ搦捕テ、中河ノ端ニテ頸ヲ切ル」とある。　**二四　委《くはし》ク愚童訓ニ見ヘタリ**　以上の記事が、『八幡愚童訓』に依拠したことを示すか。但し、ここまでの注釈に見たように、その忠実な引用ではなく、『八幡愚童訓』にはない記事をも含んでいたが、その点に関する注記はない。二—②〜⑥で見た『平家物語』依拠部分が、忠実な引用記事と、それとは内容の異なる「家ノ相伝」記事とに分かれていたのに対して、『八幡愚童訓』には依拠しつつも、適宜本文を改め、増補を加えているようである。おそらく、河野氏としては『八幡愚童訓』の記すところに基本的に異論はなく、若干の伝承または想像による脚色を加えるのみで記述が成り立ったものと見られようか。

二—⑲〈通有の恩賞〉

【本文】

一伯耆守（ハ）大事ノ手負テ、船中ニテ死ケリ。二通有ハ処々ニ蒙レ疵伊与国ヘゾ帰也。三蒙古ガ頸[1]ヲ（バ）、久万弥太郎成俊ニ是ヲ持セテ京都ヘ上ケル折節、四君ハ雍《ヨウ》州男山八幡宮ニ御参籠有テ、九州ノ実否ノ注進（ヲ）御待有ケル処ヘ持参申ケレバ、五白砂迄召寄ラレ、懇《ねんごろ》ニ御尋有テ、御感賞ヲ被レ成事、難レ有次第也。六此成俊ト申ハ、親孝ノ四男康孝、其子五男久万六郎大夫安綱、其子新大夫安仲、其子六郎安清、其子五郎大夫成清、其子弥太郎成俊也。七其頸ヲ取ケル刀[2]（ハ）此家ニアリ。大和国寿命ガ作也。

通有此時ノ恩賞ニ肥前・肥後所々ヲ賜ル[3]。八肥前国神崎庄（ノ）内小崎郷、同加納下東郷後日拝二領之一。九同庄余残、同荒野、肥後国下久々村、以上三百町、賜レ之。一〇同当国山崎庄ヲ拝二領之一。一一此時海上陸地七十余度ノ合戦（ニ）、毎度切勝テ夷賊ヲ退治シ、抽二軍忠一之由感賞（ノ）宣旨ヲ蒙ル者也。一二又、徳治年中（ニ）西海ノ海賊ヲ可㆓搦進㆒（之）由、被㆑成㆓関東御教書㆒。是[一三]（ハ）先祖好方ノ純友退治ノ例ニマカセテト有[4]。忠功、頗《すこぶる》先祖ノ道ヲ顕ホド也。

【校異】

1頸―底本「頭」。〈長〉などによる。　2頸―底本及び〈京〉「頭」。〈長〉などによる。　3肥前―〈京〉なし。　4ト有―〈黒〉なし。〈松〉「有」。

【注釈】

一　伯耆守（ハ）大事ノ手負テ、船中ニテ死ケリ　通時の負傷については、前節注釈一一「伯父伯耆守通時ト二艘ニテ漕出テ…」、注釈一九「伯耆守ハ長刀、通有ハ大太刀…」等に見たように、『八幡愚童訓』にも記されていたが、『八幡愚童訓』では敵船に攻め寄せる途中で重傷を負ったように読めるのに対して、『予章記』では敵船で戦う中で負傷したとするか。　**二　通有ハ処々ニ蒙㆑疵伊与国ヘゾ帰也**　通有の負傷については、前節注釈一九「伯耆守ハ長刀、通有ハ大太刀…」等参照。　**三　蒙古ガ頸ヲ（バ）、久万弥太郎成俊ニ是ヲ持セテ京都ヘ上ケル折節**　久万弥太郎成俊については、この後「此成俊ト申ハ…」以下に注記される。久万は和気郡の地名（現松山市）。　**四　君ハ雍《ヨウ》州男山八幡宮ニ御参籠有テ、九州ノ実否ノ注進（ヲ）御待有ケル処ヘ持参申ケレバ**　「君」は亀山上皇。六月二十日、石清水八幡に行幸して、神楽を行っていたところに、鎮西から早馬が到着したとされる（『八幡愚童訓』）。　**五　白砂迄召寄ラレ、懇《ねんごろ》ニ御尋有テ、御感賞ヲ被㆑成事、難㆑有次第也**　「白砂」は、石清水八幡における上皇の御座所の前庭をいうか。早馬の使者への待遇等については未詳。　**六　此成俊ト申ハ、親孝ノ四男康孝、其子五男久万六郎大夫安綱、其子新大夫安仲、其子六郎安清、其子五郎大夫成清、其子弥太郎成俊也**　「親孝」は一―⑮に、為綱の子、孝霊天皇から四十二代目として見えていた。康孝以下の系譜は、続群書類従本『越智系図』に、基本的に同様に記され、安綱には「久万祖也」と注記される。『予陽河野家譜』巻一の親孝の条では、「四男康孝」に、「北条六郎大夫、正岡・石崎・久万等祖也」とある。『予章記』では、この後、三―⑨「久万太郎左衛門尉通賢」、四―⑲「久万宮内丞」など、河野氏の有力家臣としての久万氏の名が見られる。　**七　其頸ヲ取ケル刀（ハ）此家ニアリ。大和国寿命ガ作也**　「此家」は久万家を指す。「大和国寿命」は、刀鍛冶の名だろうが、未詳。　**八　肥前国神崎庄（ノ）内小崎郷、同加納下東郷後日拝㆓領之㆒**　「肥前国神崎庄（ノ）内小崎郷」は、現佐賀県神埼市神埼町尾崎付近。この地には蒙古屋敷という遺跡が残り、蒙古合戦で活躍した河野通有が蒙古の捕虜を収容したところと伝えられているという（久葉裕可「肥前国神崎荘と蒙古屋敷」）。筑前国弥富郷（位置不明）の替地として小崎郷を与えるという弘安八年（一二八五）六月二十五日付将軍家政所下文が残されている（『鎌倉遺文』一五六一二）。また、四―①に、九郎通時が肥前の小崎に住したとある。「加納下東郷」は、現佐賀県神埼市千代田町に「嘉納」の地名が残り、その地に隣接する神埼郡吉野ケ里町箱川辺りは近世に下東郷《しもとう》と呼ばれていたというから、その周辺を指すものと思われる（『角川地名大辞典・佐賀県』）。**九　同庄余残、同荒野、肥後国下久々村、以上三百町、賜レ之**　「荒野」は、神崎庄内の未墾地のことか。「余残」「荒野」の領知については、それぞれ同じ延慶二年三月十日付の関東下知状、関東御教書が残されている（『鎌倉遺文』二三六二五、二三六二六）。肥後国下久々村は、現熊本県宇城市松橋町久具。**一〇　同当国山崎庄ヲ拝二領之一**　「山崎庄」は、現愛媛県伊予市内にあったと思われる稲荷社領荘園（『平安遺文』二七七七）。**一一　此時海上陸地七十余度ノ合戦（ニ）、毎度切勝テ夷賊ヲ退治シ、抽二軍忠一之由感賞（ノ）宣旨ヲ蒙ル者也**　蒙古軍に対する通有の合戦を七十余度とするが、未詳。**一二　又、徳治年中（ニ）西海ノ海賊ヲ可二搦進一（之）由、被レ成二関東御教書一**　「西国并熊野浦々海賊」を「搦進」むことを命じる、徳治三年三月二十五日付の関東御教書が残されている（『鎌倉遺文』二三三一〇）。**一三　是（ハ）先祖好方ノ純友退治ノ例ニマカセテト有**　好方の藤原純友追討については、一―⑭参照。

二―⑳〈通有の子孫〉

【本文】

[一]通有ノ子七人アリ。嫡子ハ[1]通忠〈八郎ト云。童千宝丸。母江戸太郎女〉。[二]十四歳ノ時、父ト同蒙古ノ合戦、毎度究二高名一ノ上、被レ疵弥進出射二答矢《たふのや》一。[三]河野柚木谷ニ御館アリ、即柚木谷殿ト号ス。[2][四]福生寺ト云ハ其跡也。[五]其子通貞〈対馬三郎。母別府七郎左衛門入道女〉。[六]元亨年中、将軍方ニ参テ忠節ヲ致シ、越後国上田庄小栗[3]山崎郷ヲ賜ル。

[七]通有次男通茂〈九郎。母通久女〉。柏谷ニ居住シテ柏谷殿ト云。[八]三男通種〈四郎左衛門尉。母通久女〉。[九]其子通

時〈六郎左衛門[4]。任二弾正少弼一〉。建[一〇]武年中、為二与州大将一、一族等相催シテ国中ノ凶徒ヲ退治シテ、当国玉生庄拌由並・中山[5]等処々給レ之。通[二]種次男通任〈四郎〉、中[6]先代蜂起之時、於二当国一討死ス。通[三]有ノ四男通員〈五[7]郎左衛門尉、母通久女〉。同[一三]五男通為〈七郎左衛門尉、母同レ上〉。同[一四]六男通里〈八郎左衛門尉、母同レ上〉。

【校異】

1通忠―底本なし。〈長〉などにより補う。　2福生寺―〈黒〉は上欄外に「福生寺在二柚木谷ニ一則通忠ノ菩提所也」と注記。　3―〈長〉「小粟山郷」、〈黒〉「粟山郷」。　4左衛門―〈長・黒〉「左近将監」、〈松〉「左衛門左近将監」。　5中山等―底本「中山寺」。〈長〉などにより訂。　6中先代―底本「先代」。〈長〉などにより補。　7五郎左衛門尉―底本「五左衛門尉」。〈長〉などにより訂。

【注釈】

一　**通有ノ子七人アリ。嫡子ハ通忠〈八郎ト云。童千宝丸。母江戸太郎女〉**　本節は、通有の七人の子のうち、六人までについて記す（七男通治については次節三―①とした）。系譜関係については、善応寺本『河野系図』、続群書類従本『越智系図』、同『河野系図』（別本・前半）、『予陽河野家譜』、聖藩文庫本『河野家譜』も基本的に同様（以下「諸系譜同様」とする）。通忠の母について、聖藩本『河野家譜』は「江戸太郎重長女」とするが、江戸重長は源平合戦期の人物で、時代が合わない。別の「江戸太郎」を宛てるべきであろう。また、『越智系図』は「大力」、聖藩本『河野家譜』は「少而膂力絶レ人」と注記する。

二　**十四歳ノ時、父ト同蒙古ノ合戦、毎度究二高名一ノ上、被レ疵弥進出射二答矢《たふのや》一。**　蒙古合戦における通忠の活躍については未詳だが、二―⑰に記したように、『蒙古襲来絵詞』には、竹崎季長と対面する通有の傍らに通忠が描かれている。弘安四年（一二八一）に十四歳であったとすれば、生年は文永四年（一二六八）。

三　**河野柚木谷ニ御館アリ、即柚木谷殿ト号ス**　「柚木谷」は未詳だが、現松山市北条地区の夏目あたりか。次項参照。

四　**福生寺ト云ハ其跡也**　『伊予古蹟志』巻三・風早郡に、「夏目邑。有二精舎一、曰二福生一。初河野八郎通忠居二于柚木第一、甍、改為二梵刹一以為二香花院一」とある。

五　**其子通貞〈対馬三郎。母別府七郎左衛門入道女〉**　諸系譜同様。別府は、松山市北条地区に地名が残る。

六　**元亨年中、将軍方ニ参テ忠節ヲ致シ、越後国上田庄小栗山崎郷ヲ賜ル**　「越後国上田庄小栗山崎郷」は、現新潟県南魚沼市小栗山あたりか。　**七　通有次男通茂〈九郎。母通久女〉、柏谷ニ居住シテ柏谷殿ト云**　善応寺本『河野系図』は、通茂以下、通種・通員・通為・通里・通盛を、通忠の子とするように見える。「柏谷」は、現松山市下伊台町の萱谷《かやたに》か。『予陽河野家譜』には、通茂は「住二和介郡吉原郷柏谷城一」とあるが、この地の勝岡山に梅子山《うめこやま》城とよばれる中世の城跡があり、これが柏谷城にあたるかとされる（『歴史地名大系・愛媛県』）。　**八　三男通種〈四郎左衛門尉。母通久女〉**　諸系譜同様。　**九　其子通時〈六郎左衛門。任二弾正少弼一〉**　諸系譜同様。　**一〇　建武年中、為二与州大将一、一族等相催シテ国中ノ凶徒ヲ退治シテ、当国玉生庄《たもうのしょう》幷由並・中山等処々給レ之**　通時の事蹟。「玉生庄」は伊予郡松前町。もと石清水八幡宮の荘園であった。「由並」は、現伊予市双海町上灘。「中山」は、現伊予市中山町。　**一一　通種次男通任〈四郎〉、中先代蜂起之時、於二当国一討死ス**　諸系譜同様（善応寺本『河野系図』は通忠の子とするか）。「中先代蜂起」は、中先代の乱。建武二年（一三三五）、北条高時の子時行が、幕府の再興をはかって挙兵し、鎌倉を陥れたが、二十余日で敗れた。　**一二　通有ノ四男通員〈五郎左衛門尉、母通久女〉**　諸系譜同様（善応寺本『河野系図』は通忠の子とするか）。　**一三　同五男通為〈七郎左衛門尉、母同レ上〉**　諸系譜同様（善応寺本『河野系図』は通忠の子とするか）。　**一四　同六男通里〈八郎左衛門尉、母同レ上〉**　諸系譜同様（善応寺本『河野系図』は通忠の子とするか）。七男通治（通盛）については、次節三―①参照。なお、続群書類従本『越智系図』や『河野系図』（別本）、聖藩文庫本『河野家譜』は、通里と通治の間に「快範」（侍従房。「通玄」とも）をも記す。聖藩文庫本『河野家譜』は「母同」とするが、『河野系図』は「但養子」とする。善応寺本『河野系図』も通有の子としつつ、「但養子。通経末葉」とする。『予陽河野家譜』も巻一末尾近く（本書二―⑮相当記事）で、快範を通経の裔と記す。

（三）通治（通盛）（南北朝時代）

三―①〈通治（通盛）家督相続〉

【本文】

[一]同七男通治〈九郎左衛門尉、母通久女〉、[二]後通盛ト改。[1][三]後醍醐院元亨三年〈癸亥〉、三島宮回禄、于レ時氏長者通盛、大祝今治孝経ト云（々）。[四]元弘年中、両院六波羅御坐ノ時、合戦ノ勲功ニ依テ臨時ノ勅許有テ、対馬守ニ被レ成、伊与国司ヲ賜ル。[五]其後足利[2]高氏将軍令二同心一、所々合戦、高名ヲ極メケル。[3]父通有如何被レ思ケン、[4]家督ヲ通治ニ令レ続ト云証判ヲシテ被レ置ケルヲ、舎兄達各不審有テ其実証ヲ尋給ケルニ、[六]通治ノ母儀ハ通久ノ女也。通有逝去ノ後出家シテ[七]河野ノ土居ニ万松院ヲ建テ御坐ス。[八]御名ヲバ[5]道忍ト申。字ハ安古也。彼御譲状ハ、此大方殿ニ預リ被レ置。是[九]六人之御母タル故ニ不レ可レ有二私曲一也。然バ、通治モ大方殿ニ[6]有（ル）由ヲ被レ申タリ。「[7]サラバ可レ有二拝見一」トテ、旁々ヲ誘引アツテ万松院へ参リ給テ、此由被レ申ケレバ、即[一〇]安古大姉[8]件ノ証判ヲ被二取出一、「各々御覧候へ」トテ被レ見ケレバ、[一一]坐上ニ通忠、是ヲ請取テ[9]御覧有シヲ、此人ハ大力強気ノ人ナレバ、若《もし》モ引ヤ裂レント怪テ、通治末座ヨリ[10]立給テ、[一二]袴ノ股立ヲトリ膝本ニ指寄テ、[11]若モ傷レバ即勝負ヲ可レ[一三]決之様ナレバ、[12]安古モ手ニ汗ヲ握リテ御坐ケル（処ニ）、通忠[13]見了テ、「疑モナキ亡父（ノ）手跡ナリ」トテ、[14]柏谷殿へ被レ渡。其次ニハ皆穏便ニテ慇懃ニ頂戴シテ領納有ケレバ、其ヨリ家督モ定リケリ。[15]然バ、「[一四]大方ノ一族サへ相争ナルニ、イヤ〳〵ノ弟ニ被レ超ケルヨ」トテ、[一五]咲中《ゑみのうち》ニ含レ刀計也。

【校異】

1後醍醐院―〈黒〉はこの位置の上欄外に、「通盛三島宮ヲ造立ノ事伊与ノ三島宮縁起ニ委有」と注記あり。　2高氏―

〈長・黒〉「尊氏」。　3父―〈黒〉はこの前に「然レ者」とあり。〈松〉「然者」と補入。　4家督ヲ通治ニ令レ続ト云証判―〈黒〉「七人ノ実子ノ末子通治ニ家督令二相続一給ト云証判」。〈松〉「通治」の上に「七人之実子末子」と補入。　5道忍―〈黒〉「妙忍」として「妙」に「道イニ」と傍書。〈松〉「通忍」の「通」を見せ消ち、「妙」と傍書。　6有（ル）由―〈黒〉「有二御坐一ノ由」。〈松〉「有」を見せ消ち、「有御座之」と傍書。　7サラバ可レ有二拝見一トテ―〈黒〉「各可レ有二拝見一ノ由被レ申、サラハトテ」。〈松〉「サラバ」を見せ消ち、「各」と傍書。　8件ノ証判ヲ被二取出一―〈黒〉「左ニ蝋燭ヲ秉《トリ》、右手ニ件証判ヲ持テ」。〈松〉「被取出」を見せ消ち、「左ニ蝋燭ヲトリ右ノ手ニ持テ」と補入。　9御覧有シヲ―〈黒〉「蝋燭ニ指当テ透シテ御覧有ケルヲ」。〈松〉「御覧」の上に「蝋燭ニ指当テ透テ」と傍書補入。　10立給テ―〈黒〉「ヅント立テ」。〈松〉「給テ」を見せ消ち、「立」の上に「ヅント」と補入。　11若モ傷レバ―〈黒〉「些子《シヤシ》モ傷《ヤフラレバ》」。〈松〉「若モ」を見せ消ち、「些子《シヤシ》モ」と補入。　12安古―底本「安居」。〈長〉などにより訂。　13見了テ―〈黒〉「懇ニ見了テ」。〈松〉「見」の上に「懇《ネンコロニ》」と補入。　14柏谷殿―〈黒〉「柏木殿」。〈松〉「谷」を見せ消ち、「木」と傍書。　15然バ―〈黒〉「然トモ」。〈松〉「ハ」を見せ消ち、「共」と傍書。

【注釈】

一　同七男通治〈九郎左衛門尉、母通久女〉　以下、通治に関する記述は、前節二―⑳で、通有の子を列挙していた記事の続きだが、末子七男の通治の略伝から、家督相続の逸話に続き、通治に関わる長い記述に展開してゆくため、ここから章・節を改めた。三章としたのは、すべて通治に関する記事である。補注参照。　**二　後通盛ト改**　「通盛」への改名について、『予章記』が記すのはこの箇所のみ。この後、三―⑦で出家し、「善恵」を名乗る直前まで一貫して「通治」とされる。続群書類従本『越智系図』「通治改盛」、『予陽河野家譜』「后改二通盛九郎左衛門尉一」。続群書類従本『河野氏系図』や聖藩文庫本『河野家譜』、彰考館本『予章記』付載系図は「通治」のみ、善応寺本『河野系図』は「通盛」のみ記す。続群書類従本『河野系図』（別本）は二つの系図を収めるが、前半（七上・一六三頁）では「通治」、後半（同・一六七頁）では「通盛」、後半（同・一六七頁）では「通治」。　**三　後醍醐院元亨三年〈癸亥〉、三島宮回禄**　『三島宮御鎮座本縁』によれば、三島社の火災は元亨二年（一三二二）。「元亨二年〈壬戌〉正月十九日夜、兵火ニテ大小社壇并宝蔵、経蔵、御蔵、諸役所、二王門悉焼失」。　**四　元弘年中、両院六波羅御坐ノ時、合戦ノ勲功ニ依テ臨時ノ勅許有テ、対馬守ニ被レ成、伊与国司ヲ賜ル**　通治の戦功による対馬守就任は、三―③に見える。　**五　其後足利高氏将軍令二同心一、所々合戦、高名ヲ極メケル**　三章後半、三―⑪から⑭は、戦功に関わる尊氏からの文書、⑮〜⑰は尊氏の子・義詮からの文書である。　**六　通治ノ母儀ハ通久ノ女也**　通久は通信の四男。二―⑯に「同四男通久〈河野九郎左衛門尉、母北条四郎時政ノ女〉」云々と見えた。通久女（以下に見る道忍、安古）は、通有にはおばにあたる。二―⑯によれば、通久は承久の乱（一二二一）において大将軍を務めたとある。一方、通治は、三―⑱の死去記事で、黒田本の注記に弘安四年（一二八一）生、本文に「八十二歳而逝去」とあり、生年の記事は聖藩文庫本『河野家譜』の記述も同様。これを疑う余地はあるとしても、『太平記』の時代に活躍して貞治三年（一三六四）に没したとすれば（三―⑱には貞治元年死去とあるが、実際は貞治三年の死去と考えられる。三―⑱注釈一参照）、これより早い生まれではあるまい。だとすれば、通治の母（安古）は、通久の晩年の娘であったものか。　**七　河野ノ土居ニ万松院ヲ建テ御坐ス**　風早郡河野郷（現松山市北条地区）の善応寺の周辺に土居、万松寺等の地名が残されている。『伊予古蹟志』巻三・風早郡・夏目邑項に、「又有二万松院一、安古禅尼剏営以為二通有香火院《ママ》一。天正中二剎為二空宇一、但存二名於庭樹一耳」とあり、江戸時代には既に寺としての形を失っていたようである。　**八　御名ヲバ道忍ト申。字ハ安古也**　「道忍」は、黒田本・松平文庫本に「妙忍」「通忍」ともある。続群書類従本『予章記』付載系図「通忍安古大姉」。同『河野系図』（別本。七上・一六七頁）「通忍安古大姉」。聖藩文庫本『河野家譜』「道忍安古大姉」。　**九　六人之御母タル故ニ不レ可レ有二私曲一也**

前節二―⑳によれば、安古は、通有の長男・通忠の母ではないが、次男通茂、三男通種、四男通員、五男通為、六男通里、七男通治の母であった。　**一〇　安古大姉件ノ証判ヲ被二取出一、「各々御覧候へ」トテ**　兄弟を集めて、安古が通有の遺言状を披露する、緊迫した場面を描く。簗山本『河野家譜』は、検討の余地はあるが、元亨四年六月九日付れうゐん名の譲状を載せている。　**一一　坐上ニ通忠、是ヲ請取テ**　通忠は長男。前節二―⑳に「嫡子ハ通忠〈八郎ト云。童千宝丸。母江戸太郎女〉。十四歳ノ時、父ト同蒙古ノ合戦、毎度究二高名一ノ上、被レ疵弥進出射二答矢《たふのや》一」とあった。該当部注釈二に見たように、この記述によれば生年は文永四年（一二六八）。　**一二　袴ノ股立ヲトリ膝本ニ指寄テ**　「はかまのももだちをとる」は、動きやすいように袴の左右の裾をつまみ上げ、股立ち（左右両側の空きを上端で縫い止めたところ）にはさむこと。「指寄テ」は「さしよりて」。通治が立ち上がって通忠の膝元へにじり寄った様子を描く。　**一三　柏谷殿**　次男通茂。前節二―⑳に、「次男通茂〈九郎。母通久女〉。柏谷ニ居住シテ柏谷殿ト云」とあった。通治の同母兄。　**一四　大方ノ一族サヘ相争ナルニ、イヤ〳〵ノ弟ニ被レ超ケルヨ**　「世間一般では、一族の中で争うこともよくあることなのに、何事もなく、はるか下の弟に越えられてしまったな」の意。源為朝の言葉として、「我が身はいや〳〵の弟なり」（金刀比羅本『保元物語』中巻「白河殿攻め落す事」）の例がある。　**一五　咲中ニ含レ刀計也**　「笑みの中に刀を含む」は、「表面はほほえんでいるが、その陰には相手を殺害する刀を隠している」の意。『新楽府』「天可度」の「笑中有レ刀潜殺レ人」による。日本では『和漢朗詠集』（雑・述懐）良春道「言下暗生二消レ骨火一、咲中偸鋭二刺レ人刀一」によって著名であり、諸書に引かれる。なお、最末弟である通治が家督を継承したことについては、蒙古襲来時に通有と長子通忠がともに出陣する事態に際して河野氏の危機管理型相続としてなされた可能性を指摘する見解がある（西尾和美「『予章記』に探る中世河野氏の歴史構築」）。

【補注】

◎河野通治　通治（通盛、善恵）に関する記述は、『予章記』に記される河野氏歴代の中で、最も長大である。それは、三―⑱に見るように、黒田本の注記や聖藩文庫本『河野家譜』及び善応寺文書によれば弘安四年（一二八一）誕生、貞治三年（一三六四）没（三―⑱注釈一参照）と見られる、八十四歳に及ぶ長い人生を歩んだこと、しかもその間に、末弟にもかかわらず家督を相続し、『太平記』にも記された赫々たる武勲を立て、にもかかわらず、鎌倉幕府・北条政権側に属したために零落、出家し、その後一転して足利政権に属して故郷に帰り、善応寺を建立するといった、波瀾万丈の人生を送り、河野氏の消長にとって重要な時期をなしたからであろう（河野通信についても同様のことがいえようが）。もっとも、その長大な記述の多くは『太平記』と尊氏・義詮の文書の引用によってなされるわけだが、本節の家督相続と、困窮から尊氏との出会いによって救われるまでを描く三―⑥～⑩は、おそらく『予章記』独自の文章によるものである。特に本節の文章はそれなりに文飾をこらして人物の心情を描いており、黒田本などに残る本文では、「左ニ蝋燭ヲ秉《トリ》、右手ニ件証判ヲ持テ」「蝋燭ニ指当テ透シテ御覧有ケルヲ」「ヅント立テ」（校異8～10参照）などと、さらに物語的潤色を加えた叙述となっている。本書の諸本展開を考える上で、興味深い点といえよう。（佐伯）

三―②〈七条河原合戦―『太平記』Ⅰ〉

【本文】

[一]太平記ニ云。[1][二]元弘二年、伊与国住人河野九郎左衛門尉通治、[三]四国勢ヲ率シテ、大船三百艘ニテ、摂州尼崎ヨリ入洛ストアリ。

[四]又、河野九郎左衛門尉通治ニ二千余騎ヲ差副へ、[五]蓮華王院へ被レ向時ニ、[六]陶山（八）、河野ニ向テ申ケルハ、[七]「何共ナキ取集勢ニ交テ軍セバ、慭《なまじひ》ニ足纏《あしまとひ》ニ成テ、[2]カケヒキ不レ可二自由一、[3]只六波羅ヨリノ副勢ヲバ八条河原ニ控サセ、時ノ声ヲ挙サセ、我等ガ手勢計引勝《ひきすぐつ》テ、蓮華王院ノ東ヨリ敵ノ真中へ懸入（テ）、[八]蛛手《くもで》・カクナハ・十

文字ニカケ乱シ、弓手妻手ニ相付、散々ニ打散サン」ト云ケレバ、[4]河野通治モ「尤」トテ同レ之。外様[九]ノ勢二千余騎ヲバ塩小路（ノ）道場ノ前ニ指向テ、河野[一〇]ガ勢三[5]百余騎、陶山ガ勢百五十騎引分テ、蓮華王院ノ東ヘゾ廻リケル。

相[一一]図ノ程ニモ成ケレバ、八条河原ニ時ノ声ヲ挙ケレバ、敵一処ニ打寄ヌ。其[一二]時、後ヨリ鬨ヲ咄《どっ》ト作リ、大勢ノ中ヘ馳入ケル。東西ヲカケチラシ、カケ破テハ又一処ニ打寄テ、追立々々責戦フ。シカレバ、河野ト陶山ハ一処ニ合テ又分、両処ニ分テ一処ニ合事七八度、如レ此シテ半[一三]時余（モ）按《モミ》[6]闘ケレバ、敵[一四]ハ長途ニクタビレタリシ武者ナレバ、駿馬ノ兵ニ馳立ラレテ、被レ討者不レ知レ数、手負死人散々ニ成テ引返ケリ。

【校異】
1元弘二年—〈黒〉「元亨二年」。　2カケヒキ不レ可二自由一—〈黒〉「掛引自在成間敷」。　3只—〈黒〉「サラバ」。〈松〉「只」なし、「イザヤ」補入。　4河野通治モ「尤」トテ同レ之—〈黒〉「河野尤可レ然トテ同心シ」。〈松〉「トテ同之」を見せ消ち、「可然トテ同心シ」を補入。　5三百余騎—〈京〉「三百騎」。　6按《モミ》—底本「桜」。〈京〉による。〈長〉「按」、〈黒〉「揤ニ々テ」、〈松〉「採《モミニ》々《ンテ》」。

【注釈】
一　**太平記ニ云**　本節三—②から三—⑤までは、『太平記』巻六〜九による。『太平記』諸本との関係については補注参照。注釈では、特に断らない限り、流布本（岩波日本古典文学大系）を引用する。　二　**元弘二年、伊与国住人河野九郎左衛門尉通治…**　本項と次項は、『太平記』巻六「関東ノ大勢上洛ノ事」による。楠木正成の活躍に加え、播磨では赤松円心が挙兵、勢いづく先帝後醍醐側に対して、鎌倉幕府は、元弘二年（一三三二）十一月、関東から三十万余騎という大軍を派遣する。それに呼応して、諸国の軍勢が上洛するという場面。以下、宮方（先帝後醍醐側）と武家方（鎌倉幕府・北条氏・六波羅側）との戦いにおいて、河野通治は、武家方で活躍する。なお、『太平記』における通治の呼称は、次項に見る「河野九郎」の他、「河野九郎左衛門」「河野対馬守」などだが、三―⑤に該当する巻九「六波羅攻事」では、大高重成との戦いで自ら「通治」と名乗ったことが見える。「通盛」の名は見られない。　**三 四国勢ヲ率シテ、大船三百艘ニテ、摂州尼崎ヨリ入洛ストアリ**　『太平記』「河野九郎四国ノ勢ヲ率シテ、大船三百余艘ニテ尼崎ヨリ襄テ下京ニ着」と、ほぼ同文。　**四 又、河野九郎左衛門尉通治ニ二千余騎ヲ差副ヘ…**　以下、本節末尾までは、『太平記』巻八「持明院殿行㆓幸六波羅㆒事」による。正慶二年（元弘三年。一三三三）三月、宮方の赤松円心の軍勢が京都に攻め込み、危機に陥った武家方は光厳天皇を六波羅に行幸させて守護し、七条河原で赤松勢を迎え撃とうとする場面である。本項は、『太平記』「河野九郎左衛門尉・陶山次郎ニ二千余騎ヲサシ副テ、蓮華王院へ被㆑向ケリ」とほぼ同文だが、傍線部「陶山次郎」を抹消しているため、河野のみが二千余騎を率いたかのように読める。なお、『太平記』のこの直前には、「隅田・高橋ニ三千余騎ヲ相副テ八条口へ被差向」とあった。「隅田・高橋」については次節参照。　**五 蓮華王院へ被㆑向時ニ**　「蓮華王院」は、現京都市の七条東大路南西に位置する三十三間堂を本堂とする。長寛二年（一一六四）、後白河法皇の勅願により、平清盛が造立した。創建時の本堂は建長元年（一二四九）に焼失したが、文永三年（一二六六）に再建されたものが現在も残る。ここでは、七条河原から隅田・高橋が南側の八条口に向かい、東側の蓮華王院に河野・陶山が向かったもの。　**六 陶山（八）、河野ニ向テ申ケルハ**　「陶山」は、『太平記』前項に見た「陶山次郎」。備中国小田郡陶山村（現岡山県笠岡市陶山）出身の武士。正慶二年（元弘三年。一三三三）五月、近江国番場宿で六波羅探題などと共に自害した人名を記す『番場蓮華寺過去帳』に、「陶山次郎清直」と見える。『太平記』のこの前後の部分では、常に河野と並び称されるが、どちらかといえば、作戦はまず陶山が言い出し、勇猛な河野がそれに賛同するという展開が目立つ。　**七 何共ナキ取集勢ニ交テ軍セバ、慭《なまじひ》ニ足纏《あしまとひ》ニ成テ、カケヒキ不㆑可㆓自由㆒…**　以下、『太平記』に「陶山、川野ニ向テ云ケルハ、『何トモナキ取集メ勢ニ交テ軍ヲセバ、慭ニ足纏ニ成テ懸引モ自在ナルマジ。イザヤ六波羅殿ヨリ被㆓差副㆒タル勢ヲバ、八條河原ニ引ヘサセテ時ノ声ヲ挙ゲサセ、我等ハ手勢ヲ引勝テ、蓮華王院ノ東ヨリ敵ノ中へ駈入リ、蜘手・十文字ニ懸破リ、弓手妻手ニテ相付テ、追物射ニ射テクレ候ハン』ト云ケレバ、河野、『尤可㆑然』ト同ジテ」云々とある。六波羅探題は、河野・陶山に二千余騎を副えて小勢の赤松勢を撃退するよう命じたが、陶山は、「六波羅から派遣された兵は足手まといなので、八条河原で待機させて鬨の声を上げさせるのみにとどめ、信頼できる小勢だけで蓮華王院の東側から突撃し、存分に駆け破って敵を蹴散らしてやろう」と提案した。河野もそれに賛成する。　**八 蛛手《くもで》・カクナハ・十文字ニカケ乱シ**　「蛛手」（蜘蛛手）は、蜘蛛の手足のように八方に太刀を振るうこと。「カクナハ」は、古代の菓子の名で（「かくのあは」の転）、小麦粉を練って緒を結んだ形に作り、油で揚げたものかとされる（『日本国語大辞典』）。ここは、その形のように曲がりくねったさまの太刀筋。「十文字」は縦横に太刀を振るうこと。いずれも、太刀をふるって奮戦するさまの表現として、『平家物語』巻四「橋合戦」などに見える定型句だが、『太平記』「蜘手・

十文字」（前項所引）では、太刀をふるうさまというよりも、馬を四方八方に走らせ、敵を追い散らす様と読める。『予章記』はそれを『平家物語』に見るような定型表現に引き戻したか。同時に、「弓手妻手ニテ相付テ、追物射ニ射テクレ候ハン」は省略している。「追物射」は、犬追物のように、逃げる敵を追い回して射ること。　**九　外様ノ勢二千余騎ヲバ塩小路（ノ）道場ノ前ニ指向テ**　『太平記』「外様ノ勢二千余騎ヲバ、塩小路ノ道場ノ前へ差遣シ」と同文。前々項に見たように、六波羅から派遣された二千余騎は待機させた。「塩小路ノ道場」は、東洞院塩小路にあった白蓮寺。現在の京都駅北側にあたる。河野・陶山の手勢とは、鴨川を挟んでかなり離れたところに位置し、閧の声を上げて、おとりとなる役割。　**一〇　河野ガ勢三百余騎、陶山ガ勢百五十騎引分テ、蓮華王院ノ東ヘゾ廻リケル**　『太平記』同文。次項に見るように、敵の背後に回ったもの。　**一一　相図ノ程ニモ成ケレバ、八条河原ニ時ノ声ヲ挙ケレバ、敵一処ニ打寄ヌ**　『太平記』「合図ノ程ニモ成ケレバ、八條川原ノ勢、閧声ヲ揚タルニ、敵是ニ立合セント馬ヲ西頭ニ立テ相待処ニ」が、わかりやすい。八条河原の二千余騎が閧の声を上げたので、赤松勢はそちらに敵がいると思い、西を向いた。そこへ、河野・陶山の精鋭が、後ろから襲いかかる。　**一二　其時、後ヨリ閧ヲ咄《どつ》ト作リ、大勢ノ中へ馳入ケル**　以下、『太平記』「陶山・川野四百余騎、思モ寄ラヌ後ヨリ、時ヲ咄ト作テ、大勢ノ中へ懸入、東西南北ニ懸破テ、敵ヲ一所ニ不㆓打寄㆒、追立々々責戦。川野ト陶山ト、一所ニ合テハ両所ニ分レ、両所ニ分テハ又一所ニ合…」による。前項までに見た作戦が功を奏した記述。　**一三　半時余（モ）揉《モミ》闘ケレバ**　「揉」は校異6参照。「もみて」「もんで」で、黒田本は「もみにもんで」などと読むか。『太平記』「七八度ガ程ゾ揉ダリケル」。「もむ」は、激しく戦うさま。　**一四　敵ハ長途ニクタビレタリシ武者ナレバ、駿馬ノ兵ニ馳立ラレテ、被㆑討者不㆑知㆑数、手負死人散々ニ成テ引返ケリ**　『太平記』「長途ニ疲タル歩立ノ武者、駿馬ノ兵ニ被懸悩テ、討ル、者其数ヲ不㆑知。手負ヲ捨テ道ヲ要テ、散々ニ成テ引返ス」とほぼ同文。敵の赤松勢は、播磨から戦いを重ねつつ上洛していた。

【補注】

◎**『予章記』と『太平記』**　本節から三―⑤までは、『太平記』巻六～九における河野氏の活躍場面の抜き書きともいえるような様相を呈している。二章で見た『平家物語』については、依拠した本文系統をある程度特定できたが、『太平記』についてはそれが難しい。次節三―③では、古態本の神田本・神宮徴古館本・玄玖本の類との相違が見られるが、やはり古態本である西源院本とは一致するので、流布本依拠とは定めがたい。もっとも、三―⑤では、西源院本に脱落かと見られる箇所があり（通遠が討たれた後の「主ヲ討セジト～一千余騎ニテ喚テ懸ル」）、その意味では、右に挙げた諸本の中で最もよく一致するのは流布本なのだが、依拠本文を現存流布本と同様であると断定するには至らない。本文系統を特定できない大きな理由は、『太平記』現存諸本の間の相違よりも、『予章記』と『太平記』の相違の方が大きいことである。『平家物語』に比べれば、『太平記』諸本間の異同は少なく、『予章記』に引用されている範囲では、決定的な違いを見出すのが難しいのである。

なお、『太平記』巻六「河野謀叛事」では、河野一族の土居・得能が宮方として挙兵したことが記される。これは、『予章記』では二—⑯に、「通村ノ子通綱〈得能又太郎〉、任二備後守一。元弘年中吉野院御一統ノ時、通信旧領ヲ玉テ惣領ニ被レ補、〈其ヨリ〉惣領ヲ背テ河野ト号ス。其孫為二宮方一走廻リケルガ、他国ニテ断絶シヌ」と記され、三—⑥で、「土居・得能ハ新田殿（ニ）随逐シテ馳走シケレバ」とあるが、『太平記』に見られる土居・得能の記述については触れていない。『予章記』の『太平記』引用が、河野本家の名誉を記すためのものであることを示しているといえよう。（佐伯）

三—③〈陶山と共に勧賞—『太平記』Ⅱ〉

【本文】

[一]河野ト陶山ハ、逃シ敵ニハ目モカケズ、西七条辺ノ合戦ハ如何有ントテ西七条[1]河原ヲ見ヤリケレバ、[二]隅田・高橋ガ三千余騎、高倉左衛門佐・小寺・衣笠ガ二千余騎ニ駈立ラレテ、馬ノ足ヲスヘカネタリ。[三]河野・陶山（ハ）、西七条河原ヲヨコサマニ走（リ）、大宮ニ控テ朱雀河原ノ合戦ヲ見テ、「[四]カクテハ味方ノ者共可レ被[2]レ打。イサヤ打懸テ助ン」[3]ト云ケレバ、陶山ハ「暫」ト留テ申ケルハ、「[五]此軍未レ決ニ合力セバ、『味方ノ扶タリ』トハ、隅田・高橋ガ口[4]ノニクサハ申マジ。我高名ガヲニ云ン也。暫措[5]テ事ノ様ヲ御覧候ヘ。敵ハ勝ニノレドモ、何程ノ事カ候ベキ」トテ見物シテ居タルホドニ、[六]隅田・高橋ガ大勢、纔ニ成テ追立ラレ、返サントスルモ不レ叶、朱雀ヲ上リ内野ヲ指テ引モ有、七条ヲ東ヘ行モアリ。馬ニ離（レ）テ逃ル者ハ不レ思返（シ）合テ討死ス。[6]河野・陶山、是ヲ見（テ）、「[七]余[7]ニ長見シテハ味方（ノ）弱（リ）也、イサヤ駈合セン」トテ、大勢ノ中ヘカケ入（テ）、時移ル迄戦ケル。[8][八]四武衛ノ陣ノ堅ヲ砕キ、[九]百戦（ノ）勇力ヲ変ズベシ。

[一〇]又、六波羅勢[9]七千余騎有ケルヲ、[一一]一条院ヲ背ニアテ、、追ツ返シツ二時計相戦。角テ軍ノ勝負ハイツ可[10]レ有トモ見ヘザリケリ。[一二]河野ト陶山ト五百余騎、大宮ヲ下リ背ヲ攻テ廻リケルガ、寄手許多《そこばく》被レ討ケレバ、赤松僅ノ小

勢ニ成テ、山崎ヲサシテ引返ス。[一三]河野・陶山（ハ）勝ニ乗テ作道辺迄追返ス。赤松動《ややもすれ》バ返サントイキヲヒヲ見セテ、只引ニヒキケル。「[一四]軍（ハ）是マデ（ナリ）。長追シテ可レ悪」トテ、鳥羽殿ノ前ヨリ引返シ、[一五]虜廿余人、[11]頸七十三[12]取テ、六波羅ヘ馳参ズル時、[一六]主上モ御簾ヲ巻上サセ、叡覧有ケル。「[一七]河野・陶山両人ノ振舞、イツモノ事ト云ナガラ、今度（ノ）合戦、[13]命ヲステズハ叶フベカラズト[14]見ヘツルニ、コトニ勝レタル高名」トテ、[一八]両六波羅庭上ニ敷皮ニテ検知シ玉ヒ、[一九]御叡感ノ余ニ別テ御賞翫ニテ、其夜臨時ノ宣下有テ、河野ヲバ対馬守（ニ）被レ成、寮ノ御馬ヲ被レ下。陶山ヲバ備中守ニ被レ成、御剣ヲ被レ下ケル。「[二〇]哀レ、弓矢取ノ面目哉」ト、ホメヌ人コソナカリケレ。

【校異】

1西七条河原―〈黒〉「西七条」。　2可レ被レ打―〈黒〉「被レ打ナントオボユ」。　3云ケレバ―〈京・松〉「云ハレケレバ」。　4口ノニクサハ―〈黒〉「口惜サニ」。　5措テ―底本「指テ」。〈長〉などにより訂。　6河野・陶山―〈黒〉「陶山モ河野モ」。　7長見―〈京・黒・松〉「長事」。　8四武衛ノ陣―〈黒〉「四武衝陣」。〈松〉「衛」を見せ消ち、「衝」と傍書。　9七千余騎―底本及び〈京〉「七千騎」。〈長・黒・松〉による。　10可レ有―〈黒〉「可トモレ決」。　11頸―底本「頭」。〈長〉などにより訂。　12取テ―〈黒〉この後に「少々切崎ニ貫朱ニ成テ」とあり。〈松〉は同文を傍書補入。　13命ヲステズハ―〈黒〉「旁手ヲ下シ、命ヲ不二捨給一」。〈松〉「旁手ヲ下シ」を傍書補入。　14見ヘツルニ、コトニ勝レタル高名―〈黒〉「見ヘ候ツレ」。〈松〉は「ツルニ」～「高名」を見せ消ち、「候ツレ」と傍書。

【注釈】

一　河野ト陶山ハ、逃シ敵ニハ目モカケズ西七条辺ノ合戦ハ如何有ントテ西七条河原ヲ見ヤリケレバ…　以下、前節に引き続き、『太平記』巻八「持明院殿行二幸六波羅一事」による。『太平記』「陶山・川野、逃ル敵ニハ目ヲモ不懸、『西七條辺ノ合戦何ト有ラン、無二心元一』トテ、又七條川原ヲ直違ニ西へ打テ七條大宮ニ扣へ、朱雀ノ方ヲ見遣ケレバ、隅田・高橋ガ三千余騎、高倉左衛門佐・小寺・衣笠ガ二千余騎ニ被二懸立一テ、馬ノ足ヲゾ立兼タル」。前節該当部で、東方で蓮華王院付近の敵を蹴散らした河野・陶山が、引き続き、隅田・高橋の向かった西方（前節該当部には八条口とあった）に向かう。　**二 隅田・高橋ガ三千余騎、高倉左衛門佐・小寺・衣笠ガ二千余騎ニ駈立ラレテ、馬ノ足ヲスへカネタリ**　『太平記』ほぼ同（前項参照）。「隅田」は、紀伊国伊都郡隅田庄（現和歌山県橋本市隅田町）に居住した隅田党の武士。「高橋」は、備中国上房郡高梁（現岡山県高梁市）の武士か。「高橋参河守時英」などの名が、『蓮華寺過去帳』に見える。隅田・高橋は、『太平記』では、勇猛な河野・陶山とは対照的に、惰弱な武士と描かれる。「高倉左衛門佐・小寺・衣笠」は、赤松勢の一部だが、未詳。「高倉左衛門佐」は、『太平記』では前節に、「高倉少将ノ子息左衛門佐」と所見。建武元年雑訴決断所結番交名に「高倉左少弁光守朝臣」の名が見える（角川文庫『太平記』補注巻八―一八）。
三 河野・陶山（ハ）、西七条河原ヲヨコサマニ走（リ）、大宮ニ控テ朱雀河原ノ合戦ヲ見テ　注釈一に引く『太平記』本文参照。「西七条河原」は「七条河原」の誤り。蓮華王院付近で戦っていた河野・陶山勢は、鴨川を渡って西へ向かい、大宮付近で隅田・高橋の戦いぶりを見ていた。　**四 カクテハ味方ノ者共可レ被レ打。イサヤ打懸テ助ン**　河野通治の言葉。『太平記』ほぼ同様。　**五 此軍未レ決ニ合力セバ、『味方ノ扶タリ』トハ、隅田・高橋ガ口ノニクサハ申マジ…**　陶山次郎の言葉。『太平記』ほぼ同様。以下、「形勢がはっきりする前に助けに入って、我々が勝っても、隅田・高橋は口がうまいから、河野・陶山のおかげで勝てたとは言わず、自分たちが自力で勝ったように言うに違いない。しばらく放っておいて様子を見よう。敵が勝った勢いに乗じても、大したことはあるまい」の意。
六 隅田・高橋ガ大勢、纔ニ成テ追立ラレ、返サントスルモ不レ叶、朱雀ヲ上リ内野ヲ指テ引モ有、七条ヲ東へ行モアリ　『太平記』ほぼ同文。朱雀大路を北に、内野（大内裏跡地）を指して逃げて行く者も、七条を東に向けて逃げる者もあった。朱雀大路は現在の千本通り。大内裏は、この時代には一部の建物を残して荒廃し、野原のようになっていた。　**七 余ニ長見シテハ味方（ノ）弱（リ）也、イサヤ駈合セン**　『太平記』「陶山是ヲ見テ、『余ニナガメ居テ、御方ノ弱リ為出シタランモ由ナシ、イザヤ今ハ懸合セン』トイへバ、河野、『子細ニヤ及ブ』ト云侭ニ…」。傍線部「ナガメ居テ」は、神田本・神宮徴古館本「ナガ言シテ」、西源院本「長事シテ」、玄玖本「長居シテ」。いずれも『予章記』にはぴったりと一致しないが、いずれにせよ、「あまり長いこと傍観していて、味方を弱らせてしまってもいけないので、そろそろ戦おう」の意。『太平記』では、概して陶山が発案、河野はこれに同意して行動する。『予章記』は、ここではどちらの発言であるかをぼかしている。　**八 四武衛ノ陣ノ堅ヲ砕キ…**　『太平記』「四武ノ衝陣堅ヲ砕テ、百戦ノ勇力変ニ応ゼシカバ、寄手又此陣ノ軍ニモ打負テ、寺戸ヲ西へ引返シケリ」。「四武衛ノ陣」は、校異8に見る黒田本「四武衛陣」が『太平記』に一致して、正しい。「四武」は、四方に配置した兵。それらが力を合わせて、敵陣を突く意。『六韜』虎韜・疾戦三十三に、敵に囲まれた際の戦い方として、「為二四武衝陣一、以二武車驍騎一驚二乱其軍一、而疾撃レ之、可二以横行一」とある。　**九　百戦（ノ）勇力ヲ変ズベシ**　諸本同様だが、前項に見た『太平記』「百戦ノ勇力変ニ応ゼシカバ」がよい。百戦錬磨の武士が、状況の変化に敏感に対処して戦った意。

一〇　又、六波羅勢七千余騎有ケルヲ…　以下、『太平記』では少し先の場面。孤立した赤松兄弟が何とか敵中から逃れ、また盛り返そうとしたところを、六波羅勢（武家方）が迎え撃つ。『太平記』流布本「赤松其兵ヲ東西ノ小路ヨリ進マセ、七条辺ニテ、又時ノ声ヲ揚タリケレバ、六波羅勢七千余騎、六条院ヲ後ニ当テ、追ツ返ツ二時許ゾ責合タル。角テハ軍ノ勝負イツ有ベシトモ覚ヘザリケル処ニ」。しかし、この部分は、古態本の玄玖本や神宮徴古館本にはない（本項該当部から、「鳥羽殿ノ前ヨリ引返シ、虜廿余人」までなし）。また、やはり古態本の神田本は、次々項の「五百余騎、大宮ヲ下リ背ヲ攻テ廻リケルガ…」から「…山崎ヲサシテ引返ス。河野・陶山（八）」までを欠く。従って、これらの諸本は、『予章記』の依拠本文ではないと見られる。ただし、やはり古態本の西源院本にはこの部分がある。また、独自の増補を有する天正本も、この部分は流布本と大差ない。従って、『予章記』の依拠本文を流布本系などに限定することはできない。　**一一　一条院ヲ背ニアテ、追ツ返シツ二時計相戦…**　「一条院」は、『太平記』（前項所引）の「六条院」が正しい。伊勢神宮の祭主、神祇伯大中臣輔親邸の跡。天橋立を模したようで、「海橋立」と呼ばれた（『拾芥抄』中）。　**一二　河野ト陶山ト五百余騎、大宮ヲ下リ背ヲ攻テ廻リケルガ…**　『太平記』「河野ト陶山トガ勢五百余騎、大宮ヲ下リニ打テ出、後ヲ裏ント廻リケル勢ニ、後陣ヲ被レ破テ、寄手若干討レニケレバ、赤松ワヅカノ勢ニ成テ、山崎ヲ指テ引返シケリ」と、ほぼ同文。　**一三　河野・陶山（八）勝ニ乗テ作道辺迄追返ス…**　『太平記』「河野・陶山勝ニ乗テ、作道ノ辺マデ追駈ケルガ、赤松動スレバ、取テ返サントスル勢ヲ見テ、『軍ハ是マデゾ、サノミ長追ナセソ』トテ、鳥羽殿ノ前ヨリ引返シ」と、ほぼ同文。「作道」は、鳥羽の作道。京都の朱雀大路から鳥羽離宮や草津に直通するように開かれた道。

一四　軍（八）是マデ（ナリ）。長追シテ可レ悪トテ、鳥羽殿ノ前ヨリ引返シ　『太平記』（前項参照）とほぼ同文。「鳥羽殿」は鳥羽離宮。平安後期、白河院・鳥羽院によって造営され、鎌倉末期までは利用されたが、南北朝の戦乱で衰退した。

一五　虜廿余人、頸七十三取テ、六波羅へ駈参ズル時　『太平記』流布本「虜二十余人、首七十三取テ、鋒ニ貫テ、朱ニ成テ六波羅へ馳参ル」（傍線部「朱ニ成テ」は神田本・西源院本なし）。校異12に見るように、黒田本・松平文庫本には「少々切崎ニ貫朱ニ成テ」とあり、『太平記』（流布本及び玄玖本・神宮徴古館本）に近い。前掲注釈八の「四武衝陣」の問題も含め、ある段階の『予章記』編者が、『太平記』を再参照している可能性があろう。　**一六　主上モ御簾ヲ巻上サセ、叡覧有ケル**　『太平記』同文。「主上」は光厳天皇。前節に見たように、六波羅に行幸していた。　**一七　河野・陶山両人ノ振舞、イツモノ事ト云ナガラ、今度（ノ）合戦、命ヲステズハ叶フベカラズト見ヘツルニ、コトニ勝レタル高名**　光厳天皇の言葉。『太平記』「両人ノ振舞イツモノ事ナレ共、殊更今夜ノ合戦ニ、旁手ヲ下シ命ヲ捨給ハズバ、叶マジトコソ見ヘテ候ツレ」と、同内容。

一八　両六波羅庭上ニ敷皮ニテ検知シ玉ヒ　『太平記』では、右の光厳天皇の言葉の前に、「両六波羅ハ敷皮ニ坐シテ、是ヲ検知ス」とある。「両六波羅」は、北方と南方の両六波羅探題。承久の乱後、置かれた。この時は、北条仲時（北）と北条時益（南）。　一九　御叡感ノ余ニ別テ御賞翫ニテ、其夜臨時ノ宣下有テ、河野ヲバ対馬守（二）被レ成、寮ノ御馬ヲ被レ下　河野通治を対馬守に任じ、寮の御馬を下されたとする。『太平記』「『両人ノ振舞イツモノ事ナレ共、殊更今夜ノ合戦ニ、旁手ヲ下シ命ヲ捨給ハズバ、叶マジトコソ見ヘテ候ツレ』ト、再三感ジテ被二賞翫一。其夜軈テ臨時ノ宣下有テ、河野九郎ヲバ対馬守ニ被レ成テ御剣ヲ被レ下、陶山二郎ヲバ備中守ニ被レ成テ、寮ノ御馬ヲ被レ下ケレバ（以下略）」。「対馬守」は『太平記』も同様だが、「寮ノ御馬」は陶山に下されたものであり、河野通治に下されたのは「御剣」であった。河野の得た褒賞を大きく記す虚構か。　二〇　「哀レ、弓矢取ノ面目哉」ト、ホメヌ人コソナカリケレ　『太平記』は、「是ヲ見聞武士、『アハレ弓矢ノ面目ヤ』ト、或ハ羨ミ或ハ猜デ、其名天下ニ被レ知タリ」と、うらやみそねむ者もあったとするが、名誉であったことは確かで、これは虚構という程のことではあるまい。なお、『太平記』京大本は、「ときのめんぼく、ひのきら、かたをならぶる人もなし」と、うらやみそねみに触れないが、「弓矢の面目」といった句を欠き、『予章記』に近いわけではない。

三―④〈四月三日合戦・千種殿京合戦―『太平記』Ⅲ〉

【本文】

[一]同三日、六波羅勢、三方ノ敵ト戦テ勝負ナカリシニ、[二]河野ト陶山ト一手ニ成（テ）、五百余騎轡ヲ並テ駈出ケレバ、木幡ノ寄手三千余騎被二駈立一、足ヲモタメズ引退ク。[三]河野・陶山ハ逃ル敵ヲバ打捨、竹田河原ヲ角違ニ鳥羽殿[1]ノ北ノ門ニ打透リ、作リ道ニ駈出テ東寺前ノ寄手ノ充満シタリケルヲ囲ントスル処ニ、[四]叶ジトヤ思ケン、羅[2]精門ノ西ヲ横サマニ引返ス。

[五]同八日ノ合戦ニ、河野ト陶山ハ禦手[3]、名和ト児島ハ責手也。[六]児島ト河野ハ一姓也、陶山ト名和トハ旧友也。[七]日比ノ詞ヲヤ恥ケン、後ノ貶《そしり》ヲヤ思ケン、[八]「死テ屍《カバネ》ハ晒《さらす》トモ、名（ヲ）コソ惜メ、命ハ惜マジ」ト戦ケル処ニ、[九]大将軍忠顕卿、内野へ被レ引ケレバ、一条ノ陣ハ未[4]レ半ト聞エシカバ、神祇官ノ前ヨリ使ヲ立テ、名和ト児島トヲ

被レ呼ケレバ、一〇両人河野ト陶山トヲ呼カケテ、「今日ハ日已《すでに》晩ヌ、又後日（ニ）コソ見参申ベケレ」トテ、色代シテ両方へ引退ケル。

【校異】
1北ノ門ニ打透リ、作リ道ニ駈出テ—〈黒〉「北ノ門ノ作リ道ヲ打透リ駈出テ」。 2羅精門—〈長〉「羅城門」。 3禦手—〈長〉「禦手《カラメ》」、〈京〉「禦ク手」、〈黒〉「禦キ手」、〈松〉「禦手《フセキテ》」。 4未レ半—〈長〉「未央」、〈京・松〉「未レ央《ナカバ》」、〈黒〉「未レ決」。

【注釈】
一　**同三日、六波羅勢、三方ノ敵ト戦テ勝負ナカリシニ…**　引き続き、『太平記』の引用だが、本節の引用は、まず、巻八「四月三日合戦ノ事付妻鹿孫三郎勇力ノ事」。前節の記事の後、正慶二年（元弘三年。一三三三）四月三日、赤松勢が二手に分かれて京都を攻めた。六波羅勢（武家方）は勢を三手に分け、一手は河野・陶山に五千余騎を副えて東南方の法性寺大路へ向かわせた。これは、三—②で見た蓮華王院の近くであり、先の合戦でこちらの方面から勝利した吉例にのっとったもの。残り二手は、八条東寺方面（南方）と西七条口（西南方）。巳の刻（午前十時）から合戦が始まり、「終日戦テ已ニ夕陽ニ及ビケル時」、以下の記述のような戦いになる。　二　**河野ト陶山ト一手ニ成（テ）、五百余騎轡ヲ並テ駈出ケレバ、木幡ノ寄手三千余騎被二駈立一、足ヲモタメズ引退ク**　『太平記』「河野ト陶山ト一手ニ成テ、三百余騎轡ヲ双ベテ懸タリケルニ、木幡ノ寄手足ヲモタメズ被二懸立一テ、宇治路ヲ指テ引退ク」と、ほぼ同文。「木幡」は現京都府宇治市木幡。南方から法性寺周辺へ攻め寄せた敵を撃退した。　三　**河野・陶山ハ逃ル敵ヲバ打捨、竹田河原ヲ角違ニ鳥羽殿ノ北ノ門ニ打透リ作リ道ニ駈出テ東寺前ノ寄手ノ充満シタリケルヲ囲ントスル処ニ**　『太平記』「陶山・河野、逃ル敵ヲバ打捨テ、竹田河原ヲ直違ニ、鳥羽殿ノ北ノ門ヲ打廻リ、作道へ懸出テ、東寺ノ前ナル寄手ヲ取籠メントス」と、ほぼ同文。陶山と河野は、南方の木幡から、さらに南東の宇治へと逃げて行く敵を深追いせず、西へ方向転換して竹田（現京都市伏見区竹田）周辺の鴨川の河原を斜めに横切り、鳥羽殿の北門を回って鳥羽の作道に出ると、北へ進んで、東寺（教王護国寺。現京都市南区）前に充満している寄せ手の背後を突こうとした。

四　**叶ジトヤ思ケン、羅精門ノ西ヲ横サマニ引返ス**　『太平記』「作道十八町ニ充満シタル寄手是ヲ見テ、叶ハジトヤ思ケン、羅城門ノ西ヲ横切ニ、寺戸ヲ指テ引返ス」。『予章記』では「叶はじ」と思って引き返した主語がわかりにくいが、『太平記』によれば、東寺の手前の鳥羽の作道に集まっていた敵勢が、南方からやって来た陶山・河野の勢を見て、衝突を避けて西南方向へ引き返したもの。「羅精門」は長福寺本の「羅城門」がよいが、諸本この表記。羅城門は、朱雀大路南端、京都の入り口にあった門だが、天元三年（九八〇）に転倒してからは再建されず、この時代には地名だけが残っていたものだろう。『太平記』の「寺戸」は現向日市寺戸。 **五 同八日ノ合戦ニ、河野ト陶山ハ禦手、名和ト児島ハ責手也** 以下は、『太平記』巻八「主上自令レ修二金輪法一給事付千種殿京合戦事」による。正慶二年（元弘三年。一三三三）四月八日、宮方の千種忠顕が山陽・山陰の大軍を率いて攻め上り、京都を守る六波羅勢（武家方）との戦いになった。宮方は京都の町中に攻め込んで市街戦になったが、激戦のあげく撤退した。その中で、名和小次郎と小嶋備後三郎（児島高徳）は一条の戦場から引かず、戦い続けたが、そこへ陶山・河野が派遣されたという場面。『太平記』「防ハ陶山ト河野ニテ、責ハ名和ト小嶋ト也」。 **六 児島ト河野ハ一姓也、陶山ト名和トハ旧友也** 『太平記』「小島ト河野トハ一族ニテ、名和ト陶山トハ知人也」。児島と河野を一族とする点、『太平記』諸注では明らかにされていない。現実的な縁戚関係は不明だが、一―③に見たうつほ舟伝承では、伊予皇子が和気姫をめとって生んだ三つ子を小舟に乗せて流したところ、一つの舟は備前の小島に着き、「其子孫ヲ三宅氏ト号ス。児島ト云ハ此孫也」とあった。一―③注釈一五に見たように、児島氏と河野氏は大山祇神を氏神とする共通の信仰を持ち、同族意識を有したものか。 **七 日比ノ詞ヲヤ恥ケン、後ノ貶《そしり》ヲヤ思ケン** 『太平記』「日比ノ詞ヲヤ恥タリケン、後日ノ難ヲヤ思ケン」。（神宮徴古館本は「後日ノ難」を「以後の嘲り」とする）。日頃、勇猛な言葉を吐いていたので、その名誉を守ろうとしたのか、あるいは、後日非難されるのを恐れたのか、の意。 **八 「死テ屍《カバネ》ハ晒《さらす》トモ、名ヲコソ惜メ、命ハ惜マジ」ト戦ケル処ニ** 『太平記』「『死テハ尸ヲ曝ストモ、逃テ名ヲバ失ジ』ト、互ニ命ヲ不レ惜、ヲメキ叫デゾ戦ヒケル」を、やや要約しているが、ほぼ同内容。 **九 大将軍忠顕卿、内野へ被レ引ケレバ、一条ノ陣ハ未レ半ト聞エシカバ、神祇官ノ前ヨリ使ヲ立テ、名和ト児島トヲ被レ呼ケレバ** 『太平記』「大将頭中将ハ、内野マデ被レ引タリケルガ、一條ノ手尚相支テ戦半也ト聞ヘシカバ、又神祇官ノ前へ引返シテ、使ヲ立テ小島ト名和トヲ被二喚返一ケリ」。大内裏跡の内野まで引いた宮方の大将千種忠顕が、一条で戦う名和・児島はまだ戦闘の最中であると聞き、神祇官（大内裏郁芳門の内側にあった官庁）の前に引き返して、使者を立て、名和と児島を呼び返した。 **一〇 両人河野ト陶山トヲ呼カケテ、「今日ハ日已《すでに》晩ヌ、又後日（ニ）コソ見参申ベケレ」トテ、色代シテ両方へ引退ケル** 『太平記』「彼等二人、陶山ト河野トニ向テ、『今日已ニ日暮候ヌ。後日ニコソ又見参ニ入ラメ』ト色代シテ、両軍トモニ引分、各東西へ去ニケリ」と、ほぼ同文。「色代」は挨拶。敵同士である名和・児島と陶山・河野が、互いに挨拶して別れた意。

三―⑤〈通遠、大高重成に討たれる―『太平記』Ⅳ〉

【本文】

[一]又、五月七日、[二]尊氏将軍二万五千余騎、丹波篠村ヲ立テ右近ノ馬場ヲ過給フ時、十万騎ニ及ケル。[三]六波羅ヨリ六万余騎ヲ二手ニ分テ、神祇官ノ前ヨリ、一手ヲバ東寺ノ辺ニ被レ置、[四]内野ヘハ河野・陶山（ニ）二万（余）騎ヲ添テ差向ラル程ニ、官軍モ左右ナク不レ得レ駈、矢《や》軍《いくさ》計（リ）ニテ時ヲ移シケル処ニ、[五]足利殿ノ御内ニ大高三郎重成ト名乗テ、「[六]河野・陶山ハマシマサヌカ、先度タビ〳〵ノ高名ト聞ユレバ」ト呼カケ、ル。[七]陶山ハ八条口ヘ向ヌ、河野計（リ）居合テ、大高ニ詞ヲ被レ懸。[八]本ヨリハヤリヲノ兵ナレバ、「[1]此ニ有」トテ、大高ト組ントスル処ニ、[九]対馬守（ガ）嫡子河野七郎通遠、生年十六歳也シガ、父ヲ打セジト真中ニ駈塞テ大高ト[2]ムズト組。[一〇]大高、通遠ノヨロイノ[3]丱《あげまき》ヲムズトツカンデ、（中ニ）提テ申ケル様ハ、「是程ノ小者ト組デ勝負ヲバスマジキ」トテ指ノケテ、[一一]鎧ノ笠璽《かさジルシ》ヲ見レバ、折敷ニ三文字也。「[一二]サテハ、河野ガ子歟、甥カニテコソ有ラン」トテ、[一三]手ニ提ゲ、サゲ切ニ諸膝カケテ切テ落シ、[4]弓丈三杖バカリ投タリケル。[一四]河野、寵愛ノ子ヲバ目ノ前ニ（テ）討セテ「何カ命ハ可レ惜、大高ト組ン」トテ、駈合スル処ニ、[一五]河野ガ郎等ドモ是ヲ見テ、主ヲ討セジト三百余騎轡ヲ並テ駈入ケル。[一六]源氏ノ方ニモ「[5]大高討セジ」ト、一千余騎ヲメキ叫デ戦フ。源平互ニ乱合テ、黒煙ヲ立テ攻戦（フ）。[一七]官軍多ク被レ討、内野ヘ颯《ざつ》ト引退。[一八]彼河野七郎通遠ハ、垂髪ノ時ヨリ合戦ヲ遂ゲ、江州愛智郡幷[6]河州水野庄ヲ賜リ、任ニ壱岐守一、十六歳ニテ討死（ス）。誠ニ哀ナル事ニ申伝タリ。

【校異】

1此ニ有―〈黒〉「通治爰ニ有」。〈松〉「通治」を傍書補入。　2ムズト組―〈黒〉「押双ムズト組ム」。〈松〉「押双テ」を傍書補入。　3卯―〈長〉「アゲマキ」、〈黒〉「卯《アゲマキ》」。〈松〉「ワタカミ」。　4弓丈三杖―底本「弓杖三丈」。〈長〉による。〈京・黒・松〉「弓杖三杖」。　5大高討セジ―〈黒〉「打セテ如何」。　6河州―〈黒〉「阿州」。

【注釈】

一 又、五月七日…　本節は、主に『太平記』巻九「六波羅攻ノ事」による。正慶二年（元弘三年。一三三三）五月、北条氏の要請によって京都に下って来た足利尊氏は、後醍醐天皇から倒幕の綸旨を得て宮方に寝返り、丹波国篠村から反転して京都を攻めた。その状況説明から始まる。　**二 尊氏将軍二万五千余騎、丹波篠村ヲ立テ右近ノ馬場ヲ過給フ時、十万騎ニ及ケル**　『太平記』巻九「六波羅攻事」の直前にあたる「高氏被ルルレ籠メ二願書ヲ於篠村八幡宮一事」末尾に、「足利殿篠村ヲ出給シ時ハ、僅ニ二万余騎有シガ、右近馬場ヲ過給ヘバ、其勢五万余騎ニ及ベリ」とある。篠村八幡宮（現京都府亀岡市篠町）で奇瑞を得た高氏に続々と軍勢が加わり、右近馬場（現在の北野天満宮一の鳥居あたり）を過ぎる頃には、十万騎に及んでいたという。なお、足利高氏が後醍醐天皇からその諱「尊治」の一字を賜って「尊氏」と改名したのは、この合戦に勝った後のことである。

三 六波羅ヨリ六万余騎ヲ二手ニ分テ、神祇官ノ前ヨリ、一手ヲバ東寺ノ辺ニ被レ置　以下、『太平記』巻九「六波羅攻事」による。『予章記』本文はわかりにくいが、『太平記』によれば、「去程ニ六波羅ニハ、六万余騎ヲ三手ニ分テ、一手ヲバ神祇官ノ前ニ引ヘサセテ、足利殿ヲ防ガセラル。一手ヲバ東寺ヘ差向テ、赤松ヲ防ガセラル。一手ヲバ伏見ノ上ヘ向テ、千種殿ノ被レ寄竹田・伏見ヲ被レ支」と、三手に分けたもので、神祇官（前節注釈九参照）の前に布陣した勢と東寺に向かった勢は別の部隊である。　**四 内野ヘハ河野・陶山（二）二万（余）騎ヲ添テ差向ラル程ニ、官軍モ左右ナク不レ得レ駈、矢軍《やいくさ》計（リ）ニテ時ヲ移シケル処ニ**　『太平記』「内野ヘハ陶山ト河野トニ宗徒ノ勇士二万余騎ヲ副テ被レ向タレバ、官軍モ無二左右一不二懸入一敵モ輒不二懸出一両陣互ニ支テ、只矢軍ニ時ヲゾ移シケル」。「内野」（大内裏跡地）の勢は、前項の神祇官前の手と同じで、足利尊氏勢と戦う部隊。強力な敵との戦いのために、六波羅側も精鋭部隊を用意した。そこで、足利勢も簡単には突破できないと見て、しばらくは突撃せず、矢戦を続けた。　**五 足利殿ノ御内ニ大高三郎重成ト名乗テ**　『太平記』では、矢戦の後、設楽五郎左衛門と斎藤伊予房玄基の戦いがあったとするが（相打ち）、『予章記』はその場面は省略し、大高重成と河野通遠の戦いの場面に移っている。また、『太平記』は、大高の登場を、「又源氏ノ陣ヨリ、紺ノ唐綾威ノ鎧ニ、鍬形打タル甲ノ緒ヲ縮メ、五尺余ノ太刀ヲ抜テ肩ニ懸、敵ノ前半町計ニ馬ヲ駈寄テ、高声ニ名乗ケルハ」と、華々しく描いている。大高（だいこう）重成は、高一族（高階氏）、小高重長の男。「四品、伊予守」（『尊卑分脈』）。『太平記』にはしばしば登場する（巻一四、一七、一九、二四、二七、三〇、三一、三九）。　**六 河野・陶山ハマシマサヌカ、先度タビ〱ノ高名ト聞ユレバ**　大高重成の言葉。『太平記』では「八幡殿ヨリ以来、源氏代々ノ侍トシテ、流石ニ名ハ隠ナケレ共、時ニ取テ名ヲ被レ知ネバ、然ベキ敵ニ逢難シ。是ハ足利殿ノ御内ニ大高二郎重成ト云者也。先日度々ノ合戦ニ高名シタリト聞ユル陶山備中守・河野対馬守ハオハセヌカ、出合給へ。打物シテ人ニ見物セササン」と、詳しい。「先度タビ〱ノ高名」は、前節までに見た戦功、特に三―③で見た勧賞などの高名を指す。　**七 陶山ハ八条口へ向ヌ、河野計（リ）居合テ、大高ニ詞ヲ被レ懸**　『太平記』「陶山ハ東寺ノ軍強シトテ、俄ニ八條へ向ヒタリケレバ此陣ニハナシ」。注釈三「六波羅ヨリ六万余騎ヲ二手ニ分テ…」に見たように、陶山ハ当初、河野と同じ内野の部隊（対足利）に配属されていたが、東寺方面（対赤松）が苦戦で、そちらに差し向けられたものか。　**八 本ヨリハヤリヲノ兵ナレバ、「此ニ有」トテ、大高ト組ントスル処ニ**　『太平記』は、「河野対馬守許一陣ニ進デ有ケルガ、大高ニ詞ヲ被レ懸テ、元来タマラヌ懸武者ナレバ、ナジカハ少シモタメラウベキ、『通治是ニ有』ト云侭ニ、大高ニ組ント相近付ク」と詳しい。河野通治が名乗りを上げ、大高と組み討ちしようと進み出た。　**九 対馬守（ガ）嫡子河野七郎通遠、生年十六歳也シガ、父ヲ打セジト真中ニ馳塞テ大高トムズト組**　『太平記』「是ヲ見テ河野対馬守ガ猶子ニ、七郎通遠トテ今年十六ニ成ケル若武者、父ヲ討セジトヤ思ケン、真前ニ馳塞テ、大高ニ押双テムズト組」。『太平記』では通遠を「猶子」とし、嫡子とはしていない。この後も、『予章記』は「寵愛ノ子」、『太平記』は「最愛ノ猶子」とする。通遠については、補注参照。　**一〇 大高、通遠ノヨロイノ丱《あげまき》ヲムズトツカンデ、（中ニ）提テ申ケル様ハ、「是程ノ小者ト組デ勝負ヲバスマジキ」トテ指ノケテ**　『太平記』「大高・河野七郎ガ総角ヲ掴デ中ニ提ゲ、『己レ程ノ小者ト組デ勝負ハスマジキゾ』トテ、差ノケテ」。「あげまき」（丱・総角）は、ここでは、鎧の背の逆板に打ちつけた環に通した飾り紐をいう。「小者」は年少者。大力の大高は、若武者通遠の背を片手でつかんで持ち上げ、「お前のような子供は相手にしない」と言った。　**一一 鎧ノ笠璽《かさジルシ》ヲ見レバ、折敷ニ三文字也**　『太平記』「鎧ノ笠符ヲミルニ、其文、傍折敷ニ三文字ヲ書テ着タリケリ」。「笠璽」（笠符、笠標）は、合戦の際、味方の標識にするために、兜などに付けた目印。一般には布帛の小旗の類を用いる。ここでは、鎧の肩などに、河野の紋である折敷に三の文字を書いた布を付けていたものか。折敷に三文字の紋の由来については、二―⑩参照。
一二 サテハ、河野ガ子歟、甥カニテコソ有ラン　『太平記』「サテハ是モ河野ガ子カ甥歟ニテゾ有ラン」と、ほぼ同文。前項の笠じるしによる判断。　**一三 手ニ提ゲ、サゲ切ニ諸膝カケテ切テ落シ、弓丈三杖バカリ投タリケル**　『太平記』「片手打ノ下切ニ諸膝不レ懸切テ落シ、弓ダケ三杖許投タリケル」。片手で通遠の背をつかんでいる大高は、片手で通遠の両膝を切り落とし、六、七メートルほど放り投げた。「下げ切り」は上から下に斬りおろすこと。「弓丈」（ゆんだけ）は、弓一張りの長さ。一杖、二杖と数える。一杖が七尺五寸（約二二七センチ）程とされる。　**一四 河野、寵愛ノ子ヲバ目ノ前ニ（テ）討セテ「何カ命ハ可レ惜、大高ト組ン」トテ、駈合スル処ニ**　『太平記』「対馬守最愛ノ猶子ヲ目ノ前ニ討セテ、ナジカハ命ヲ可レ惜、大高ニ組ント諸鐙ヲ合テ馳懸ル処ニ」と、ほぼ同文。『予章記』は子とするが、『太平記』は猶子とする点、前出（注釈九）。補注参照。　**一五　河野ガ郎等ドモ是ヲ見テ、主ヲ討セジト三百余騎轡ヲ並テ駈入ケル**　『太平記』「河野ガ郎等共是ヲ見テ、主ヲ討セジト三百余騎ニテヲメキテ懸ル」（西源院本は「主ヲ討セジト」以下なし）と、ほぼ同文。　**一六　源氏ノ方ニモ「大高討セジ」ト、一千余騎ヲメキ叫デ戦フ。源平互ニ乱合テ、黒煙ヲ立テ攻戦（フ）**　『太平記』「源氏又大高ヲ討セジト、一千余騎ニテ喚テ懸ル。源平互ニ入乱テ黒煙ヲ立テ責戦フ」（西源院本は「喚テ懸ル」までなし）と、ほぼ同文。　**一七　官軍多ク被レ討、内野へ颯《ざつ》ト引退**　『太平記』「官軍多討レテ内野へハット引」と、ほぼ同文。『太平記』は宮方を「官軍」と表現するが、六波羅方（武家方）に属する河野の視点に立つ『予章記』も、この語はそのまま継承している。　**一八　彼河野七郎通遠ハ、垂髪ノ時ヨリ合戦ヲ遂ゲ、江州愛智郡幷河州水野庄ヲ賜リ、任二壱岐守一、十六歳ニテ討死（ス）。誠ニ哀ナル事ニ申伝タリ**　『太平記』なし。「垂髪」は、髪を結わずに垂らした姿。ここでは元服前の少年の意。「江州愛智郡」は、おおよそ現在の滋賀県愛知郡。「河州水野庄」は不明。通遠について、続群書類従本『越智系図』、同『河野系図』では、「彦六」「壱岐守」などと注記する。また、聖藩文庫本『河野家譜』は、「文保二年生二于京師一。十一歳而奉二仕禁裡一、叙二従五位下一、称二壱岐守一、賜二江州愛智郡、河州水野庄一」とし、以下、『予章記』本節の内容を記す。『予章記』本文のように正慶二年（元弘三年。一三三三）に十六歳で没したとすれば、生年は文保二年（一三一八）。十一歳時は嘉暦三年（一三二八）。しかし、善応寺本『河野系図』では、通遠に「彦六、壱岐守。但養子。分譲所領、行幸供奉之時、勅許受領。貞和三年」とする。貞和三年（一三四七）は本節で記す討死の十数年後にあたり、不審。また、『予陽河野家譜』は、大高と組んだのを「対州猶子七郎通運〈于時十六歳〉」とする。

【補注】

◎河野通遠と通運　『予章記』や『太平記』に見る通遠の生没年には、注釈一八に見たような問題があるが、一方、「乎致宿祢系図」（伊予史談会文庫蔵）のように、通治の弟に通顕をあげ、「通顕―通運〈河野七郎、元弘年中、内野合戦、為大高重成討死〉―通遠〈壱岐守、由並本尊城主、実通盛二男〉」と記す系図や、「越智姓河野氏系譜」（愛媛県立図書館蔵）のように通治の子として通運をあげ、実は通顕の子と記すような系図もある。また、『伊予二名集』和気郡の項には、「七郎明神　河野七郎通運霊　太平記云、河野通治の子七郎と言人、為大高次郎討死云々、〈元弘二《（ママ）》年五月、於内野討死〉其七郎通運之霊を為一社神、於当家称祭武神也、或は七郎通遠に作は非なり」とみえる。さらに古文書史料では、暦応四年（一三四一）の河野通遠打渡状（「国分寺文書」）、観応二年（一三五一）の前壱岐守禁制（「能寂寺文書」）、貞治元年（一三六二）の前壱岐守安堵状（「観念寺文書」）があり、『予章記』の河野通尭の九州渡海条にも「由並本尊（ノ）前守護代壱岐守通遠」の名がみえて（四―⑤参照）、通治の子壱岐守通遠はずっと後世に活動した人物であることが明らかである。これらのことをあわせ考えると、

『伊予二名集』が記すように、『太平記』が通運を通遠と誤り、それによって混乱が生じたとも考えられるが、なお後考をまちたい。（山内）

三―⑥〔通治困窮〕

【本文】

[一]光厳院元弘元年、三島大明神御神殿[1]ヨリ、御鏑鳴、東方ヲサシテ出翔事度々也。[二]仍《よりて》御託宣ニ、「吾朝家ヲ守リ逆臣ヲ誅伐スル事、暫モ休事ナシ」ト有ケルゾ希代[2]也。[三]通治、件ノ合戦ニ打勝テ六波羅へ参内申時、直ニ御盃ヲ被レ下始ケル、随分勧賞也ト云々。[四]元弘三年ニ重テ当国司ヲ給ル。[五]其時迄ハ六波羅方ナリケルガ、天下又尊氏将軍ニ属ス、[六]新田[3]義貞ハ京都ニテ尊氏退治ノ宣命ヲ申請テ東国へ発向ト云々。[七]尊氏ハ鎌倉ニマシ〳〵テ、先度ノ勅命ニ任テ可レ有二上洛一ナド、云比、天下（ノ）事イツ可レ定トモ不レ見。[八]土居・得能ハ新田殿（ニ）随逐シテ馳走シケレバ、[九]通治ハ鎌倉へ下、訴訟ヲ致ス処ニ、困窮ノ体ニ成テ可二取次一人モナシ。

【校異】

1御神殿―底本「御震殿」。〈長〉などによる。　2希代―底本「奇タイ」。〈長〉などによる。　3新田―底本「仁田」。〈長〉などによる。

【注釈】

一　**光厳院元弘元年、三島大明神御神殿ヨリ、御鏑鳴、東方ヲサシテ出翔事度々也**　元弘元年（一三三一）に、三島明神に奇瑞があったとする件は未詳。以下の記述によれば、東方の戦乱を示唆するもの。この年には、後醍醐天皇が笠置山に籠もった笠置合戦や、楠木正成の挙兵などがあった。光厳天皇は、後醍醐退位に伴い、同年十月践祚。　二　**仍《よりて》御託宣ニ、「吾朝家ヲ守リ逆臣ヲ誅伐スル事、暫モ休事ナシ」ト有ケルゾ希代也**　三島明神の同様の託宣は、一―⑭にも「吾奉レ守二朝廷ヲ一事無シ二余念一」とあった。一―⑭注釈一六参照。　三　**通治、件ノ合戦ニ**

打勝テ六波羅へ参内申時、直ニ御盃ヲ被レ下始ケル、随分勧賞也ト云々　右に見た元弘元年の合戦における河野通治の活躍については未詳。　**四 元弘三年ニ重テ当国司ヲ給ル**　元弘三年（正慶二年。一三三三）の合戦については、三—⑥までに戦功を見てきたが、それによって伊予国司を賜った記事は見えない。　**五 其時迄ハ六波羅方ナリケルガ、天下又尊氏将軍ニ属ス**　元弘三年（正慶二年）五月二十二日、北条高時一門は鎌倉で自害し、鎌倉幕府は滅亡した。後醍醐天皇は京都に帰って足利尊氏を治部卿に任じ、建武の新政を始める。その前後の時期の河野通治の動向については未詳。　**六 新田義貞ハ京都ニテ尊氏退治ノ宣命ヲ申請テ東国へ発向ト云々**　建武二年（一三三五）に中先代の乱が勃発、尊氏は京都を出発して関東に向かい、八月上旬には乱を鎮圧する。しかし、関東の所領などをめぐって新田義貞と足利尊氏が対立し、同年十一月には、義貞が尊氏討伐の勅命を得て東国に出発する。　**七 尊氏ハ鎌倉ニマシ〱テ、先度ノ勅命ニ任テ可レ有二上洛一ナド、云比、天下ノ事イツ可レ定トモ不レ見**　尊氏は、鎌倉にあって討伐を受ける立場となり、一時戦意を失ったとも伝えられるが、十二月、足利勢は箱根竹下合戦で新田勢を破り、逆に新田義貞の後を追って上洛を目指すこととなる。こうした建武二年末頃の状況をいうか。しかし、三—⑨の文書によれば、尊氏・直義兄弟に所領を安堵されたのは建武三年（一三三六）二、三月。以下の叙述は、その直前にあたる建武三年年頭のことのようにも読めるが、いずれにせよ虚構であろう。次節以下の注釈参照。　**八 土居・得能ハ新田殿（ニ）随逐シテ馳走シケレバ**　土居氏は、善応寺本『河野系図』などによると、河野通有の弟通成を祖とする一族で（ただし系図によって相違がある）、通成の子通増が宮方として活動した。また、得能氏は、河野通信の子・得能通俊を祖とする一族で、得能又太郎通綱が宮方に付いたことは、二—⑯に記されていた。『太平記』巻七「河野謀叛事」にも、正慶二年（元弘三年。一三三三）閏二月四日、早馬で、「土居二郎・得能弥三郎、宮方ニ成テ旗ヲアゲ、当国ノ勢ヲ相付テ土佐ノ国へ打越ル処ニ」云々と記され、『博多日記』などでも確認できる。土居・得能氏は、このほかにも伊予や讃岐で宮方として活動したことが知られ、建武政権期には、上洛して新田義貞に属した。尊氏が京都を制圧したのちは、恒良・尊良両親王をともなって越前に下る義貞に従い、通増は越前の山中で、通綱は同国金ヶ崎で討死した。　**九 通治ハ鎌倉へ下、訴訟ヲ致ス処ニ、困窮ノ体ニ成テ可二取次一人モナシ**　六波羅方として活躍した通治が、鎌倉幕府滅亡によって困窮したことは容易に想像できるが、鎌倉へ下って訴訟したことについては未詳。

三—⑦〈通治出家、善恵を名乗る〉

【本文】

若ヤトテ在鎌倉スル程ニ、弥無力（ハ）極リケレバ、術計尽（キ）果テ、出家遁世ノ志出来シテ、相州藤沢ノ道場ハ一遍上人御建立ノ地也、[二]一遍ト申ハ先祖通信ノ孫、別府七郎左衛門尉通広ノ子、[1]智真坊ト云也。故（ニ）不断申通シケル。[三]通治モユカリノ色ノ藤沢ニ参（テ）[2]落飾ノ由ヲ[3]被レ望ケルニ、上人曰、「[4][四]雖二御懇之至一全非二余儀一也。[5]故ヲ如何ニト申ニ、御家ノ事（ハ）世ニ無レ隠。[6]徒ニ不レ可レ有二御捨一。御身一ツコソ捨玉フトモ、[7]後ノ訴ヲバ残シ給ハデハ不レ可レ叶也。[五]愚僧等ハ桑門ノ隠士ナレバ、一向世上ノ便ナク候。[六]爰ニ建長寺ノ長老南山和尚ハ、一朝ノ渇仰、尽世ノ帰依不レ斜。殊更、鎌倉将軍御崇敬、異レ于レ他（候）。[七]縦御発心有トモ、彼門下ナドニ[8]入給バ、自然ノ便リモ可レ有」ト、口説立テノ玉ヒケレバ、「[八]慈悔《じけ》之旨、誠々ニ難レ有存也。然《しかれ》ドモ不肖ノ身（ナレバ）、更無レ便体ニテ何方へ可二頼入一様モナシ。只御哀憐ヲ垂玉ヒテ、御剃刀一ツ被レ下候へカシ」ト被レ申ケレバ、[9]聖人、「[九]我南山和尚へ[10]常ニ参リ申承ル間、左様ニ高荘ナル儀モ無二御座一也。御心中赴事ナラバ、御伴可レ申」トテ、[一〇]同道被レ申ケレバ、[一一]如レ案即対顔有テ、御清談ノ次ニ通治事ヲ語出玉ヘバ、[11]長老モ被二聞食一、「[一二]寔《まこと》ニ御痛敷《いたはしき》也。彼家ハ天下ノ名士、就《なかんづく》レ中此人ハ洛中ニテモ聞及タル無双ノ武略名仁ニテ候。今、依二困窮一左様ニ企候歟、想像申也。[12]世ノ習、栄衰難レ免者也。[一三]自然ノ次ニ語出テ試可レ申也。[一四]剃髪ナンドノ事ハ、宿老トモ不レ存、無益ナリ」ト留玉ヘバ、通治、「御教訓ノ旨、忝奉レ存者也。[一五]猶々蒙二尊慭一可レ奉レ仰也。仍《よりて》身体之事ハ無極ノ道心也。[一六]万一於二安堵ノ旨一者、在国ノ愚息ヲ召寄可二申付一間、拙者事ハ様ヲ替テ心安有度存ル也。然ル上ハ、蒙二御慈悲一度也」ト再三被レ申ケレバ、[一七]即鬢髪《びんぱつ》ヲ令二剃除一、戒名ヲ善恵ト御付アリケリ。

【校異】

1智真坊―〈松〉「真坊」を見せ消ち、「直房」と傍書。　2落飾―〈黒〉「剃髪」。〈松〉「落飾」を見せ消ち、「剃髪」

と傍書。　3被レ望ケル―〈長・京・黒・松〉「被二望申一ケル」。　4雖二御懇之至一全非二余儀一也―〈黒〉「御懇ニ承候、全不レ有二他義一候。然共」。〈松〉は底本と同様の本文を、見せ消ち・傍書で〈黒〉と同様の本文に改訂する（但し「他義」は「余ノ義」）。　5故ヲ如何ニト申ニ―〈黒〉なし。〈松〉見せ消ち。　6不レ可レ有二御捨一―〈黒〉「御身ヲ捨給ン事ハ口惜候」。〈松〉は底本と同様の本文を、見せ消ち・傍書で〈黒〉と同様の本文に改訂する。　7後ノ訴―〈黒〉「御訴」。　8入給バ―〈黒〉「被二立寄一候者」。〈松〉も見せ消ち・傍書で〈黒〉同様に改訂。　9聖人―〈長〉「霊人」。　10常ニ―〈京・黒・松〉「毎ニ」。　11長老モ―〈黒〉「和尚モ」。〈松〉「長老」を見せ消ち、「和尚」と傍書。　12世ノ習―〈京・黒・松〉「人世ノ習」。

【注釈】

一　相州藤沢ノ道場ハ一遍上人御建立ノ地也　「相州藤沢ノ道場」は、清浄光寺（遊行寺）。二―③に既出。その注釈一〇でも見たように、時宗の開祖は一遍だが、清浄光寺開山は第四代呑海。呑海以降の遊行派は、遊行集団の指導者が引退後、藤沢道場に定住するようになってゆく（今井雅晴『中世社会と時宗の研究』）。　**二　一遍ト申ハ先祖通信ノ孫、別府七郎左衛門尉通広ノ子、智真坊ト云也**　底本などでは、二―⑯に列挙されていた通信の子孫の中に、通広（別府七郎左衛門尉）は記されていなかったが、尊経閣本はこれを記していた（二―⑯校異2）。また、国会図書館本は末尾付載の河野家代々の覚書の中で、一遍にふれる（四章末尾《他本の末尾付載記事》参照）。さらに、続群書類従本『越智系図』、同『河野系図』（別本）、聖藩文庫本『河野家譜』も、通広の存在を記す。但し、『越智系図』『河野系図』がその子・一遍（智真坊）の存在をも記すのに対して、聖藩文庫本『河野家譜』は通広に「別府祖、七郎左衛門尉、母家女房、世系在別録」と記すのみで、一遍には触れない。『一遍上人絵伝』（一遍聖絵）第一段冒頭には、「一遍ひじりは、俗姓は越智氏、河野四郎通信が孫、同七郎通広〈出家して如仏と号す〉が子なり」とある。同書によれば、出家当初の法名は随縁といったが、肥前国清水の華台上人の勧めによって智真と改めたという。一遍を名乗るのはさらに後のことで、文永十一年（一二七四）、熊野の神託によるとされる。同書巻五・第一九段では、弘安三年（一二八〇）、奥州江刺郡で祖父通信の墳墓を訪ねたことが記される。　**三　通治モユカリノ色ノ藤沢ニ参（テ）落飾ノ由ヲ被レ望ケルニ、上人曰**　「上人」の名が記されない。右に見た清浄光寺開山・呑海の後を受けた第五代遊行上人の他阿弥陀仏安国が、嘉暦二年（一三二七）、遊行上人の座を一鎮に譲って藤沢道場に止住、暦応元年（延元三年。一三三八）に入滅しているので、本節に登場する藤沢道場の上人は安国であると見られる。この時期、藤沢道場は武士その他の信者で大いににぎわっていたとされる（今井雅晴）。　**四　雖二御懇

之至㆒全非㆓余儀㆒也　校異4参照。底本などの形は、やや解しにくい。「懇」は「懇志」の意で、「まことに真摯なお申し出であり、他に方法はありません」の意となろうが、ここは、通治の出家の申し出を拒絶する文脈であるべきだろう。訓点を変えて、「御懇の至り、全く余儀に非ずと雖も」と訓み、「お志の真摯さは、全く疑う余地もありませんが」などのように解するとしても、次の「故ヲ如何ニト申ニ」への接続が悪い。黒田本「御懇㆓承候、全不㆑有㆓他義㆒候。然共、御家ノ事ハ世ニ無㆑隠候…」ならば、「お志は承りました。全く異論はございません。しかしながら、世に隠れもないお家柄で…」といった意で解しやすい。あるいは、何らかの誤りがある底本のような形を、改めたのが黒田本の形か。　**五　愚僧等ハ桑門ノ隠士ナレバ、一向世上ノ便ナク候**　「私（藤沢道場の安国）などは、出家した世捨て人ですから、世間とのつながりは全くありません」の意。　**六　爰ニ建長寺ノ長老南山和尚ハ、一朝ノ渇仰、尽世ノ帰依不㆑斜**　「建長寺ノ長老南山和尚」を、僧侶ながら日本中の人々に尊崇されている人物として紹介する。「南山和尚」は、南山士雲。臨済僧。東福寺の円爾弁円について出家。元応二年（一三二〇）から鎌倉の建長寺に住した。しかし、元弘三年（一三三三）上洛、荘厳蔵院に退居し、建武二年（一三三五）十月七日寂（『大日本史料』同日条所引・林家本『禅林僧伝』など）。従って、南山士雲が鎌倉（建長寺）にいたのは、河野通治が六波羅方で奮戦していた頃までであり、建武の新政が成った後、困窮した通治が鎌倉を訪れた頃には、もはや京都に去っていたと考えられよう。さらに、以下の話を三―⑨に見る文書の日付から建武三年二月の直前の時期とするならば、南山和尚の没後のことになる。従って、本節における「南山和尚」の登場は、事実ではあり得ない。　**七　縦御発心有トモ、彼門下ナドニ入給バ、自然ノ便リモ可㆑有**　上人の言葉。「たとえ発心出家されるとしても、南山和尚の門下にお入りになれば、自ずと将軍などとのご縁ができることもあり得るでしょう」の意。出家しても完全に遁世してしまうのではなく、南山和尚を通じて武家の権門との縁を保っておくのが得策であるとの勧め。　**八　慈悔《じけ》之旨、誠々ニ難㆑有存也。然《しかれ》ドモ不肖ノ身（ナレバ）、更無㆑便体ニテ何方ヘ可㆓頼入㆒様モナシ**　通治の言葉。「慈悔」（じけ）は、「慈誨」（じけ・じかいとも）に同じか。慈愛のこもった教訓の意。ここでは、藤沢の上人の教えは有り難いが、自分は頼りない身で、南山和尚にお願いするつてもない意。　**九　我南山和尚ヘ常ニ参リ申承ル間、左様ニ高荘ナル儀モ無㆓御座㆒也**　藤沢の上人の言葉。「高荘」は未詳だが、「高尚」に類する語か。ここでは、「私は南山和尚のもとにいつもお伺いしておつきあいしているので、さほど隔絶した存在ではない（気安い関係である）」といった意であろう。　**一〇　同道被㆑申ケレバ**　藤沢から鎌倉の建長寺まで同行し、案内した意。　**一一　如㆑案即対顔有テ、御清談ノ次ニ通治事ヲ語出玉ヘバ**　藤沢の上人が南山和尚に対面して、通治のことを語った意。　**一二　寔《まこと》ニ御痛《いた》敷《はしき》也**　以下、南山和尚の言葉。　**一三　自然ノ次ニ語出テ試可㆑申也**　（将軍尊氏とは懇意であるから）何かのついでに通治のことをとりなしてみよう、の意。　**一四　剃髪ナンドノ事ハ、宿老トモ不㆑存、無益ナリ**　「宿老」は、修行を積んだ僧のこと（『広説仏教語大辞典』）。ここでは、通治が修行を積んできたわけでもないのに、剃髪までする必要はない意か。藤沢の上人のみならず、南山和尚も出家剃髪を慰留したとする。**一五　猶々蒙㆓尊慇㆒可㆑奉㆑仰也。仍《よりて》身体之事ハ無極ノ道心也**　ややや解しにくいが、「身体」を自身の出家の意と解すれば、「さらに和尚のお教えをいただきたいと思います。ですから、私が出家したいというのは、〔南山和尚との縁故を得るための方便ではなく〕心から仏道帰依を願ってのことなのです」といった意か。　**一六　万一於㆓安堵之旨㆒者、在国ノ愚息ヲ召寄可㆓申付㆒間、拙者事ハ様ヲ替テ心安有度存ル也**　「もし、所領安堵ということになれば、伊予国にいる息子を召し寄せて跡を継がせますので、私自身は出家して心おだやかな身になりたいと存じます」の意。　**一七　即鬢髪《びんぱつ》ヲ令㆓剃除㆒、戒名ヲ善恵ト御付アリケリ**　南山和尚が通治を出家剃髪させ、戒名を「善恵」とつけたとする。以後、通治は「善恵」と呼ばれるべきだが、次々節三—⑨の文書では「河野九郎左衛門尉殿」とある。

三—⑧〈尊氏と出会い、所領安堵〉

【本文】

其[一]最中ニ、将軍得々[1]トシテ来臨有ケレバ、先以㆓侍者㆒御所ノ間へ賞《もてな》[2]シ入被㆑申、[二]以㆓使僧[3]㆒、光儀[4]目出度由、御申有ケル処ニ、「[5][三]些隙ノ子細候、聽而可㆑遂㆓対面㆒」ト御申也。良有テ御対談之次ニ、「[四]不慮ニ俗客来テ剃除ノ望ヲ申間、不[6]㆑及㆑力令㆓発心㆒之条、遅ク対[7]面申也」。将軍聞召テ、「如何様ノ人ニテ候哉」ト問玉ヘバ、「伊与国ノ本主、河野対馬守也。近年逆乱ニ依テ、都鄙之間致㆓粉骨㆒トイヘドモ、当[8]方事疎遠ニ罷成、頗失㆓本意㆒間、加様事為㆑可㆓申披㆒伺候申セドモ、依㆓無力㆒上聞ニ難㆑達、無㆑由罷過候也。幾程モ遂㆓堪忍㆒、述㆓本懐㆒度致㆓存知㆒ドモ、本国ヲ離レ牢落仕之間、術計尽果テ、今ハ早出家遁世ノ身ト成テ、当来ヲ願計ノ志トテ、愚僧ヲ頼（ミ）、弟子ニ成度由申間、剃テ取セテ候」ト被㆑仰、御衣ノ袖ヲシボラセ玉ヒケレバ、将軍ツラ〳〵聞召、「[五]言語道断之事也。爾々不㆑存也。可㆓相尋㆒」トテ、[六]即奉行人ヲ被㆓召寄㆒御尋有ケレバ、其時ト成テ連々所㆑申、「更以無㆓余義㆒」ト申ケレバ、「然バ急度可㆑有㆓御裁許㆒」由、被㆓仰含㆒。

【校異】
1得々トシテ―底本「得々トノ」。〈長・京・松〉による。〈黒〉「得々」。　2賞《もてな》シ―〈長〉「招ジ」、〈黒〉「請申」。　3使僧―底本「僧」。〈長・京・黒・松〉による。　4光儀目出度由、御申有ケル処ニ、「些ニ隙ノ子細候、軈而可レ遂二対面一」、御申―〈黒〉「御光儀為悦至候。須臾暇ノ子細候。軈而可レ遂二面謁一候トテ、令二安坐一給フ」。　5些ニ隙ノ子細候―底本「隙ノ子細修」。〈長・京〉による。　6不レ及レ力令二発心一之条、遅ク対面申也―〈黒〉「雖二斟酌候一、強テ懇望ノ条不レ及レ力、令二発心一候、猶以本望ハ有気ニ候」。〈松〉は底本と同様の本文を、見せ消ち・傍書で〈黒〉と同様の本文に改訂する。　7対面申也―〈長〉「対面為レ申也」。　8当方事疎遠ニ罷成―〈黒〉「於当家之事、疎縁不レ成レ心候」。〈松〉は底本と同様の本文を、見せ消ち・傍書で〈黒〉と同様の本文に改訂する。

【注釈】
一　其最中ニ、将軍得々トシテ来臨有ケレバ…　以下、建長寺における尊氏との対面を記す。時期は明記されていないが、次節の文書によれば、建武三年（一三三六）二月直前ということになろうか。しかし、『予章記』の描く余裕ありげな態度とは裏腹に、この前後の時期、尊氏は激動の中にあった。三―⑥に見たように、尊氏は関東に下向してきた新田義貞を破り、その後を追って、建武三年一月には京都に入る。しかし、北畠顕家率いる奥州勢の到着などもあり、足利勢は畿内を追われ、西へ逃げる。同年二月には筑前多々良浜に上陸して九州を平定し、そこから再び上洛を目指す。五月には湊川の戦いで新田義貞や楠木正成を破り、六月には京都を奪回、八月には北朝光明天皇の践祚を果たす。このように見てみると、次節に見る文書の日付「建武三年二月十五日」、同「三月十八日」といった時期は、尊氏は九州に落ちて再起を図っている時期であって、鎌倉にいた可能性はない。以上、山内譲「『予章記』河野通盛条について」が指摘するとおりである。もし、鎌倉における河野通治と尊氏の対面があり得たとすれば、建武二年九月から十月頃、中先代の乱を平定した後、関東に滞在した頃ということになろうが、その頃に得た知遇によって、翌年の二月・三月に所領安堵状を得るというのも無理がある。前節に見た「南山和尚」に関する問題と合わせて、『予章記』のこの部分は明白な虚構であると断定できよう。二―⑬で、通信が承久の乱で後鳥羽院方についた理由を、北条時政女の妻とのいさかいや後鳥羽院による寵愛で説明したように、『予章記』はこうした人間関係によって河野氏の浮沈を説明している。なお、次節三―⑨参照。
二　以二使僧一、光儀目出度由、御申有ケル処ニ　「光儀」は「光臨」と同様、相手の来訪を敬っていう語。使いの僧が「よくいらっしゃいました」と挨拶した。　**三　些ノ隙ノ子細候、軈而可レ遂二対面一**　「少しだけ事情があります。すぐに対面致します」

の意。南山和尚が尊氏を待たせた。[四] **不慮ニ俗客来テ剃除ノ望ヲ申間、不レ及レ力令ニ発心一之条、遅ク対面申也** 「急に俗人の客（通治）が来て、剃髪してほしいというので、しかたなく発心出家させていました。そのため遅くなりました」の意。校異6に見る黒田本「雖ニ斟酌候一、強テ懇望ノ条不レ及レ力、令ニ発心一候、猶以本望ハ有気ニ候」であれば、「（剃髪したいという望みに対して）ためらっておりましたが、その俗人（通治）は強く出家を望むので、しかたなく発心出家させておりますが、なお、世間に望みはありそうな様子です」となり、よりわかりやすい。以下、和尚の話に興味を持った尊氏が、「それは誰だ」と尋ね、河野通治が困窮しているのだと、事情を説明する。

[五] **言語道断之事也。爾々不レ存也。可ニ相尋一** 通治の事情を語りつつ涙を落とした和尚に対して、尊氏が述べた言葉。「それはとんでもないことです。そういうこととは存じませんでした。調べてみましょう」の意。「言語道断」は、言葉では言いがたい、表現できない意。ここでは、河野通治ほどの武士が困窮して出家せざるを得ないとは、とんでもないことだ、という。

[六] **即奉行人ヲ被ニ召寄一御尋有ケレバ** 「奉行人」は、実務を担当する事務官。以下、事情を調べて、さっそく所領を安堵するよう、尊氏が手配したと読める。

三―⑨〈直義・尊氏の書状、善恵（通治）帰国〉

【本文】

[一]長老（モ）御[1]悦有テ、「事可レ然」トテ、丁寧ニ被ニ仰出一ケレバ、[二]錦小路殿ヨリ、

[三]元弘以来被ニ収公一所領等之事、如レ元可レ令ニ知行一之状、如レ件。

[四]建武三年二月十五日　[五]沙弥恵源〈直義ノ御事〉

河野九郎左衛門尉殿

[六]伊与国河野四郎通信跡所領等、為ニ本領一之上者、任ニ先例一可レ致ニ沙汰一之状、如レ件。

[七]建武三年三月十八日　[八]尊氏

河野九郎左衛門尉殿

其外、安堵御遵[2]行等迄給リ、多年ノ愁眉一時ニ開テ、被ニ帰国一ケルコソ不思儀也。[九]此時迄随逐[3]シケル者、久万太

郎左衛門尉通賢ナルガ、「倩[4]案ルニ、如レ此続二已断一ルヲ、興二漸廃一事ハ、併《しかしながら》藤沢ノ上人（ノ）御指南故也。吾以二不肖身一此便[5]ヲ得タル事、頗ル天之幸也。我上人ノ御弟子ト成テ、結縁分（ノ）上ニテモ大恩（ヲ）奉レ報バヤ」トテ、鬓雪掃去テ、名ヲバ万阿弥陀仏ト賜ケレバ、[一〇]二人ノ禿丁、墨衣ヲバ錦ト衣《キ》テ故郷へ帰ケル。着[6]国有バ親疎ノ一族幷国民悉[7]帰伏シテ、本ノ住所ニ安坐セラレケル。

【校異】

1御悦有テ―〈黒〉なし。　2遵行―〈京〉「遵」に「一ニ導」と傍書。　3随逐―底本「随遂」。〈長〉などにより訂正。　4倩―底本「債」。〈長〉などによる。　5使ヲ得タル―底本「使ヲ仕ル」。〈長〉などによる。　6着国有バ―〈黒〉「国ニ着岸アレバ」。〈松〉「国ニ」の下に「着岸」を補入。　7悉帰伏シテ―〈黒〉「策二竹馬ニ一童マデ帰伏シテ」。〈松〉「悉ク」の上に「竹馬ニ策《ムチウツ》童ンベマデ」と補入。

【注釈】

一　長老（モ）御悦有テ…　「長老」は南山和尚。三―⑦注釈六参照。　**二　錦小路殿**　足利直義を指す。　**三　元弘以来被レ収二公一所領等之事、如レ元可レ令二知行一之状、如レ件**　以下、直義による建武三年二月十五日の文書。本文書は、「河野文書（臼杵稲葉）」に原文書の写がある。文言の異同は以下のとおり。「所領等之事」→「所領事」、「沙弥恵源」→「在判」。また本文書は、『予陽河野家譜』、築山本『河野家譜』にも載せる。これ以後『予章記』には、多くの文書が引用され、それらについては原文書が残されているもの、他の文献にも収載されているものがある。以下、原文書が残されているものについてはそのつど注記し、収載している他の文献については、煩を避けるためいちいちの注記を省略し、第四章末尾の補注に一括して示す。　**四　建武三年二月十五日**　前節注釈一に見たように、建武三年（一三三六）二月は、尊氏・直義兄弟が九州に落ちて再起を図っている時期である。次に見る尊氏文書の三月も同様。山内譲「『予章記』河野通盛条について」は、窮地に陥っている尊氏が、所領安堵を代償に自軍への参加を呼びかけた文書であると指摘する。『予章記』はそれを引きつつ、鎌倉における南山士雲を介した尊氏との出会いによる所領安堵状であるように描いているわけである。おそらく、同様の所領安堵状は多くの武士に対して発行されたものだろうが、『予章記』はそれを、高名な河野氏に対して、尊氏が特に発行したものと描きたいのであろう。　**五　沙弥恵源〈直義ノ御事〉**「恵源」は直義の法名だが、山内譲前掲論文が指摘するように、直義が出家して恵源を名乗るのは、貞和五年（一三四九）十二月のことであり（三—⑬注釈一参照）、この時点で恵源を名乗ることはあり得ない。この部分、原文書では、単に「在判」とある。本来、直義の花押が据えられていた箇所に、『予章記』編者が直義の名として「沙弥恵源」と記したものであろう。　**六　伊与国河野四郎通信跡所領等、為二本領一之上者、任二先例一可レ致二沙汰一之状、如レ件**

この文書の原本は「淀稲葉文書」に残されているが、日付などが異なる（次項）。　**七　建武三年三月十八日**「淀稲葉文書」では同年二月十八日とあり、一ヶ月相違する。おそらく単なる誤写か。　**八　尊氏**『予章記』では日付の下に「尊氏」とあるが、「淀稲葉文書」では袖判（冒頭の花押）。このような例は三—⑫建武三年十二月日の足利直義文書などにも見られ（三—⑫注釈五参照）、『予章記』が文書を収載するにあたって体裁を重視していないことがわかる。　**九　此時迄随遂シケル者、久万太郎左衛門尉通賢ナルガ**　通治に従っていた「久万太郎左衛門尉通賢」については未詳だが、『予章記』では、二—⑲にも久万氏の記述があり、また、末尾の河野通義の重病、死去にかかわる項に、久万宮内丞なる人物が側近にいたことが記されている（四—⑲⑳）。『予章記』編纂時における、久万氏の河野家臣団中での位置を反映したものか。　**一〇　二人ノ禿丁、墨衣ヲバ錦ト衣《キ》テ故郷へ帰ケル**「二人ノ禿丁」は、善恵（通治）と、万阿弥陀仏（通賢）。「錦ト衣テ」は、朱買臣の故事により、故郷に名誉ある帰還をすることをいう。朱買臣の故事は、本来、『史記』項羽本紀や『漢書』巻六四上・朱買臣伝に「富貴不レ帰二故郷一、如二衣レ繍夜行一」とあり、「せっかく栄達を遂げたのに故郷に帰らないのは、錦を着ているのに、それが見えない夜に歩くようなものである」というものだが、日本では、「衣レ錦買臣到二故郷一」（『江吏部集』中、寛弘七年三月三十日）、「朱買臣之衣二徳采一也、錦飜二会稽之風一」（『本朝文粋』三、大江挙周「詳循吏」）、「もろともに錦を着てや帰らまし憂きにたへたる心なりせば」（『唐物語』十九）のように「錦を着て故郷に帰る」故事として知られていた。ここでは、二人は出家して墨染めの衣を着ていたが、錦を着て故郷に帰るような栄誉の帰還であった意。

三—⑩〈善応寺建立〉

【本文】

[一]其後河野ノ所居ヲ捨テ一ノ伽藍ヲ建創[1]セラレケル。其時分、[二]難波（ノ）大通寺ニハ[2]大証禅師、南浦（ノ）孤帆ヲ揚テ東漸ノ法幢《ほふどう》ヲ建ツ。[三]道前ニハ南溟和尚、垂二鉄牛之乳一施二舐犢之慈一ヲ。[四]砥部ニ瑞岩、出淵ニ竹亭ナド、云名

匠達、多御坐ケレドモ、只[五]南山ノ[3]一派ヲ[4]奉レト崇思食、府[六]中西念寺枢浴《スウ》主トテ、南山和尚ノ御弟子（ヲ）聞出シ給テ、被二召寄一被仰ケルハ、「我南山和尚ノ大慈悲ヲ以テ、[七]三帰五戒ヲ受、一鉢三衣ヲ頂戴ス。是無上ノ（御）慈恩タル処ニ、久ク[5]棄シ国家ヲ安堵スル事（ハ）、[八]多生劫ニモ難二報謝一次第也。セメテ我[6]弊屋ヲ僧房ト成テ、御門徒ノ沙弥僧ヲモ奉レ置、[九]一分ノ全徳ニモト[7]存ズル也」トノ玉ヘバ、枢浴主、「御信心ノ至尤難レ有。然バ[一〇]中道前北条長福寺ニ[8]顕正堂和尚、近来御帰朝也。（是）南山和尚ノ御弟子也。不二吾朝而已《のみ》一、支那四百余州迄、[一一]法水ヲ激《ゲキ》シテ宗風ヲ振（ヒ）、[一二]日東（ノ）顕侍者トテ、無双ノ名匠也。此和尚ヲ召請有テ、[9]開山祖ト可レ有二御崇敬一。然バ則南山ノ余光、可レ照二徹四海一ヲ也」ト被レ申ケレバ、「此義尤也」トテ、為レ使[10]久万万阿弥ヲ被レ遣也。

軈而《やがて》長福寺へ参テ窺ケレバ、本坊ノ西ノ檐ニ紙衣（ヲ）晒（シ）テ老僧ノ被レ居ケルニ、サシ寄テ[11]国使ノ子細ヲ申ケレバ、[12]異儀ニ不レ及、老僧内へ入玉ヒケルガ、良《やや》有テ、[13][一三]黄掛羅《くわら》ヲカケ玉ヒテ出、[14]対面有間、具《つぶさ》ニ披露申ケレバ、異儀ニ不レ及即領掌有テ、其日府中迄御越有。翌日、[一四]河野郷善弘寺迄御着アレバ、善恵即参拝有テ、[15]開山ト請ジ申、入院有（テ）、[16]寺ヲ号二善応一、山ヲ称二好成一。是則[一五]大通智勝仏、出世ノ国ノ名ヲ奉レ表者也。又[一六]温泉郡[17]奥谷宝厳寺ヲ別シテ崇敬ノ儀モ[18]此故也。当家弥可レ有二信敬一処也。

【校異】

1建創セラレケル―〈黒〉「創建セントノ念願也」。〈松〉「ラレケル」を見せ消ち、「ントノ念願也」と傍書。　2大証禅師―〈黒〉「大燈禅師」。　3一派―〈長〉「一流」。〈松〉「流」を見せ消ち、「派」と傍書。　4奉レト崇思食―〈黒〉「尋給所ニ」。〈松〉「奉レト崇思食」を見せ消ち、「尋給処ニ」と傍書。　5棄シ国家ヲ―底本「棄二国家一ヲ」。〈長〉などによる。　6弊屋―底本「蔽屋」。〈長〉などによる。　7存ズル也―〈黒〉「存候、可レ為二如何一ヤ」。〈松〉「也」を見せ消ち、「候イカ、タルベキヤ」と傍書。　8顕正堂和尚―〈黒〉「顕正和尚」。〈松〉「堂」を見せ消ち。　9開山祖―〈黒〉「開山ノ鼻祖」。〈松〉「鼻」を補入。　10久万万阿弥―底本「久方万阿弥」。〈長・京〉による。〈黒〉「久万ノ万阿弥陀」。　11国使ノ子細ヲ申ケレバ―〈黒〉「国主ノ使者トシテ参テ候ト被レ申ケレバ」。　12異儀ニ不レ及―〈京〉同。〈長・黒・松〉なし。あるいは衍か。〈黒〉は代わりに「其由ヲ可レ申候トテ」とあり。〈松〉「其由ヲ可レ申候トテ」補入。　13黄掛羅―〈長〉「黄掛絡」、〈黒〉「黄成掛落《クワラ》」、〈松〉「黄掛落」の「黄」の下に「成」を補入。　14対面有間、具《つぶさ》ニ―〈黒〉「彼使者ヲ被レ請ケレバ、使者驚入二座下一、事ノ子細ヲ」。〈松〉は底本と同本文を、見せ消ち・傍書で〈黒〉と同様の本文に改訂する。　15開山ト―底本「開山ヲ」。〈長・京〉による。〈黒〉「請二開山初祖一被レ申ケレバ、以二吉日良辰一」。〈松〉は底本と同本文を、見せ消ち・傍書で〈黒〉と同様の本文に改訂する。　16寺ヲ号二善応一―〈黒〉「号二演法寺善応一」に、「イニ寺ヲ善応ト号シ」と傍書異本注記。　17奥谷―〈黒〉「興谷」に「奥イニ」と傍書異本注記。〈松〉「奥」を見せ消ち、「興」と傍書。　18此故也―〈黒〉「此時弥傾レ首」。

【注釈】

一　其後河野ノ所居ヲ捨テ一ノ伽藍ヲ建創セラレケル　河野氏の居館を寺院に改めたとの意。　**二　難波（ノ）大通寺ニ八大証禅師、南浦（ノ）孤帆ヲ揚テ東漸ノ法幢《ほふどう》ヲ建ツ**　難波の大通寺は風早郡下難波に所在する曹洞宗寺院（現松山市北条地区）。大通寺の寺伝では、河野通盛（通治）の子通朝が大暁禅師（峰翁祖一）を開山として創建したとする。黒田本の「大燈禅師」（校異2参照）は、京都大徳寺の開山として知られる宗法妙超。あるいは本来は「大暁禅師」であったのが、書写の過程で底本等が「大証（證）」と誤り、さらに黒田本が「大燈」と解釈したものか。南浦は大燈や大暁の師にあたる南浦紹明（一二三五～一三〇八。円通大応国師）。大燈（もしくは大暁）が、南浦紹明が宋から伝えた臨済宗の流れをうけて大通寺を建立した、の意。「東漸」は仏法がインドから中国、日本へと東に伝わることをいう。「法幢《ほふどう》」は、仏教を「幢」（はたほこ）にたとえた言葉。　**三　道前ニ八南溟和尚、垂二鉄牛之乳一施二舐犢之慈一**　道前は道後に対応する語で東伊予を指す。南溟和尚は南溟殊鵬、鉄牛は鉄牛景（継）印。ともに京都東福寺の開山円爾弁円の法孫にあたる。舐犢《しとく》は、親牛が子牛をかわいがって舌でなめる意から転じて親が子を愛するたとえ。南溟が鉄牛の跡を継いで、人々に慈愛を施した意を、「鉄牛」の名の縁で「乳」「舐犢」と表現したもの。鉄牛は、元亨年中（一三二一～二四）に入元、帰国後、伊予に観念寺を開いたとされる（『本朝高僧伝』巻二八）。観念寺は、桑村郡上市（現西条市）の臨済宗寺院。観念寺の古文書中に貞和四年（一三四八）の鉄牛の置文が残され、同寺の開山堂に南溟像と鉄牛像が残されている。　**四　砥部ニ瑞岩、出淵ニ竹亭ナド、云名匠達**　砥部は伊予郡の地名（現砥部町）。瑞岩は未詳。出淵も伊予郡の地名（現伊予市中山町）。同地には臨済宗の有力寺院盛景寺《じょうけいじ》があり、寺伝では、正中二年（一三二五）に南山士雲の弟子竺亭心智が入寺したという。あるいは出淵の寺は盛景寺のことで、竹亭は、竺亭の誤写か。ただし、盛景寺の寺伝では、竺亭心智を鎌倉崇寿寺開祖とするが、この点は確認できない（崇寿寺は、鎌倉弁ヶ谷にあった臨済宗寺院。南山士雲開山）。　**五　只南山ノ一派ヲ奉レト崇思食**　南山士雲（三―⑦参照）の弟子達を崇拝しようとお考えになり。　**六　府中西念寺枢《スウ》浴主トテ、南山和尚ノ御弟子（ヲ）聞出シ給テ**　府中は国府のあった越智郡今治地方（現今治市）を指す。西念寺は同郡中寺（現今治市）にある臨済宗寺院。枢浴主は南山士雲の法孫にあたる枢浴玄機。　**七　三帰五戒ヲ受、一鉢三衣ヲ頂戴ス**　「三帰五戒」は、三宝（仏法僧）に帰依し、不殺生・不偸盗・不邪淫・不妄語・不飲酒の五戒を受けること。仏教の信徒となる基本条件。「一鉢三衣」は、出家者が持つことを許された一個の鉢と三種の衣服。　**八　多生劫ニモ難二報謝一次第也**　「多生劫」は、何度も生まれ変わって過ごす極めて長い時間。　**九　一分ノ全徳ニモト存ズル也**　「全徳」は未詳だが、「一分の徳」は、わずかな徳をいう（『仏教語大辞典』）。ここは、わずかではあるが全力をこめた功徳とする意か。　**一〇　中道前北条長福寺ニ顕正堂和尚、近来御帰朝也。是南山和尚ノ御弟子也**　北条は周敷郡北条郷（現西条市）。長福寺は同地に所在する臨済宗寺院。ちなみに同寺は、長福寺本『予章記』（解題参照）を伝える寺院である。顕正堂は正堂士顕。南山士雲の弟子で渡元して無見の印可をうけて帰国したという。　**一一　法水ヲ激《ゲキ》シテ**　「法水」は、仏教が衆生の煩悩を洗い清めることを水にたとえた言葉。　**一二　日東（ノ）顕侍者**　「日東」は日本、「顕侍者」は、顕正堂（正堂士顕）を指す。「侍者」は高僧の側に仕える弟子をいう。　**一三　黄掛羅《くわら》ヲカケ玉ヒテ出**　「掛羅」（掛絡）は、禅僧が平素に用いる小さな略袈裟（『広説仏教語大辞典』）。　**一四　河野郷善弘寺迄御着アレバ、善恵即参拝有テ、開山ト請ジ申、入院有（テ）、寺ヲ号二善応一、山ヲ称二好成一**　「善応寺文書」のなかの貞治三年七月五日付正堂士顕あて善恵（通盛）置文に「伊予国善応寺住持職　為南山和尚門徒寺、至于後々末代、不可有違変之儀者也」とみえる。　**一五　大通智勝仏**　三島明神（大山祇神）の本地仏。一―⑪注釈二一参照。　**一六　温泉郡奥谷宝厳寺**　現松山市道後湯月町にある時宗遊行寺末の寺院。重要文化財一遍上人木像を伝えた一遍ゆかりの寺。一遍上人木像は平成二五年八月に焼失した。

三―⑪〈尊氏より御書Ⅰ―建武三年六月〉

【本文】

一 同年六月ニ、新田義貞山門ニ楯籠合戦ノ時、尊氏将軍ヨリ御書有リ、云、

二 新田義貞已下凶徒等誅伐事、依レ被レ下二院宣一雖レ差二遣軍勢一、義貞等逃三籠山門一合戦、既経[1]二数日一畢。然間、万方偏所（レ被）二憑思召一也。不レ廻二時日一焼三払東坂本一、令レ追三伐凶徒一者、可レ為二抜群之軍忠一之旨、急速可レ被二抽賞一之状如レ件。

建武三年六月十三日　尊氏御判

河野対馬入道殿

如レ此催促ノ処、其敵退⿺辶凶[2]之間、翌日（二）又、

三 新田義貞以下凶徒等誅伐之事、依レ被レ下二院宣一、可レ発三向東坂本一之由雖二被レ仰候一、早相三催一族幷伊与国地頭御家人等一、不レ廻二時剋一、経二鞍馬口一可レ致二軍忠一之状如レ件。

建武三年六月十四日　御判[3]

河野対馬入道殿

【校異】

1経二数日一―底本「経日数」。〈長〉などによる。　2退⿺辶凶―〈長〉同。〈京〉「退遠」、〈黒・松〉「退還」。　3御判―〈黒〉「尊氏御判」。

【注釈】

一　同年六月ニ、新田義貞山門ニ楯籠合戦ノ時　建武三年（一三三六）五月末、足利勢は新田義貞等を破って京都に入り、後醍醐天皇はこれを避けて比叡山に登った。足利勢は比叡山を攻めたが、新田義貞や山門衆徒等に阻まれ、なかなか攻略できなかった。『太平記』では巻一七に描かれる時期。　二　新田義貞已下凶徒等誅伐事、依レ被レ下二院宣一雖レ差二遣軍勢一…　本節一通目の文書（建武三年六月十三日付）は、「河野家文書（臼杵稲葉）」に原文書の写しがある。原文書では発給者を直義とする。原文書との間に若干の文字の異同がある。「憑思召」→「憑思食」、「不廻時日」→「不廻時剋」、「軍注之旨」→「軍注之間」。　三　新田義貞以下凶徒等誅伐之事、依レ被レ下二院宣一、可レ発二向東坂本一之由…　本節二通目の文書（建武三年六月十四日付）は、今治市河野美術館に原文書（正文）が伝えられていて、その花押は明らかに直義のものである。文言の異同は下記のとおり。「新田義貞以下」→「新田義貞已下」、「誅伐之事」→「誅伐事」、「雖被仰候」→「雖被触仰之」、「伊与国」→「伊予国」。

三―⑫〈尊氏より御書Ⅱ―建武三年八月～同四年七月〉

【本文】

[一]其後又京都合戦、将軍得二勝利一給処ニ、新田方ノ敵東国勢ヲ待得テ、又欲二入洛一之時、将軍御教書有云、

[二]相二催伊与国地頭御家人已下軍勢一、可レ発二向山城国宇治一。於下不レ随二所勘一輩上者為レ処[1]二罪科一、可レ注[2]二申交名一之状如レ件。

建武三年八月四日　[3]同御判

河野対馬入道殿

[4]又、同年霜月ニ、

[三]伊与国凶徒誅伐事、兼日下二[四]細川三位皇海一訖。不日令二下国一相二催一族幷当国地頭御家人等一、[5]令レ談二合皇海一可二退治一之状如レ件。

建武三年十一月二日　御判[6]

河野対馬入道殿

又云、

[五]伊与国地頭御家人之事、右随二河野対馬入道之催促一、令レ発㆑向[六]河内国一致二軍忠一者、就二彼注進状一可レ有二恩賞一、若罷留於下及二訴訟一輩上者、不レ可二許容一之上、可レ処二其咎一也。

建武三年十一月日　御判[7]

河野対馬入道殿

又云、

[七]廃帝御幸事、御㆑坐河内国東条一[8]之間、凶徒等可二蜂起一之由其聞有、早引㆑卒一族幷伊与国地頭御家人一、不日馳向可レ致二軍忠一之状、如レ件。

建武三年十二月卅日　御判[9]

河野対馬入道殿

又云、

[八]今月廿七日注進状披見畢。於二討死之跡一者可レ令二忠賞一也。且所レ差㆑遣安芸・土佐両国守護幷軍勢等一也。相共可レ令レ誅㆑伐凶徒一之状如レ件。

[九]建武四年七月五日[10]　御判[11]

河野対馬入道殿

此[12]後ハ在[13]国アリシナリ。

【校異】

1処—〈黒〉「所」。　2注—〈長〉「注進」。　3同御判—〈黒〉「尊氏御判」、〈松〉「御判」。　4又、同年霜月二—〈松〉本行には該当語なく、「又御書有」と傍書補入。　5令レ談二合皇海一可二退治一—〈黒〉による。底本「可レ令二退治一」。〈松〉「可レ令二退治一」の上に「令レ談二合皇海一」と補入。　6御判—〈黒〉「尊氏御判」。　7御判—〈黒〉「尊氏御判」。8之間—底本及び〈京・黒〉「三間」。〈長〉による。〈松〉「三」に「之イ」と傍書。　9御判—〈黒〉「尊氏御判」。10五日—〈京・黒〉「廿五日」。〈松〉「五日」の上に「廿」と傍書補入。　11御判—〈黒〉「尊氏御判」。　12此後ハ在国アリシナリ—〈黒〉は、「河野対馬入道殿」の上に小書きで「此後在京」と記し、「京」に「国イニ」と傍書。　13在国—〈京〉「入道在国」。

【注釈】

一　其後又京都合戦、将軍得二勝利一給処ニ、新田方ノ敵東国勢ヲ待得テ、又欲二入洛一之時…　前節に引き続き、建武三年（一三三六）七・八月の状況。足利勢の比叡山攻略は成功しないが、宮方も比叡山と洛外から京都の足利勢を攻めようとして、成功しない。本節一通目（建武三年八月四日付）はそうした時期の文書。その後、八月十五日に北朝の光明天皇践祚。十月、後醍醐天皇は足利尊氏と和睦して比叡山を下り、新田義貞は北陸へ向かうが、後醍醐天皇は十二月に吉野へ遷幸、抵抗を続ける。南朝・北朝が並び立つ形となり、翌建武四年（延元二年。一三三七）にかけて、各地で戦いが続く。本節二通目（建武三年十一月二日付）から五通目（建武四年七月五日付）は、そうした時期の文書である。　**二　相二催伊与国地頭御家人已下軍勢一…**　以下、本節一通目の文書は、「河野家文書（臼杵稲葉）」に原文書の写しがある。『予章記』諸本では、「同御判」または黒田本「尊氏御判」とあって、尊氏の文書と読めるが、原文書では発給者を直義とする。原文書との文言の異同は以下のとおり。「相催伊与国」→「□催伊予国」、「御家人已下軍勢」→「御家人并軍勢」。　**三　伊与国凶徒誅伐事、兼日下二細川三位皇海一訖…**　以下、本節二通目の文書（建武三年十一月二日）は、「河野家文書（臼杵稲葉）」に原文書の写しがある。原文書では発給者を直義とする。『予章記』では、尊氏の文書と読める。文言の異同は以下のとおり。「伊与国」→「伊予国」、「細川三位」→「細河三位」、「退治」→「対治」、「御家人等」→「御家人」。 **四 細川三位皇海** 細川頼貞の子で兄顕氏らとともに足利方の有力武将として各地に足跡を残している。建武三〜四年ころ国大将として伊予に派遣されたらしい（小川信『足利一族守護発展史の研究』）。 **五 伊与国地頭家人之事、右随二河野対馬入道之催促一…** 以下、本節三通目の文書（建武三年十一月日付）は、「河野家文書（臼杵稲葉）」に原文書の写しがある。ただし、原文書では花押を直義の袖判とし、日付を「十二月日」とする。 **六 河内国致二軍忠一者、就二彼注進状一可レ有二恩賞一** 河内国への発向要請は、次の文書（十二月三十日付）も同様。河内には、楠木正成以来、宮方が多かった。 **七 廃帝御幸事、御二坐河内国東条一之間、凶徒等可二蜂起一之由其聞有** 以下、本節四通目の文書（建武三年十二月三十日付）は、「河野家文書（臼杵稲葉）」に原文書の写しがある。原文書には花押影が付されていて、それを見ると明らかに足利直義の文書である。文字の異同は、「致軍忠」→「抽軍忠」。「廃帝」は後醍醐天皇。「河内国東条」は、河内国石川郡、現大阪府南河内郡千早赤阪村あたりか。後醍醐天皇は吉野に入ったが、東条滞在との情報があったものか。 **八 今月廿七日注進状披見畢…** 以下、本節四通目の文書（建武四年七月五日付）は、「河野家文書（臼杵稲葉）」に原文書の写しがある。それによれば足利直義の文書であり、日付は「七月廿二日」。 **九 建武四年七月五日** 冒頭で「今月廿七日注進状」に触れる文書が、「五日」付では矛盾する。校異10に見るように、「廿五日」とする諸本が少なくないが、この矛盾に気づいて「廿」を補ったものか。原文書では「廿二日」であり、「廿五日」が本来の形であるとは考えにくい。「今月廿七日注進状」も、原文書では「今月十七日」となっている。その他の文言の異同。「於討死之跡者」→「於討死之跡之輩者」、「可令忠賞也」→「可令抽賞也」、「土佐」→「土左」、「守護幷軍勢等」→「守護幷軍勢」。

【補注】

◎足利直義文書についての認識 これまでみてきたように、三—⑨、三—⑪、⑫には建武三〜四年の足利家発給文書が九通掲載されている。これらは原文書で確認すると、建武三年三月十八日付が尊氏文書であるほかはすべて直義文書である。底本や長福寺本は、このうち建武三年六月十三日付と同八月四日付を尊氏文書として載せ、ほかは「御判」とのみ記している。一般的には尊氏と直義の花押はよく似ており、後世混同される例もまま見られるが、建武三年二月十五日付文書については「沙弥恵源」と記して直義文書と正しく認識していた『予章記』の編者が、尊氏と直義の花押を識別する力をもっていなかったとも考えられない。『予章記』が前記二通をなぜ尊氏文書としたかについては今後の検討課題としたい。なお黒田本は、「沙弥恵源」と明記されている建武三年二月十五日付文書を除いてすべて「尊氏御判」としている。これは書写の過程で、書写者の判断が働いた結果であろう。（山内）

三―⑬〔尊氏より御書Ⅲ―観応元年〕

【本文】

[一]京都ハ、崇光院貞和五年ニ御即位。[二]翌年観応元年〈庚寅〉、将軍ヨリ仮名ノ御書アリ、云、
[2][三]べつしてちんぜいせひひつのぎなく候はゞ、みなみかたをおいはらい候て、やがてちんぜいへはつかうし候べく候。もしこの事いつわりにて候はゞ、[3]伊勢大神宮・八幡・きたの丶御ばつを尊氏かぶり候べく候。

同又、

[四]西国発向之間、既下二着兵庫一畢。早相二催一族一、可二馳参一之状、如レ件。

観応元年十一月五日　尊氏御判

河野対馬入道殿

又云、

[4][五]九州蜂起之事、直冬称二御意一相二語士卒一之由、其聞候（之）間、為二誅罸一已所レ下二着兵庫一也。早相二催一族一、不日可レ馳二参備後一之状、如レ件。

観応元年十一月八日　[5]同御判

河野対馬入道殿

此年貞和六年也。改元シテ観応也。此年、安堵御教書賜レ之。云、
[六]右以レ人為二彼職一所二補任一也、早守二先例一可レ致二沙汰一之状、如レ件。

貞和六年二月十七日　御判[6]

河野対馬入道殿

同御自筆ノ仮名書ノ御書云、

[七]ちんぜいほうきによつてはつかうする所也。[八]すでに備前（の）国三ツいしまでつきて候也。いそぎ〳〵一ぞくをもよをしてまいられ候べく候。[7]なをなをとくしてまゐられ候べく候。

十一月十八日　御判[8]

河野対馬入道殿

又云、

[九]河野対馬入道善恵被レ申、伊与国守護職事、為二[9]御分国計一之上者、（宜レ）有二計沙汰一（候）哉。恐々謹言。

十一月三日　将軍御判

[10]坊門殿

中将殿

【校異】

1京都ハ—〈黒〉なし。　2「べつして」—底本「へんして」。〈長〉などによる。　3伊勢—底本「い勢」。〈長〉などによる。　4九州—〈黒〉「又九州」。　5同御判—〈松〉「御判」。　6御判—〈黒〉「尊氏御判」。　7なをなをとくしてまゐられ候べく候—底本、追って書きの形で冒頭の行間に記す。　8御判—〈長・黒〉「尊氏御判」。　9御分国計—〈黒・松〉「御分国之事」。　10坊門殿／中将殿—〈長〉「中将殿／坊門殿」。

【注釈】

一 京都ハ、崇光院貞和五年ニ御即位　前節の建武四年（一三三七）から十二年後の貞和五年（正平四年。一三四九）十二月に、北朝の崇光天皇即位。この間、暦応二年（延元四年。一三三九）に後醍醐天皇崩御。南朝はその後も吉野に籠もって戦いを続けるが、北陸などの拠点を失い、貞和四年には、高師直の軍勢に楠木正行も討たれ、吉野の御所をも焼かれて、後村上天皇は吉野のさらに奥である賀名生に逃げた。このように、北朝側の優勢が続くが、足利政権内部では、足利直義と高師直の対立が深まり、直義は貞和五年十二月に出家、恵源を名乗った。なお、この間に入るべき文書として、国会本が末尾に「他本」として付載する貞和三年（正平二年。一三四七）八月九日付「直義之状」（第四章《他本の末尾付載記事》参照）がある。**二 翌年観応元年〈庚寅〉、将軍ヨリ仮名ノ御書アリ**　観応元年（一三五〇）は、北朝の年号。この後に注記があるように、貞和六年を二月二十七日に改元したもの。前項に見たような前年の事件を含めて、観応の擾乱と呼ばれる事件が続く。師直と直義の対立は、尊氏と直義の決定的な対立に発展し、直義は観応元年十月に京都から逐電、十二月には南朝と合体して、尊氏政権と全面的な対立に入った。これによって諸勢力が入り乱れ、全国的な戦乱が続く。本節の文書の多くは、その前後の時期のものである。　**三 べつしてちんぜいせひひつのぎなく候はゞ…**　以下、本節一通目の文書（仮名文書。日付なし）は、小松茂美紹介文書に原本がある（『足利尊氏文書の研究』）。補注参照。大意は、「鎮西（九州）が静謐（平和）にならないようなら、南朝勢力を追い払ってから、すぐに鎮西に出発しよう。もし、このことが偽りであれば、伊勢大神宮・八幡・北野天神の神罰を蒙るであろう」。尊氏は、後醍醐天皇の皇子懐良親王が肥後の菊池氏の支持を得て勢力を有しており、さらに、足利直冬（注釈五参照）が入り、貞和五年から翌観応元年頃には混沌とした情勢にあった。以下はその頃の文書か。**四 西国発向之間、既下㆓着兵庫㆒畢…**　以下、本節二通目の文書（観応元年十一月五日付）は、原文書が伝わらない。**五 九州蜂起之事、直冬称㆓御意㆒相㆓語士卒㆒之由…**　以下、本節三通目の文書（観応元年十一月八日付）は、岡山県立博物館所蔵文書として原文書（正文）が伝わる。文言の異同は、「備後」→「于備後国」。「直冬」は足利直冬。足利尊氏の庶長子で、直義の養子。貞和五年、長門探題として下向の途中、高師直配下の杉原又四郎の急襲を受け、肥後国に落ちのびたが、当時九州で、北朝側の鎮西探題一色範氏と南朝側の懐良親王が対立する状況を利して勢力を伸ばした。　**六 右以㆑人為㆓彼職㆒所㆓補任㆒也…**　以下、本節四通目の文書（貞和六年二月十七日付）は、原文書が伝わらない。冒頭部分欠失か。『予陽河野家譜』（一色範序書写本）は、足利尊氏の袖判文書とし、「下　河野対馬入道善恵　伊予国守護職之事」の語を載せている。また、同書の別の一本は、「伊予国守護職之事」の部分を、「周防国守護職之事」とする。堀川康史は、周防国の状況などから判断して後者が本来の姿だとする（「南北朝期における河野通盛の動向と伊予守護職」）本節に収められた貞和六年（観応元年）の六通の文書の中で、この文書のみが二月付だが、他の同年十一月付の文書の間にこれが配置されているのは不審。編集上の誤りがあるか。　**七 ちんぜいほうきによつてはつかうする所也…**

以下、本節五通目の文書（十一月十八日付仮名文書）は、下関市立長府博物館所蔵文書として原文書（正文）が伝わる（萩野惣次郎旧蔵）。文言の異同は、原本濁点なし、「よって」→「よて」、「はっかうする所也」→「はんかうする所なり」、「備前の国三ツいし」→「ひせんの国三いし」、「つきて候也」→「つきて候なり」、「なお」→「猶」、「まゐられ」→「まいられ」。「鎮西蜂起」は、右にも見た九州の状況。足利尊氏・高師直は、九州平定のため観応元年十月二十八日に京都を出発した（『園太暦』同日条）。**八 すでに備前（の）国三ツいしまでつきて候也** 「備前国三ツいし」は、現岡山県備前市三石。**九 河野対馬入道善恵被ㇾ申、伊与国守護職事…** 以下、本節六通目の文書（十一月三日付）は、小松茂美紹介文書に原本がある（『足利尊氏文書の研究』）。補注参照。日付からは本節二通目（十一月五日付）よりも前にあるべきであるが、補注でも述べるように、原文書の日付はかすれ等によって難読で、十二月二十六日とも読める。あるいは、原『予章記』の段階ではその日付になっていたものか。補注でも述べるように、本来は尊氏が子の義詮にあてた御内書。文意は、河野対馬入道善恵が申してきた伊予国守護職については、伊予はあなたの担当の国だから適切に処置をしなさい、ぐらいのことか。なお、『予章記』における文書の配列からすると、編者は本文書を観応元年のものとみていたと思われるが、桃崎有一郎や堀川康史は、尊氏と義詮の東西分掌と関連づけて観応二年のものとする（桃崎「観応擾乱・正平一統前後の幕府執政「鎌倉殿」と東西幕府」、堀川「南北朝期における河野通盛の動向と伊予守護職」）。

【補注】

◎古本系諸本と上蔵院本　本節に収載されている文書の中には原文書が残っていて、なおかつそれらについての収載の仕方が、底本や長福寺本などの古本系諸本と上蔵院本との間で大きく相違しているものがいくつかある。これらは、これまで議論が重ねられてきた（解題Ⅰ参照）古本系諸本と上蔵院本の先後関係について一定の示唆を与えてくれるものである。

先ず本節第一通目の文書の原本は、小松茂美によって紹介された以下のようなものである（『足利尊氏文書の研究』）。

へちしてちんせいせいひつのき
なく候ハヽ、ミなみかたおひ
はらひ候てやかてちんせいへ
はんかうし候へく候
もしこの事いつハりにて候ハヽ、
いせ大神宮八まんきたのゝ
御ハちを尊氏かふるへく候
　　　　尊氏（花押）

本文書のように尊氏が仮名まじりの文体で内々に意思を伝える文書は自筆のものが多いので、本文書もおそらくそうであろう（ただ、本文書を正文とみるかどうかについては、正文とする上島有と、精巧な「模写」とする小松の間で意見が分かれている。上島『足利尊氏文書の総合的研究』）。

この文書には日付や宛所がないのがやや異例である。伝来の過程で日付や宛所が切り取られた可能性もなくはないが、自筆文書には日付や宛所を省略する例もまま見られるので本来の姿を伝えているとみてよいであろう。

本文書を古本系諸本がどのように伝えているかについては【本文】に示したとおりであるが、上蔵院本は、次のように収載している。

別してちんせいせひひつのきなく候ハヽ、皆ミかたともをおひはらひ、やかてちんせいへはつかう候へし、この事いつはり候ハヽ、伊勢大神宮、八まん、北野の御はつを尊氏かふむるへく候

五月廿七日　御判

河野つしまの入道との

原文書と古本系諸本・上蔵院本を比べてみると、両本の収載の仕方には、平仮名と漢字など微妙な表記上の違いは別にしても、大きな相違があることがわかる。古本系諸本は、花押を欠落させている。一方上蔵院本は、花押は載せているが、それ以外に原文書にはない日付や宛所まで載せている。

どちらが原本により忠実かといえば、もちろん古本系諸本のほうである。古本系諸本が花押を落としているのは、書写上のミスなのか、それとも地の文には、「御自筆仮名書之御書」と書いているから尊氏のものであることは自明としてあえて「御判」の文字を入れなかったのかのいずれかであろう。

それに対して上蔵院本が日付や宛所を書き込んでいるのは不審である。なぜこのようなことがおこったのであろうか。考えられることは二つである。ひとつは、上蔵院本の編者の手元には日付や宛所の入った原文書があって、上蔵院本の編者がそれを正しく書写した可能性である。その場合には、もともと原文書には日付や宛所があって、それがいつかの時点で切り取られて現在のような姿になったということになる。しかし、その可能性は低いといわなければならない。なぜなら、もし宛所が河野氏以外の人名になっていれば、河野家に伝来させるには不都合だから切り取るということもありえなくはないが、「河野つしまの入道との」となっている宛所を切り取る必要はまったくないからである。

五月廿七日という日付も奇妙である。観応元年の尊氏の動向を見れば鎮西発向の姿勢を見せ始めるのは十月ごろであることが明らかであり、五月廿七日では時期的に合わない。このようなことからすれば上蔵院本の編者の手元に原文書があってそれを正しく写したという可能性は低いといえよう。そうすると第二の可能性を考えなければならない。それは、上蔵院本の編者の手元にあったのは古本系の一本で、上蔵院本の編者がそれに改変を加えたという可能性である。上蔵院本の編者は、古本系に記載された当該文書に日付や宛所がないのを不審とし、文書としての体裁を整えるためにそれらを新たに書き加えたのではないだろうか。それがなぜ五月廿七日だったのかについてか検討の余地があるが、第二の可能性のほうが蓋然性が高いといえよう（山内譲「文書と編纂物」）。

同じようなことは、本節第五通目の文書についてもいえる。原文書はやはり小松茂美によって個人蔵として紹介されたもので（東京大学史料編纂所影写本では「長府毛利家所蔵文書」に収められている）、以下のような形状をしている。

河野対馬入道善恵申伊与国守
護職事為御分国事之上者
宜有計御沙汰候哉恐々謹言
十二月二十六日　尊氏（花押）

坊門殿

古本系は【本文】に示したとおりであるが、上蔵院本はこれを次のように掲載している。

河野対馬入道善恵申伊与国守護職事、為御分国許之上者、宜有計沙汰候哉、恐惶謹言

十一月二日　将軍　御判

中将　御判

坊門殿

原文書、古本系諸本、上蔵院本間の違いの第一点は、日付である。これは『予章記』の編者が読み間違えたものと思われる。実際、原文書の写真版を見てみると、日付は文字のかすれなどによってすこぶる読みにくく、ざっと見ただけでは十一月三日とも二日とも読める。第二の点は、原文書にはない「中将殿」、あるいは「中将」という文言が、古本系諸本では宛所に、上蔵院本では発給者名に付されているという点である。これはおそらく、当時「中将殿」が「坊門殿」と同じく義詮をさす言葉として使われていたことから考えれば、本来「坊門殿」を説明する言葉として付されていた「中将殿」という用語が転写の過程で変化していったものであろう。

最初に当該文書を書写した原『予章記』には、「坊門殿《中将殿》」のように、「中将殿」が「坊門殿」の説明であることがわかるような形で付されていたはずである。それが、転写の過程で変化していった。例えば、発給者名、宛所の位置関係にあまりこだわらない長福寺本は、この部分を「十一月三日　将軍御判　坊門殿　中将殿」と縦に並べて表記した。さらにそれを受けた底本など他の古本系諸本は、「坊門殿」「中将殿」を連名の宛所として形を整えた。一方上蔵院本は、「中将殿」を発給者名と判断して「将軍御判」と並べて表記したのであろう（山内譲「『予章記』再論」）。

このように考えると、ここでも上蔵院本の編者が参照したのが、原文書ではなく古本系の一本であったことがわかる。これらのことは、古本系諸本と上蔵院本の先後関係を考える上で大きな手がかりを提供しているといえよう。（山内）

三―⑭〈尊氏より御書Ⅳ―観応二年〉

【本文】

伊与国守護職幷通信跡事、被ㇾ遣二御下文一候畢。既所二上洛一也。早相二催国中地頭御家人等一、急々可二馳参一之状、如ㇾ件。

観応二年二月十一日　御判[1]

河野対馬入道殿

又云、

二高倉禅門北国江下向云（々）、仍所レ遣二使者一也。随二其左右一重可レ被レ仰。早（相）二催一族幷国人等一、致二用心一可レ抽二忠節一之状、如レ件。

観応二年八月六日　[2]御判

河野対馬入道殿

又云、同十日御自筆仮名文、

三もとよりたのみ入て候へバ、高倉殿北国へおちられて候ほどに、きやうとようじんのさいちうにて[3]候。かつうは国をしゆご（し）、かつうはせいをもよをして、いそぎ上洛候べく候。猶々その方の事は、たのみ入て候。忠をいたされ候べく候。恐々謹言。

八月十日　[4]御判

河野つしま入道殿

又、将軍江州御下之時、

四北国たいぢのために、あふみの国へ[5]たちこして候。五一ぞ[6]くかけあいもよをし、いそぎさんぜられ候べく候。そなたの事は、いつかうたのみ入て候。

八月[7]廿日

河野つしま入道殿
又、依二国之事一注進[8]、
[六]八月十九日注進状披見候畢。於二野心之輩一者不日加二退治一、急可二馳参一之状、如レ件。
観応二年十月五日　御判[9]
河野対馬入道殿

【校異】

1御判―〈長・黒〉「尊氏御判」。　2御判―〈長・黒〉「尊氏御判」。　3候―〈長〉「候べく候」。　4御判―〈長〉「尊氏御判」。　5たちこして―〈長・京・松〉「たちこえて」、〈黒〉「うちこえて」。　6かけあい―〈長〉「あひわけ」。〈京〉「ハけあひ」の「ハ」に「か歟」と傍書。〈黒〉「以下相」。〈松〉「わけあひ」の「わ」を見せ消ち、「い」と傍書。　7「廿日」の下の空白に、〈長〉「尊氏御判」、〈黒〉「御判」とあり。〈松〉は「八月廿日」を行間に小書きで記し、下は空白。　8注進―〈黒〉「註進ノ時、同御書被レ下其状云」。〈松〉は傍書で〈黒〉と同様の形に訂正。　9御判―〈長〉「尊氏御判」。

【注釈】

一　伊与国守護職并通信跡事、被レ遣二御下文一候畢…　以下、本節一通目の文書（観応二年二月十一日付）は、原文書が伝わらない。築山本『河野家譜』や『後鑑』は発給者を義詮とする。前節で見た観応の擾乱は翌観応二年（一三五一）も続き、二月十七日には足利尊氏と直義が一旦和睦するが、長続きせず、七月頃にはまた不穏な状況に陥る。七月末には直義が京都を落ちて越前に下向し、尊氏は直義討伐のため、八月十八日に京都を発つ（『観応二年日次記』）。直義は越前から鎌倉へ向かい、尊氏はそれを討つために、十一月四日に再び京都を発つ（『園太暦』同日条）。本節の文書は、そうした時期のものである。

二　高倉禅門北国御下向云（々）…　以下、本節二通目の文書（観応二年八月六日付）は、原文書が伝わらない。高倉禅門は直義のこと。右に見たように、北陸へ落ちた直義を討つために、尊氏が発向しようとする時期である。　三　もとよりたのみ入て候へバ…　以下、本節三通目の文書（八月十日付仮名文書）は、前田尊経閣文庫所蔵文書の中に原文書が残されている。文言の異同は以下の通り。原文書には濁点なし、「たのみ入て候へバ」→「たのみ入て候うへ」、「さいちうにて候」→「さい中にて候」、「恐々謹言」→ナシ、「河野つしま入道殿」→「こうのつしまの入道殿」。　四　北国たいぢのために、あふみの国へたちこえて候　以下、本節四通目の文書（八月二十日付仮名文書）は、原文書が伝わらない。　五　一ぞくかけあいもよをし　「かけあいもよをし」は校異6参照。本来は「一族いげ（以下）相催し」か。　六　八月十九日注進状披見候畢…　以下、本節五通目の文書（観応二年十月五日付）は、原文書が伝わらない。

三―⑮〈義詮より御書Ⅰ―観応三年〉

【本文】

又、[一]自二宝篋院殿一御書云、

[二]於二御方一致二忠節一者、伊与国守護職之事、可二宛行一之由先度被レ仰候（了）。定令二到来一候歟。所詮、昨日九日立二[三]江州四十九院宿一、已（所レ）発二向京都一也。継二夜於日一可二責上一之状、如レ件。

[四]観応三年三月十日　御判[1]

河野対馬入道殿

[五]将軍東国ヨリ上洛ノ前ニ、南方京都へ出テ八幡山ニ陣取ノ処ニ、将軍上洛有テ合戦候畢。其時御書云、

[六]八幡山凶徒等事、一昨日十[2]一夜、悉没落之間、[七]石見宮幷四条一位隆資已下数百人、或[3]打死、或生捕候畢。於二所レ遁御敵等一者、重（而）所レ差二遣討手一也。其堺事相二触同心之輩一、急誅二伐賊徒等一、可レ申二沙汰一之状、如レ件。

観応三年五月三日　御判

河野対馬入道殿

此年、後光厳院御治世ニテ、改元シテ文和〈壬辰〉歳也。

【校異】

1御判―〈長〉「義詮御判」。〈黒〉は「御判」の右に「尊氏御子直詮」と傍書（「直詮」は不審）。　2「十一」―〈松〉「土」を見せ消ち、「十一」と傍書、さらにその下に「二ィ」と記す。　3打死―〈黒〉「討取」。

【注釈】

一 自二宝篋院殿一御書云　「宝篋院殿」は、足利義詮（一三三〇～六七）。足利尊氏の嫡子。死後、現京都市右京区の宝篋院に葬られたことによる称。前節に見たように、尊氏と直義の和睦はすぐに破れ、尊氏は東国に進んで直義を討った（直義は観応三年〈正平七年。一三五二〉一月に尊氏に降伏し、二月末に没した）。しかし、京都を守っていた義詮は、南朝の勢力を脅威として、観応二年（正平六年。一三五一）十月に南朝と和睦する。翌観応三年閏二月には南朝軍が京都を陥れ、義詮は近江に逃れたが、三月には反攻し、京都を奪回した。しかし、南朝側は八幡山を拠点に五月上旬まで抵抗を続ける。本節の文書は、そうした時期のものである。　**二 於二御方一致二忠節一者、伊与国守護職之事、可二宛行一之由…**　以下、本節一通目の文書（観応三年三月十日付）は、原文書が伝わらない。　**三 江洲四十九院宿**　現滋賀県犬上郡豊郷町四十九院。東山道の宿場。　**四 観応三年三月十日**　本節末尾に注記されるように、観応三年は九月二十七日改元、文和元年となる（北朝年号）。　**五 将軍東国ヨリ上洛ノ前ニ、南方京都へ出テ八幡山ニ陣取ノ処ニ**　右記のような経過で、南朝側は京都を追われたが、京都に近い八幡山に拠って抵抗を続けた。八幡山は、石清水八幡のある山。現京都府八幡市。　**六 八幡山凶徒等事、一昨日十一夜、悉没落之間…**　以下、本節二通目の文書（観応三年五月三日付）は、原文書が伝わらない。「一昨日十一夜」と五月三日の日付との間に矛盾があり、松平文庫本はそれに修正を加えようとしたものと思われる。一方『予陽河野家譜』や『後鑑』のように日付を十三日とするものもある。南朝側が八幡山をあきらめ、河内国東条へ向けて撤退したのは、観応三年五月十一日（『園太暦』同日条など）。　**七 石見宮幷四条一位隆資已下数百人、或**

打死、或生捕候畢　「石見宮」は未詳。『太平記』巻三一「南帝八幡御退失事」には、「其中ニ宮一人討レサセ給ヒヌ」とする。

「四条一位隆資」は、藤原氏四条家。左中将隆実の男。南朝の従一位権大納言であったが、八幡山で討死。

三―⑯〈義詮より御書Ⅱ―文和三年～延文五年〉

【本文】

[一]対馬六郎、賜㆓名国司㆒。宝篋院殿義詮御判云、

[1][二]名国司所望事、所㆑挙㆓申公家㆒也。可㆑令㆓存知㆒之状、如㆑件。

　　文和[2]三年〈正平九年也〉八月廿日　義詮御判

　　　河野対馬六[3]郎殿

又、[三]延文五年就㆓南方退治事㆒、義詮将軍御教書云、

[4][四]注進状披見候畢。就㆓南方凶徒退治事㆒、差㆓遣孫子壱岐彦六㆒之条、殊以神妙候。弥可㆑致㆓忠節㆒之状、如㆑件。

　　延文五年四月廿[5]八日　御判

　　　河野対馬入道殿

[6][五]此彦六ト云モ通遠之子、善恵ノ孫也。

【校異】

1名国司―〈黒〉「国司」。〈松〉「賜名国司」として「賜」を見せ消ち「亦」と傍書、「司」の下に「賜」を傍書補入。

2文和三年―「文和三年」に「正平九年也」と傍書する形は、〈長・京・黒〉同。〈松〉は「正平九」を見せ消ち、

「文和三」と傍書。　3六郎―〈黒〉「入道」に「六郎イニ」と傍書異本注記。〈松〉「六郎」を見せ消ち、「入道」と傍書。　4注進状―〈京〉「後注進状」。〈松〉「後進状」の「後」を見せ消ち、「注」と傍書。　5廿八日―〈長〉「廿六日」。　6此彦六ト云モ通遠之子、善恵ノ孫也―〈黒〉は、書状中の「彦六」の左に、同文を小字で傍書注記。

【注釈】

一 対馬六郎、賜二名国司一　対馬六郎は、通治（通盛）の子通朝。「名国司」（みょうこくし）は、国守に申任されるけれども、国務にあずかることも、俸料を自己の収入とすることもできないもので、仮名（けみょう）国司ともいう。鎌倉時代に現われる（『国史大辞典』）。なお、本節は文和三年（正平九年。一三五四）と延文五年（正平十五年。一三六〇）の文書を収める。大規模な戦いは少なくなったが、南朝はなお命脈を保ち、各地で局地的な戦いが続いている時期。その間、延文三年（一三五八）四月に足利尊氏は没し、翌延文四年三月、足利義詮が征夷大将軍となった。　二 名国司所望事、所レ挙二申公家一也　以下、本節一通目の文書（文和三年八月二十日付）は、原文書が伝わらない。　三 延文五年就二南方退治事一　延文五年四月下旬の戦いとしては、同二十五日、護良親王の皇子の宮将軍が南朝に背いて挙兵、すぐに敗れた事件がある（『大乗院日記目録』同日条、『太平記』巻三四「銀嵩軍事」）。以下の文書は、時期的にはこの事件に符合するが、事件の内容は南朝内部の反乱であり、「南方退治」というべき事件があったのかどうか、不審。　四 注進状披見候畢…　以下、本節二通目の文書（延文五年四月二十八日付）は、原文書が伝わらない。　五 此彦六ト云モ通遠之子、善恵ノ孫也　通遠については三―⑤参照。

三―⑰〈義詮より御書Ⅲ―康安年間〉

【本文】

又、細[一]川相模守清氏、上意ヲ背テ京都ヲ没落ノ後、西国下向ノ由、巷説最中ニ、就二注進一、将軍ヨリ御書ヲ給（フ）。其状（ニ）云、

清[二]氏打二越阿波国一之由事、注進状披見候畢。先度度々被レ仰候。早相二談頼[1]之一可レ致二其沙汰一之状、如レ件。

康安二年三月十三日　御判

河野対馬入道殿

[2][三]頼之トハ、細川右馬頭（ノ）事（也）〈後武蔵守、永泰院殿也〉。

[3][四]久枝入道ハ元阿事歟

[五]久枝入道方江被レ仰之旨委細承候畢。然者、[4]伊与国守護職幷御旧領事者、不レ可レ有二相違一候。是等条々、定自二久枝方一可レ令レ申。諸事期二後信一。恐々謹言。

[5]康安卯月三日　頼之判

謹上　河野対馬入道殿

[6]同状、

[六]伊与国守護職幷御旧領御下文等、調二進之一候由、雖下期二御越一候上、御立之時分可レ然候之間、進レ之候。若又就二文章事一懸二御意一事（候）歟。重可レ申二沙汰一候。定而不レ可レ有レ煩候歟。其子細、久枝掃部助入道令レ申（候）。恐々謹言。

[7]同七月一日　右馬頭頼之

謹上　河野対馬入道殿

此時分、毎度与二頼之一対談有ケル。

【校異】

1頼之—底本「頼」なし。〈長〉などによる。　2頼之トハ、細川右馬頭ノ事（也）〈後武蔵守、永泰院殿也〉—〈黒〉は「頼之ハ細川右馬頭又号武蔵守又号永泰院殿」の注記を、書状中の「頼之」の右下に小字で傍書注記。　3久枝入道ハ元阿事歟—〈京〉はこの書状の後に置く。〈黒〉は書状中の「入道」の右に小字で傍書注記。　4然者—〈長〉「就者」。〈松〉「就ㇾ其」に「去」と傍書。　5康安—〈長・黒〉「康安三年」、〈京・松〉「康安二年」。　6同状—〈松〉「又云」と小書き。　7同—〈黒〉なし。〈松〉「康安二年」。

【注釈】

一　細川相模守清氏、上意ヲ背テ京都ヲ没落ノ後、西国下向ノ由、巷説最中ニ　細川清氏は、足利一族、細川和氏の男。室町幕府の執事であったが、康安元年（一三六一）九月、義詮に叛き、京都を落ちた。原因は佐々木道誉との確執であったとされる（『太平記』巻三六など）。清氏は南朝に降り、力を得た南朝は十二月に京都を奪回するが、二十日足らずで退去する。清氏は挽回を期して翌康安二年（貞治元年）一月に四国に赴くが、同年七月、従兄弟の細川頼之によって、讃岐白峰で討たれた。次の文書は、そうした状況の中のもの。　**二　清氏打二越阿波国一之由事、注進状披見候畢…**　以下、本節一通目の文書（康安二年三月十三日付）は、「河野文書（臼杵稲葉）」に原文書の写しがある。文言の異同は以下のとおり。「阿波国之由」→「阿波国由」、「先度度々」→「先立度々」、「被仰候」→「被仰訖」、「相談頼之」→「相談于頼之」、「三月十三日」→「三月十二日」（ただし原文書は微妙で十三日と読めなくもない）。

三　頼之トハ、細川右馬頭ノ事（也）〈後武蔵守、永泰院殿也〉　細川頼之は二—⑮注釈六参照。頼春の男。一三二九〜九二。阿波・伊予の守護として直冬党と戦い、清氏を倒した後は讃岐・土佐守護を兼ね、四国管領と呼ばれた。貞治六年（一三六七）上洛、同年十二月に義詮が没すると、幼少の三代将軍足利義満を補佐して幕府管領となり、翌年武蔵守。管領在任は十二年間に及んだ。この後、康暦元年（一三七九）、康暦の政変により管領を辞して出家、四国に下向するが、明徳二年（一三九一）、再び入洛、幕府中枢への復帰を果たす。その間の河野氏との確執については、四—⑫〜⑯などに記述されている。　**四　久枝入道ハ元阿事歟**　久枝入道については未詳。　**五　久枝入道方江被ㇾ仰之旨委細承候畢…**　以下、本節二通目の文書（康安卯月三日付）は、原文書が伝わらない。　**六　伊与国守護職幷御旧領御下文等…**　以下、本節二通目の文書（七月一日付）は、原文書が伝わらない。

三―⑱〈善恵〈通治〉死去〉

【本文】

貞治[1]元年[一]〈壬寅〉十一月廿六日ニ、善[2]恵逝去。善[3]応寺殿日照恵公大禅定門ト号ス。善応寺ノ事モ[二]諸山ニ被二申成一ケレドモ、未[4]レ被レ開レ之ヲ先、河野[三]土居分[5]、湯[6]ノ山、朝倉三ヶ所ヲ寄進アリ。宝篋《ケウ》院殿、諸山ノ御判迄給テ被レ置ケル。建武[四]二年将軍御上洛ノ時、伊与国守護職ヲ拝領シ、同[五]三年ニ主上御即位ノ時、自二東寺一令レ供二奉二条殿仮ノ内裏一ト云（々）。

【校異】

1貞治元年―〈黒〉はこの前に「善恵、弘安四辛巳五月生」とあり。2善恵逝去―〈黒〉「八十二歳而逝去」。3善応寺殿―〈黒〉はこの前に「謚」とあり。4未レ被レ開レ之ヲ ―〈黒〉「依二御事茂一不レ被レ開レ之」。〈松〉「未」の上に「事茂ニ依テ」と傍書補入。5土居分―〈京〉「土居」の下に「一本、分」と注記。6湯ノ 山―〈黒〉「温山」に「湯イニ」と傍書異本注記。〈松〉「湯」を見せ消ち、「温」と傍書。

【注釈】

一 貞治元年〈壬寅〉十一月廿六日ニ、善恵逝去　貞治元年は南朝正平十七年（一三六二）。校異1・2に見る黒田本の本文・注記によれば、通治は、弘安四年（一二八一）生、享年は八十二歳。聖藩文庫本『河野家譜』にも、「弘安四辛巳五月生」とある。ただ、「善応寺文書」には、貞治三年七月五日付の善恵置文をはじめ、貞治二〜三年の善恵発給文書が残されており、善恵の死没年は貞治三年とすべきであろう。四―③注釈九参照。　**二 善応寺ノ事モ諸山ニ被二申成一……宝篋院殿、諸山ノ御判迄給テ被レ置ケル**　「善応寺文書」に「伊予国善応寺事、任二河野対馬入道善恵申請旨一、可レ為二諸山列一之状如レ件」とする、貞治三年五月三日足利義詮御判御教書が残されている。　**三 河野土居分、湯ノ山、朝倉三ヶ所ヲ寄進アリ**　善恵がこれらの所領や地頭職を寄進する文書が「善応寺文書」の中に残されている。　**四 建武二年将軍御上洛ノ時、伊与国守護職ヲ拝領シ**　正しくは建武三年六月に尊氏が九州から東上して入京したときのことか。河野氏が最初に守護職を得た時期については、諸説がある。石野弥栄の研究（「南北朝期の伊予国守護」）以来、「早催一族并伊予国地頭御家人等」との文言を有する、建武三年六月十四日足利直義御判御教書（軍勢催促状）（「今治市河野美術館所蔵文書」、三—⑪第二通目に相当）に着目して、通治（通盛）が建武三年に最初に守護職に就いたとする見解が多いが、川岡勉は、通治は何度も守護職補任を求め続けたがそれは実現せず、結局河野氏が最初に守護職を得たのは、康暦の政変で細川頼之が失脚したあとの康暦元年（一三七九。河野氏の当主は通治の孫の通堯）だとする説を示している（『室町幕府と守護権力』）。　**五　同三年ニ主上御即位ノ時、自二東寺一令レ供二奉二条殿仮ノ内裏一ト云（々）**　建武三年八月に光明天皇が即位したときのことを指すのであろうが、このとき通治が供奉したことは他の史料には見えない。

（四）通朝～通能（南北朝～室町時代）

四—① 〔通治の子息、通時・通遠・通朝〕

【本文】

子三人有リ。一人ヲバ九郎通時トテ、[一]肥前ノ小崎[1]ニ住スト云。[二]嫡男ヲバ通遠（ト云）、十六ニテ被[2]レ討畢。次男通朝六郎、任二遠江守一。在国ノ時、[三]河野ノ土居[3]ニハ善恵ノ屋形也。郷ノ毘沙丸ト云所ニ御館アリ。仍、土居ヲバ上（殿）ト申、郷ヲバ下殿ト申ス。

【校異】

1小崎—〈松〉「小」に「児」と傍書。　2被討畢—〈黒〉「足利殿内大高三郎ト馳合セ打死畢」、〈松〉「被討畢」の上に、「歳足利殿内之大高ノ三郎ト馳合セ」と補入。　3土居ニハ—〈黒〉「土居ハ」。

【注釈】

一 肥前ノ小崎ニ住スト云　二—⑲に、弘安の役の恩賞として与えられた所領の一つとして「肥前国神崎庄ノ内小崎郷」が見える。現佐賀県神埼市神埼町尾崎付近か。　二 嫡男ヲバ通遠（ト云）、十六ニテ被討畢　通遠については、三—⑤参照。

三 河野ノ土居ニハ善恵ノ屋形也。郷ノ毘沙丸ト云所ニ御館アリ　河野氏の菩提寺善応寺（松山市北条地区）が河野氏の居館の跡と伝えられ、周辺には土居の地名も残されている。郷ノ毘沙丸については越智郡郷村（現今治市郷）の近くに毘沙丸の地名が残っているので、その地に比定できる。

四—② 〔細川頼春との戦い〕

【本文】

此比、[一]細川頼春ハ、阿波・讃岐・土佐ノ事ハ給ル、伊与国ニ望ヲカケ（テ）内訴申サルレドモ、更公方様御許容モナカリケレバ、下国ノ時、事ヲ左右ニ寄テ被[1]二取懸一。通朝ハ弱年ヨリ在国ニテ、[二]公庭疎遠ナリケレバ、可二申披一様モナクテ、只合戦（ヲ）被レ憑計也。

[三]光明院康永元年ニ、頼春[2]大勢ニテ[3][四]石鉄山ノ麓[4]大保木ノ[5]天河寺ニ陣ヲ被レ取ケルガ、或時[五]周敷郡[6]千丈原ニ打出ラル。河野一族十七人、[六]十死一生ノ日ヲ[7]取テ合戦シテ、一人モ不レ残討死[8]シタリ。然ドモ河野一族多カリケル間、[七]北条・吉岡ノ辺迄度々相戦ニ、利ヲ失ハザル間、暫（ハ）相支タルニ、京都ハ南方蜂起之間、頼春ヲ被二召上一。

其後ハ、両方トモ京都ノ事ヲノミ馳走ノ条、国ノ事ハ被二差捨一計也。

【校異】

1被二取懸一―〈黒〉「被二取付一」。〈松〉「懸」を見せ消ち、「付」と傍書。　2〈松〉「大勢」の上に「引卒」と補入。　3石鉄山―〈黒〉「石鉄山」。　4大保木―〈松〉「大」に「イナシ」と傍書。「保木」とする異本があったか。　5天河寺…底本「天何寺」。〈長〉などによる。　6千丈原ニ…底本「千丈原ヲ」。〈長〉などによる。　7取テ―〈黒〉「取テ出」、〈松〉「取テ」に「出テ」と補入。　8シタリ―〈黒〉「シケル」、〈松〉「タリ」を「ケル」と訂正。

【注釈】

一 細川頼春ハ、阿波・讃岐・土佐ノ事ハ給ル　細川頼春（?～一三五二）は、南北朝時代前期の細川氏の中心人物。四国において大きな勢威を有し、阿波国守護となったことは確認されるが、讃岐・土佐の守護については確認できない。子の頼之が三カ国守護となったことが反映されているか。伊予については、康永二年（一三四三）に守護の地位にあったことが古文書史料によって確認できる（「東寺百合文書」）。　**二 公庭疎遠ナリケレバ**　公庭はおおやけの場所。幕府との関係が疎遠だった、との意か。　**三 光明院康永元年ニ、頼春大勢ニテ**　頼春の伊予出陣については、『太平記』に以下のような記述がある。暦応三年（興国元年＝一三四〇）、伊予の南朝方勢力のてこ入れのために脇屋義助が派遣された。義助は伊予渡海後ほどなくして死去したので、その機会をねらって「四国の大将軍」細川頼春が、伊予・讃岐・阿波・淡路の兵を率いて伊予へ攻め込んだ。頼春は、南朝方の大館氏明が立てこもる「世田ノ城」を攻撃した。南朝軍は、一騎当千の兵三百余騎を選んで「千町ガ原」に打って出たが、細川勢の巧妙な戦術によって敗れ、十七騎となって落ち延びた。勢いに乗った細川勢は、「世田ノ城」を攻撃し、「大館左馬助主従十七騎」の奮戦にもかかわらず落城した（『太平記』流布本では巻二二「義助朝臣病死ノ事付鞆軍事」。古態本系の甲類本に属する神田本・西源院本・神宮徴古館本・玄玖本などでは巻二四だが、内容的には同様)。このように『太平記』の記述は、戦いの相手が大館氏明など南朝方武将となっていて『予章記』の記述とはかなり異なるが(年代は康永元年が正しいことが確認されている)、「千町ガ原」「十死一生ノ日」「十七」人の武将などが共通しており、三―②～⑤において『太平記』の引用が大量に見られたことからも、『予章記』が『太平記』の影響を受けていることは間違いない。『太平記』の記す、頼春と伊予南朝方との戦いを、『予章記』が頼春と河野氏の戦いに読み替えた可能性が高い。 **四 石鉄山ノ麓大保木ノ天河寺ニ陣ヲ被レ取ケルガ** 石鉄山は現在の石鎚山。大保木は石鎚山の北麓の地名(現西条市大保木《おおふき》)。天河寺《てんがいじ》は、石鎚山に祀った蔵王権現の別当寺とされた寺。現在の極楽寺(現西条市黒瀬)はその跡と伝えられる。 **五 周敷郡千丈原** 前記大保木の東隣に千町(現西条市、もと新居郡千町山村)の地名がある。また、宮脇通赫『伊予温故録』の桑村郡新町村の項によると、新町村は、高知村より分村して千町ヶ原の中央に一市街を立てたところで、千町ヶ原は昔は数里の荒原にして数回大戦のあった所と伝えられているという。これをみると、桑村郡新町村(現西条市)にも千町ヶ原という地名があったことがわかる。いずれも周敷郡ではないが、すぐ後ろに見られる北条・吉岡との関連からしても、後者の可能性が高いといえよう。 **六 十死一生ノ日ヲ取テ合戦シテ** 「十死一生《じっしいっしょう》」は、陰陽道でいう凶日のひとつ。すべてにわたって大悪日であるが、特にこの日戦闘をすることを忌んだ(『日本国語大辞典』)。流布本『太平記』では、敢えてこの日を選んで戦ったことを、「兎テモ生テハ帰マジキ軍ナレバトテ、十死一生ノ日ヲ吉日ニ取テ、大勢ノ敵ニ向ヒケル心ノ中、樊噲モ周勃モ未得振舞也」と描く(「樊噲モ周勃モ…」以下の評は古態本系にはなし)。 **七 北条・吉岡ノ辺迄度々相戦ニ** 北条は周敷郡、吉岡は桑村郡の地名(いずれも現西条市)。

四―③〈通朝、細川頼之と戦い死去〉

【本文】

十[一]二三年ノ後、東寺合戦ニ頼春討死(ス)。其最期ノ時、将軍御出有テ、今ハノ別ヲ惜玉テ、「何[1]事モ思残(ス)事アラバ可レ被レ申」ト被レ仰ケルニ、御返事ニ、「思置事トテハ、伊与国ノ事計[2]也」ト被レ申ケレバ、「其ハ心安可レ被レ思」ト被レ仰ケルヲ、于[二]レ今証拠ニ被レ申ケルト伝[3]也。

其後[三]細川相模守清氏、頼春ノ舎弟ニテ、当[4][四]世ノ権柄ヲトリテ被二横行一ケルホドニ、上意[5]悪テ下国アリテ後、頼[五]

春（ノ）子息頼之、細川ノ家督トシテ、武芸ノ名士、政道補佐タリシカバ、河野対馬入道トモ知己タリシガ、如何ナル事カ有ケン、貞治元年九月ノ末ニ、自二[6]讃州一当国へ[7]被二取懸一ケルガ、其比、善恵[8][六]冠落也。通朝同晦日（ニ）[七]瀬田山ニ陣取、[八]其日[9]十死ナリシカドモ、難義ニ依也。同十一月六日、[10]城へ相駈雖レ戦、城ノ拵モ頓《ニハカ》ノ事ニテ不レ調、剰（ヘ）斎藤衆致二返忠一、敵ヲ城中へ[11]曳入ケレバ、忽落ニケリ。[九]通朝ハ城中ニテ御生害有リ。死骸ヲバ[一〇]瓦津ノ道場へ取テ、如レ形喪礼ヲ被レ行ケル。

【校異】

1何事モ…〈長〉「何事カ」。　2計也─〈黒〉「計ニテ候」。　3伝也─〈黒〉「承及候」。〈松〉「伝也」を「承及候」と訂正。　4当世ノ─〈黒〉「皆当世ノ」。　5悪テ下国アリテ─〈松〉「悪キ下国アリテ」を見せ消ちで「悪クテ下国セラレテ」と訂正。　6讃州─〈長〉「讃岐」。　7被二取懸一ケルガ─〈黒〉「截テ入ル」。　8冠落也─〈黒〉「冠落シ仕給」。　9十死ナリシカドモ─〈黒〉「十死一生」。　10城へ─〈松〉「城」の上に「彼」と補入。　11曳入ケレバ─〈黒〉「引籠ケレバ」。

【注釈】

一　十二三年ノ後、東寺合戦ニ頼春討死（ス）　頼春は、観応三年（一三五二）閏二月、京都に侵入してきた南朝勢と戦って七条大宮辺で戦死したことが知られている。前節の康永元年（一三四二）の合戦からは十年後（足かけ十一年）にあたる。　**二　于レ今証拠ニ被レ申ケルト伝也**　「今」すなわち『予章記』編纂の時点において、細川家ではこの将軍の言葉を、伊予支配の正当性を示す証拠として伝えている、との意か。　**三　細川相模守清氏、頼春ノ舎弟ニテ**　細川清氏（?〜一三六二）は、頼春の「舎弟」ではなく、正しくは頼春の兄和氏の子。清氏については、三─⑰注釈一参照。　**四　当世ノ権柄ヲトリテ被二横行一ケルホドニ、上意悪テ下国アリテ**　三─⑰に見たように、康安元年（一三六一）九月に、義詮に叛き、四国に下向したことをいう。　**五　頼春（ノ）子息頼之、細川ノ家督トシテ、武芸ノ名士、政道補佐タリシカバ**　細川頼之については、三─⑰注釈三参照。　**六　冠落**　病気をいう忌み言葉。「歓楽」とも。　**七　瀬田山**　今治市朝倉南と西条市楠の境界上に位置する世田山城。　**八　其日十死ナリシカドモ**　「十死」は前節注釈六に見た「十死一生」をいう。　九 通朝ハ城中ニテ御生害有リ　文脈では、通朝は貞治元年（一三六二。南朝正平十七年）十一月に死去したと読めるが、貞治三年（一三六四）七月付けで善恵（河野通治＝通盛）と通朝がそれぞれ善応寺に対して置文を発しているのが確認されるので（「善応寺文書」）、正しくは貞治三年とすべきか。三―⑱注釈一参照。本節以降の文脈として、次節四―④で年が明けて「正月十六日」とあり、そのまま年を改めず、四―⑥「正平廿年〈乙巳〉、是ハ宮方ノ年号也。京都ハ貞治四年也」という文に続くことからも、ここは貞治三年でなければならない。　一〇 瓦津ノ道場　現西条市河原津に臨済宗道場寺が所在する。

四―④〔通堯、恵良城に籠り戦う〕

【本文】

[一]息男（ハ）徳王丸トテ童形ナリシヲ、[1][二]陣僧ノ有ケルガ奉レ抱、[三]高市[2]竹林寺迄落テ、翌日[四]神途ニ隠置申、四五日ヲ経テ、[五]難波大通寺ニテ暫[3]養育アリ。後（ニ）[六]恵良城ニテ[4]元服アリ。六郎通堯トゾ申也。此時ノ勲功ニヨリ、[七]高市三男分ハ大通寺へ御寄進也。

其後、一族国人等ヲ率シテ、[八]正月十六日[九]温泉ノ山ニ陣取。同廿七日、[一〇]湯月山ヲ[5]囲攻ル程ニ、[一一]細川天竺禅門以下、大略自殺セラル。其儘[一二]大空《ウツロ》ヲ攻ラル。城衆ハ[一三]大祝[6]庄林、国中ノ地頭御家人等也。

カヽル処ニ、[一四]武州、大勢ヲ率シテ[一五]道後ヘ打越（ル）。通堯、大空ノ攻口ヲ放シ、[一六]高縄ノ城ニ楯籠ラル。又、四月十日、武州大勢ニテ高縄ヲ被レ囲。此時、河野一族心替シテ[7]武州ニ属スル間、高縄モ没落シヌ。味方衆モ方々（ヘ）退散シケリ。通堯ハ恵良城ニ引籠給フ。

【校異】

1陣僧―〈黒〉「禅僧」。　2竹林寺―底本「弁林寺」。〈長〉などによる。　3養育アリ―〈黒〉「奉二撫育一」。　4元服

―〈松〉「元服」の上に「御」と補入。　5囲攻ル程ニ―〈黒〉「打囲攻ル間」。　6庄林―〈長〉「安林《ヤスシケ》」。　7武州―〈松〉「武蔵」。

【注釈】

一 息男（八）徳王丸トテ童形ナリシヲ　以下、前節の通朝の死を受け、その子徳王丸（通尭＝通直）の戦いを描く。　二 陣僧ノ有ケルガ奉レ抱　「陣僧」は、戦場に同行し、戦死者の供養を務めた他、使者、文筆などの役割をになった僧。南北朝時代には時宗の僧が多かったことが知られるが、禅僧もいた。たとえば、流布本『太平記』巻三八「諸国宮方蜂起ノ事付越中軍ノ事」では、富田直貞が敵の宮下野入道のもとに、禅僧を一人使いに立てたとある。従って、校異1の黒田本「禅僧」も直ちに誤りとはいえない。　三 高市竹林寺　高市は中世には越智郡高市郷（現今治市）。竹林寺は越智郡古谷村（現今治市下朝倉）に位置するが、中世には高市郷に含まれていたものと思われる。　四 神途　神途《じんと》城のこと。同城は松山市北条地区の猿川に今も遺構を残す中世城郭。　五 難波大通寺　難波は松山市北条地区に残る地名。大通寺は今も同地に所在する曹洞宗寺院。　六 恵良城　えりょうじょう。松山市北条地区の上難波に遺構を残す中世城郭。　七 高市三男分ハ大通寺へ御寄進也　文意未詳。　八 正月十六日　これまでの文脈上は貞治二年（一三六三）正月と読めるが、正しくは貞治四年正月をいうはずである。前節注釈九「通朝ハ城中ニテ御生害有リ」参照。

九 温泉ノ山　現松山市湯山。　一〇 湯月山　松山市道後に所在する国指定史跡湯築城のある小丘陵をさすか。湯築城はのちに河野氏の本城となるが、このときは細川方の拠点となっていたことがわかる。　一一 細川天竺禅門　細川氏の被官に三河国天竺（現愛知県西尾市天竹）を名字の地とする天竺氏がいるので、その一族か（小川信『足利一門守護発展史の研究』）。
一二 大空　大空《おおうつろ》城のこと。松山市北斎院町の岩子山に遺構が残されている。岩子山城ともいう。　一三 大祝庄林　大祝《おおほうり》は三島社（現大山祇神社）の神官の最高位の呼称。長福寺本のように「大祝安林」とよめば、「三島太祝家系図」に貞治五年（一三六六）に大祝に補任されたと記される人物にあたる。底本のように「大祝庄林」とよめば、三島大祝の一族に庄林氏がいるので、大祝と庄林という意になろう。　一四 武州　細川武蔵守頼之（一三二九～九二）。　一五 道後　現在松山市内に道後の地名があるが、中世においては道後は道前に対応する語で、広く伊予国の西半分をさしていたものと思われる。
一六 高縄ノ城　高縄山（一―⑨注釈七参照）に構えた城郭。二―②などに見るように、古くは河野氏の重要な拠点であったと見られる。

四―⑤〔通堯、鎮西へ〕

【本文】

爰[一]ニ僧有テ能島城[二]へ来リ、此子細ヲ語ケレバ、今岡通任[三]・村上三郎左衛門尉[1]義弘相談シテ、同廿二日[四]ノ夜、浅[五]海ノ浦ニ押渡ル。中村十郎左衛門尉、久枝[六]ノ北方所縁タル（ノ）故ニ能美島へ奉レ送。御伴ノ人々ニハ、志津川六郎左衛門入道、同小川浅海五郎左衛門尉、同大輔房六郎三郎、正岡雅楽助、伊田井左衛門太郎、越智掃部助、僧一人〈哲上人ト云〉。

去程ニ、此渡海ノ事露顕ノ間、細川方ヨリ被[2]レ向二討手一。篠本ヲ大将トシテ、新居[3][七]・宇麻二郡ノ衆打立ト云。時（二）義弘ハ、新居大島[八]ニ居住ス。五月廿日ニ退出シテ、国ヲ離レ拠ヲ失フ。中子左衛門大夫藤重、屋代島[九]ニ居住スル間、音信ヲ通ズル所ニ、相違ナク宿ヲ借テ、其[4]ヨリ連々ニ能美へ申上ル也。得能[5]越後守〈吉岡殿〉、同遠江守〈高畝殿〉、由並[一〇]本尊（ノ）城[6]前守護代壱岐守〈砥部ニ居住ス〉通遠、降参[一一]ノ志有ニ依テ、得能両人鎮西へ下向ノ志アリ。然共渡海難レ叶之由承[8]間、六月八日（二）今岡兵庫助・東条修理助両人ヲ遣ス。中子雅楽助同船ニテ迎[9]取ル。屋代島[一二]之居。通堯ハ能美・厳島両所ニ御滞留也。

其比[一三]、鎮西ニ征夷将軍吏部親王御座ノ間可レ参之由被二申入一処ニ、無[10]二子細一令旨ヲ被レ成之間、御下向事定矣。

仍[11]七月十九日、通任、能美ノ島ニ参ズ。兼日ニ被レ定之間、中村十郎左衛門尉船用意、海上御伴ノ時分通任参入之間、通任ガ船ニ被レ召、三吉浦[一四]ヨリ屋代ノ和田ニ着岸ス。彼島ニテ浅海[一五]五郎左衛門尉ヲ以テ可レ為二親子之儀一之由、被二仰下一間、通任畏而御請申也。則、柳原村[一六]ニ屋敷処ヲ被レ下。

【校異】

1左衛門尉―〈黒〉「右」に「左イニ」と傍書。　2被レ向ニ討手一―〈黒〉「討手向ノ由一定也」。〈松〉「被レ向」を見せ消ち、「向之由一定也」と補入。　3新居―〈松〉この上に「其外」と補入。　4其ヨリ―〈松〉なし。　5得能―底本「時得能」、〈松〉「時ニ得能」。　6城前守護代―〈長〉「越前守護代」。　7降参ノ志―〈長〉「降参シテ志」。〈京・黒〉「降参志」。　8承間…底本「年内」。〈長〉による。〈京〉「年間」、〈黒〉「聞ル間」、〈松〉「年間」の「年」に「承イ」と傍記。　9迎取ル。屋代島之居―〈黒〉「迎取屋代嶋ニ被レ居《ヲカ》」、〈松〉「迎取屋代嶋之居」の「之」を見せ消ち、「被」と傍書。　10無ニ子細一―〈黒〉「不レノ可レ有ニ子細一由」。〈松〉「無子細」の「無」の下に「不可有」、「子細」の下に「之由」と補入。　11仍七月十九日…〈長・松〉「仍テ七月十七日」、〈黒〉ナシ。

【注釈】

一　爰ニ僧有テ…　以下、四―⑪までの記事は、四―⑪末尾の割注に、「『爰ニ僧有テ能島ノ城へ来テ此子細語ケレバ』ト云ヨリ是迄ハ、今岡陽向軒ノ注置分ヲ写也」とあるもの。まとまった記録を取り入れたものか。「僧」はこのあとに「哲上人」と見える人物のことか。今岡陽向軒については四―⑪の補注参照。　**二　能島城**　越智郡大島（現今治市）の宮窪の沖に浮かぶ海城。戦国期には能島村上氏の本拠となる。　**三　今岡通任・村上三郎左衛門尉**　この両名は、河野通堯の行動にかかわって大きな役割を果たすが、この「今岡陽向軒ノ注置分」のみにみえる。今岡氏は南北朝期から、村上氏は室町期から古文書史料で確認できる。　**四　同廿二日ノ夜**　前節までの文脈からは貞治二年（一三六三）正月二十二日だが、正しくは貞治四年正月をいうはずである。三―⑱注釈一、四―③注釈九参照。　**五　浅海ノ浦**　松山市北条地区の浅海。　**六　久枝ノ北方所縁タル（ノ）故ニ能美島へ奉レ送**　能美島は広島湾南部に位置する島（現江田島市）。近隣の江田島に河野氏の末裔と称する久枝氏がいたことが確認されるので、能美島にもその縁者の久枝氏がいて、その北の方が河野氏所縁であったので、そのつながりを頼って能美島へ送ったということであろう。　**七　新居・宇麻二郡**　「宇麻」は「宇摩」。伊予国東部に位置し、讃岐国に近い両郡は、細川氏の勢力の強い地域であった。　**八　新居大島**　新居郡大島（現新居浜市）。戦国期の新居大島城の遺構が残り、村上義弘が築いたと伝えられている。　**九　屋代島**　周防国大島郡に属する島（現山口県周防大島町）。　**一〇　由並本尊（ノ）城前守護代壱岐守〈砥部ニ居住ス〉通遠**　由並《ゆなみ》本尊《ほぞん》城は、伊予市上灘に遺構を残す中世城郭。壱岐守通遠については、河野通盛の子に同名の人物がいるが（三―⑤参照）、別人。本記事の通遠は、「国分寺文書」「観念寺文書」などで「通遠」「壱岐守」を名乗る人物が確認できる。砥部は、伊予郡の地名（現砥部町）。

一一　降参ノ志有ニ依テ、得能両人鎮西へ下向ノ志アリ　南朝方への「降参」の意志があって、得能越後守と同遠江守が懐良親王のいる鎮西（九州）へ下向しようとした。　**一二　屋代島之居**　どこへつながるのかわかりにくいが、四行前に中子左衛門大夫藤重が屋代島居住とみえるので、ここも中子雅楽助が屋代島に居住の意か。　**一三　其比、鎮西ニ征夷将軍吏部親王御座ノ間可レ参之由被二申入一処ニ、無二子細一令旨ヲ被レ成之間、御下向事定矣**　征夷将軍吏部親王は、懐良親王のこと。後醍醐天皇の皇子で、九州南朝の征西将軍として、当時大宰府にいた。吏部は式部省の唐名。同親王が式部卿の官途を有したことがあるのによる。古文書史料では、正平二十年（貞治四年＝一三六五）五月十日付けで「河野六郎」あてに懐良親王令旨が発せられていることが確認できる（「河野通堯文書」など）。　**一四　三吉浦ヨリ屋代ノ和田ニ着岸ス**　三吉浦は、能美島北岸の地名（現江田島市沖美町）。和田は屋代島東部北岸の地名（現周防大島町）。　**一五　浅海五郎左衛門尉ヲ以可レ為二親子之儀一之由被二仰下一間、通任畏而御請申也**　浅海五郎左衛門尉を介して通堯と今岡通任が親子のちぎりを結んだ。　**一六　柳原村**　松山市北条地区の地名。

四—⑥〈通堯（通直）、大宰府で懐良親王と対面〉

【本文】

[一]同十七日、鎮西御下向。通任兄弟、義弘兄弟、已上船四艘。御伴ノ人々、正岡六郎左衛門尉、舎弟大田六郎四郎、雅楽助、中務丞、[1]野市太郎、浅海五郎三郎〈富岡也〉、舎弟五郎左衛門尉〈重見〉、庄五郎、難波孫六、中川十郎入道父子、[2]九郎次郎、[3][二]延吉純阿入道、兵衛四郎、大内大蔵少輔〈中西〉舎弟九郎太郎、[4][三]栗上左衛門尉、大窪兵衛三郎、久枝智蔵、福角左衛門五郎、桑原、垂水、大籠《ヲコモリ》六郎、同又四郎、志津川六郎[5]左衛門入道、[6]白石左衛門尉、多賀谷《タカイ》八郎、[7]塩川、長谷川、箱河四郎、得能ノ人々、越後守〈父子〉、新左衛門尉、但馬守〈八倉事〉、遠江守〈高畝〉、兵庫助。遠州ハ[四]竈戸ノ関ヨリ豊後ニ渡海（シテ）[8]菊池方同心。

同卅日、[五]筑前国宗像大島ニ御着、宗像大宮司方ノ音信アリ。[六]同八月三日、宗像ヨリ宰府ニ被レ参。征夷将軍吏部親王、御直垂ヲ召替テ御対面アリ。是ハ[七]通直ノ錦（ノ）直垂ニテ出仕之間、俄御衣ヲ[9]召替タリ。[10]実ニ面目ノ至也。[八]通直トハ、通堯、御名乗ヲ被レ改、通直トゾ申ケル。

[九]正平廿年〈乙巳〉、是ハ宮方ノ年号也。京都ハ貞治四年也。其後、義弘・通任、屋代島ニ帰宅スレドモ、敵方充満之間、不レ堪シテ[一〇]豊後（ノ）高田ニ下向ス。彼所（ノ）領主、皆[11]旧友タルニ依也。[一一]竹長ノ陣ニテ菊池方対面ス。可レ被二扶持一之由、約諾也。同十一日、[一二]始テ肥後国ヘ退還之間、高田人数同道シテ佐伯《サイキ》ニ移住ス。

【校異】

1野市太郎―〈松〉「イナシ」と傍書。　2九郎次郎―〈京〉「九ノ次郎」。　3延吉―〈黒〉は「延吉」を「九郎次郎」の割注とする。　4栗上―〈長〉「粟上」。　5左衛門入道―〈長〉「衛門入道」。　6白石左衛門尉―〈黒〉「白石三郎左衛門尉」。〈松〉「白石」と「左衛門尉」の間に「三郎」と補入。　7塩川―〈長〉なし。　8菊池方同心―〈松〉「菊池方ニ　同心シテ」。　9召替タリ―〈松〉「召替テ」の下に「給イケリ」と補入。　10実ニ―〈黒〉「通直」。〈松〉「実」を見せ消ち、「通直」と傍書。　11旧友―〈長〉「旧知」。

【注釈】

一　同十七日、鎮西御下向　「同十七日」は、これまでの文脈からは貞治二年（一三六三）七月十七日と読めるが、本節後半に「正平廿年〈乙巳〉、是ハ宮方ノ年号也。京都ハ貞治四年也」とあるように、貞治四年のこととするのがよい。三―⑱注釈一、四―③注釈九参照。　**二　延吉純阿入道**　「大徳寺文書」のなかに、年未詳七月八日付沙弥純阿書状が残されており、封紙に「延吉」の注記がみえる。　**三　栗上左衛門尉**　校異4参照。栗上は河野氏の家臣として他に類例があるので底本に従うべきか。

四　竈戸ノ関ヨリ豊後ニ渡海（シテ）菊池方同心。　竈戸ノ関は、周防上関のこと（現山口県熊毛郡上関町）。菊池氏は肥後国の南朝方の武将。このころ豊後国に出陣していたことが四―⑦にみえる。　**五　筑前国宗像大島ニ御着、宗像大宮司方ノ音信アリ**　筑前国宗像大島は宗像郡の沖に浮かぶ島（現福岡県宗像市）。宗像郡には北九州の有力神社宗像神社がある。同社の大宮司家を継ぐ宗像氏は中世の有力武将として知られる。　**六　同八月三日、宗像ヨリ宰府ニ被レ参**　懐良親王の側近と覚しき胤房が九月十五日付けで南朝方の人物にあてた奉書に「河野六郎通堯馳せ参ずるの由」と見える（『萩藩閥閲録』）。**七 通直ノ錦ノ直垂ニテ出仕之間** 「錦ノ直垂」は、一—⑭、一—⑯、二—⑦に見えていた。好方が純友退治の際に賜り、以後、子孫に相伝されていたとされるもの。ここでは、通直がそれを着ていたので、親王も改まった御衣を着用したとする。**八 通直トハ、通堯、御名乗ヲ被レ改、通直トゾ申ケル** 古文書史料で通直名が最初に確認されるのは、正平二十二年（貞治六年＝一三六七）十二月の河野通直軍勢催促状。**九 正平廿年〈乙巳〉、是ハ宮方ノ年号也。京都ハ貞治四年也** 一三六五年。改元もない年の途中、突然年号表記を変えるのは、懐良親王との対面により、ここから河野氏が南朝に属したという意識によるか。以下、引き続き同年八月の状況を述べる。**一〇 豊後（ノ）高田** 大分郡高田庄の地か（現大分市）。**一一 竹長ノ陣** 未詳。**一二 肥後国ヘ退還之間、高田人数同道シテ佐伯ニ移住ス** 佐伯は豊後国佐伯庄（現大分県佐伯市）。菊池氏が肥後へ退いたので、義弘や通任は、高田の軍勢とともに佐伯に移ったとの意か。

四—⑦〈正平二十一年の情勢〉

【本文】

[一]正平廿一年、[1][二]豊前国小倉ニ押下テ案内被レ申間、即浅海八郎五郎・小山五郎両人給ル。此時、[三]豊前今塔御陣一族中談合アリ。帰国ノ方便、以レ船為二[2]肝要一也。[四]御所被二[3]所望申一ケル。[五]上使大豆・津底将監両人、葦屋船三艘、水手十人下賜テ、船（ニ予）可レ乗人ヲ配当ス。一艘（ハ）吉岡方、宮山太郎・中川弾正・吉藤帯刀、一艘ハ大田・浅海・田井・蒲池掃部・[4]大籠又四郎・浅海八郎五郎、一艘ハ重見・高山・宮前左衛門太郎・森五郎〈浅海衆也〉・中須三郎等也。[六]御座所堪忍難レ叶人々思々ノ便船。小山六郎五郎・中川隼人・九郎次郎・高尾八郎左衛門尉・得久三郎・樋口等ハ通任ガ船ニ乗ル。尾越左衛門五郎・高山刑部・鴨池新左衛門尉ハ義弘ガ船ニ乗ル。其外思々引々ニ便船也。

然処ニ、三艘ノ[5]水主逃失之間、吉岡方ノ船ニ江見次郎・樫尾四郎ヲ乗テ通任補佐シ申ス。重見方ノ船ニハ[6]筌瀬《ウケせ》孫十郎ヲ乗ス。[7]大田方ノ船ニハ今岡左衛門六郎ヲ乗テ義弘扶持ス。此人々ニ又高田（ノ）人数相加テ、廿余艘ニテ[七]豊後国[8]臼野・神祇・守江、周防国壇ニ押寄焼掃。[八]豊後国宮熊城ヲ[9]大友方ヨリ被レ責之間、後攻、城中無為ニ属ス。同十月、菊地方又[九]豊後戸次ニ被レ出之間、[一〇]乙津ニ着ク面々、菊地方、向顔[10]不レ幾シテ、菊池方肥後ニ被レ帰ノ間、[11]人々皆佐伯ニ帰ル。[一一]河野一族中船難レ叶、[一二]伊与国宇和ノ永長之一族、同方タル上、[12]竹林寺殿御坐ス。

【校異】

1豊前―底本「豊後」。〈長〉などにより訂正。　2為二肝要一也―〈黒〉「可レ為二肝要一之由ニ候也」。〈松〉「也」の上に「之由ニ候」と補入。　3被二所望申一ケル―〈松〉「被御望申ケル処」の「御」を「御所」と訂正。　4大籠―〈松〉「籠」を見せ消ち、「蔵」と傍書。　5水主―〈黒〉「推手」。　6筌《ウケ》瀬《せ》―〈松〉「筌」に「釜ィ」と傍書。　7大田方ノ舟ニハ今岡左衛門六郎ヲ乗テ―〈黒〉なし。　8臼野―〈黒〉「臼杵」。　9大友方―〈松〉は「友」と「方」の間に「祓ィ」と補入。　10不レ幾―〈京〉「不レ克」。　11人々―〈黒〉なし。　12竹林寺―底本「再林寺」。〈長〉などによる。

【注釈】

一 **正平廿一年**　一三六六年（貞治五年）。前節の懐良親王との対面以来、南朝年号を用いている。　二 **豊前小倉ニ押下テ案内被レ申間、即浅海八郎五郎・小山五郎両人給ル**　豊前小倉は北九州市小倉区。義弘らが小倉に押下った旨を通直（通堯）に知らせると、通直から浅海・小山両人が派遣されてきた、の意か。　三 **豊前今塔**　田川郡今任（現福岡県田川郡大任町）。　四 **御所被二所望申一ケル**　御所（懐良親王）に所望した、の意か。　五 **上使大豆・津底将監両人、葦屋船三艘、水手十人下賜テ、船ニ可レ乗人ヲ配当ス**　懐良親王が大豆・津底将監を上使に任じて葦屋船等を下し賜った、の意か。大豆・津底将監については不明。葦屋は、筑前国遠賀郡の地名（現福岡県遠賀郡芦屋町）。同地は、遠賀川の河口に位置し、古くからの港町として知られる。その地で船を調達したものと思われる。　六 **御座所堪忍難レ叶人々思々ノ便船**　「堪忍」の意味がとりにくいが、通直の御座所でじっとしていられない者たちが思い思いの船に乗って行動をともにした、の意か。　七 **豊後国臼野・神祇・守江、周防国壇ニ寄押焼掃**　臼野は、国東半島北部の地名（現大分県豊後高田市）。神祇は未詳。守江は、国東半島南部の港町（現大分県杵築市）。周防国壇は、壇ノ浦（現山口県下関市）。

八　豊後国宮熊城　豊前国宇佐郡の宮熊城のことか（現大分県宇佐市）。　九　豊後戸次　大分郡戸次庄（訓みは「へつぎ」「べっき」とも）。現大分市南部、戸次・判田地区。　一〇　乙津ニ着ク面々、菊地方、向顔　乙津に着いた河野方の面々と菊池勢が対面した。乙津は豊後国高田庄内の地名。現大分市乙津町。　一一　河野一族中船難レ叶　河野一族の船の準備が充分にできなかったことを述べたものであろうが、それが上の部分にかかるのか、それとも下の部分を修飾するのか明確にしがたい。

一二　伊与国宇和ノ永長之一族、同方タル上、竹林寺殿御坐ス　このあたり文意をとりにくいが、九州における河野方の拠点であった豊後国佐伯の対岸にあたる宇和郡は永長一族が河野方であったうえ、同じく河野方であった竹林寺殿もいた、との意か。永長は宇和郡の地名（現西予市宇和町）。竹林寺殿は、当時宇和郡の有力領主であった西園寺氏がこのようによばれていた。西園寺氏が通直（通堯）といっしょに生害したことは四―⑫にみえる。

四―⑧〔正平二十二年の情勢〕

【本文】

同廿二年二月九日、[一]山方へ押渡、[二]越州其外、大略山方ニ居ス。[三]日吉兄弟ト英多禅門ノ下向（ス）。[四]六端帆（ニ）乗ル。是モ無案内ノ間、大概新兵衛ヲ乗テ扶持ス。此間（ニ）国一族達[1]往反存知セズ、或[五][2]上下或中島辺ニ滞留スル人多シ。

同十日、於二豊前小倉一[六]為二籌策一、[3][七]淡路沼島上向。小笠原[4]海一族、多年南方依レ止也。此時船人数ハ、村上長門守・玉井四郎左衛門尉・[5]池内越後守・矢野豊前守・櫛戸中務丞・重見・日吉・山内筑前守通任、已上八艘。[6]池内兵庫助・二神十郎左衛門尉相加。戒能方兄弟、屋代島ヨリ取乗テ、[7]池内越後守、[八]奴和・牟《ム》須《ス》岐《キ》両島并新居津倉淵焼払、沼島（ニ）上着。[九]相尋所、捨二多年之功一参二将軍方一、僅ニ四十余日也。細川殿、為二[8]管領一于依二籌策一、[一〇]楠木正範同降参ス。不レ及レ力罷下之間、戒能方、又屋代島ニ被レ留。

同十二月七日、御所様ニ御非常[9]。宝篋院殿ト申ス。義詮将軍ノ御事也。

【校異】
1往反―〈松〉「住処ニ」と傍書。　2上下―〈黒〉「下上」。〈松〉「下上」と傍書。　3淡路沼島上向―〈黒〉「淡路沼島へ上リ向フ」。　4海一族―〈京〉「海」の下に「野一本」と補入。　5池内越後守―底本「池田越後守」。〈長〉などによる。　6池内兵庫助―底本「池田兵庫助」。〈長〉などによる。　7池内越後守―底本「池田越後守」。〈長〉などによる。　8管領―底本「官領」。〈黒〉による。　9御非常―底本「御非道」。〈長〉などによる。

【注釈】
一　山方　文脈から考えて南伊予の宇和郡一帯をさすものと思われる。　**二　越州**　「越州」が河野方か敵方か、文脈からは判然としないが、もし後者ならば、この時期、仁木義長が越後守を名乗っている。仁木は、四―⑨では、「山方退治」の大将とみえる。　**三　日吉兄弟ト英多禅門**　日吉と英多《あがた》はそれぞれ越智郡、野間郡の地名（いずれも現今治市）。その辺りを本拠とする武将たちか。　**四　六端帆**　船の大きさを表す言葉。六枚の蓆帆を備えた船。　**五　或上下或中島辺ニ滞留スル人多シ**　上島、下島あるいは中島辺に滞留する、の意か。もしそうであるとすると、上島は、伊予国に属する芸予諸島のうち安芸寄りの島々、下島は、伊予本土寄りの島々、中島は、防予諸島のうち伊予本土寄りの忽那島（現松山市中島）をさす。　**六　為二籌策一**　「籌策《ちゅうさく》」は、はかりごと、計略。　**七　淡路沼島上向。小笠原海一族、多年南方依レ止也**　沼島《ぬしま》は、淡路島東南岸の沖に浮かぶ島（現南あわじ市）。四国と近畿を結ぶ海上交通の要衝。中世には対岸の淡路島の阿万や沼島を含む一帯に阿万庄が所在していたので、「海」とは「あま」と訓じ、「海一族」とは、沼島周辺に勢力を有した海上勢力をさすのであろう。沼島を本拠とした海上勢力としては梶原氏が知られている。小笠原氏についても『太平記』流布本・巻二二「義助予州へ下向ノ事」の、脇屋義助が熊野水軍に送られて「武島」に到着したことを示す記事の中に、「此ニハ安間・志知・小笠原ノ一族共、元来宮方ニテ、城ヲ構テ居タリシカバ」と見えるので、沼島周辺の海上勢力と考えられる（古態本系では巻二四だが、内容は同様）。　**八　奴和・牟須岐《ムスキ》両島幷新居津倉淵焼払、沼島ニ上着。**　奴和は風早郡怒和島（現松山市）、牟須岐は同郡睦月島（同市）。新居津倉淵については、現新居浜市若水町に葛淵と呼ばれる小さな沼地があり、これが津倉淵の転訛したものといわれる（『新居浜市史』）。　**九　相尋所、捨二多年之功一参二将軍方一、僅ニ四十余日也**　沼島の海上勢力は南朝方であると期待して訪れたものの、僅か四十日前に、南朝方としての多年の功績を捨てて、北朝方に転じたところだった―の意であろう。　**一〇　楠木正範同降参ス**　群書類従本は正成と誤る。楠木正儀は正成の第三子。正儀が足利方に降ったのは、正平二十四年（応安二＝一三六九）正月。　**一一　御所様御非常。宝篋院殿ト申ス。義詮将軍ノ御事也**　「非常」は死をいう。足利義詮の死去は、ここに記す通り正平二十二年（貞治六年）十二月七日。

四―⑨〈正平二十三年六月の合戦〉

【本文】

[一]同廿三年〈貞治六年也〉、為二山方退治一、[二]仁木（方）大将ニテ、宇和・喜多両郡へ被二馳向一。然ドモ、[1][三]不レ相二随於大田居一テ、河野一族、[2]吉岡方ヲ為レ始、宇和山方ニ居ス人々ハ、山方衆、大野・森山[3]伊賀守等。

同四月大田陣落（ス）。軈《やが》テ鎮西へ注進ス。通直可レ有二御渡海一事定矣。又、[四]佐伯豊前参。[五]雖レ然[4]御暇《イトマ》不レ給。数日（ヲ）越シテ、六月ノ始ニ[5]御暇《イトマ》給テ、[六]豊前根津（ノ）浦ニ御出。同四日、通任ガ舟ニテ[6]御乗也。船中御伴ハ、大内式部少輔・富岡尾張守・大内九郎左衛門尉・栗上・延吉等也。

同十七日御出。御伴（ハ）、正岡十郎入道、舎弟中務丞、尾張守、大田四郎左衛門尉、栗上、中川十郎入道、子息隼人佐、[7]純阿、舎弟兵部丞、勘解由左衛門尉、浅海、富岡、重見、庄帯刀、大輔房、窪十郎左衛門尉、舎弟弾正、尾越蔵人、左衛門四郎、難波弾正、[8]池内孫太郎、浅海兵庫助、正岡、大熊掃部助、大窪左京進、舎弟蔵人丞、多賀谷修理亮、[9]小山兵庫助、高山雅楽助、刑部、宮崎宮内丞、子息孫七郎、大内大蔵少輔、同九郎左衛門尉、中太郎四郎、左衛門尉、福角与四郎、日向六郎、須保木将監、高尾八郎左衛門尉、大籠修理亮、桑原刑部少輔入道、同左京亮、日吉兵部丞、上野兵庫允、山越将監、[10]垂水図書、左衛門尉、施田左京亮、三郎左衛門尉、中子三郎左衛門尉、牛渕美作守、同孫六、白石[11]三郎左衛門尉、同刑部丞、[12]中次三郎兵衛尉、宅間孫七郎、渡辺又次郎、同[13]弥三郎、志津川修理亮、平井左京亮、同大炊介、堀池雅楽助、垣根川、得久三郎、江戸、中津、同兵衛九郎。筑紫ニテ当参（ノ）人々ニハ、箱河又太郎兄弟、伊東、湯浅、馬場、松永、其外数輩。

同廿日、周防屋代島ニ御着也。爰ニテ戒能[14]参㆓諸方㆒御計策。

同廿六日、二神・南方、[七][15]呉《クレ》ヨリ参ズ。久枝・正岡、能美ヨリ参ズ。[16]久津那衆、[八]畑見、屋代ヨリ参（ズ）。中子類、宇野左京亮、[17]池内兵庫允等相加テ、船三十余艘中ニ百余打立、同卅日、[九]松崎へ取上ル。[一〇]即完草入道父子三人、国人ニハ土居、面々三百余騎ニテ馳向テ、[18]未時ヨリ合戦始テ忽ニ勝利ヲ得テ、山本四郎以下数輩討取。即[一一]温泉ニ陣取由聞ヘシカバ、夜討アルベキ支度ト云ヘドモ、不㆑堪シテ[一二]大空ニ引籠ル。吾河・[一三]黒田・[19]岩屋谷衆、最前ニ馳参ズ。

【校異】

1不㆑相㆓随於大田居㆒テ—底本「不㆓相随㆒於大田居テ」。〈長〉「不相随於大田　居テ」。注釈三参照。　2吉岡方ヲ—底本「吉岡ヲ方」。〈長〉などによる。　3伊賀守等—〈松〉「伊賀上等」の「等」に「木ィ」と傍書。　4御晦《イトマ》—〈長・黒・松〉「御暇」。　5御晦《イトマ》—〈長・黒・松〉「御暇」。　6御乗—〈長・黒・松〉「御乗初」。　7純阿—〈松〉「純」を見せ消ち、「頓」と傍書。　8池内孫太郎—底本「池田孫太郎」。〈長〉などによる。　9小山兵庫助—〈黒〉「小山兵庫」。　10垂水—〈長〉「垂井」。　11三郎左衛門尉—〈黒〉「三郎左衛門」。　12中次—〈長・京・黒〉「中須」。〈松〉「次」を見せ消ち、「須」と傍書。　13弥三郎—〈黒〉「孫三郎」。〈松〉「弥」を見せ消ち、「孫」と傍書。　14参㆓諸方㆒—〈黒〉「参リ以テ諸方」。〈松〉「参詣方」の「詣」を見せ消ち、「以諸」と傍書。　15呉《クレ》—〈松〉「巽」。　16久津那衆—底本「久津郡衆」。〈長〉などによる。　17池内兵庫允—〈長〉「池内兵庫亮」。　18未時—〈京〉「未明」。　19岩屋谷衆

——〈京〉「岩屋各衆」。

【注釈】

一　同廿三年〈貞治六年也〉　正平廿三年は、正しくは貞治七年（二月に改元して応安元年＝一三六八）。四—⑥では、正平二十年を貞治四年と正しく記しており、ここは単純な誤記か。　二　仁木（方）大将ニテ　仁木氏は三河国仁木郷（現愛知県豊田市）を本貫とする足利氏庶流の一族。南北朝動乱では、仁木頼章・義長兄弟を中心に、ほぼ将軍方（北朝）につき、一時は室町幕府の中で重きをなした。頼章は延文四年（一三五九）没。築山本『河野家譜』は、この辺り『予章記』に依拠して叙述しているが、仁木については、「仁木左京大夫義尹」とする。また『予陽河野家譜』は、「仁木兵部少輔義尹」とし、伊予の守護職に補せられたとする。築山本や『予陽河野家譜』の記述が何によるのかは不明。　三　不ㇾ相㆓随於大田居㆒　文意をつかみがたい。「大田居に相随はずして…」と読んでみたが、「…相随はず、大田に居て」とも読める（校異1参照）。直後に「大田陣」が見えるので、大田は浮穴郡小田（現喜多郡内子町）。大田陣に立てこもって仁木方に従わなかった者、の意か。　四　佐伯豊前参　地名とも人名ともよめるが、文意不詳。　五　雖ㇾ然御晦不ㇾ給　通直（通堯）の「渡海」については懐良親王の許しが出なかった。　六　豊前根津（ノ）浦　未詳。　七　呉《クレ》　安芸国安芸郡の地名（現広島県呉市）。　八　畑見　安芸国安芸郡倉橋島北部の波多見（現呉市）。　九　松崎　伊予郡松前《まさき》（現松前町）。　一〇　完草入道　「完」は「宍《しし》」の誤りか。細川氏庶流に完草・鹿草などと名乗る者がいるので（小川信『足利一門守護発展史の研究』）、その一族であろう。　一一　温泉　四—④にみえる「温泉ノ山」（現松山市湯山）か。　一二　大空ニ引籠ル　四—④にみえるように、大空は細川方の拠点だったので、敵方の細川勢が大空城に引籠った、の意か。　一三　吾河・黒田　いずれも伊予郡の地名（吾河は現伊予市、黒田は現松前町）。

四—⑩〈正平二十三年閏六月から九月の合戦〉

【本文】

閏六月四日、松崎ヨリ船・陸二手ニテ、福角[一]（ニ）発向（ス）。其夜ハ久万越[二]ニ陣取ル。通任ハ陸ノ御伴、彼此馬上六十余騎、具足四百八十余ト聞ユ。[1]五日、又福角発向（ス）。同八日、花見山[三]（ノ）城（ニ）攻陣取。西[2][四]園寺方衆相加ルノ間、其勢雲霞ノ如シ。

同[3]十一日、大空城へ、正岡六郎左衛門尉、忍[4]入テ打落[5]（ス）。同十三日ノ夜、完草入道父子若党六人自害ス。国人等六十余人雖レ籠、或降参シ或没落シ畢。

同七月十七日、花見山ノ城降参ス。少々残留ル者（ハ）、久枝四郎左衛門入道与利ナド[6]ハ、道ノ口ヲ乞[7]、退出ス。其後、難波・正岡（ノ）人々皆参ズ。

同日、仁木為二大将一、野[8][五]口ヲ打出ヅ。当[六]方可二打向一之処ニ、恵良城、望月六郎左衛門尉、松浦、浅海、尾越等楯籠ル。其外、乃万、多賀谷彦四郎、宇佐美等有ニ依テ、南山城入道南面ニ陣ヲ取リ、北面ニ陣ナシ[9]。能[10]美衆可二陣取一ト雖レ被レ仰、大略斟[七]酌ス。庄帯刀左衛門尉ヲ以テ、通任（ニ）可[11]二調法一之由、被二仰出一之間、兎角申[12]誘《アツカウ》テ、同十八日浅[八]海口ニ令二陣取一。其後、福角へ御立有テ、此方一揆ノ衆ニ、玉井入道父子、大野八郎左衛門尉兄弟、村上、山内、池田[13]、櫛戸、通任等也。

同九月六日、府[九]中（ノ）敵、佐[一〇]波ニ数輩（ヲ）引率シテ、菊[一一]万ニ打越、高[一二]山（ニ）陣取。既及二難義一之由、得居、正岡、東[14]、得重、長左近方ヨリ注進ス。即馳帰テ、可レ有二合力一之由、被レ仰之間、返（リ）向処ニ、鴨[一三]部、大井、乃万辺、後攻トテ騒動ス。終日合戦、敵少々打取テ、府中へ追返ス。両方引退処ニ、十日、佐波ヨリ重テ勢ヲ越テ、高山ヲ取テ、切[15][一四]籠峯ニ陣取。

同[一五]十九日、夜討シテ一陣追落ス。故ニ府中衆[16]十余人討取、味方ニハ大[17]籠蔵人一人討死ス。

同[18]十三日、野々口ヨリ敵千騎計ニテ打下テ、八[一六]蔵ニ陣取ベキ支度ナリ。味[19][一七]方ハ浄土寺ヨリ出合テ合戦（シ）、敵数輩打取テ、仁木ヲ始テ方々退散ス。

同十六日、恵良城衆、道口ヲ乞、退出ス。村上、山内、池内、須佐美等ガ籌策ニ依ナリ。同廿九日御出府[一八]。雖レ然、佐波木梨入道城[20]アリ。中道前手向[21][一九]、越智降参ス。

【校異】

1五日、又―〈京〉「五百又」の「百」に「日一本」と傍書。〈黒〉「又五百余騎」。〈松〉「五百又」の上に「又」、下に「余騎」と補入、「又」を見せ消ち。　2西園寺方衆―〈黒〉「西園寺山方衆」。〈松〉「西園寺方衆」の「方」の上に「山」と補入。　3同十一日―〈京〉「十一日」。　4忍入テ―〈長・松〉「忍ヲ入テ」、〈京〉「忍ヲ入」、〈黒〉「忍入」。　5打落ス―〈黒〉「截落ス」。　6ナドハ―〈黒〉「成レハ」。　7乞―底本「迄」。〈長〉などによる。　8野口ヲ―〈長〉「野ノ口ヲ」、〈京〉「野ノ口」、〈黒〉「野ノ口ニ」、〈松〉「野々口ニ」。　9陣ナシ―底本「陣ヲナシ」。〈長〉などによる。　10能美衆―〈長・黒・松〉「能島衆」。　11可二調法一―〈松〉「可」の上に「面々」と補入。　12アツカウ　中誘テ―〈長〉「申誘《イサメ》テ」、〈黒〉「申扱フ」。　13池田―〈長〉「池内」。〈松〉「内」を見せ消ち、「田」と傍書。　14東―〈長〉なし。　15切籠峯ニ―〈黒〉「切リ籠リ峯ニ」。　16十余人―〈京〉「十四人」。　17大籠蔵人―〈黒〉「大籠蔵人丞」。　18同十三日―〈黒〉「十三日」。　19浄土寺ヨリ出合テ―〈黒〉「浄土寺ニ出向」。〈松〉「合」を見せ消ち、「向」と傍書。　20城アリ―〈黒・松〉「城ニ有」。　21中道前手向―〈黒〉「中道前手向イ」。

【注釈】

一 **福角**　和気郡福角（現松山市）。　二 **久万越**　久万は和気郡の地名（現松山市）。同地に久万ノ台と呼ばれる独立丘陵があるので、久万越はそれをさすか。　三 **花見山（ノ）城**　和気郡堀江（現松山市）に所在する中世城郭。福角に隣接する。　四 **西園寺方衆**　西園寺氏は、京都の西園寺氏の一族が所領宇和庄の支配のために下向して土着した領主。四―⑦の竹林寺殿と同じか。　五 **野口**　のちの「同十三日」の記事には、野々口とみえる。久米郡野口保のことか（現東温市）。同地には安国寺が所在する。　六 **当方可二打向一之処ニ、恵良城、望月六郎左衛門尉、松浦、浅海、尾越等楯籠ル**　細川勢が河野方に向かってきたので河野勢が恵良城に立てこもった、との意か。恵良城については四―④注釈六参照。　七 **斟酌ス**　ここでは「辞退する」の意か。　八 **浅海口**　風早郡浅海（現松山市北条地区）。恵良城の「北面」にあたる。　**九　府中**　現今治市の頓田川東岸にあったと推定されている伊予国府にちなむ地名。ここでは旧国府の地を含む今治平野一帯をさす地名として使われている。貞治五年（正平二十一年＝一三六六）十二月八日付けで頼之が府中の八幡宮・伊賀那志社・能寂寺に禁制を発しているのが確認されるから（「能寂寺文書」）、この地が細川氏の勢力圏であったことがわかる。　**一〇　佐波**　越智郡砂場か（現今治市）。　**一一　菊万**　野間郡菊万庄の地（現今治市菊間町）。　**一二　高山**　現今治市菊間町種《たね》の山中に高仙山《こうぜさん》城の跡が残されており、それとの関連が考えられる。　**一三　鴨部、大井、乃万**　鴨部は越智郡鴨部庄の地（現今治市小鴨部あたり）。大井、乃万は野間郡の地名。（大井は現今治市大西町、乃万は同市野間）。いずれも菊万に出陣した細川勢にとっては後方（東方）にあたる。　**一四　切籠峯**　未詳。あるいは「切り籠り、峯に…」と読むか（校異15参照）。　**一五　同十九日…同十三日…同十六日**　この部分時間が前後している。校異18の黒田本「十三日」には「同」がない。あるいはここから翌月か。　**一六　八蔵**　伊予郡八倉（現砥部町と伊予市にまたがる）。　**一七　浄土寺**　久米郡鷹の子（現松山市）に所在する寺。八倉の北方にあたる。　**一八　御出府**　通直が府中に入った、の意か。通直が、正平二十三年八月六日に風早郡善応寺に寄進状を（「善応寺文書」）、十月一日に越智郡能寂寺に禁制を（「能寂寺文書」）、十月十五日に越智郡国分寺に安堵状（「国分寺文書」）をそれぞれ発給しているので、この頃越智郡以西を支配下に入れたものと思われる。　**一九　中道前手向**　道前が伊予国の東半分をさすので、中道前は、その中央部にあたる周敷郡・桑村郡（現西条市西部）あたりをさすか。その地の河野方の軍勢が、佐波（砂場）の木梨入道の城を攻めた、との意か。

四―⑪〈正平二十四年の情勢〉

【本文】

[一]正平廿四年〈応[1]安二年也〉、新居郡発向、宇麻郡御出。生子山、松木、宇高少々参ズ。[二]同八日、[三]細川典厩、大将（ニテ）被レ向之間、[四]生子山一城修理亮、河野家（ノ）[2]御内人ヲ相副被レ籠。只式部少輔計御供也。

九月九日、横岡御陣[3]。[五]十月廿一日、鹿場《カンバ》御陣也。

九月十九日、[六]横岡御陣。其時、敵、鴨河ノ端、福武《フクタケ》ニ陣取。

同十一月九日、[七]満願寺前ニ近陣。十三日、[八]北条ヘ中入、即此方ヨリ夜討スト云ヘドモ不二破得一。同十四日、[九]鹿場（ノ）高外木《タカトキ》ノ城（ヘ）曳籠テ、額[一〇]ノ峯ニ陣取。敵即襲来ケルニ、十六日合戦、大手搦手両方ナガラ打勝畢〈「爰ニ[一一]僧有テ能島ノ城ヘ来テ此子細語ケレバ」ト云ヨリ是迄ハ、今岡陽向軒ノ注置分ヲ写也〉。

右[一二]ハ正平廿四[4]年迄ノ事也。其次年ハ応安元年[5]〈戊申〉、宮方ハ猶[6]正平廿五年也。其[一三]ヨリ後十一年ノ事ハ、記[7]タル物モナシ。能[8]々可㆓尋知㆒也。

【校異】

1応安二年―〈松〉「北朝応安二年」。　2御内人―底本「御同人」。〈長〉などによる。　3御陣―〈長〉「御陣取」。　4廿四年―〈長〉「廿四季」、〈黒〉「廿四年〈丁未〉」。〈松〉「廿四季」、ただし、「季」を消して右横に「年」。　5元年〈戊申〉―〈松〉「元年戊申」の「元」に「三ィ」、「戊申」に「庚戌ィ」と傍書。　6猶―底本「於」。〈長〉などによる。　7記タル物モナシ―〈黒〉「無㆓記シ者㆒」。　8能々可㆓尋知㆒也―〈黒〉「能々可㆑被㆑尋」。

【注釈】

一 正平廿四年〈応安二年也〉　一三六九年。前節後半は日付が乱れ、何月までのことを叙していたかわからないが、本節もこの年の何月から記述を始めているのかわからない。　**二 同八日…**　「同」が何月を指すか不明。長福寺本・黒田本も同。前節は正平二十三年で終わり、本節は翌年から始まるので、「同」ではあり得ないはず。　**三 細川典厩**　典厩は、右馬頭、右馬助などの唐名。この時期右馬助だったのは、細川頼之の養子頼元（基）であるが、ここではのちに右馬頭になった頼有（頼之の弟）をさすものと思われる。頼有は伊予守護であった兄頼之のもとで守護代の地位にあったものと考えられる。応安二年（一三六九）八月二十二日付けで新居郡保国寺（現西条市）に禁制を出しているから（「保国寺文書」）、この頃新居郡はいまだ細川氏の支配下にあったものと思われる。　**四 生子山**　新居浜市立川山《たつかわやま》の山中に中世城郭生子山《しょうじやま》城があり、今も遺構を残す。　**五 十月廿一日、鹿場《カンバ》御陣也。九月十九日**　「十月廿一日」と「九月十九日」が時間前後している。長福寺本・黒田本も同。鹿場については後述（注釈九）。　**六 横岡御陣。其時、敵、鴨河ノ端、福武《フクタケ》ニ陣取**　横岡は、西条市中野の、鴨川（現加茂川）右岸に遺構を残す横岡城のこと（別名横山城）。福武は加茂川が平野部に流れ出た地点の右岸の地名（現西条市）。　**七 満願寺**　今治市朝倉に同名の寺院がある。　**八 北**

条へ中入　北条は周敷郡北条郷のことか（現西条市）。中入は、敵味方が対陣中、一部の兵を分けて不意に敵を攻めること。**九　鹿場（ノ）高外木《タカトキ》ノ城**　高外木ノ城は、西条市洲ノ内の背後の山中に遺構を残す高峠城のこと。鹿場《かんば》は、高峠城北方の神《かん》拝《ばい》（現西条市）のことかと思われるが、なお検討を要す。**一〇　額ノ峰**　未詳。　**一一　爰ニ僧有テ能島ノ城へ…**　四―⑤冒頭の文を指す。四―⑤から⑪までが、今岡陽向軒の記した合戦記録に拠っていることになる。　**一二　右ハ正平廿四〈丁未〉年迄事也。其次年ハ応安元年〈戊申〉、宮方ハ猶正平廿五年也**　正平二十四年（一三六九）は、己酉で北朝の応安二年にあたる。その次年である正平二十五年は、庚戌で応安三年にあたるから、校異5に記す松平文庫本の傍書が正しい。正平・応安両年号の対応は本節冒頭に記されていたとおりであり、「応安元年」は単純な誤記・誤写か。　**一三　其ヨリ後十一年ノ事ハ、記タル物モナシ**　正平二十四年（一三六九）から、次節で述べる康暦元年（一三七九）まで、足かけ十一年間。本書が、この前後の部分では、記録的な素材の編集・継ぎ合わせによって成っており、素材がない部分は記述できなかった様子を示している。

【補注】

◎今岡陽向軒　四―⑤の「爰ニ僧有テ」から四―⑪の「大手搦手両方ナガラ打勝畢」までは、「今岡陽向軒ノ注置分ヲ写也」という注記が付されている部分である（以下、この部分を「今岡陽向軒手記」と略記する）。多くの興味深いできごとを記しているこの部分がいつの時点で『予章記』に取り込まれたのかは、重要な問題であるといえる。可能性としては三つの場合が考えられよう。第一は、一五世紀前半と考えられる原『予章記』成立の時点ですでに取り込まれていた可能性、第二は、部分的な追補が行われたと考えられる一五世紀後半に追補の一部として取り込まれた可能性、第三は、近世はじめに多くの写本が作られたときに新たに取り込まれた可能性である。

これを考えるためには、今岡陽向軒が何者であるかを知る必要があるが、それについて知りうることはあまりない。唯一の手掛かりというべきものは、明治期の郷土史家得能通義氏旧蔵の『予陽河野家譜』の付箋部分に記された（おそらく得能氏が付した）「此書ハ天正十五年八月、春禅院殿依命、土居入道了庵而今岡陽向軒一忍居士撰」という文言である。これに従えば、今岡陽向軒＝土居了庵＝一忍居士で、天正期の人物ということになるが、この付箋部分の記述には問題が多い。

第一に、『予陽河野家譜』が天正十五年（一五八七）八月に春禅院の命によって編集されたとしている点。『予陽河野家譜』の編集時期についてははっきりしていないが、文中の用語や地名から判断して、早くても慶長年間まで下るものであり、天正十五年ということはあり得ないことは、すでに早くから指摘されているところである（景浦勉校訂『予陽河野家譜』解題）。第二に、土居了庵＝一忍居士としている点。土居了庵については『予陽河野家譜』のなかに何度か姿を見せ、河野氏末期の家臣の一人であったことは間違いないが、晩年の名乗りが一忍居士ではなく、了一居士であったことが報告されている（田中弘道「天徳寺中興開山・南源宗薫と彼を巡る人々」）。これらのことから、得能通義氏が著した付箋部分の記述を根拠にして今岡陽向軒＝一忍居士とし、今岡陽向軒を近世はじめの人物とすることはできない。

　それでは、「今岡陽向軒手記」の内容についてはどうであろうか。現存の『予章記』そのものの成立時期を近世初頭と考える丸山幸彦氏は、当然「今岡陽向軒手記」の成立も近世初頭のこととしている（「近世『予章記』の成立とその構造」）。丸山氏によれば、この手記の特徴は、海賊衆頭領の村上義弘や今岡通任が主役として前面に出ていることであり、それは、今岡陽向軒の祖である村上家・今岡家などで構成される戦国期村上水軍の活動を南北朝期まで遡らせて描いたからである、という。たしかに丸山氏のいうように手記の記述に後世の海賊衆村上氏の姿が反映されていることは間違いないであろうが、一方その「後世」が近世まで下るかというと必ずしもそうとはいえないように思う。例えば、記述の中に多く出てくる地名や人名を検討してみると、近世的な要素（つまり近世になってからでないと出てこないはずの地名や人名）は、ほとんど見られない。また、記述されているできごとについても、多くは古文書史料によって確認できるものであり、時を隔てて書かれた記録類によく見られるような誤りや脚色もあまり見当たらない。

　このようなことからすれば、「今岡陽向軒手記」の成立と『予章記』への取り込みを中世と見る余地も十分に残されている。ただそれが、一五世紀前期の原『予章記』成立の時期か、それとも一五世紀後期の追補の時期かまで明らかにすることはできない。いずれにしても「今岡陽向軒手記」の成立、『予章記』への取り込みの時期については、今岡陽向軒の人物像の解明と合わせて今後の課題とせざるを得ない（山内）。

四—⑫〈康暦元年十一月、通直（通堯）生害〉

【本文】

[一]康暦元〈己未〉、宮方ハ[1]天授五年也。此年、[二]中道前ヲバ河野家打敷テ、[三]吉岡ノ佐志久原ニ大陣ヲ張ル。諸勢ヲバ新居・宇麻両郡へ被レ遣。陣中へ無勢ナル由、武州方へ告知スル者有ケレバ、細川勢、密々ニ吉岡ノ山中へ籠置、陣ノ体ヲ伺見ケルニ、如レ案、諸勢ハ皆東方へ被ニ差遣一、陣ハ小勢ニテ有シ処へ、大勢西ノ山陰ヨリ出（テ）[2]相掛リケレバ、雖ニ防戦一利ナクシテ、十一月六日晩景ニ、[四]通直御生害アリケル。西園寺家モ一処ニ御生害也。其外、在合（ツル）程ノ一族、[3]悉（ク）討死矣。

抑、[五]通直[4]幼少之時十五歳、[5]於二瀬田城一父ニ離レ、壮年ノ比ハ、九州迄[6]漂流シ、酸《サン》辛ノ[六]腸ヲ九回シテ、適《たまたま》武略ヲ以テ入国有テ、十年ヲ不レ経シテ如レ此成玉フ事、弓馬ノ家業[8]果、痛哉。始ハ通堯ト申セシヲ、九州ニテ吏部親王ノ見参ニ入、[七]讃岐守ニ被レ任、名乗ヲモ通直ト改テ、刑部大輔ニ成給フ。今ハ又、戒名曰二道昌一、字曰二桂峰一。三十余年ノ御齢、寔《まこと》ニ[9]惜哉。御妹二人マシマス。[八]一人ハ西園寺家御台、一人ハ得能右馬助ガ室也。息男二人御坐ス。嫡子ヲバ[九]亀王丸十歳、[10]舎弟[一〇]鬼王丸（八）八歳也。各幼稚ナレドモ、[一一]将軍義満〈鹿苑院殿ナリ〉、父祖ノ忠功ヲ思食テ内々御哀愍、寔《まことに》親切也。[一二]争レ国事ハ、頗非二公義一。今度於レ国討死之事ヲモ御感状ニ預リ、「親父討死、忠節神妙」之由、被二仰出一ケルゾ難レ有也。

【校異】

1天授―底本「天受」。〈長〉などにより訂正。　2相掛リケレバ―〈京〉「相進ケレバ」。　3悉（ク）―〈黒〉「数多」。　4幼少―〈黒〉「御幼少」。〈松〉「幼少」の上に「御」を補入。　5於二瀬田城一父ニ離レ―〈黒〉「瀬田城出、父通朝ニ別レ給」。〈松〉「於二瀬田城一父離」の「於」「父離」を見せ消ち、「父離」の位置に「ニ出父通朝別レ給ィ」を補入。　6漂流シ―〈京〉「漂流アリ」、〈黒〉「有二御漂流一」。〈松〉「漂流アリ」の上に「御」を補入。　7酸《サン》辛ノ腸ヲ九回シテ―〈黒〉「酸辛腸ヲ九廻シ」。　8果、痛哉―〈長〉「果ヌ、痛哉」、〈京〉「痛《シイ》哉」、〈黒〉「果痛敷」、〈松〉「果《テコソ》痛《シケレ》」。　9惜哉―〈黒〉「惜有レ余者也」。〈松〉「哉」を見せ消ち、「トモ余リアリケル者也」を補入。　10舎弟鬼王丸（八）八歳也―〈黒〉「次男鬼王丸八歳成給也」。〈松〉「八歳」の下に「ニ成玉フ」を補入。

【注釈】

一　康暦元〈己未〉、宮方ハ天授五年也　康暦元年（天授五年＝一三七九）閏四月、康暦の政変によって細川頼之は京都を追われて四国へ下る。九月には、足利義満から河野通直にあてて頼之追討の命令がだされている（「長州河野文書」）。 **二 中道前** 四—④の「道後」の項参照。四—⑩注釈一九参照。 **三 吉岡ノ佐志久原** 西条市安用《やすもち》に佐志久山とよばれる独立丘陵があるのでその地のことか。この辺りは中世には吉岡庄が所在していた。 **四 通直御生害アリケル** 佐志久山の一角には河野通尭墓と伝えられる五輪の塔が残されている。 **五 通直幼少之時十五歳、於㆓瀬田城㆒父ニ離レ、壮年ノ比ハ、九州迄漂流シ** 四—③、⑤参照。 **六 腸ヲ九回シテ** 腸《はらわた》が幾重にもねじれるほどの苦しみを経験して **七 讃岐守ニ被㆑任、名乗ヲモ通直ト改テ、刑部大輔ニ成給フ** 讃岐守は、正平二十一年（一三六六）五月二十二日胤房奉書が初見（「築山本河野家譜所収文書」）。刑部大輔は、天授元年八月十五日に任じられたことが確認できる（「河野通尭文書」）。 **八 一人ハ西園寺家御台** 西園寺家は宇和郡の領主。京都の西園寺氏の一族が家領宇和庄を直務するために下向して土着したとされる。西園寺家の御台や得能右馬助の室が通直（通尭）の妹であったことは、「越智系図」（『続群書類従』巻一六七）などにもみえるが、これは『予章記』に依拠したものと思われる。得能右馬助は、得能氏の一族であろうが、他には見えない。 **九 亀王丸十歳** この後、四—⑰で元服、通能を名乗る。康暦元年（一三七九）に十歳なら、応安三年（一三七〇）生まれ。 **一〇 鬼王丸（ハ）八歳也** この後、四—⑰で元服、通之を名乗る。康暦元年（一三七九）に八歳なら、応安五年（一三七二）生まれ。 **一一 将軍義満〈鹿苑院殿ナリ〉** 足利義満（一三五八～一四〇八）。義詮の男。室町幕府第三代将軍。一三六八～一三九四在職。 **一二 争㆑国事ハ、頗非㆓公義㆒** 伊予国をめぐる細川氏などとの争いは、公の戦いではない意。それでも、通直（通尭）の討死は幕府への忠節と認められたとする。

四—⑬〈義満の安堵状〉

【本文】

翌年、国ノ安堵[1]ヲ被㆓成下㆒。其状ニ云。

一 伊与国守護職幷本知行、任㆓通信例㆒可㆑致㆓沙汰㆒之間事等、去年被㆑仰㆓亡父刑部大輔㆒訖。早領掌不㆑可㆑有㆓相違㆒之状、如㆑件。

康暦二年四月十六日　義満御判

河野亀王丸殿

（又云）、
[2][二]河野亀王丸輩本知行地之事、不レ可レ有二相違一之状、如レ件。

康暦二年四月十六日

河野亀王丸殿

其後又御内書、

[三]伊与国地頭御家人并本所領預所沙汰人名主（等）事、随二守護催促一可レ致二忠節一之間、可二相触一之状、如レ件。

康暦二年八月六日

河野亀王丸殿

此等（ノ）御教書、雖レ有二御認一、兎角延引シテ、翌年永徳元年正月被二認下一之間、於レ国頂戴仕者也。

【校異】

1安堵―底本「案堵」。〈長〉などによる。　2河野亀王丸―以下の書状、〈松〉は貼り紙で補入。

【注釈】

一 伊与国守護職并本知行…　以下、本節一通目の文書（康暦二年四月十六日）は、原文書が伝わらない。　**二 河野亀王丸輩本知行地之事…**　以下、本節二通目の文書（康暦二年四月十六日）は、「長州河野文書」に原文書がある。ただし、原文書との間には以下のような形式や文言の異同がある。まず、『予章記』には花押がないが、原文書には袖判あり。また、「河野亀王丸輩本知行地之事」→「河野亀王丸随遂（ママ）輩本知行地之事」、「河野亀王丸殿」→ナシ。　**三 伊与国地頭御家人…**　以下、本節三通目の文書（康暦二年八月六日）は、「河野文書（臼杵稲葉）」に原文書の写しがある。文言の異同は以下のとおり。「忠節之間」→「忠節之旨」、「河野亀王丸殿」→「河野亀王殿」。

四―⑭〈亀王丸（通能）・鬼王丸、細川氏と和与〉

【本文】

[一]加程ニ上意ハ雖レ忝、細川武州、国ヲ被二伐取一之間、涯分防戦。然共、[1][二]武州ハ為二大名一猛勢也。此故ニ毎度被二追出一、又酸辛シテ立帰（テ）、朝夕苦戦計也。[三]三島大明神（ハ）、[2]他ノ国ヨリモト守護シ玉フ故ニヤ、武運未レ尽、国家未レ被レ奪。上意モ依レ無二御捨一[3]堅固ナルゾ。武州モ半バ退屈ノ時分、[四]京都ヨリ武州ヲ被二召上一之間、国ノ事（ハ）以二和与之儀一[4]本主ニ渡スベキヨシ也。

其比、亀王丸[5]兄弟、[五]伊座城ニ御坐ス。[6][六]此衆ニ何共シテ被レ上事（ヲ）[7]悦思ケル間、両方之諸軍勢、皆開二喜悦眉一、[8]共ニ申合（セ）議評定シタル也。[9]亀王丸殿ハ、「雖二可レ然之儀一、祖父・亡父二代ノ敵ニ可二対面一事、[七]慙汗難レ拭者也。[10]鬼王丸未レ足二十歳一、[11]不レ亘二思惟一、恨モ可レ逃ヤ」トノ玉ヒケレバ、侍臣皆感涙ヲ流ス計也。仍、[12]鬼王殿ヲ[13][八]正岡尾張守奉二具足一、十一月十五日、於二[九]福角北寺一御対顔有ナリ。[一〇]新居郡・宇麻郡ハ、大半[14]細川ノ家ヘ被レ遣。和談之上者不レ及二是非一、且ハ一恩ニカケテ契約之辻ニトテ細川家ヘ被レ遣。

【校異】

1武州―〈松〉「武蔵」。以下、〈松〉では同様の例が多いが、注記省略。　2他ノ国ヨリモト―〈長〉「コノ国モトヨリ」、〈黒〉「自二他国一」。　3堅固ナルゾ―〈黒〉「弥堅固也ケレバ」。〈松〉「堅固ナルソ」の「ルソ」を見せ消ち、「リケレハ」と傍書。　4本主ニ渡スベキヨシ也―〈黒〉「本主ニ渡シ可レ有二上洛一由也」。〈松〉「渡」の下に「上洛有」と補入。　5兄弟―〈黒〉「御兄弟」。〈松〉「兄弟」の上に「御」を補入。　6此衆ニ―〈長〉「此衆」、〈黒〉「此衆ハ」。〈松〉「ニ」に「ハ」と傍書。　7悦思ケル―〈松〉「悦」を見せ消ち、「恰好二」と傍書。　8共ニ―〈松〉「共二」を見せ消ち、「与《ト》レ爾《シカ》」　9亀王丸殿ハ、雖二可レ然之儀一―〈黒〉「尤雖レ可レ然、亀王殿ハ」。〈松〉「亀王丸」の上に「尤」と補入。　10鬼王丸―〈黒〉「鬼王ハ」。　11不レ亘二思惟一―〈黒〉「未レ亘二思惟ノ所一」。〈松〉「思惟」の下に「之処」と補入。
12鬼王殿―〈長・松〉「鬼王丸殿」。　13正岡尾張守―〈黒〉「平岡尾張守」。〈松〉「正岡尾張守」の下に「殿」と補入。
14細川ノ家へ被レ遣―〈長・黒・松〉「細川家ノ衆也」、〈京〉「細川家ノ衆ナリ被レ遣」。

【注釈】

一　加程ニ上意ハ雖レ忝、細川武州、国ヲ被二伐取一之間、涯分防戦　「上意」は前節に見た足利義満の支持。幕府に支持されていたにもかかわらず、細川氏が力づくで国を奪い取り、必死の防戦に追われたとする。「涯分」は、力の及ぶかぎり、精いっぱいの意。　**二　武州ハ為二大名一猛勢也**　「大名」は、すぐれた名声の意の「たいめい」か。細川頼之は、著名な武将として強大な勢力を有していた、の意。　**三　三島大明神（ハ）、他ノ国ヨリモト守護シ玉フ故ニヤ**　校異2参照。底本や黒田本によれば、「三島大明神は、他の国よりも伊予国を大事に守ってくださるので」の意。長福寺本によれば、「この伊予国は、元来、三島大明神が守ってくださる国なので」の意。　**四　京都ヨリ武州ヲ被二召上一之間、国ノ事（ハ）以二和与之儀一、本主ニ渡スベキヨシ也**　頼之が京都へ召し返されることになったので、伊予国のことは河野氏と和睦して河野氏に渡すようにとの将軍義満の意が示された。ただし、細川頼之が実際に京都に召し返されたのは明徳二年（一三九一）。三―⑰注釈参照。　**五　伊座城**　松山市東大栗に医座山城跡があり、現在も遺構を残している。　**六　此衆ニ何共シテ被レ上事（ヲ）悦思ケル間、両方之諸軍勢、皆開二喜悦眉一**　「此衆ニ」は、黒田本、松平文庫本に従って「此衆ハ」とし、頼之方の軍勢とみるべきか。「喜悦の眉を開く」は、非常に喜ぶこと。頼之方の軍勢が京都に上ることになったので、両軍とも喜んだ、との意か。　**七　慙汗難レ拭者也**　慙汗は、ひどく恥じ入ってかく汗のこと。　**八　正岡尾張守**　校異13参照。四―⑨に正岡尾張守がみえるので、底本に従うべきか。　**九　福角北寺**　福角については四―⑩参照。北寺は未詳。　**一〇　新居郡・宇麻郡ハ、大半細川ノ家へ被レ遣**　こののち細川家は、新居・宇摩両郡の分郡守護になったことが古文書史料によって確認される。

四―⑮〈北条多賀谷衆の安堵〉

【本文】

爰ニ又、北条多賀谷衆ハ初ヨリ細川家ニ対シテ忠勤ヲ雖レ抽、周敷郡ハ為二国領一之上、是非ハ沙汰ニモ不レ及シテ失レ拠之間、讃[二]岐歌津迄御伴申、船[三]本ニテ訴訟[1]也。「我[四]等屋敷処ハ国へ御放也、進退可レ有二如何一」ト也[2]。「尤[3]ゲニモ也。河野家へ可二申試一」トテ、即以二御書一（云）、「周敷郡北条郷多賀谷衆、数年忠節（ノ）者也。彼郡御知行（ノ）事（ニ）候間、居所ヲ失之由侘[4]事仕候。重代ノ屋敷所（ノ）事候。以二御憐愍一致[五]二安堵一候者、於二愚身一併《しかしながら》可レ為二御扶助一候。但就二国役等之儀一者、堅固申付可レ令二勤仕一候。聊不レ可レ有二無沙汰一候」ト被レ遊タリ。「此上者不レ及二難渋一」トテ、安堵サセラル。

【校異】

1訴訟也―〈黒〉「申様」。　2也―〈黒〉「訴訟被レ申ケレハ」。〈松〉「也」を見せ消ち、「訴訟被レ申ケレハ」と傍書。
3尤ゲニモ也―〈黒〉「申旨尤也」。　4侘事―〈長〉「侘言」。

【注釈】

一 **北条多賀谷衆**　武蔵国多賀谷（埼玉県騎西町）を本貫とする領主で、承久の乱後周敷郡北条郷地頭職を得て一族が西遷してきた。その多賀谷衆は、細川氏に忠勤を励んできたが、河野氏に伊予の大半の支配権をわたすことになってその処遇が問題となった。北条は現西条市北条。現地には多賀谷氏の館跡と伝えられる所が残されている（山内譲『中世の港と海賊』）。

二 **讃岐歌津**　香川県宇多津町。細川氏の讃岐守護所の所在地。慶応元年（一三八九）に厳島参詣の旅をした足利義満は、宇多津に立ち寄り頼之と対面している。四―⑰注釈四参照。

三 **船本ニテ訴訟也**　港で船から下りると同時に訴えた（願い事をした）意か。

四 **我等屋敷処ハ国へ御放也**　細川方であった多賀谷氏の周敷郡の所領が、河野氏の支配地の中に取り残された、との意か。

五 **致二安堵一候者、於二愚身一併可レ為二御扶助一候。但就二国役等之儀一者、堅固**　この部分は、群書類従本では脱落。

四―⑯〔義満より御書〕

【本文】

コノトキ、公方様〈鹿苑院殿〉御書（二）曰、

[一]細川右京大夫、雖レ有二御免一、伊与国守[1]（護）職事、成二下安堵一上者、当国総而不レ[二]可二相綺一之由、所[2]二仰含一也。早可レ令二存知一之状、如レ件。

康暦二年十二月廿九日　御判[3]

河野亀王丸殿

同時細川家へ被レ遣御書ニ云、

[三]伊与国守護職以下事、成二下安堵於河野亀王丸一訖。総而於レ国者不レ可レ有二其綺一。可レ存二知此趣一之状、如レ件。

康暦二年十二月廿九日　御判[4]

細川右京大夫殿

又云、

[四]伊与国守護職事、先[5]立付二河野亀王丸一訖。早可レ止二其綺一之状如レ件、

永徳元年三月八日

細川右京大夫殿

如レ此上意御懇切、異二于他一也。

【校異】

1守（護）職―底本「守職」、〈長〉などにより訂正。〈京〉「守護」。　2所二仰含一―〈長・黒〉「被二仰含一」　3御判―〈長〉「義満ノ御判」。　3御判―〈長〉「同御判」。　5先立―〈松〉「立」に「言ィ」と傍書。

【注釈】

一 **細川右京大夫、雖レ有二御免一、伊与国守（護）職事**… 以下、本節一通目の文書（康暦二年十二月二十九日）は、「河野文書（臼杵稲葉）」に原文書の写しがある。細川右京大夫は、頼之の弟でその養嗣子となった頼元。文言の異同は以下のとおり。「細川」→「細河」、「伊与国」→「伊予国」、「守（護）職事」→「守護職以下事」、「当国総而」→「当国惣而」、「相綺之由」→「相綺由」、「被仰含也」→「堅所仰含」、「河野亀王丸殿」→「河野亀王殿」。　二 **不レ可二相綺一之由** 「相綺」（あひいろふ）は、干渉する、関与するの意。伊予国の支配について干渉してはならないと細川氏に命じた旨を河野氏に伝えている。　三 **伊与国守護職以下事**… 以下、本節二通目の文書（康暦二年十二月二十九日）は、原文書が伝わらない。　四 **伊与国守護職事**… 以下、本節三通目の文書（永徳元年三月八日）は、原文書が伝わらない。

四―⑰〈通能（亀王丸）元服、義満との関係〉

【本文】

亀王丸、[一]十五ニテ至徳元年ニ御元服、九郎通能ト申（ス）。公方様ヨリハ義ノ字被レ下ドモ、憚テ先能字ヲ[1]名乗ケル。同[2][二]鬼王丸ハ至徳三年ニ御元服。是ハ細川武州親子之契約ヲ成テ、御名ヲバ六郎、名乗ハ頼之ノ字ヲ以テ通之ト申也。是モ公方様被レ加二御内義一、如レ此御調法アル也。是モ只[3][三]自他ノ冤讎ヲ和テ、[4]国家ヲ令二長久一御慈愍也。又、[四]康応元年、将軍西国御下向ノ時、三月十八日、[5][五]防州竈戸関ニテ被レ掛二御目一。[六]次ノ明徳二年、通能参洛、殊以テ御寵顧不レ斜、朝昏出仕伺候也。或時、[七]当家茶碗之事御不審ニテ、推（シ）テ塗物ヲ可レ賜御支度ナルニ、忽奇瑞アツテ通能（ノ）[6]面腫シケルニ[7]御驚転有テ、「サテハ無二[8]私曲一」トテ、如レ元土器作等、可レ為二[9]家人一之由、被二仰定一。[八]御名乗字ヲモ義ノ字ニ[10]被レ成。其外、国家ノ事、悉任二通信例一、進退不レ可レ有二相違一之由被二仰定一、見聞人、[11]羨レ之計也。然而、京都ハ[九]北山花ノ御所御草創アリ。[12][一〇]主上円融院モ御臨幸也。

【校異】

1名乗ケル―〈長・京・黒・松〉「被二名乗一ケル」。　2鬼王丸―〈長・黒・松〉「鬼王殿」。　3寃讎―底本「宛讎」。〈長・京〉による。〈黒〉「寇讎」、〈松〉「怨讎」。　4国家―〈黒〉「家」。　5防州―底本「房州」。〈長〉などによる。　6面腫シケルニ―〈長・黒・松〉「面腫レケルニ」。　7御驚転―底本「御驚伝」。〈長〉などによる。　8私曲―〈黒〉「私」。　9家人―〈黒〉「御家人」。〈松〉「家人」の上に「御」を補入。　10被レ成―〈黒〉「被二仰付一」。　11羨レ之計也―〈黒〉「美《ホメヌハ》ナカリケリ」。〈松〉「羨《ム》レ之計也」を見せ消ち、「美ヌハナカリケリ」と傍書。　12円融院―〈京〉及び群書類従本「後円融院」。

【注釈】

一 十五ニテ至徳元年ニ御元服、九郎通能ト申（ス）　亀王丸（通能）は、応安三年（一三七〇）生まれであった（四―⑫注釈九）。至徳元年（一三八四）には十五歳。後の河野宗家（本宗家）の祖となる。　**二 鬼王丸ハ至徳三年ニ御元服**　鬼王丸（通之）は、応安五年（一三七二）生まれであった（四―⑫）。至徳三年（一三八六）には十五歳。後の予州家の祖となる。　**三 寃讎**　エンシュウ。あだ、かたきのこと。　**四 康応元年、将軍西国御下向ノ時**　足利義満は康応元年（一三八九）に厳島参詣のために西国に下向した。その様子は、今川了俊『鹿苑院殿厳島詣記』などに詳しい。　**五 防州竈戸関**　四―⑥注釈四参照。前記『鹿苑院殿厳島詣記』に、この地において「伊与の河野など御目にかゝりきときこゆ」との記述がある。　**六 次ノ明徳二年、通能参洛、殊以テ御寵顧不レ斜、朝昏出仕伺候也**　在京して守護としての務めをはたしたことを示す。「御寵顧不レ斜」は、将軍義満が気にかける様子が、並々でなかったとの意。　**七 当家茶碗之事御不審ニテ、推（シ）テ塗物ヲ可レ賜御支度ナルニ、忽奇瑞アツテ通能ノ面腫シケルニ**　河野家に、朝夕の食器に土器（かわらけ）を使い、使用した土器は二度と使用しないという習俗のあったことは、一―⑥に見えていた。ここでは、その習俗に従って通能が塗物（漆器）を使わず土器を使っていたのを不審に思った義満が塗物の食器を賜ったところ、たちまち通能の顔面がはれ上がった、という意。 **八 御名乗字ヲモ義ノ字ニ被レ成** 実際には、嘉慶二年（一三八八）ころから通義と名乗っているのが確認される（「善応寺文書」）。 **九 北山花ノ御所** 正しくは、北山殿と花の御所は別。前者は義満が将軍職を義持に譲ったのち移り住んだ邸宅。後者は京都の室町に永和四年（一三七八）に造営した邸宅。 **一〇 円融院** 後円融院が正しい。

四―⑱〈相国寺建立の際の軋轢〉

【本文】

其後[一]永徳二年ニ[1]小松院御即位、[二]此年同又相国寺御建立ノ間、[三]当国ヨリモ過分ノ材木等御進上有ケル也。[四]諸大名悉北山へ被レ移ケルニ、京都ニハ只[五]六角ト河野ト依レ為二不弁一遅滞シケルヲ、細川家ヨリ、「河野ハ依レ有二野心一如レ是也」ト巷説シケル。[2][六]上意ノ吉者ヲバ、[3]群士嫉《ネタム》習也。以外申合ヘリ。内々用心等モ大事ナレバ、国へ[4]節々申下（シ）、勇人幷用途等可レ上之由[5]催促也。国人等河野於二[七]万松院一[6]評定シ、[八]勇人六十人、具足百五十、其外用脚等被二認上一。路次物忩ニシテ凶賊多シテ、内々細川家ノ悪党ドモ、寄二事於左右一可二狼藉一趣也。然間、各々商人ノ体ニ出立、武具ヲバ[7][九]千担櫃ニ作リテ持セ、安々ト[8]入洛シテアレバ、公方様ヨリモ内々聞食被レ及、[一〇]密々ノ御扶持ドモ有ケレバ、兎角シテ北山へ被レ移ケレバ、即物言モ止ニケリ。

【校異】

1小松院―〈京〉は上に「後」と補入。群書類従本「後小松院」。 2上意ノ吉者ヲバ―〈黒〉「上意好者」。 3群士―底本「郡士」。〈長〉などによる。 4節々申下（シ）―〈黒〉「切々使者ヲ下」。 5催促也―〈黒〉「被二申下一」。

〈松〉「催促也」を見せ消ち、「被申下」を補入。　6評定シ―〈長〉「何モ評定シ」。　7千担櫃―底本「手担櫃」、〈長〉「先担櫃」。〈京・黒・松〉による。　8入洛シテアレバ―〈黒〉「入京用心」。〈松〉「入洛シテ」の下に「用心シケリ」と補入。

【注釈】

一　永徳二年ニ小松院御即位　永徳二年（一三八二）は北朝年号（南朝弘和二年）。「小松院」は、「後小松院」が正しい。後小松天皇（一三七七～一四三三）は、後円融天皇の皇子。一三八二～一四一二在位。北朝第六代にあたり、明徳三年（一三九二）に、南朝の後亀山天皇から神器を受け、南北両朝を統一した。　**二　此年同又相国寺御建立之間**　相国寺は、室町幕府三代将軍足利義満が、この年、室町幕府東側の地に創建した禅寺（臨済宗相国寺派大本山）。京都市上京区に現存。　**三　当国ヨリモ過分ノ材木等御進上有ケル也**　至徳四年（一三八七）に、河野氏が相国寺造営用の材木を進上したことを示す古文書史料が残されている（「築山本河野家譜所収文書」）。　**四　諸大名悉北山へ被レ移ケルニ**　相国寺建立のため、その地に住んでいた人々の住居を北山に移させた。『続史愚抄』永徳二年十月六日条に、「左大臣〈義満将軍〉、可レ令レ建二立伽藍於安祥院辺一、可レ号二相国寺一者（割注略）。近辺居宅不レ依二貴賤一皆遷二他所一。福原遷都外無レ例歟」とある。幕府の東側の地であっただけに、転居を迫られた武士は多かったと見られる。　**五　六角**　近江守護六角氏。　**六　上意ノ吉者**　主君（ここでは義満）に気に入られている者。　**七　万松院**　通盛の項（三―①）参照。　**八　勇人六十人、具足百五十、其外用脚等**　「勇人」は、勇士即ち武士のことか。「具足」はその従者。「用脚」は必要な経費、費用。「要脚」とも。　**九　千担櫃**　「千駄櫃」の転じた語か。「千駄櫃」は多くの商品を重ねて入れて背負う櫃（日本国語大辞典）。武具を櫃の中に隠して運んだのであろう。　**一〇　密々ノ御扶持**　ひそかに与えられた給与、援助。

四―⑲〈通義（通能）の重病・家督相続と義満書状〉

【本文】

[一]其儘御伺候ノ様ニテ、御辛労タルニ依テ、[二]応永元年八月ノ末ツ方ヨリ虚労ノ御煩ニテ、種々雖レ加二医療一不[1]レ得レ減、弥大事ニ成ケレバ、舎弟通之ヲ呼上セ申、家督ヲ被二渡申一。仍（テ）安堵（ノ）御教書ヲ申請テ、慥《たしか》[2]ニ被二

相伝一。寔《まこと》ニ丁寧ノ次第也。其状ニ云、

[三]伊与国守護職幷本知行分事、為二舎兄通義之跡一河野六郎通之領掌、不レ可レ有二相違一之状、如レ件。

応永元年十一月七日　御判

義満賜レ之。此外我家ノ重書幷重器等悉以相二伝之一。其状ニ云、

[四]自二先祖一代々相伝之分幷家之重器等、一点不レ残所レ令二譲与一也。早可二存知一之状、如レ件。

応永元年十一月十三日

刑部大輔兼伊与守越智通義御判

六郎殿進之候

又、

[五]家督重器等、悉以譲渡申訖。[六]爰懐胎者候。若為二男子一バ、能々[3]御そだてあり、十六歳之年、器量ニ依テ可レ有二相続一候。猶委細久万[4]宮内丞申含候。恐々謹言。

[5]十一月十三日　[6]通義

六郎殿

【校異】

1不レ得レ滅―〈長・黒〉「不レ得レ験」。　2慥ニ―〈松〉なし。　3御そだてあり―〈黒〉「有二御養育一」。　4宮内丞―〈京・松〉「宮内丞二」。　5十一月十三日―〈黒〉「応永元年十一月十三日」、〈松〉「同十一月十三日」。　6通義―

〈松〉「通義御判」。

【注釈】

一 其儘御伺候ノ様ニテ　前節に引き続き、通能（通義）が京都北山にあって義満に仕えた意。　二 応永元年八月ノ末ツ方ヨリ虚労ノ御煩ニテ　応永元年は一三九四年。「虚労」は、病気による衰弱をいう。　三 伊与国守護職幷本知行分事…　以下、本節一通目の文書（応永元年十一月七日）は、原文書が伝わらない。　四 自二先祖一代々相伝之分幷家之重器等…　以下、本節二通目の文書（応永元年十一月十三日）は、原文書が伝わらない。「重器」は大切な宝物。　五 家督重器等、悉以譲渡申訖…　以下、本節三通目の文書（十一月十三日）は、原文書が伝わらない。　六 爰懐胎者候。若為二男子一バ、能々御そだてあり、十六歳之年、器量ニ依テ可レ有二相続一候　妻が懐妊しているが、その子が男子であったならば、十六歳で家督を継がせよという。これは、その子通久が実際に十六歳で応永十六年（一四〇九）に家督を継いだことを踏まえて書かれていると見られる（「解題Ⅱ」参照）。

四—⑳〈通義（通能）死去〉

【本文】

如レ此被二遊置一、[一]宮内丞ニモ被レ仰二含一、霜月十六日御逝去、御年廿五。誠可レ惜（事）無レ限。愁歎有レ余者也。[1][二]以二温玉院一為二御塔頭一、[三]御法名申二道香一、字申二梅岩一也。[2]御葬礼之儀式、如レ形取成被レ申、[四]御位牌ヲ通之御持アツテ、成二父子之礼一。孝養之儀式、哀ヲ留テ、視聴ノ輩、[3]感袂ヲ湿ス事無レ限者也。

【校異】

1以二温玉院一—〈長〉「温玉院」、〈黒〉「即温玉院ヲ」。　2御葬礼之儀式—〈黒〉この前に「角テ可レ有事ナラネハ」とあり。〈松〉は同文を補入。　3感袂ヲ湿ス事無レ限者也—〈黒〉「湿二感袂一計也」。

【注釈】

一　**宮内丞**　四―⑲の応永元年（一三九四）河野通義譲状にみえる久万宮内丞のことか。この頃通義の側近の地位にあったものと思われる。久万氏については、二―⑲、三―⑨参照。

二　**温玉院**　河野氏の本貫の地風早郡河野郷（松山市北条地区）に温玉寺の地名が残っているので、善応寺の塔頭の一つか。

三　**御法名申㆓道香㆒、字申㆓梅岩㆒也**　法名等については、『予陽河野家譜』は、「温玉院殿梅岸道香大禅定門」、築山本『河野家譜』は、「温玉院道香梅巌大居士」、高野山上蔵院『河野氏御過去帳』は、「温玉院梅岸道香」とする。

四　**御位牌ヲ通之御持アツテ、成㆓父子之礼㆒**　通之が通能に対して父子の礼をとり、人々が涙したと述べて、叙述を終える。悲しみの描写であると同時に、通之が通能に従っていたことを強調する記述でもあろう。

【補注】

◎**『予章記』に収録された古文書**　『予章記』には、四四通の古文書が収録されている。これらは、河野本宗家に蓄積されていたものを『予章記』編纂の時点で必要に応じて引用したものと思われる。この四四通の一覧と、他の文書群との重なり状況を示したのが表1である。これを見ると収録文書の特徴や、河野家滅亡後の家伝文書散逸の状況などを知ることができる。

まず収録文書の特徴については、収録された文書の大半が、足利尊氏・直義・義詮・義満など室町幕府の草創と確立にかかわった人物たちの発給文書で占められていることがわかる。これはおのずから『予章記』の性格の一面を示しているといえよう。『予章記』には、さまざまな時代のできごとが記されているが、少なくとも後半部においては編者の関心が、河野家と室町幕府との関係の親密さを強調するところにあったことがわかる。このことは『予章記』の成立時期を考える上においても一定の示唆を与えるものといえよう。

これらの文書は、『予章記』の成立後もいろいろなところで利用され、さらに河野家の滅亡後は、各所へ散逸して行った。表1をみると、築山本『河野家譜』や『予陽河野家譜』との重なり具合が大きいことがわかる。両書はいずれも近世になって編纂された河野家の家譜であるが、叙述の中に『予章記』の記事を広範囲に取り入れており、文書についても原文書を利用したというよりは『予章記』所載のものをそのまま取り込んだものと思われる（築山本『河野家譜』の場合は、『予章記』のものを写したと明記している）。幕府の奥儒者らが編纂した『後鑑』も事情は同じであろう。

『諸家文書纂』は、水戸藩が『大日本史』編纂の史料として収集した諸家文書を集成したものであるが、その第七巻に六通の『予章記』所収の文書が含まれている。『諸家文書纂』が『予章記』を引用した痕跡はないから、これらは河野家から流出した文書を水戸藩が収集したことを示していよう。二通の文書の重なりが見られる『譜録』というのは、萩藩が藩士の家の伝来文書を書き上げさせたもので、そのうち河野六郎通古家の書上げ文書のなかに『予章記』所収文書と同じものが含まれている。河野六郎通古という人物が河野家の系譜のどこに位置づけられるのかは定かでないが、河野家の流れをくむ者との意識を有していたようで、このほかにも数多くの河野家文書を所有していて、この二通はそのうちの一部である。

「河野文書（臼杵稲葉）」は、河野家の末裔を称していた豊後臼杵藩主稲葉氏が収集した河野家に関係する文書群である。文書の原本は残っていないが、稲葉家で作成したらしい「河野家代々綸旨御教書等之写」と題する古文書集が残されていて、その中に一四〇通の河野家文書の精密な写が収められている。そのうちの一〇通が『予章記』所収文書と重なっているが、これらは『予章記』に収載されたあと河野家から流出し、臼杵稲葉家の手に入ったものといえよう。

　そのほか、流出した文書がさまざまな人の手を経て収集家や公的機関の手に入り、現在に伝えられたものがいくつかある。「その他」の欄に記したのがそれらであるが、そのうち伝来の事情のわかるいくつかについて紹介してみよう。「今治市河野美術館所蔵文書」の一通となっている建武三年六月十四日足利直義御判御教書は、『予章記』に収載されたあと河野家から流出し、水戸藩の『諸家文書纂』や加賀前田家の『松雲公採集遺編類纂』に写しが取られ、近代になってからは東京の実業家馬越恭一氏の手に入り、さらに収集家河野信一氏の手を経て現在の今治市河野美術館に収まったことがわかる。

　また、現在下関市立長府博物館所蔵の『筆陣』と題された古文書集の一通となっている（観応元年）十一月十八日足利尊氏御内書は、河野家から流出したあと、長府毛利家→新潟の収集家保阪潤治氏→同じく荻野惣次郎氏の手を経て現在の長府博物館の所有に帰したことがわかっている。これらは大部分が正文で、河野家文書の本来の姿を知るうえで貴重である。（山内「文書と編纂物」、同『中世瀬戸内海地域史の研究』）（山内）

表1『予章記』所収文書一覧

番号	本書の章節	年月日	文書名	築山本河野家譜	予陽河野家譜	後鑑	諸家文書纂（巻七）	譜録	河野文書（臼杵稲葉）	その他	備考
1	二―⑦	寿永2・11・3	梶原景時奉書	○	○					文化庁保管	
2	二―⑦	寿永3・正・11	源義経書状	○	○					文化庁保管	
3	二―⑦	（年未詳）正・11	源為義書状	○	○					文化庁保管	
4	二―⑧	治承3・10・3	源頼朝書状	○	○						

5	二—⑧	文治元・3・2	源頼朝書状	○	○					下関市立長府博物館所蔵文書	
6	二—⑨	(建保6)5・4	源実朝書状	○	○						
7	二—⑨	(建保6)11・1	源実朝書状	○	○						
8	二—⑫	元暦2・7・28	源頼朝書状	○	○						
9	三—⑨	建武3・2・15	足利直義御判御教書	○	○				○		
10	三—⑨	建武3・3・18	足利尊氏御判御教書	○	○	○		○		淀稲葉文書	正しくは2月
11	三—⑪	建武3・6・13	足利尊氏御判御教書	○	○	○			○		正しくは直義
12	三—⑪	建武3・6・14	足利直義御判御教書	○	○	○				今治市河野美術館所蔵文書	
13	三—⑫	建武3・8・4	足利尊氏御判御教書	○	○	○	○		○		正しくは直義
14	三—⑫	建武3・11・2	足利直義御判御教書	○	○	○	○		○		
15	三—⑫	建武3・11	足利直義御判御教書	○	○	○			○		正しくは12月
16	三—⑫	建武3・12・30	足利直義御判御教書	○	○	○	○		○		
17	三—⑫	建武4・7・5	足利直義御判御教書	○	○	○	○		○		正しくは22日
18	三—⑬	(年月日未詳)	足利尊氏御内書	○	○					小松茂美氏紹介文書	
19	三—⑬	観応元・11・5	足利尊氏御判御教書	○	○	○					
20	三—⑬	観応元・11・8	足利尊氏御判御教書	○	○	○				岡山県立博物館所蔵文書	

21	三―⑬	貞和6・2・17	足利尊氏下文	○	○	○					
22	三―⑬	（観応元）11・18	足利尊氏御内書	○	○					下関市立長府博物館所蔵文書	
23	三―⑬	（観応元）11・3	足利尊氏御内書	○	○	○				小松茂美氏紹介文書	正しくは12月26日
24	三―⑭	観応2・2・11	足利尊氏御判御教書	○		○					
25	三―⑭	観応2・8・6	足利尊氏御判御教書	○	○	○					
26	三―⑭	（観応2）8・10	足利尊氏御内書	○	○	○				前田尊経閣文庫所蔵文書	
27	三―⑭	（観応2）8・20	足利尊氏御内書	○	○	○					
28	三―⑭	観応2・10・5	足利尊氏御判御教書	○	○	○					
29	三―⑮	観応3・3・10	足利義詮御判御教書	○	○	○					
30	三―⑮	観応3・5・3	足利義詮御判御教書	○	○	○					
31	三―⑯	文和3・8・20	足利義詮御判御教書		○	○					
32	三―⑯	延文5・4・28	足利義詮御判御教書		○	○					
33	三―⑰	康安2・3・13	足利義詮御判御教書	○	○	○	○		○		正しくは12日
34	三―⑰	（康安2）4・3	細川頼之書状	○							
35	三―⑰	（康安2）7・1	細川頼之書状	○							
36	四―⑬	康暦2・4・16	足利義満御判御教書	○	○		○				
37	四―⑬	康暦2・4・16	足利義満御判御教書	○	○			○		長州河野文書	

38	四—⑬	康暦2・8・6	足利義満御判御教書	○	○				○		
39	四—⑯	康暦2・12・29	足利義満御判御教書	○	○				○		
40	四—⑯	康暦2・12・29	足利義満御判御教書	○	○						
41	四—⑯	永徳元・3・8	足利義満御判御教書	○	○						
42	四—⑲	応永元・11・7	足利義満御判御教書	○	○						
43	四—⑲	応永元・11・13	河野通義書状	○	○						
44	四—⑲	(応永元)・11・13	河野通義書状	○	○						

他本の末尾付載記事

底本は右で終わり、奥書などもないが、他の諸本には付載記事などが多い。長福寺本などに見える「河野家之覚」、黒田本などに見える末尾記事を掲載しておく。掲載する記事は次の通りである。

（一）長福寺本末尾「河野家之覚」
（二）黒田本末尾記事
（三）国会本末尾・河野家代々の覚書
（四）国会本末尾「直義之状」

（一）長福寺本末尾「河野家之覚」

（本文の後に「紙数四十三枚ノ墨付也」と記した後、その裏面から記す。黒田本にも同様の記事あり）

河野家之覚

人王七代考《（ママ）》霊天王第三皇子藩屏将軍ヨリ伊預王子以来五十九代、源宿祢四郎通直迄五十九代、天正十五年太閤之御代ニ滅亡ス。法名長生院殿玉峯宗光。其比秀吉公者西国御退治之最中之折節、通直病気故有馬ニ被レ致二湯治一、下国之刻於二安芸竹原一逝去畢。生年十八歳也。一子無レ之故長家滅ブ。当家之流裔或累代之縁族、或十八将家之縁類以二姓氏幕紋等一自連二系譜一者不レ無レ之。

河野近代世譜之次第

五十七世弾正通直六郎晴通ハ雖二弾正之嫡子一而不二系世一。
五十八代左京大夫通宣内方小早川隆景娘女子二人、一女ハ杉原太郎左衛門内方、一女ハ忽那新右衛門内方。
五十九代四郎通直、内方芸州吉見殿娘。

河野一族十八ヶ村侍大将之覚

得能ハ十八将之番頭也
能島　来島　忽那　得居　平岡　南　土居　松末　大内　久枝
桑原　戒能　今岡　正岡　中河　重見　黒河　和田

（二）黒田本末尾記事

（底本と共通の記事の後、改行なしで続ける。松平文庫本に同様の記事あり）

然間、懐胎ノ御方、月移日数積、漸及二御産ノ辰一。然者、無二左右一平安ニ若子生レ給。斯時、通之亡兄如二御遺言一、励二慈愛ノ思一、専二撫育一給事無二余念一。良有従レ洛有二同途一、帰国送二年月一給程ニ、光陰如レ矢、御年既ニ十三歳ニ成給。

此時ニ戒能ノ家、国ノ為ニ執権ノ間、伊豆守字ハ大梁、法名勝公、嫡男房州字ハ国用珍公、大梁ノ次男名越常州、其嫡男伊豆守太基、此旁々与二通之一内儀ニ有二確執ノ儀一哉、密々ニ御曹子ヘ伺御叛謀ノ由申。則得二御領掌ノ時一、急ニ遣二勇士一、御屋形ニ忍入、作二狼煙一所ニ、折節御酒宴成シ間、時分ヲ計、御曹子舞袖ノ以二御手ノ扇一打二消照明一給。驣而南面ヘ走出給。忍ノ武士抱取申、跡々ノ檐下庭上門外ニ車菱ヲ蒔。殿中造次騒動、追付出者ドモ、或踏二此菱一、乍ニ顛沛損二両足一、失二立所一。時刻既ニ延引、兎角程経間ニ、御曹子浅海ノ窪ガ肩ニ立申、温泉ヲ御出有、遙々落延給。終夜和介郡ヲ打通リ、至二粟井一河野ヲ行キ過、趣二府中一給時、東ノ方白キ横雲立引時分、御詠歌有ト二云一也。「浅海ノ窪ガ命ト我トコソ、薄ノ露ノ風ヲ待哉」ト遊シテ、従二道前一名越ニ奉レ移。

則彼所ニ三島大明神御坐ス。彼出二御宝前一御元服有。御髻ハ彼明神ノ祝主給リ。其翠髪、于レ今、彼者ノ家ニ所持ト二云一云。然者、御元服御祝言ニハ南方ノ入領勢分、彼宮ニ御寄進也。神主ハ安国寺、顕寧院、数通ノ御判有レ之。大方殿様ノ御判形有二多々一。御曹子ノ御名乗、初持通、其時鎌倉殿依レ奉二持氏ト申一、改テ号二通久一。此判形有二数多一。依レ之通久方ト云、対州方ト云、河野推シ二別両家一、終弓箭不レ絶。

通久御治世廿八年、此于レ時従二将軍義教一被二仰下一条、河野代々傾二朝敵一家也、任二其嘉例一、九州大友御追罰ノ御教書ニ云、防州大内同心ニ彼方出、可レ被二指向一由ニ候条、已ニ打立給。然者敗二彼軍一、出二九州姫嶽一、廿五歳御討死ト二云一云。言二瑞雲寺殿一是也。

又両家一方ノ大将対州通之御嫡男通元、洛ニ出御死去。嘉吉三年六月三日、舎弟四郎殿ハ、名越城ノ内ヲ出御自害。于レ今有二彼所ニ廟一。通元嫡男犬法師御曹司、於二三木山一自害。

舎弟伊予守通春、任国給事已廿五年。此頃寛正四年〈癸未〉、背二邦君一重見、森山、南宮内少輔、得能三郎、和田中務丞、其外数十人、既一揆細川家ニ一味、引二卒阿波・讃岐・土佐三箇国一、大将軍ニハ讃州観音寺殿申シ請、進二発当国一給。就レ之国両家有二御和与一。通秋ハ洛ニ御座ノ間、通春・通生《ナリ》御対面也。

去レドモ国者無勢也。三ケ国ノ猛勢、従二此国一一味ノ衆依二相加一、通春詮方尽不レ及レ力、湊山ニ楯篭給。通生ハ恵良城ニ御座有ケル。湊山大勢攻口取、地ノ事ハ不レ及二沙汰一、沖表大船衆、艤上ニ構二矢倉一、無二左右一海陸トモニ無二通路一。豈異下孟徳出二赤壁一困二於周郎一者上乎。斯時従二攻口一、城内ヘ贈二一句一、「夏河ノ落行末ハ湊山」ト。則返事ニ云、「寄リ来ル浪ノ引ゾ涼シキ」ト。有然者城已ニ及二難儀一。防州大内ノ西殿、通春御縁属成シ間、粮米等、又頼二御加勢一、有二可レ申評定一、依レ無二通路一、不レ及二了簡一。爰有二難波弁内云者一、彼者申様、「某ニ御書認給レ。従レ是水裏ニ入、興居島ヘ上リ、彼ヘ付可レ申」云ケリ。此儀尤可レ然、其成ニ被レ遣。其時御台ノ仰ニ、「若彼方ヘ付ナラバ、無二左右一人不レ可レ頼。此文ヲ弁ニワリ挟ミ、早朝ニ御屋形ノ大庭ノ真中ニ畏リ居ヨ。定テ西殿様縁ヘ行道可レ有。其時可レ有二御尋一、捧レ文、理具ニ申セヨ」ト有シカバ、則御文請取申、水裏ニ入、興居島ニ浮上リ、防州ヘ着。御台仰ノ如、大庭ニ撞跪居折節、西殿御出有。是御覧、何者ト問給。其時角ト申上ケレバ、聽而御返事給、馳返リ、城内ヘ此由角ト申。可レ有二御加勢一儀、慥ニ有。先ッ兵粮米御漕《ハコハセ》有、攻口ヘ有二案内一篭給。攻口ハ此兵粮迄ト心得、油断シケルニ、翌日西殿自身有二御出張一、興居島ノ島鼻ヘ、大船一艘漕出ル。次第々々数不レ知推出ス。先船ハ粟井坂ニ着、宅波山ヘ取上ル。其外ハ、堀江、三津ノ沖ハ狭レ所計也、敵陣ヘ更ニ取不レ合、堀江・宇都宮ヨリ山々ヘ上リ、次第ニ鉢臥・三木寺・鐘撞尾ニ陣取ノ間、三木ノ城降参シ、城渡シ申、内ノ衆如二湯月一送ル。湊ノ攻口見レ之、不レ及二合戦一、発レ陣逃延。従二土州一大将新涯一人、腹切タリト云。其外ニ湯月ヘ引取モ有、其儘逃失有、彼方此方、被レ切死計也。湯月ノ城ヲ取廻シ、一人宛呼出シ切レ頸給。方々被レ切、不レ知二其数一。石手川三日、紅血計張流ト云リ。大将軍観音寺殿ハ湯山ヘ忍入髪剃、無二甲斐一助命給、帰国ト云リ。森山ハ道前ヘ落延タリシガ、潟ニテ被レ敲。又此時ノ落書有ト云、「ハビコリシ重見モ秋ハ枯果テ、落葉ニナラヌ森山モナシ」。偖少々助帰国シケルモ、皆裸ニ成、草木ノ葉ニテ包レ身、既ニ及二餓死一帰国云リ。大内西殿ハ御所労、於二興居島一御逝去仕給。後日一味ノ衆、少々有二赦免一。其中ニ南宮内少輔、得能三郎、於二湯禅成寺一生害、重見飛騨守ハ於二湊山一被レ討給。両家ノ和睦、同六年ニ既ニ被レ破畢云云。

又応仁元年〈丁亥〉、細川右京太夫勝元、与二山名右衛門督入道宗全一、依二確執一、洛中大ニ乱、不レ及レ申。就レ之、大内殿、河野伊予守通春、同意有二上洛一。通春二百余騎、摂州小野原付給。赤松方々衆、小勢也見懸、如二雲霞一寄来。乍レ左如レ得二蟻衆青虫一、従二万方一攻懸。伊予衆雖二小勢一、如レ形囲二諸葛八陣図一、兒二取魚鱗鶴翼姿一、旗一流指挙。御旗ノ役ハ志津川田中出雲守也。脱二御旗ノ手一、清風颯靡、合二吉凶一、「今日御合戦、必可レ為二味方利運二」被レ申ケリ。然者漫々、敵早無レ程向来。通春駒ノ足立直シ、元来大剛大力大将、御打物成下魯陽麾二暮景一戈ノ勢上、漢高治レ世給、勝二三尺剣一、七尺三寸ノ大太刀、蜘手角縄十文字廻シ、大勢ノ真中ヘ駈入、向敵不レ屑、相ヲ幸ト心得、散々ニ敲給、大力一打ニ、二三人打臥々々戦給。誠漢ノ樊噲・張良、吾朝致頼・保昌、可レ勝。弓手、南式部少輔、妻手、呉ノ能勢、何不レ劣。大力大剛ノ者ドモ、相互ニ戦ケリ。残ル軍兵ドモ、死生不レノ知者ドモ成バ、命不レ惜一所ニ成テハ別レ、々レテハ一所ニ成、半日ノ程捫ニ々テ相戦。雖二敵猛勢也一、傾立テ見ヘケリ。駿馬ノ兵ニ被二駈立一、四方八方ニ被二追散一、手負死人、不レ知二其数一。秋風ニ如二木ノ葉ノ散一。無二何方一逃失ケリ。味方ノ者元ノ太刀場ニ帰衆、息次、勝時咄ト挙、池田ノ城ニ曳籠ル。南式部少輔一人深手負、池田城ニテ無レ墓成ヌ。憐也ケル事ドモ。通春面ニ被レ疵給、有二上洛一打二通小町路一給。京童見レ之称美事無レ限。

此時ノ高名一天無レ隠。偖十三ケ年御在京也。其間刑部大輔通直国ヘ有二下向一。難波恵良城有二御計略一、彼城ニ登。誠御運既ニ来哉。無レ程湯月ノ城ヘ移給。其後彼方此方、雖レ有二合戦一、終得二勝利一給。殊ニ御舎弟兵部少輔通生、敵ハ有二星岡一、天山執拵ヘ、日々動有ケレドモ退不レ給。其後余戸ノ薬師堂ニ取入給。然者従二防州一御加勢ノ大将ニハ河内山壱岐守被レ遣、大野・森山衆、重見近江守、其外ノ猛勢、十二月廿八日ニ彼陣ヘ攻懸。通生、開レ門伐出給。面ノ河原ニテ有二合戦一。大野江州既ニ被レ討。又軍勢多被レ討、手負不レ知レ員。壱岐守ハ於二松崎一引退、既ニ押寄、生害サセント有シガ、已後防州ノ聞ヘ如何トテ、志津川、中・木原隠岐守為二使者一、可レ送レ之由有レ仰。則有二領掌一被レ送ケリ。其月ニ成明ケヌレバ、大晦日ノ事成ルニ、通生夜中ニ道前ヘ有二御越一、河内ヘ御籠有。象ノ森ニハ重見伊豆守有シガ、正月朔日明レ城、周敷ノ如ク引退ク。其後通生ハ道前ニ住シ、通春モ色々有二武略一ケレドモ不レ叶、湊山ニテ文明十四年閏七月十四日逝去。

嫡男通篤、久ク牢人有シガ、一年、平岡下総守、通直御子通宣ノ背二御意一、施利ノ城ニ引籠、不レ成レ心、与二通篤一一味申、色々ニ廻二武略一。南山城守、大内右衛門大夫、計略仕執、依御敵申、文亀三年〈癸亥〉八月十六日、通宣湯月城有二没落一。通篤城ニ登上リ、通宣難波府中ニ御座有。永正二年〈乙丑〉七月廿三日、両家有二和睦一、和介郡於二高音寺一御対面。則南・大内城外没落シケル。平岡ハ通宣ト一味申。

同四年ニ両家ノ和与破、通宣任レ国給。同九年〈壬申〉、能島ノ今岡・村上等、悉通宣ヘ参ル。剰黒川ハ従二先代一、忠功異レ他、殊ニハ古ハ御外戚ト申、余儀ヲ非二可レ存事一。是サヘ通宣ヘ当参申。通篤ハ無レ拠暫有二梅子城一、大永六年〈丙戌〉春、有二御剃髪一、防州辺ニ有二御渡一、其後当国宇和郡ニテ死去仕給ト云云。今者通宣嫡男、弾正少弼相台通直、御繁栄有也。

(三) 国会図書館本・河野家代々の覚書

(末尾、諸本共通の「感涙袂ヲ湿事無限者也」の右下に「△一本ニハ是迄アリ」と傍書し、改行なしに続ける。以下の改行は本文通り。内容は松平・天理・広島大学本に共通だが、これら諸本は代替わりごとに改行する)

河野権助通清殿、三島大明神ノ申子也。依レ之通ノ字ヲ名乗ト也。高縄ニテ討死。御子三人、通孝・通貞二人、父トモニ討死。三男河野四郎通信者、北条殿聟、頼朝ノ相聟也。嫡子四郎大夫通俊、二男弥太郎通村、備前守通綱三男也。

通信跡続四男

河野太郎左衛門通久、宇治川ノ先陣。二男通時、三男弥九郎通継、四男別府ノ七郎左衛門通広、一遍上人此人也。嫡子ハ河野対馬守通有。筑紫ニテ蒙古退治ノ時、後ロツイジノ名誉之人也。此御子七人。嫡子八郎通忠、射矢ノ谷殿也。父ト蒙古退治ニ蒙レ疵得レシ名人也。福生殿也。八男ヲバ河野対馬守通治ト云。善応寺殿也。嫡子七郎通遠、十六ニテ都ニ而討死。子息六郎通朝ト云。后ニハ河野遠江守通堯ト云。瀬田山ニテ討死。子息ヲバ河野讃岐守通任ト云。九州所々流牢有、帰国シテ、筑紫始《ウバガ》(姑・姨―傍書)嶽《タケ》ニテ討死。子息ヲバ河野刑部丞通義ト云。温玉院殿。病死也。弟ヲバ六郎通之ト云。家ヲ相続而河野六郎通之ト云。三木寺ニテ討死。瑞雲寺殿也。与州気ト云。又兄ノ通義ノ御子、御死去之時懐妊之御子、通久ト云。河野四郎通久ト云。御病死也。是当家林松院殿ト云也。此御子ヲバ河野刑部丞通宣ト云。是モ御病死也。天徳寺殿也。此御子ヲバ河野弾正少弼霜(相―他本)台通直ト云。入道而海岸和尚ト云。龍隠寺殿是也。此御子二人。嫡子ヲバ六郎晴通ト云。二男ヲバ左京大夫通宣ト云。河野六郎晴通ト云、武ニ勝レ、臣ヲ哀事者親子ヲ愛スルガ如シ。然ドモ若時御病死。宝雲寺殿是也。此弟ヲバ河野左京進通宣ト云。是モ御病死也。実勢院殿是也。此御子ヲバ河野四郎通直ト云。御病気ニテ御上洛有リ。御養生不叶シテ、芸州竹原迄御下向有テ、アレニテ御死去有リ。葬礼如形也。

此時御家絶ル也。御台芸州吉見殿姫也。其後安芸ノ隆景御存知也。御台ノヲイニ宍戸殿之子ヲ養子ニシテ、河野太郎殿ト申、当国へ御入候テモ本意ニ不レ立也。其後ニ上家《カミケ》ニ成申也。

(四) 国会図書館本末尾「直義之状」

(前項の河野家代々の覚書の後に改行し、右肩に「他本」として記す)

直義之状

南方凶徒対治事、所差遣畠山左近大夫将監也。早相催一族、可発向之状、如件。

貞和三年八月九日　　書判

河野対馬入道殿

《長福寺本伝来書き》

(長福寺に、『予章記』『河野系図』などと共に保存されていた伝来書き。料紙一枚に墨書。南明自筆と見られる。返り点は原本通りだが、私意に句読点・濁点を付し、割注は〈 〉内に入れて示すなど、『予章記』本文の翻刻と同様とした)

得能弥七郎ハ供二奉通直公一、在二竹原一近-仕シ、通直公御遠行ノ後、下二当国ニ一流浪ス。名ヲ改ム二浮穴清七ト一。依テ二黒河通広ノ室ニ一而病死。
通広ノ室ハ五十七代弾正通直公ノ娘ニシテ而与二清七ト一乳母一同也。故
以秘二在屋形之系図ノ巻物并預(ママ)章記ヲ一来レドモ、無レ所二其ノ伝付スル一付
シテ二通広室ニ一〈云御東殿。八十九而死。法名ヲ云二花顔妙寿ト一石(ママ)〉
塔ハ在リ二周布郡大郷村剣山ノ麓ニ一。妙寿老尼、臨二死席ニ一、付シテ二正
岡太郎左衛門室〈幼名云レ桃‐女〉、黒河美濃守通広ハ五男一女也、
五男ハ在リ二他国一、口ヲ授二桃女ニ一而逝。一女ハ云二龍華院〈南明母也。
其院ハ在二一本松村一矣〉。竜華院モトヨリ一男一女、付在スルニ無シレ
功。蓋忝ク系ケ二流裔ニ一、情ヲ挟テ、道学修行不ルレ可レ怠‐慢ス事ヲ誡テ、
於二預州一密ニ付ス愚子ニ一、眼ヲ視スルニ世上往々ノ□屋形ノ系譜ヲ一、有二
異同一〈往々有之預章或巻物等ハ十八将ヨリ出ルノ写ナリ。故ニ異ル二清七
ガ真ノ屋形ノ本‐言ニモノ勿論也〉。
慶安年中ニ本書朽テムシバム故、自ラ写テ秘ス。

関山派下南明東湖

死後可令破却者也
長福寺当住玉潭座元秘置之

解題Ⅰ　『予章記』の諸本と伝承文学的価値

佐伯　真一

1　『予章記』の諸本研究史と旧稿の問題

『予章記』には、群書類従を別とすれば独自の版本はないが、多くの写本が残されている。その伝本群について、筆者は、三十年近く前、拙稿「『予章記』雑考」（一九八七年）において、分類・整理を試みた。その後も、『予章記』の諸伝本を調査した諸本研究は見あたらないので、研究史上の意味はあろうが、この旧稿は、考察の不足と未熟により、修正すべき問題を多く抱えたものであった。まずは、ここで旧稿の問題点を指摘し、これまでの調査結果と現在の見解を、改めてまとめ直しておきたい。

諸本に関する従来の研究史として、最初に触れておくべきは、上蔵院本の問題であろう。上蔵院本は、現在、愛媛県立図書館伊予史談会文庫に写本が伝わるのみで、これは宇和島市の旧伊達図書館本を転写したものとされるが、伊達図書館本は戦災で焼失、その祖本なども行方が知れない。これを「上蔵院本」と呼ぶのは、天和元年（一六八一）に宇和島藩士・井関盛英が著した『宇和旧記』に「高野山上蔵院予章記」という書名で引かれている『予章記』本文（貞治四年条）が、流布本系『予章記』とは一致せず、旧伊達本と一致するためである。上蔵院は高野山に存した寺院で河野氏が高野参詣の際に宿坊とした寺であったが、明治二十一年の高野山大火によって焼失した。その所蔵文書の一部は災厄を免れて、上蔵院の名跡を継承した近隣の金剛三昧院に伝えられているというが（愛媛県教育委員会文化財保護課編『しまなみ水軍浪漫のみち文化財調査報告書―古文書編―』）、金剛三昧院所蔵の書物が寄託されている高野山大学で調査した範囲では、上蔵院本『予章記』は見あたらず、行方は不明である。上蔵院本の本文は簡略で、流布本に時折見られる文脈の混乱がないことなどにより、かつての諸本研究においては『予章記』の原型を伝えるものとして扱われてきた。長福寺本を正確に翻刻し、『予章記』の研究にとって一つの画期をもたらした、『伊予史談会双書5　予章記・水里玄義』（伊予史談会・一九八二年八月）も、巻頭に「予章記」として掲げたのは上蔵院本の本文であった。

しかし、筆者（佐伯）は、「『平家物語』と『予章記』」において、通清の挙兵場面（本書二―②）で、他本が四部合戦状本的本文を引くところで上蔵院本は源平盛衰記を引き、また、通信の活躍場面（本書二―④）で、他本がやはり四部合戦状本的本文を引くところで上蔵院本が流布本を引いていることを指摘し、特に後者は近世以降の改作としか考えられないとして、上蔵院本古態説に疑問を投げかけた。だが、これらの論の段階では、筆者はなお、現存上蔵院本の『平家物語』引用部には近世の改作が加えられているとしても、その部分以外では古姿を保つ、上蔵院本系の祖本ないし古写本が出現する可能性に希望をつないでおり、上蔵院本そのものを近世以降成立と規定することには慎重であった。従って、「『予章記』雑考」でも、上蔵院本を「第一類」としていた（ただし、「『平家物語』と『予章記』」を一九九六年に『平家物語遡源』に再録する段階では、上蔵院本の評価をより否定的なものに改めている）。

ところが、その後、山内譲「文書と編纂物」（二〇〇二年）が、文書の引用においても上蔵院本に改作が認められることを明らかにした（三―⑬補注参照）。これによって、上蔵院本古態説はとどめを刺された形となり、現存上蔵院本の本文が『予章記』の本来の形をとどめている可能性はほぼなくなったといえよう。また、その後の探索にもかかわらず、上蔵院本系の古写本は出現していない。従って、現在では上蔵院本を『予章記』の重要な伝本と位置づけることはできない。そのため、本書には同本の翻刻は改めて掲載しなかった。関心のある方は、前掲の『伊予史談会双書5　予章記・水里玄義』掲載の翻刻を参照されたい。

さて、上蔵院本が重視されていた段階では、群書類従本や長福寺本など、その他の一般的な『予章記』諸本は流布本と呼ばれた（前掲『予章記・水里玄義』など）。前掲「『予章記』雑考」では、これを「第二類・流布本系」としていた。現在でも「流布本」の呼称は用いられるが、上蔵院本の重要性が否定された現在では、主に上蔵院本の対立概念として用いられていた「流布本」の呼称に、あまり意味はなくなってしまったといえよう。

また、前掲「『予章記』雑考」では、上蔵院本・流布本の他に「第三類・増補本系」の分類を立てていた。たとえば、黒田本や松平文庫本には、本書四章末尾に付載した長大な記事など、いくつかの顕著な増補があるし、京大本には、二—⑨の校異に見たように、建仁三年四月六日の御教書の件・元久二年閏七月廿九日の御書の記事がある。これらの増補に注目して長福寺本などと区別したこと自体は間違っていなかったと考える。しかし、これらは、増補部分を除けば、他の諸本と大きな違いがあるわけではない（黒田本や松平文庫本には改訂も目立つが）。また、「増補」の規模は、諸本によりまちまちである。それに対して、山之井本『予章記』は、むしろ『河野軍記』に近く、別作品というべきものだが、旧稿の分類では、この山之井本をも一括して「増補本系」と分類していた。このように、「流布本」に対する「増補本系」として、京大本から山之井本までを一括したことは、適切ではなかったと反省している。

2『予章記』の伝本について

右記のような反省に立ち、この解題では、旧稿のような「上蔵院本・流布本系・増補本系」の三分類は破棄した。しかし、数多い諸本を全く分類せずに羅列することは好ましくないので、【古本系諸本】【群書類従本系諸本】【増補本】及びその他の異本に分けて記載する。これらは本文の目立ちやすい特徴による便宜的な分類であり、諸本を体系的に分類・系統化したものではない。但し、一部、密接な関係がある複数の伝本をグループ化した面もある。以下の記述では、伝本の配列は順不同だが、相互に近い関係にあると見られる伝本はなるべく近い位置に記した。なお、同一の機関に複数の伝本が所蔵される場合は、区別のために請求記号などを記した。

【古本系諸本】…『予章記』として基本的な本文を有するもの。『予章記』としては比較的古い書写にかかるものもあるが、ここに分類した諸伝本が直ちに成立の古い本であるといえるわけではない。

＊加越能文庫本…本書の底本。書誌をやや詳しく記しておく。金沢市立図書館・近世史料館所蔵。請求記号一六・八二—一六九。『加越能文庫解説目録』八七五〇。薄茶表紙袋綴・楮紙。墨付き六十五丁。裏表紙見返しに蔵書印「楽

木」（今枝直方の号か）。縦二六・五センチ×横二〇・二センチ。一面十行、一行二十二〜二十五字程度、奥書等なし。『加越能文庫解説目録』に今枝直方（一六五二〜一七二八。加賀前田藩の重臣）の書写かとする。なお、後述「3諸本の展開とその意味」参照。

＊長福寺本…本書の校異対象〈長〉。『伊予史談会双書5　予章記・水里玄義』の底本。西条市（旧東予市）北条の東海山長福寺蔵。同寺中興の祖である南明の筆か。奥書はないが、「南明東湖」の署名のある伝来書きが付属している（本書四章付載《長福寺本伝来書き》参照）。それによれば、長福寺本の親本は、得能弥七郎改め浮穴清七が、通直の娘である黒河通広室（妙寿尼）に託した「屋形之系図ノ巻物并預《ママ》章記」を、通広室が娘の桃女（龍華院）に伝え、龍華院が息子の南明に伝えたものである。そして、その『予章記』が「慶安年中ニ本書朽テムシバム」状態であったために、南明が「自ラ写テ」秘蔵したのが長福寺本『予章記』だという。「朽テムシバム」本を写したとする点は、後述する黒田本に見える南明奥書「河野屋形庫裏蠹帙之予章記都而五十五葉有二由緒一秘在二愚老手一者年尚シ」とも符合する。これによれば、長福寺本の書写年代は慶安年間（一六四八〜五二）と考えられ、その親本は、南明よりも少なくとも二世代前、河野通直に仕えた得能弥七郎（浮穴清七）の時代（一六世紀後半）まで遡ることになる。長福寺本が現存諸本中最古写本であることを示すと同時に、『予章記』そのものの成立にも関わる、極めて重要な情報というべきであろう。なお、後述「3諸本の展開とその意味」参照。

＊尊経閣文庫本…本書の校異対象〈尊〉。前田育徳会尊経閣文庫蔵。上下二巻のうち上巻のみ現存。本奥書「右一冊、雖為河野家伝書、依御懇望難辞、染愚筆穢白麻、進献之、誠恐他見者也／万治辛丑孟春日／河野末裔／松岡八郎右衛門信允／遊行上人／諸阿弥御中」。書写奥書「予州河野氏家牒、仮藤沢他阿弥上人而閲覧、既而以弘文院林学士蔵本令参訂之、記中事実大概相類而文詞繁簡不能尽同也。於是命侍史繕写両本貯焉。然此書之前編而闕後編、不能無遺憾也。今捜索全本而不獲姑存之、以竢他日云／戊午夏四月」。万治四年（一六六一）に、河野氏の末裔である松岡信允が「河野家伝書」である本を写して遊行上人諸阿弥に献上し、それを「林学士」の本と校合した上で、延宝六年（一六七八）に書写したものと見られる。下巻を欠くことが惜しまれるが、奥書は、『予章記』古本系の奥書としては最

古。

＊山内家本…土佐山内家宝物資料館蔵。国文学研究資料館にマイクロ・フィルムあり。末尾に「異本巻末附録」として、「私曰／一、河野家ノ系図別ニアリ可考（以下略）」などの記事があり、通義・通之の子孫などについて記し、「繁貞軒源朝栄写置之」と結ぶ。その後、奥書「右予章記全、寛延元年戊辰十一月五日、於武江神明前書店得之／更以伊予国松山産士小田太郎左衛門（一字空白）丈之本校合了／寛延二年己巳三月十四日　谷丹四郎垣守」。寛延二年（一七四九）の書写奥書であり、二本を校合していることがわかる。そのうち一本は、寛延元年に江戸の書店で購入したようである。

＊彰考館本…水府明徳会彰考館文庫蔵。国文学研究資料館に紙焼写真あり。末尾に河野系図及び禅宗の系譜と寺名を記す（南明・長福寺に関わるか）。奥書「浅葉氏之家有予章記。予、聞借之、写贈以納筐」。「浅葉（浅羽）氏」は、彰考館文庫の多くの蔵書の書写に関わる名として知られる。

＊桃洞庵本…愛媛県立図書館伊予史談会文庫蔵。請求記号ヨ12。本奥書「亨和万年第三〈癸亥〉十月望日／桃洞庵主謙斎寂翁道治／五十五歳写焉」。書写奥書「天保六〈乙未〉年春二月廿六日おへぬ／藤縄三島宮神主／大神臣宗清書」。享和三年（一八〇三）の写本を、天保六年（一八三五）に書写したもの。

＊成簣堂文庫本…お茶の水図書館成簣堂文庫蔵。奥書なし。数人が交替で写したと見られ、それに伴う余白が数カ所あるが、本文に目立った脱落はない。末尾に群書類従本に類する「河野殿没落事者天正十五年也」云々の記事を付す。

＊今治市河野美術館本…国文学研究資料館にマイクロ・フィルムあり。奥書なし。末尾付載記事などなし。

＊臼杵甲本…臼杵市立図書館蔵、四門歴日六五号。国文学研究資料館にマイクロ・フィルムあり（二五八―二九一―二）。「甲本」は筆者の仮称（次項の乙本も同様）奥書なし。「稲葉家寄贈」印（昭和二年九月一五日）。末尾に細川系図を付載。

＊臼杵乙本…臼杵市立図書館蔵、四門歴日六五号。国文学研究資料館にマイクロ・フィルムあり（二五八―二九一―三）奥書なし。見返しに文政六年（一八二三）識語「維時文政六年癸未十二月蔵于江都南堂」。また、見返しに「稲

葉家寄贈」印（昭和二年九月一五日）。

＊岡本…山内譲氏の教示による。越智郡朝倉村・岡家蔵本。末尾に破損があり、読み取りにくいが、諸本共通の「感（「涙」ナシ）袂ヲ湿ス事無レ限者也」の後に、家督が弟の通之へ、ついで応永十九年に通義の子通久へと継承されたとする短い追記がある。

＊愛媛県立図書館蔵・残闕本…愛媛県立図書館・伊予史談会文庫蔵。請求記号ヨ13。薄紙・仮綴じ。本文は「隅田・高橋ガ大勢、纔ニ」（本書三―③）で終わり、以下欠落。

【群書類従本系諸本】…群書類従所収本とその写し、または同系本と見られるもの。

＊群書類従本…群書類従合戦部（正篇巻三九六。第二〇輯）所収。本文に一部、誤りがあることが、長福寺本との比較において指摘されている（『予章記・水里玄義』解題。前掲・長福寺本の項参照）。末尾、諸本共通の「感涙袂ヲ湿ス事無レ限者也」の後、改行して「河野殿没落事者天正十五年也」として、天正十五年（一五八七）に秀吉によって河野氏が最終的に滅ぼされる際の経緯が書かれ、「加藤左近殿子息出羽守殿被二下置一也」と結ばれる。さらにその後、奥書あり。「右写本之奥書下村瀬兵衛重明於二予州松山城下一。以二温泉郡山越村龍隠寺之正本一写了。今也憑二大坂之産津村源一郎由直一終二其功一矣。／万治二年〈己亥〉七月十六日点検之。如松子」。これによれば、「下村瀬兵衛重明」が、松山において「温泉郡山越村龍隠寺之正本」を写し、その本を「大坂之産津村源一郎由直」が写し、「如松子」（福住道祐か。一六二五～一六八九）が点検を行ったわけであろう。つまり、「龍隠寺之正本」を写した「下村瀬兵衛重明」の本をさらに書写して、点検を終えたのが万治二年（一六五九）というわけである。

＊慶応大学本…慶応大学三田メディアセンター蔵。本文は群書類従本と同様。群書類従本と同じ如松子の奥書の後に、「松平采女正定基本」を以て写した旨の、元文四年（一七三九）の無記名の奥書あり。

＊東大史料二冊本…東京大学史料編纂所蔵。上下二冊。請求記号四一四一・八三／六。本文は群書類従本と同様。群書類従本と同じ如松子の奥書で終わる。

＊神宮文庫本…林崎文庫印。本文は群書類従本と同様。群書類従本と同じ如松子の奥書で終わる。

＊刈谷図書館本…国文学研究資料館にマイクロ・フィルムあり。群書類従本と同じ如松子の奥書の後に、書写奥書「文化二年乙丑秋八月写之畢」（文化二年＝一八〇五）。

＊静嘉堂文庫本…静嘉堂文庫蔵。宮島本、和学講談書印あり。本文は群書類従本に近いが、異同もある。末尾に如松子の奥書はなく、河野氏滅亡を記す記事の「加藤左近殿子息出羽守殿被二下置一也」で終わる。

【増補本】…部分的な増補記事のあるもの。増補部分は各々異なるが、共通の増補記事によって、黒田本と東大史料得能本・内閣文庫本や、天理本と国会本・広島大学本のようにグループ化できるものもある。また、京都大学本のように増補部分を除けば古本系といえるものから、黒田本のように全体に本文改訂の跡が目立つもの、さらに広島大学本のように全面的に大幅な改作を施してあるものまで、本文には幅がある。

＊京都大学本…本書の校異対象〈京〉。京都大学図書館蔵。建仁三年四月六日の御教書の件・元久二年閏七月廿九日の御書の記事を増補（二―⑨の校異欄参照）。奥書「右此書三島越智太祝以家伝令書写者也、猶又可撰入云々」。三島越智大祝家に『予章記』があったとする点は、西園寺源透（富水道人）「伊予図書解題」が、「正岡本」に「貞享元年十二月廿日越智大祝安朗正本以写ス」という奥書があると紹介していることに関わるか（貞享元年は一六八四年）。この「正岡本」は京大本と何らかの関係を有すると見られるが、不明。なお、「猶又可撰入」は、書状などの増補が引き続き行われる可能性を示すものか。

＊狩野文庫本…東北大学図書館狩野文庫蔵。本文は古本系か。末尾、諸本共通の「…感涙袂ヲ湿ス事無限者也」の後、改行なしで、遺言通りの通久の相続とそれ以後の河野家五代（刑部大夫通直・通宣・弾正少弼通輝・六郎通定・四郎通直）の名を記し、最後は天正十五年の四郎通直病死による河野家滅亡を記して終る。その後さらに「河野一族十八ケ家之覚」を記す。奥書「此予章記書写畢、而附与久枝氏、凡文字言句烏焉馬之錯可多、後賢補而正之／元禄六癸酉年／林鐘日、野釈書焉」。元禄六年（一六九三）に、「野釈」が「久枝氏」に付与したもの。「久枝氏」は河野の支族の一。「野釈」は不明。

＊聖藩文庫本…加賀市立図書館聖藩文庫蔵。『軍記物語研究叢書・八』（クレス出版・二〇〇五年九月刊）に複製収載。

貞応二年義時書状あり（二―⑯校異欄参照。黒田本に共通の記事）。本文は全体に独自の微細な改作が目立つ。奥書なし。

＊黒田本…本書の校異対象〈黒〉。黒田彰氏蔵。旧稿「『予章記』雑考」では「稲葉本」と称したが、稲葉氏に関わる本が他にも見出されたため、名称を変更した。冒頭に「一忍居士撰」とあり。二―⑯に、聖藩文庫本と共通の貞応二年文書あり。また、末尾に長文の増補あり（松平文庫本と共通）。さらにその後に、「自レ此末以二南明書之奥書一追加」として、「河野家之覚」「河野家近世系譜之次第」「河野一族十八箇村侍大将之覚」を記した後、奥書「此書以二毛利秀元。河野ノ末葉妙心寺ノ僧南明。久留島通清。三家之本一。数遍校合。改二正文字一。補二修闕略一。而為二家伝之宝一也。／天和三癸亥年十月／潮信軒稲葉泰応」、さらに、「河野屋形庫裏蠹帙之予章記都而五十五葉有二由緒一秘在二愚老手一者年尚シ茲年天和癸亥春難レ拒二／稲葉正通卿之懇望一與二当家之系図一巻一共放手而令三他顕毛謄二写之一。堕二拙語於大家史伝之末一云／予章名ニク史伝一／逓代断還タ連ル／雄気厳門密也／繫興万々年／再住洛西ノ正法山／南明」とある。つまり、この本は、長福寺本の項で触れた南明が晩年に正法山妙心寺に住んだ頃、稲葉正通の懇望によって自己の所持していた『予章記』の写しを河野系図と共に稲葉家に渡し、稲葉家ではこれを毛利秀元所持の本・久留島通清所持の本と校合して、正通の父稲葉正則（潮信軒泰応）が天和三年（一六八三）に識語を書き、秘蔵したことになる。また、貞応二年文書は聖藩文庫本と共通、末尾の長文は松平文庫本と共通するので、この本が両者を共に持っているのは、聖藩文庫本的形態の本と松平文庫本的形態の本とを共に吸収したからであると考えられる。つまり、天和三年（一六八三）には、南明の本（長福寺本の写しか）の他に、既に少なくとも二種の増補本『予章記』が存在したわけである。松平文庫本と共通の末尾の長文の増補は「今者通宣嫡男・弾正少弼相台通直御繁栄有也」と結ばれているが、この通直に仕え、後に婿養子となったのが久留島家の祖・通康だということには注意しておきたい。つまり、河野家の分裂が進む中で弾正少弼通直に至る系譜を正当と主張する増補本を伝来する必然性は、久留島家には十分にあったわけで、あるいはこの久留島通清本が松平文庫本的形態の本ではなかったかと思われるのである。なお、冒頭の「一忍居士撰」という作者注記は、他に同系の東大史料得能本・内閣文庫本や、松平文庫本に見える。『国書総目録』などが『予章

記』の作者名とする所以だが、この記載は、これら一部の伝本にのみ見えるものなので、これら増補本の作者、改作者と考えるのが妥当であろう。「一忍居士」は伝未詳。

＊東大史料得能本…東京大学史料編纂所蔵（得能通忠原蔵本の写）。一冊。請求記号四一七五／六三。冒頭「一忍居士撰」（前項・黒田本参照）。本文は黒田本に近い。奥書も黒田本と同様だが、末尾に「…再住洛西ノ正法山／南明書」とした後、「得能次郎左衛門通忠秘蔵ノ写」とある。

＊内閣文庫本…国立公文書館内閣文庫蔵。浅草文庫印あり。冒頭「一忍居士撰」（黒田本参照）。本文は黒田本に近い。三―⑫の建武三年十二月付尊氏書状まで存するが、その後を欠いている。

＊松平文庫本…本書の校異対象〈松〉。島原松平文庫蔵。冒頭「一忍居士撰」（黒田本参照）。奥書なし。傍記・注記が多く、古本系本文に別系統の本文を取り込んだものと見られる。末尾には、通義死後、通久・教通・通宣三代の事績を記して最後に通宣の嫡男弾正少弼通直の繁栄を記して結ぶ長文の増補記事あり（黒田本と共通）。現存本では、その増補記事の間に、「河野権介通清殿者三島大明神ノ申子也」に始まる、河野家代々の覚書を記す（この部分は次項以下の天理本・国会本・広島大学本に類似）。この部分は錯簡があると見られ、本来は黒田本に共通する増補記事の前か後のどちらかに記すべきものであろう。

＊天理本…天理図書館蔵。冒頭、一―①を欠き、「孝元天皇ノ御弟ヲ伊予皇子ト申ス」と、一―②から始まる。この形は、次項・次々項の国会図書館本・広島大学本に関わるか。一―②以下の本文は古本系。末尾に通清以下の河野家代々について、「河野権介通清殿者三島大明神ノ申子也」に始まる覚書を記す（次項・次々項参照）。奥書なし。

＊国会本…国立国会図書館古典籍資料室蔵。冒頭、一―①の記事に代えて、「抑　伊弉諾　伊弉冉尊　淡路天降共ニ計曰…」に始まる独自の神統譜を記し、続いて「予章記倭国七種異名」、また「天神七代」を記し、さらに「仁皇始」として神武天皇から孝元天皇までを記す。その後、一―②「孝元天皇ノ御弟ヲ伊予皇子ト申ス」から、他本の本文と同様。この形は、次項の広島大学本にやや類似する。本文は古本系。末尾、諸本共通の「感涙袂ヲ湿事無限者也」の右下に「△一本ニハ是迄アリ」と傍書し、改行せずに「河野権介通清殿三島大明神ノ申子也（以下略）」と続け、天理

本や次項の広島大学本と同様の通清以下の河野家代々覚書を記す。その後、さらに「他本」として、「直義之状／南方凶徒対治事…」に始まる直義の貞和三年（一三四七）八月九日付文書を引用して終わる。これは、本文中に入れるとすれば三―⑬あたりに入るべき文書だが、本文中にこの文書を入れている本を知らない。前掲の京大本にも見たように、独自の文書が増補されてゆく過程を示すものとも考えられる。奥書なし。

＊広島大学本…広島大学文学部国史研究室蔵。二冊本。冒頭、一―①の記事に代えて、「第一国常立尊　陽神具五行」に始まる天神七代、続いて「地神五代」を記し、さらに「人王之始」として神武天皇から孝元天皇までを記す。これは前項の国会本とやや似た形式だが、本文は一致しない。その後、一―②「孝元天皇ノ御弟ヲ伊予皇子ト云」から、他本の本文と同様。その後の本文は、全体として独自色が強い。二―②の通清の活躍と討ち死にの記事では『平家物語』引用部を削除、二―④の通信と教経の戦いでは、「平家物語九ノ巻ニ」の語を削除して、『平家物語』の内容を地の文として引く。上巻末尾に「河野甚介越智通公」の署名あり。三―②の内容から下巻とするが、本文は大きく異なる。三―②相当部では「太平記ニ云」の語を削除しているものの、実は『太平記』の詳細な描写に依拠して、本文を全面的に塗り替えたものと見られる。下巻後半には多くの貼紙が付され、考証が施されている。下巻末尾では、他本末尾と同様の「視聴輩感涙ヲ浸計也」の後に、改行せずに「河野権介通清者三島大明神之申子也（以下略）」と続け、松平本・天理本・国会本と同様の通清以下の河野家代々覚書を記す。その後に奥書「此二冊者以河野右衛門尉通政本写之、予亦考旧記数、旦々加添削者也／天和弐壬戌八月日／河野甚助越智通公」。この本の全体に加えられた改作や考証は、この「河野甚助（介）越智通公」の手になることが推察される。同時に、その祖本としての「河野右衛門尉通政本」が、天和二年（一六八二）以前に存在したことがわかる。松平文庫本・天理本・国会本と共通の河野家代々覚書は、その「河野右衛門尉通政本」において既に存在したと見るべきだろう。

＊今治市大西町越智秀臣氏蔵本…山内譲氏の教示による。巻子本。冒頭、神統譜の天児屋根尊から異文で、大山祇神（三島大明神）が天降って和気姫をめとり、三子を産んだとして、一―③に類似の記事となるが、その後、小千御子のことを記してから再び天照大神以下の神統譜、皇統譜の記事に続き、叙述が混乱している。その後も、本文は独自

性が強い。末尾、康暦二年八月六日の足利義満書状の後、通久以下の系譜を記す独自記事あり。通久・通直（傍記忠政）・通生・勝生・通宣・晴通・通直と系譜をたどり、通直の子通勝の死（慶長十九年＝一六一四）を記し、さらにその子菊千代丸（通晴）から通重と続くが、通重の四男通次から正岡を名乗ったとして、その四男八右衛門が家督を継いだものの、「伊予府中ノ農夫トゾ成ヌ」として終わる。その後、「河野門族十八箇村之侍大将」を記して終わる。奥書なし。

これらの他に、「異本」とでも呼ぶべき大幅な改作本として、前述の上蔵院本や、『河野軍記』に類する山之井本をあげることができる。広島大学本なども、あるいは異本と呼ぶべきかもしれない全面的な改作本である。これらのうちどこまでを「『予章記』諸本」として一括すべきかは、中々難しい問題だが、そうした広がりは、『予章記』が如何に多くの人々に強い関心を持って伝えられたかを示すといってもよいだろう。

なお、これらの他に、『国書総目録』に記載されているものの行方がわからない本に東京大学教養部本がある。おそらく、『予章記』写本は、これらの他にもまだあるはずで、伊予を中心とした各地に眠っているのではないかと想像される。有力な写本の発見に、なお期待する次第である。

3　諸本の展開とその意味

右に見てきた諸本の様態からわかることの一つは、『予章記』諸本が、一七世紀のうちに実に多様な展開を遂げていたことである。長福寺本は、前述のように、その伝来書きによれば慶安年間（一六四八〜五二）頃の書写と見られ、その親本（浮穴清七所持）は遅くとも一六世紀後半には存在したものと考えられる。同時に、その伝来書きは、「往々有之預章或巻物等ハ十八将ヨリ出ルノ写ナリ」として、既にあちこちに存在した『予章記』に対して、自己の持つ本の正統性を主張したものでもある。また、古本系の本文がやや崩れたものと見られる群書類従本は、奥書によれば、万治二年（一六五九）に書写・点検を終えているが、その前には「龍隠(穏カ)寺之正本」と、それを写した「下村瀬兵衛」の本の二段階があったという。古本系の尊経閣文庫本の祖本は、河野家に伝わった本をもとに万治四年（一六六一）に遊行上人諸阿弥に献上されたもので、延宝六年（一六七八）までに「林学士」の本と校合されたが、既に下巻を失っている。元禄六年（一六九三）には、狩野文庫本も写されている。また、広島大学本からは、「河野右衛門尉通政本」が天和二年（一六八二）以前に存在したことがわかり、その本と松平文庫本・天理本・国会本との間には、古本系とは一部異なる共通祖本を想定することができる。さらに、黒田本奥書からは、天和三年（一六八三）には、南明の本の他に、既に少なくとも二種の増補本『予章記』が存在したことがわかる。天和元年（一六八一）の『宇和旧記』に「高野山上蔵院予章記」が引かれていたことや、西園寺源透「伊予図書解題」によれば「正岡本」奥書に引く「越智大祝安朗正本」（京都大学本の項参照）が貞享元年（一六八四年）以前に存在したことを、これに加えてもよいだろう。一七世紀中後期に、これだけ多様な諸本が各地に存在したことや、その祖本の存在がある程度たどれることを見れば、どんなに遅くとも一七世紀初頭には、『予章記』には既に多くの写本があり、その伊予以外の各地への伝播も始まっていたと想定するしかあるまい。後述のように『後太平記』（延宝五年〈一六七七刊〉）も、『予章記』を参照している。諸本のそうした展開に伴って、改訂や増補などの作業も種々行われていたと考えるべきだろう。そうした諸本を伝え、改作を施したのは、まずは各地に散った河野一族の末裔とその縁者達であっただろうが、それ以外の人々（たとえば後述の井沢蟠龍）にとっても、『予章記』は興味深い書物であったことを忘れてはなるまい。

本書で底本に採用した加越能文庫本は、加賀藩の今枝直方が、一七世紀末から一八世紀初め頃に書写したと見られるものである。これも、右のように『予章記』諸本が全国各地に伝えられる中で生み出された伝本の一つである。底本に採用した理由は、比較的良質の本文を伝えていること、欠落のない完本であること、独自の増補などのない標準的な本文であること、ある程度素姓のわかる伝本であることなどによっている。それらの点では、長福寺本なども同様だが、長福寺本は既に翻刻が存在するので、別の本を選んだという理由もある。

従来、『予章記』の研究では、前述の上蔵院本を別とすれば、長福寺本を重視してきたといえよう。確かに長福寺本は『予章記』諸本の中では比較的書写年代が古く、最善本とも位置づけ得るものである。だが、長福寺本から現存諸本が派生したわけではないことは、右に記した諸本の状況から明らかであろう。本文としても、底本を長福寺本によって訂し得る箇所は多いが、一方では、たとえば、一―⑦校異1、一―⑪校異9、一―⑮校異3、同校異5、二―①校異5、二―②校異3、二―⑦校異9、二―⑱校異1、三―⑦校異9、四―⑤校異7、四―⑩校異14、四―⑱校異7などのように、むしろ長福寺本の誤りと見るべき箇所も散見される。また、誤りとは言い切れないまでも、長福寺本が他本に対して孤立する箇所もあるので、少なくとも長福寺本の本文から他本が派生したといえないことは明らかである。近年では、南明が編集した長福寺本が現存本の祖本となったと主張する丸山幸彦「近世『予章記』の成立とその構造」もあるが、南明の果たした役割が編集ではなく書写であったこと、長福寺本が現存本の共通祖本でないことは、長福寺本の伝来書きを見るまでもなく、明白である。その重要性は、あくまでも、多くの写本の中における相対的な重要性として認識されねばならない。

従来、『予章記』の研究は、上蔵院本・長福寺本といった、伊予の地に現存する資料を中心に進められてきた。それは、本書の研究が、主に伊予史談会など伊予在住の研究者によって進められてきたためである。もちろん、その研究の蓄積は大きく、筆者などはその驥尾に付して僅かな研究成果を付け加えているに過ぎない。しかしながら、ここで確認しておかねばならないのは、『予章記』は単なる伊予の郷土資料ではないということである。一―⑤補注の中でも触れたが、『後太平記』（延宝五年〈一六七七〉刊）は、伊予皇子から始めて、尊氏・義詮から感状を賜るまでの河野家の通史を詳しく引いており、細部まで本文の一致する引用ではないものの、『予章記』の影響と見るべきだろう。また、井沢蟠龍『広益俗説弁』（享保二年＝一七一七刊）巻九は、百合若大臣物語の原拠の一つとして『予章記』を引く。一七世紀から一八世紀にかけて、『予章記』は河野一族以外の人々にも読まれ、その存在は広く知られていたのである。そうした状況は、前述の諸本の状況からも推察されることだろう。『予章記』の写本は、一七世紀のうちには江戸や京都、加賀などをはじめ、全国各地に存在した。たとえば、尊経閣文庫本奥書によれば、一七世紀中頃には林家にも入っていたようであり、山内家本奥書によれば、一八世紀中頃には江戸の書店で売られてもいたのである。

そのように『予章記』が注目された理由としては、まず第一に独自の史書としての興味を挙げるべきだろう。それは、たとえば、尊経閣文庫本の奥書に見える「林学士」の本の存在や、彰考館への収蔵などから推察されることでもある。

だが、一つには、『後太平記』や井沢蟠龍の例に見られるように、河野氏の独特な伝承への興味もあったと想像できるのではないか。さらにいえば、河野氏に即した局地的・具体的な歴史が、神話的伝承や独自の武勲譚など、多くの説話・伝承とともに語られる、本書独特の不思議な魅力にひかれた読者もあったかもしれない。そうした魅力は、現代の視点からは、伝承文学的価値と言い換えることもできよう。次に、そうした視点から『予章記』の歴史叙述について考えておきたい。

4　伝承文学としての『予章記』

先にも触れた『伊予史談会双書5　予章記・水里玄義』の『予章記』解題において、山内譲は、『予章記』は「伊予中世史の宝庫」であると評価しつつ、その信憑性には大きな格差があり、「源平合戦以前」→「地の文」→「文書部分」→「原本の存在する文書」の順に、その信憑性は高くなるのだと述べている。史書として見れば、この評価は誠に妥当なものであろう。だが、伝承文学としての興味深さを基準とするならば、その評価は全く逆になる。古い時代の神話的叙述こそ『予章記』の伝承文学としての真骨頂であり、その後、文書の引用の多い現実的記述となってゆくに従い、そうした意味での興味深さは次第に失われてゆくといえよう。読者の立場次第で、そうした全く逆の評価が成り立つところに、本書の魅力があるといってもよい。

神話的伝承としては、伊予皇子の三子のうつほ舟伝承（一―③）や益躬の鉄人退治（一―⑤）など、個別の伝承として著名なものもあるが、たとえば、一―⑦から一―⑬に及ぶ、越智・新居・高市一族との関係をめぐる叙述を取り上げてみよう。役行者が流刑に処せられた時、越智守興の子・玉興も行者をかばったために共に流された。難波を流浪している時、二艘の唐船に便船を頼んだが、一艘には断られ、もう一艘に乗せてもらった。乗せてくれた船の主は、実は守興が唐土で遊女との間にもうけた子、玉興の弟（玉澄）であり、便船を断った船の主はその兄であった。行者の赦免後、玉興は玉澄に家督を譲り、玉澄の兄も伊予国新居郡に住み、新居を名乗ったという。一―⑨補注に見たように、この記述は、越智氏の系統である新居・高市一族を、河野一族の系譜に取り込みつつも、同時に、その系譜の中で劣ったものと位置づける点、非常に興味深い。それは、記紀神話が、隼人や出雲、吉備などの諸勢力を天皇家との関係において系譜化していった様相と、近似するものといえるだろう。新居氏との優劣の起源を、玉澄兄弟の玉興に対する応接の善し悪しによって説明する叙述は、蘇民将来的話型（弘法清水伝説の類）であるともいえるが、記紀が隼人の服属の起源をいわゆる海幸・山幸神話によって語ることにも類比できよう。つまり、『予章記』においては、これらの神話的な伝承が生きている。それは、話型や物語の断片の形で残存するというだけではなく、現実の秩序を起源神話によって説明するという機能においても、明瞭に生きているのである。これは、日本における歴史叙述の重要な型を示すものであるといえよう。そうした意味では、『予章記』は規模は小さいながら、歴史文学としての一つの原型を示しているのである。

個別の伝承の神話的な性格は、蛇神との異類婚（二―①）によって誕生したと語られる通清や、平忠盛の子とする捨て子伝承（二―⑤）によって紹介される出雲房宗賢が活躍する源平合戦期まで見られるといえよう。だが、その前後には、『平家物語』の引用（二―②、④、⑥）や、文書の引用（二―⑦、⑧、⑨）が大量に存在し、神話的伝承と書物や文書の引用が交錯する。このあたりが『予章記』の歴史叙述の転換期となっているわけである。この時期が転換期となっているということも、日本における歴史叙述を考える上で、注目すべき点ではないか。佐伯真一「源頼朝と軍記・説話・物語」が指摘したように、中世以降、所領の領有権や家の成立などに関して、頼朝の時代が起源と意識されることは多い。『予章記』は、そうした歴史意識の一つの典型を示しているといえるだろう。また、『平家物語』や『太平記』（三―②～⑤に引用）が、権威ある歴史文学として河野氏の活躍を証言する役割を担っている点も、これらの軍記物語と武士の歴史意識の関係を考える上で、興味深いところである（なお、『八幡愚童訓』も二―⑰⑱で類似の役割を果たす）。『平家物語』や『太平記』に登場していることが、河野氏の名誉ある武士としての歴史を証す。神話時代を終えた後の『予章記』において、これらの軍記物語は、文書と共に、自家の歴史叙述の正しさを保証する根拠となる文献であった。

もっとも、通信以降の時代も、『予章記』の叙述は必ずしも事実に即しているわけではないが、通信時代以降の虚構は、必ずしも「伝承」という言葉ではなく、「創作」という言葉でとらえるべきものとなっているように思われる。たとえば、二―⑬～⑭では、承久の乱における通信の京方参画を、北条時政の娘とされる正室の家柄自慢に腹を立て、鎌倉を出奔して京都に赴き、後鳥羽院に寵愛されたからであるとし、通信の子が皇孫の姫宮をめとったとか、その子が「童昇殿」（童殿上をいうか）を遂げたとさえ記す。しかし、これらはもちろん史実ではあり得ない。通信が後白河院の北面に列していたことは事実と見られるが（二―⑭補注参照）、『予章記』はそうした通信の名誉ある経歴に全く無頓着である。おそらく、通信の現実的事蹟のこうした側面は、時代の大きく隔たった『予章記』作者には伝わっておらず、京都における通信の地位は、全くの物語的創作によって描き出されているわけである。このあたりに、河野氏の歴史意識の一面を見ることもできよう。

「創作」と呼ぶべき虚構としては、三―⑦～⑨における、困窮した通治が足利尊氏との出会いによって所領を安堵される記述をあげることもできよう。鎌倉幕府方で戦っていたため、幕府崩壊後に困窮した通治が、藤沢道場（清浄光寺）で出家したが、上人の紹介により南山和尚（南山士雲）に会い、それにより尊氏との縁ができて、所領を安堵されたというものだが、該当部の注釈に見たように、南山士雲との対面も尊氏との対面も、虚構と断定できる。このあたりには、困窮状態の通治を、極力好意的に描こうとする作為を明瞭に見て取ることができる。

室町時代に入ると、実録的な記述と文書の引用が目立ち、物語的な記述は影をひそめるのだが、それでも、河野氏独特の歴史意識をうかがうことはできる。四―⑥では、大宰府で懐良親王と対面した通尭（通直）が、錦の直垂を着ていたと語る。錦の直垂は、先祖の好方が純友退治（一―⑭）の際に賜ったというものである。また、四―⑰では、足利義満に対面した通能が、塗物の食器を賜ったところ、たちまちに顔面が腫れ上がったと語る。漆器を用いず、土器を用いるという、一―⑥に見えていた河野氏独特の習慣を語るものである。このように、古代の神話的な物語は、おそらく『予章記』成立に近い室町時代にも、なお生命力を保っていた。それはおそらく、本書に記されたさまざまな神話的起源が、河野氏にとって、なお現実に関わるものとして意識されていたことを示しているだろう。

以上のように、『予章記』の叙述は、時代を追うごとに大きく性格を変えつつも、神話的な時代から作品成立の現在までを一つの連続した歴史意識のもとに述べたものであった。それは、伊予地生えの豪族として、古代から中世の終わりまでその地に勢力を張り続けた河野氏ならではの産物といえよう。そこには、河野氏独特の数々の伝承が織り込まれているが、同時に、そこに見られる歴史意識は、中世の武士に共通の認識を、あるいは日本の歴史叙述というものの一つの原型を示すものであると思われる。益躬の鉄人退治など、奇想天外な伝承がちりばめられている点に、本書の伝承文学的な価値の一面があることはいうまでもないが、神統譜に始まる古代から、河野氏にとっての近現代史ともいうべき末尾部分までが連続し、神話的伝承や文書・文献の引用、さらに創作が渾然一体となって一貫した歴史叙述を形成し、河野氏の歴史意識の総体を表現しているという点に、かけがえのない本書独自の価値があると考えるものである。

解題Ⅱ　『予章記』の成立

山内　譲

1　成立時期をめぐる研究史

『予章記』については様々な方向から研究が行われているが、ここでは成立時期をめぐる研究史について整理しておきたい。

『予章記』は伊予中世史研究の基本文献であったから、その研究は伊予地域史研究の一環として始められた。すでに早く大正期において西園寺源透は、いくつかの重要な指摘をしている。西園寺は、写本を数種類紹介するとともに、成立についても言及し、応永元年の河野通義の逝去によって記事が終わっているところから応永年間の成立と考えられること、それは遠き昔より「河野家記」のようなものがあってそれをもとにしたものであること、成立後も増補や修正を加えて現在のような体裁になったこと、長福寺本を残した南明は「補写」した者の一人であること、などを述べた（「伊予図書解題」、「問答」）。

戦後になって長山源雄は、『予章記』に伊予の地名「今治」の語が使われているのに着目し、この地名の一次史料上での初見が大永五年（一五二五）であることから、編纂時期は同年以前にまで遡りうること、ついで『予章記』の文中に文安の年号（一四四四～一四四八）が使われていることから、同年号以後の成立であることを指摘し、『予章記』の編纂時期は文安以降、大永五年以前であるとした（「予章記の編纂年代に就いて（注1）」）。

これら両先学の見解に対して、山内も卑見をいくつか発表した。山内は、『予章記』のなかにも記述されている、越智益躬による夷賊退治伝承（本書一―⑤）が長禄四年（一四六〇）十二月の河野教通申状（「大友家文書録」所収）に取り入れられていることから、『予章記』の成立と河野教通の時代が密接な関係があること、『予章記』巻末の記事にはのちの通久の誕生と家督継承が示唆されており、それはのちの河野本宗家（教通）と庶子家（通春）の対立を念頭において本宗家の正当性を主張しようとする意図から出たものと考えられることなどを指摘し、本宗家と庶子家の対立が激化した一五世紀後半の教通の時代に『予章記』は成立した、と述べた（「予章記の成立」「解題・予章記」）。

一方、藤原純友伝承の研究を続けてきた岡田利文は、純友伝承の成立について論じる中で『予章記』の成立についても触れ、同書が村上氏や奴田氏など、さまざまな氏族の伝承を取り入れ、それらを重層的に組み合わせながら成立した、とした（「新居浜における藤原純友伝承をめぐって」）。これは、前記西園寺の指摘にも通じるものであり、『予章記』を見ていく際の欠かせない視点といえよう。

このような地域史研究の視点で行われた研究に対して、国文学研究の視点から幅広く『予章記』に光をあてたのが佐伯真一である。佐伯はまず「平家物語」と『予章記』の関係について論じ、従来は記事が簡潔で古体をとどめているとされてきた上蔵院本が引用しているのが流布本「平家物語」であり、上蔵院本を増補して新しく成立したと考えられてきた流布本が引用しているのが四部本系「平家物語」であるという事実を見出した（「『平家物語』と『予章記』」）。いうまでもなく流布本「平家物語」は江戸期の成立で、四部本系より新しいものである。とすると、上蔵院本の方が流布本よりも新しいものということになるが、一方、上蔵院本が構造上古体をとどめていることもまた疑いないところである。これらのことをあわせ考えるならば、本来の上蔵院本は「平家物語」を引用するにあたっては四部本系を引用していたはずであるが、近世に至って、世上に流布していない四部本系を引用していることに疑問をもった何者かが、引用部分を流布本「平家物語」とさしかえるという改変を加えて成立したのが現上蔵院本ということになる。このような佐伯の指摘は、従来単純に上蔵院本が古体をとどめるとしてきた見方に大きな修正を迫るものであった。

佐伯は続いて『予章記』の諸本について詳細な検討を加え、これまで明確ではなかった江戸初期の長福寺住持南明と『予章記』とのかかわりについて、黒田本（稲葉本）の奥書などから南明が流布本の作者でなく筆写者にすぎないことを明確に指摘した。また佐伯は、『予章記』の成立時期について、松平文庫本・黒田本（稲葉本）・得能本の末尾の増補の中に「今者通宣嫡男弾正少弼相《ママ》台通直御繁栄也」の記事が見えていて、河野弾正少弼通直が活動していた一六世紀前半（通直は天文一〇年ころ引退し、元亀三年に没したとされている）にはすでに増補本が成立していたと考えられること、それにともなって増補本に先行する流布本は、一六世紀初頭から一五世紀後半へ遡らせることが可能であること、そして、末尾を通義の死と通久相続の予言で終える形は、『予章記』成立の上限を確実に応永十六年（一四〇九）に設定するが、同時に通久の相続を正当化するために書かれたという雰囲気が濃厚で、通久が家督を継いでから数十年従ってからの著述としてはやや間がぬけていることを指摘し、上蔵院本に面影をとどめるような『予章記』の原型は、むしろ一五世紀前半の通久の時代に成立した可能性が高いのではないか、とした（「『予章記』雑考」）。

その後山内は、「平家物語」と『予章記』の関係についての佐伯の指摘を受けて、『予章記』上蔵院本と流布本の先後関係について再検討を加え、流布本の方が古文書引用の仕方が正確であること、上蔵院本は古文書引用の際流布本に改変を加えている可能性があること、したがって上蔵院本は古体をとどめていて成立が古く、流布本は上蔵院本に増補を加えて新しく成立したとはいえないこと、などを指摘した（「文書と編纂物」）。

一方丸山幸彦は、近世初頭の河野氏遺臣の活動を明らかにするという視点から、まったく新しい『予章記』論を展開した。丸山の論点は多岐にわたるが、重要なのは、現存『予章記』諸本のうちでは、南明によってまとめられたもの（長福寺本は南明が長福寺住持のおりに南明本を写したと考えられるので、内容的には南明本と同じ）が最も古いこと、南明は原『予章記』をもとにしてそれに大幅な手を加え、近世『予章記』ともいうべき新しい『予章記』をつくりだしたこと、また南明本の編集にあたったのは、南明を中心にした河野家の遺臣たちであったこと、編集にあたって南明は、『平家物語』や『太平記』を引用するだけでなく、源平争乱期や南北朝・室町期の文書を数多く偽作して収載したこと、などを指摘したことである（「近世『予章記』の成立とその構造」）。

これについて山内は、所収文書の真偽を中心にして反論を加え、丸山が偽文書とした所収文書のなかには、必ずしもそうとはいえないものも多く含まれていること、偽文書についてもそれを偽作したのは南明ではないこと、南明が長福寺本『予章記』の成立において果たした役割は、内容を全面的に書き換える編集という作業ではなく、基本的には書写であったこと、などを述べた(「予章記再論」)。

また、近年西尾和美は、『予章記』の全体構成への注目と末尾記事を重視するという観点から、『予章記』全体の読み直しを試みた。西尾は、多くの興味深い論点を提起しているが、『予章記』の成立時期に関連して重要な点は、原『予章記』は、通久や教通の流れ、すなわち本宗家の立場によって編纂されたのではなく、通之の流れ、すなわちのちに予州家と呼ばれるようになる庶子家の立場によって編纂されたとみる点である。西尾は、末尾記事を詳細に読み込んで、そこから読み取れるのは、通久や教通の「利害」ではなく、通之の系譜の「利害」であるとし、通之とその子の通元こそ、守護通久と対立する現在とかかわって、『予章記』を編纂するにふさわしい人物たちであり、『予章記』の成立時期もその時代であるとする(「『予章記』に探る中世河野氏の歴史構築」)。

このように『予章記』の成立については、長い研究史があるが、これらを踏まえて、現在の時点で一定の見通しをつけておきたい。

2 『予章記』の成立

『予章記』の成立について考える前に、上蔵院本と流布本の関係について確認しておく必要があろう。佐伯や山内の指摘によって、上蔵院本が従来いわれてきたように古いものではなく、むしろ流布本のほうが成立が古いことについてはすでに解決を見ていると考える。そこでここでは、本書の底本とした加越能文庫本をベースに考えていくこととする(なお、流布本という呼称についても、この呼称が、上蔵院本が古いと考えられていた時代に上蔵院本よりのちに新しく成立して流布したという意味で使われていたことを考えると、再検討が必要である。ここでは、長福寺本や加越能文庫本については、佐伯の分類に従って古本系と表記することとする)。

歴史的文献の成立時期を考えるにあたっては、最終記事をひとつの目安とするのは基本であろうから、その点では最終記事である応永元年の河野通義逝去から程遠からぬ応永年間の成立とする西園寺源透の説はそれなりの説得力を持っている。ただその最終記事に若干の問題があることは否定できない。そこには以下のような三通の文書が引用されて、通義から弟通之への家督の継承の事情が述べられている（四―⑲参照）。

①応永元年十一月三日　足利義満御判御教書（「伊与国守護職并本知行分」を通之が継承することを認める）

②応永元年十一月十三日　河野通義譲状（通之にあてて「先祖より代々の相伝の分ならびに家の重器等」を譲与する）

③十一月十三日　河野通義書状（通之にあてて、現在懐胎している通義夫人にもし男子が誕生すれば一六歳になったときに器量によって家督を相続させてほしい旨を述べる）

これらはいずれも原文書の存在が確認できず、その真偽を慎重に検討しなければならないが、なかでも文書③は偽文書である可能性が高い。それは文書③には、通義死後の河野氏の家督の推移（通義から弟通之へ、ついで通義の子通久へ）がそのまま反映されているように思えるからである。とくに一六歳という具体的な年齢が書かれていることにその感が強い(注2)。実際に通久が一六歳になって通之から家督を譲られた事実を知っていなければそのような数値は出てこないと思われるからである。とすると、文書③は通久の家督継承後に作られたということになり、『予章記』の成立も通久の時代になってからということになろう。

通久の時代に、曩祖伊予皇子から父通義までの歴代の事績をまとめ、当代への家督継承の正当性を主張するために『予章記』は編纂されたと考えることができよう。その際、なぜ通久の前代である通之の時代までを描かなかったのかという疑問もありうるが、それについては、前々代であっても自分の父親までの時代を描くことが重視された結果とみるのが自然であろう。なお、通久は、幕府に命じられて豊後国に出陣し、永享七年（一四三五）に同国姫岳城で戦死したことがはっきりしているから、原『予章記』の成立時期は一五世紀前半とみるのが最も妥当であろう。

しかし、現存する古本系の『予章記』には、通久の時代に編纂されたと考えたのでは理解できない記事がいくつかあることもまた事実である。記述のなかに編者がところどころ顔を出す部分があり、その時期は明らかに通久の時代よりも後であると考えられるからである。

最もはっきりしているのは、河野通信の弟通経の項で、そこには通経の子孫について以下のように記されている。

舎弟河野五郎通経ト号ス、源九郎大夫判官義経ノ烏帽子子トシテ経ノ字被出（中略）其孫繁盛有ケルガ、細川武州頼之、上意違背ノ如ニテ四国下向ノ時分、当国ヲ取合ケル時分、惣領ヲ恨テ、義ヲ替テ細川家へ被出衆ノ中ニ、甲曽与力シテ、其儘細川被官ト成、文安ノ比京四条東洞院ニ居住シテ、甲曽加賀守トテ、細川右京大夫勝元ノ被官タリシハ此末流也（二―⑮）

ここには、すでに長山が指摘したとおり、文安の年号（一四四四～一四四八）が見えており、この部分は原『予章記』成立のあとに書かれたと考えざるを得ない。なお、細川氏の被官となった河野一族の人物については、いくつかの徴証がある。『満済准后日記』永享五年（一四三三）八月六日、九日条に細川持之（勝元の父）の被官と見える河野加賀入道がそれで、この人物は、永享三年十一月十三日に海老名氏との所領相論について裁許を下されている河野加賀入道性永と同一人物であろう（桑山浩然校訂『室町幕府引付史料集成（上）』所収「御前落去記録」）。とすると、『予章記』の編者は永享・文安頃京都において細川氏の被官として活動していた河野一族の状況をかなり正確につかんでいて、それに基づいてこのような記述をしたということになろう。

これほど時期がはっきりしているわけではないが、通久の時期よりも新しいことを示す記述はほかも見つけることができる。源平争乱の初期に、河野通清が奴可入道西寂に討たれたことを記述する箇所に、以下のように見える。

平家大勢ニテ当国へ寄来リ、（中略）通清利ヲ不得、高縄城ニ籠処ニ、備後国奴可入道西寂等ヲ相語テ彼城ヲ責ケルニ、城中ニ返忠ノ者有テ曳入ケレバ、通清被打畢、子息通孝・通員討死、中河衆、同名十六人討死生害ス、（中略）依之中河一族皆亡ケルニ、相模国（之）藤沢道場ニ生阿弥陀仏ト云時宗一人有ケルヲ呼下シテ令還俗家ヲ続セタリ、其孫亦繁盛シテ多カリケリ（二―③）

ここには、源平争乱期に滅亡した中河氏が時宗僧を還俗させてその子孫が今も「繁盛」している様が伝えられている。中河（中川とも）氏は、戦国期には国人領主として越智郡霊仙山城（今治市）の城主として知られるが、室町期に「繁盛」した時の様子は、一次史料によっていくつか確認することができる。文明六年（一四七四）には、中河某が在京して幕府関係者との交渉にあたり（文明六年七月四日東鶚書状写「築山文書」）、同十三年の石手寺棟札には、中川民部少輔が石手寺再興のための「大材木請取引衆」の一人として名を連ねている（石手寺棟札）。さらに明応二年（一四九三）には、中河大炊助が三島社の「公銭」のことについて河野氏から処理を命じられている（河野教通書状「三島家文書」）。これらを見ると中河氏が「繁盛」したのが文明〜明応の頃であることがわかる。

また、源平争乱期の河野通信が、出雲房宗賢とともに備後国鞆に渡って父の敵奴可入道西寂を虜にしたことを記す部分の末尾には次のように見える。

出雲房ヲバ弥忠賞シテ十八ケ村ニ入、桑原ト称シテ一種姓トナル也、今ニ繁盛シケル也（二―⑤）

ここにも桑原氏が河野一族に加えられて「繁盛」していることが示されているが、その桑原氏も、文明十三年の石手寺棟札に「大材木請取引衆」の一人として名を連ね、この頃の河野氏の重臣の一人として「繁盛」していたことがわかる。

このように見てくると、編者が顔を出す箇所はいずれも文安・文明・明応の年号の頃の状況や出来事と密接な関係があることがわかる。そして、これらの年号はどれも教通の時代に属する。教通は、永享七年（一四三五）に父の死去に伴って家督を継承し、明応九年（一五〇〇）に死去したとされる人物である。これらのことを考えると、一五世紀後半の教通の時代に原『予章記』に増補の手が加わったことが推測される。

これは、教通が、長禄四年（一四六〇）に「守護職并御恩賞之地」を元のごとく成敗することを求めて幕府に提出した言上状のなかで、「鉄人」襲来時や蒙古襲来時における先祖の勲功を列挙したり（河野教通申状「大友家文書録」）、河野家とのつながりの深い石手寺の再興を試みたり（石手寺棟札）、河野氏出身の宗教者として知られる一遍の像を作らせたりするなど（松山市宝厳寺蔵一遍上人像墨書銘。同像は平成二五年八月に焼失した）、河野氏の由緒についてことのほか強い関心を寄せていたこととも無関係ではないであろう。

こうして一五世紀前半の通久の時代に、父通義までの歴代の事績を記述し、当代の正当性を強調するために編纂された原『予章記』に、一五世紀後半の教通の時代に部分的な追補がなされ、現存の古本系の『予章記』ができあがったと考えられる。

このように本稿は、『予章記』は通久から教通につながる本宗家に近いところで成立したと考えているが、一方西尾は、本宗家と対立する庶子家（予州家）が『予章記』成立の場としてふさわしいと主張している。これについてはどのように考えればいいのだろうか。（255頁系図参照）

西尾の主張は、これまで等閑に付されていた庶子家に光をあて、本宗家と庶子家の対立の中から『予章記』の成立を理解しようとしたもので、『予章記』理解に全く新しい視点を導入したものであるといえる。ただ、いくつかの疑問点がないわけではない。

第一に、当該末尾記事の評価についてであるが、そこから読み取れるのはほんとうに通之家の「利害」なのだろうか。確かに通之の家督継承にかかわる文書を三通引用するなど、通之家の立場を強調しているようにも見えるが、筆者には、ここで編者が強調しようとしているのは、死期を迎えた通義が家督の継承をいかに混乱なく立派にやり遂げたか、『予章記』の表現に従うなら、「寔ニ丁寧ノ次第」（四―⑲）なのではないかと思える。三通の古文書についても、そのことを示すためのものと読むことができる。

第二に、仮に西尾のいうように通之―通元家の家督継承の正当性を述べようとしているとみた場合、それは通之・通元の時代の実際のありかたと整合性があるのだろうか。まず、編纂が行われたのが通之の時代とした場合、自家の正当性主張の前提となる、のちの予州家につながるような家意識がすでにできあがっていたのかということが問題になろう。私見では、そのような家意識は、本宗家との対立が明確になる通元―通春の時代になってからできあがっていくのではないかと思われる。

それでは、通元の時代の場合はどうであろうか。ここでは、『予章記』の末尾記事が予州家の正当性を主張する記述になっているかどうかが問題になろう。見方によっては通之の家督継承の正当性を主張しようとしているということはいえるかもしれないが、それが通元の正当性ということになると、どうであろうか。なぜなら実際に通之の跡を継いだのは、通元ではなく、通義の子の通久なのだから。このような状況の中で通元が自らの正当性を主張するためには、父通之の継承が正当であることを示すだけでは不十分で、それ以上にその通之から通久への継承が不当であることを示さなければならないのではないだろうか。

　ということで本稿では、『予章記』の編纂は本宗家の周辺で行われたと考えているが、両家の正当性の主張のあり方は、通之から通久への家督継承の状況（これを『予陽河野家譜』は、通義の遺志を継いだ通之による通久への順当な継承として描き、黒田本（稲葉本）や松平文庫本に増補された部分は、通久による家督継承が簡単にはいかなかった状況を描く）や通久と通元の対立の実態などによって左右される問題であり、今後これらについての研究の進展を踏まえて考えていく必要があろう。

　なお、『予章記』の増補の試みはその後も続けられ、一六世紀半ばの河野通直（弾正少弼）の時代に、通義の死去を最終記事とする古本系『予章記』の記事の上に、河野通直（弾正少弼）の時代までのできごとを追記し、「今者通宣嫡男弾正少弼通直御繁栄也」と結ぶ、黒田本（稲葉本）などの増補本が成立した。

注

（1）　長山は、「今治」の初見が大永五年であることから『予章記』の成立時期を大永五年以前であるという結論を導き出しているが、初見が大永五年であるということは『予章記』の成立がそこまで遡りうることを示すのであって、それ以前であることを示すわけではないことを指摘しておきたい。また、今日の研究では、「今治」の語はすでに鎌倉時代から使われていることが確認されている（「東大寺所蔵梵網戒本疏日鈔抄紙背文書」『愛媛県史資料編古代中世』二七四、二七五号文書）。

（2）　近世になってからまとめられた、『予章記』とは別系統の家譜『予陽河野家譜』には、応永十六年（すなわち通久一六歳のとき）に通久が通之から家督を譲られたと記されている。ただ『予陽河野家譜』が『予章記』から大きな影響を受けていることから考えると、この記述は『予章記』の内容を踏まえてなされた可能性もある。

【付録】

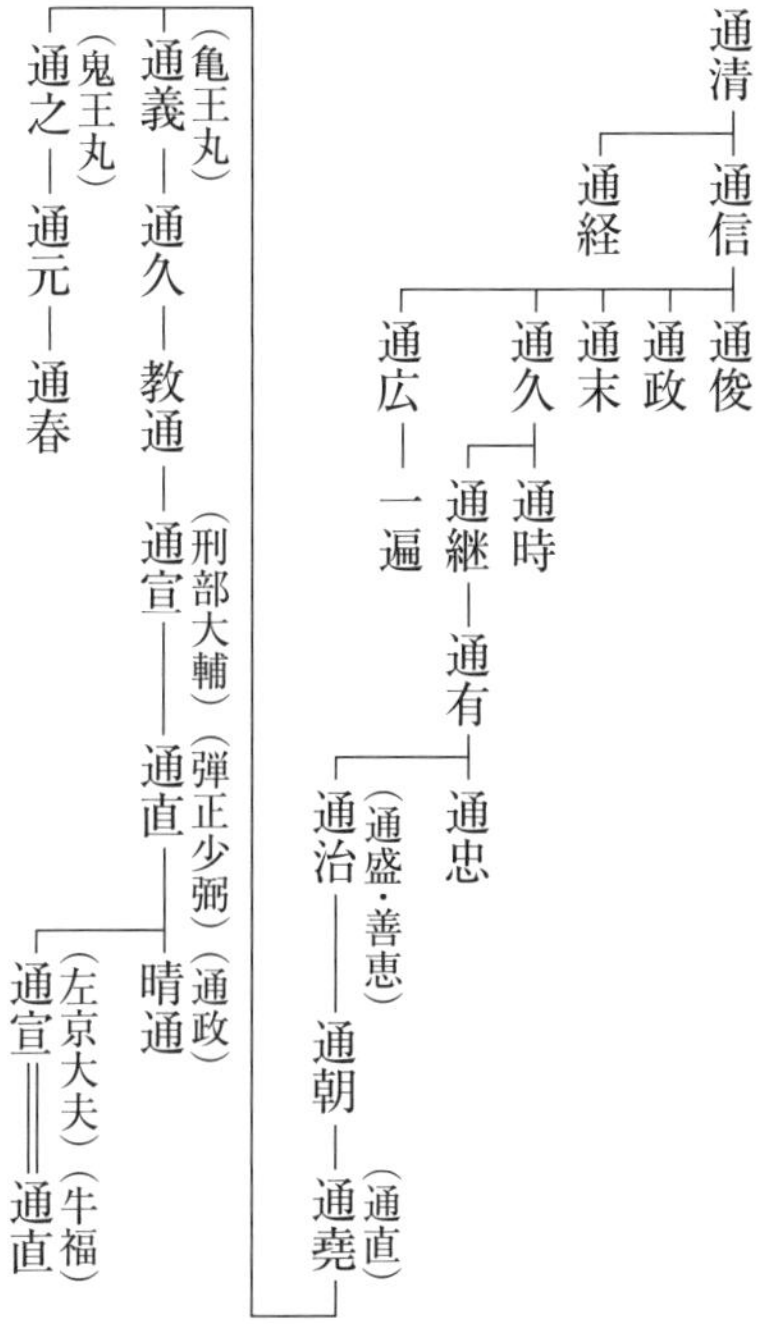

河野氏略系図

（通義・通之までは『予章記』諸本の記述に依拠し、それ以後については各種『河野系図』や最近の研究成果によった。）

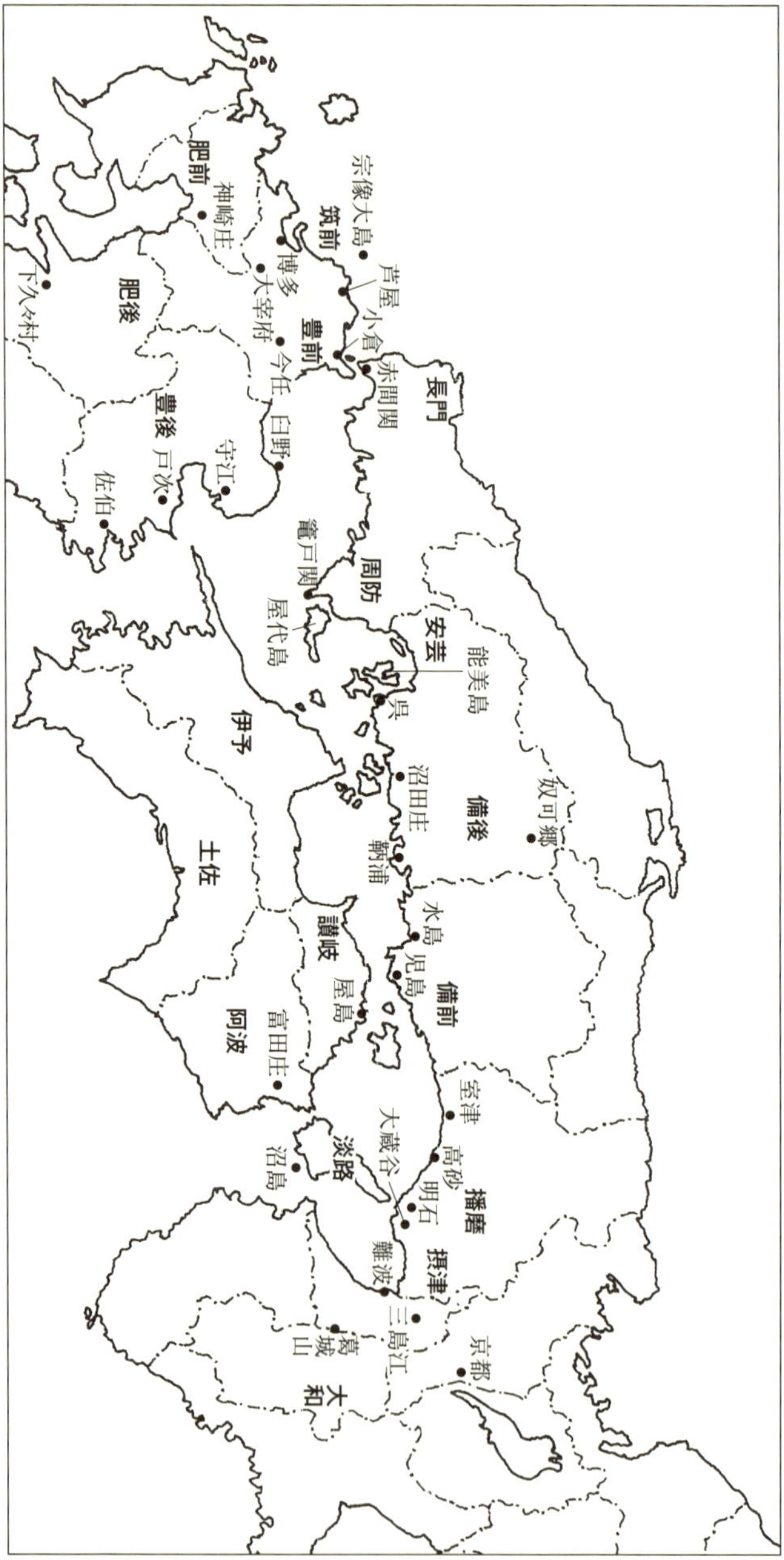
宗像大島
肥前
神崎庄
筑前
芦屋
博多
大宰府
下久々村
肥後
小倉
豊前
今任
赤間関
長門
豊後
臼野
守江
戸次
佐伯
竈戸関
周防
屋代島
安芸
能美島
呉
伊予
沼田庄
備後
奴可郷
鞆浦
土佐
讃岐
水島
児島
備前
屋島
阿波
富田庄
室津
大蔵谷
淡路
沼島
高砂
明石
播磨
難波
摂津
三島江
葛城山
京都
大和

図1　関係地図（伊予以外）

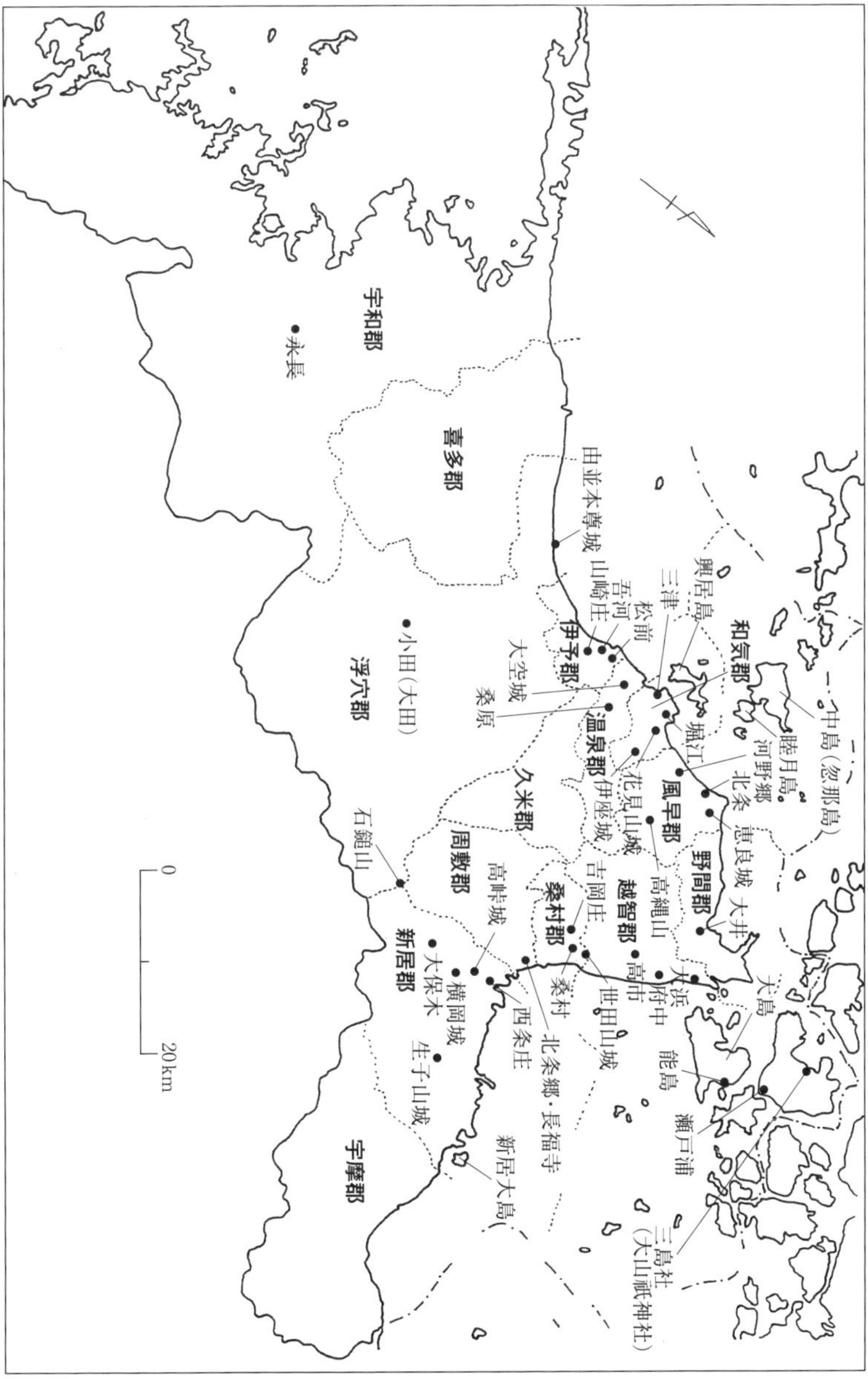
宇和郡
永長
喜多郡
由並本尊城
山崎庄
吾河
松前
伊予郡
大空城
桑原
小田（大田）
浮穴郡
興居島
三津
和気郡
温泉郡
堀江
花見山城
伊座城
久米郡
石鎚山
周敷郡
中島（忽那島）
睦月島
河野郷
北条
風早郡
恵良城
野間郡
高縄山
吉岡庄
越智郡
桑村郡
高峠城
新居郡
大保木
横岡城
大井
大浜
府中
高市
世田山城
桑村
北条郷・長福寺
西条庄
生子山城
宇摩郡
新居大島
大島
能島
瀬戸浦
三島社（大山祇神社）
0
20 km

図２　関係地図（伊予）

【参考文献一覧】

※本書の注釈・補注・解題の中に引用した研究論文・研究書などを掲げた。著者名の五十音順、同一著者については発表年代順に配列した。

＊浅見和彦「翁の族類―東大寺供養説話より―」（『日本学』一三号、一九八九年五月。『説話と伝承の中世圏』若草書房　一九九七年四月再録）。

＊網野善彦「伊予国二神島をめぐって―二神氏と「二神文書」―」（『歴史と民俗』一号、一九八六年四月。『網野善彦著作集　四』岩波書店　二〇〇九年六月再録）

＊網野善彦「南北朝内乱の社会史的意義」（『河野氏と伊予の中世』愛媛県文化振興財団　一九八七年一二月。『海と列島の中世』日本エディタースクール出版部　一九九二年一月再録）

＊網野善彦「中世から見た古代の海民」（『日本の古代8　海人の伝統』中央公論社　一九八七年二月。『日本社会再考―海民と列島文化―』小学館　一九九四年五月、『網野善彦著作集一〇』岩波書店　二〇〇七年七月再録）

＊網野善彦『日本中世の非農業民と天皇』（岩波書店　一九八四年二月。『網野善彦著作集　七』岩波書店　二〇〇八年三月）

＊池田　寿「文化財調査における筆跡」（湯山賢一編『文化財と古文書学―筆跡論―』勉誠出版　二〇〇九年三月）

＊石井　進『日本の歴史12　中世武士団』（小学館　一九七四年一二月）

＊石岡久夫『日本兵法史　上』（雄山閣　一九七二年七月）

＊石野弥栄「河野氏と北条氏―いわゆる文久二年閏七月日関東下知状の再検討―」（『日本歴史』四九九号、一九八九年一二月）

＊石野弥栄「南北朝期の伊予国守護」（『國学院高等学校紀要』一七輯、一九七九年六月）

＊石野弥栄「中世の伊予河野氏と三嶋社（大山祇神社）について」（『一遍会報』三二〇号、二〇〇七年一〇月）

＊糸井通浩「伊予の「空船」伝承考―「三島大明神事」（神道集）ノート（2）」（『愛文』一六号、一九八〇年七月）
＊伊藤喜良「日本中世における国家領域観と異類異形」（『歴史学研究』五七三号、一九八七年一〇月、『日本中世の王権と権威』思文閣出版　一九九三年八月再録）
＊今井雅晴『中世社会と時宗の研究』（吉川弘文館　一九八五年一一月）
＊上島　有『足利尊氏文書の総合的研究』（国書刊行会　二〇〇一年二月）
＊愛媛県教育委員会文化財保護課編『しまなみ水軍浪漫のみち文化財調査報告書―古文書編―』（愛媛県教育委員会発行　二〇〇二年三月）
＊大谷節子「「張良一巻書」伝授譚考―謡曲「鞍馬天狗」の背景」（徳江元正編『室町藝文論攷』三弥井書店　一九九一年一二月）
＊大林太良「本朝鉄人伝奇」（『季刊民話』二号、一九七五年三月）
＊岡田利文「新居浜における藤原純友伝承をめぐって―『予章記』越智好方条の検討を通して―」（『新居浜南高等学校研究紀要』一号、一九八九年三月）
＊小川　信『足利一門守護発展史の研究』（吉川弘文館　一九八〇年二月）
＊小野尚志『八幡愚童訓諸本研究―論考と資料―』（三弥井書店　二〇〇一年九月）
＊景浦　勉「善応寺文書解説篇」（『善応寺文書』伊予史料集成刊行会　一九六五年一一月）
＊景浦　勉「予陽河野家譜解題」（『予陽河野家譜』歴史図書社　一九八〇年一〇月）
＊笠松宏至「中世の「古文書」」（『史学雑誌』八七編七号、一九七八年七月。『法と言葉の中世史』平凡社　一九八四年九月再録）
＊金関丈夫「中国の百合若伝説」（『九州文学』五四年一月号、『木馬と石牛―民族学の周辺―』大雅書房　一九五五年四月、角川選書　一九七六年一月、再録）
＊川岡　勉『室町幕府と守護権力』（吉川弘文館　二〇〇二年七月）

＊川岡　勉『河野氏の歴史と道後湯築城』（青葉図書　一九九二年六月）
＊金光哲「新羅「日本攻撃説」考」（『中近世における朝鮮観の創出』校倉書房　一九九九年六月）
＊久葉裕可「鎌倉初期における河野氏の権限について―いわゆる「元久下知状」の評価を中心に―」（『四国中世史研究』三号、一九九五年一〇月）
＊久葉裕可「肥前国神崎荘と蒙古屋敷」（『伊予史談』二九九号、一九九五年一〇月）
＊久保常晴『日本私年号の研究』（吉川弘文館　一九六七年一〇月）
＊黒川高明『源頼朝文書の研究　史料編』（吉川弘文館　一九八八年七月）
＊桑山浩然校訂『室町幕府引付史料集成（上）』（近藤出版社　一九八〇年八月）
＊小林昌二「藤原純友の乱と伊予地域」（地方史研究協議会編『瀬戸内社会の形成と展開―海と生活―』雄山閣出版　一九八三年一〇月）
＊小松茂美『足利尊氏文書の研究』（旺文社　一九九七年九月）
＊小松茂美「右兵衛尉平朝臣重康はいた―「後白河院北面歴名」の出現―」（『水茎』六号、一九八九年三月）
＊西園寺源透（富水道人）「伊予図書解題」（『伊予史談』一号、一九一五年五月）、「問答」（『伊予史談』三号、一九一五年九月）
＊斎藤拓海「備後国の平氏家人奴可入道西寂について」（『芸備地方史研究』二八〇号、二〇一二年四月）
＊佐伯真一「『予章記』雑考」（『帝塚山学院大学研究論集』二二集、一九八七年一二月）
＊佐伯真一「『平家物語』と『予章記』」（『帝塚山学院大学日本文学研究』一九号、一九八八年二月。『平家物語遡源』若草書房　一九九六年九月再録）
＊佐伯真一「「将軍」と「朝敵」―『平家物語』を中心に―」（『軍記と語り物』二七号、一九九一年三月。『平家物語遡源』若草書房　一九九六年九月再録）
＊佐伯真一「源頼朝と軍記・説話・物語」（『説話論集・第二集』（清文堂　一九九二年四月。『平家物語遡源』若草書房

一九九六年九月再録）
＊佐伯真一「「兵の道」「弓箭の道」考」（武久堅編『中世軍記の展望台』和泉書院　二〇〇六年七月）
＊佐々木紀一「系図と家記―伊予河野氏の例から―（上・下）」（『国語国文』七九巻一〇・一一号、二〇一〇年一〇・一一月）
＊佐竹昭廣「蛇聟入の源流」（『国語国文』二三巻九号、一九五四年九月）
＊佐藤進一『増訂鎌倉幕府守護制度の研究―諸国守護沿革考証編―』（東京大学出版会　一九七一年六月）
＊志田　元「異本義経記覚え書」（『伝承文学研究』五号、一九六四年一月）
＊下向井龍彦「大山祇神社社務職善三島氏」（『豊浜町史通史編』、二〇一五年三月）
＊関　敬吾『昔話と笑話』（岩崎美術社　一九五七年九月）
＊田中弘道「天徳寺中興開山　南源宗薫と彼を巡る人々」（『伊予史談』三六三号、二〇一一年一〇月）
＊谷川健一『鍛冶屋の母』（思索社　一九七九年一一月）
＊得居　衛『風早探訪―北条市の文化財―』（風早歴史文化研究会　一九八六年一二月）
＊長山源雄「予章記の編纂年代に就いて」（『伊予史談』一一九号、一九四八年一二月）
＊新居浜市史編纂委員会『新居浜市史』（新居浜市　一九八〇年三月）
＊西尾和美「『予章記』に探る中世河野氏の歴史構築―長福寺本を中心に―」（『四国中世史研究』一二号、二〇一三年八月）
＊早川厚一・佐伯真一・生形貴重『四部合戦状本平家物語全釈・巻六』（和泉書院　二〇〇〇年八月）
＊平瀬修三「『神道集』巻第六「三嶋大明神事」考」（『伝承文学研究』六号、一九六四年一二月）
＊福田　晃「世継の伝統―『大鏡』とかかわって―」（『鑑賞日本古典文学・一四　大鏡・増鏡』角川書店　一九七六年一一月。『中世語り物文芸―その系譜と展開―』三弥井書店　一九八一年二月再録）。
＊福田　晃「沖縄説話との比較」（『日本昔話大成　一二』角川書店　一九七九年一二月）

＊藤原良章「中世の食器　考―〈かわらけ〉ノート―」（『列島の文化史』五号、一九八八年五月。『中世的思惟とその社会』吉川弘文館　一九九七年五月再録）
＊堀川康史「南北朝期における河野通盛の動向と伊予守護職」（『日本歴史』七九八号、二〇一四年一一月）
＊正岡健夫『愛媛県金石史』（愛媛県文化財保護協会　一九六五年四月）
＊松本隆信「本地物草子と神道集―三島の本地をめぐって―」（『文学』一九七六年九月。『中世庶民文学―物語草子のゆくへ―』汲古書院　一九八九年五月再録）
＊馬淵和夫「三輪山説話の原郷」（川口久雄編『古典の変容と新生』明治書院　一九八四年一一月）
＊丸山幸彦「近世『予章記』の成立とその構造―南明本を中心に―」（『四国中世史研究』一一号、二〇一一年八月）
＊水原　一「「おろし」・「わけ」をめぐって」（『駒澤国文』二九号、一九九一年二月。『中世古文学像の探究』新典社　一九九五年五月）
＊三原市役所編『三原市史　第一巻　通史編　一』（三原市役所　一九七七年二月）
＊村井章介「中世日本の国際意識について」（『歴史学研究　大会別冊特集　民衆の生活　文化と変革主体』青木書店　一九八二年一一月。『アジアの中の中世日本』校倉書房　一九八八年一一月再録）
＊村上春樹『平将門伝説』（汲古書院　二〇〇一年五月）
＊元木泰雄『（敗者の日本史5）治承・寿永の内乱と平氏』（吉川弘文館　二〇一三年四月）
＊桃崎有一郎「観応擾乱・正平一統前後の幕府執政「鎌倉殿」と東西幕府」（『年報中世史研究』三六号、二〇一一年五月）
＊八代国治『吾妻鏡の研究』（明世堂書店　一九四一年一二月）
＊柳田国男「うつぼ舟の話」（『中央公論』一九二六年四月。『妹の力』、『定本柳田国男集・九』、『柳田国男全集　一一』等に再録）。
＊山内　譲「『予章記』河野通盛条について」（『ソーシアル・リサーチ』九号、一九八一年三月）

＊山内　譲「予章記の成立」（『伊予史談』二四三号、一九八一年一〇月）
＊山内　譲「解題・予章記」（『予章記・水里玄義』伊予史談会　一九八二年八月）
＊山内　譲『中世瀬戸内海地域史の研究』（法政大学出版局　一九九八年二月）
＊山内　譲「源実朝の記憶―新居西条庄―」（『伊予の地域史を歩く』青葉図書　二〇〇〇年九月）
＊山内　譲「越智益躬の鉄人退治―河野氏の神話―」（『伊予の地域史を歩く』青葉図書　二〇〇〇年九月）
＊山内　譲「文書と編纂物―伊予河野氏関係文書の場合―」（『古文書研究』五五号、二〇〇二年五月）
＊山内　譲『中世の港と海賊』（法政大学出版局　二〇一一年一月）
＊山内　譲「「予章記」再論―所収文書の検討を中心に―」（『ソーシアル・リサーチ』三七号、二〇一二年三月）
＊山内　譲「『一遍聖絵』と伊予三島社」（『四国中世史研究』一二号、二〇一三年八月）
＊山折哲雄『神から翁へ』（青土社　一九八四年七月）
＊山本高志「中世の三島七島―所在と三島宮との関係を中心に―」（『伊予史談』三四七号、二〇〇七年一〇月）
＊吉井　巌『天皇の系譜と神話　二』（塙書房　一九七六年六月）
＊脇田　修『河原巻物の世界』（東京大学出版会　一九九一年五月）

【伊予・河野氏関係引用資料一覧】

※本書の注釈・補注・解題の中に引用した伊予・河野氏関係書目について、翻刻や写本の所在などを掲げた（可能なものは作者・成立年代をも記した）。〈『予章記』諸本〉、〈系図・家譜・縁起・郷土資料など〉、〈文書類〉に分け、各々の範囲内で書名の五十音順に配列した。なお、公刊されていない『予章記』諸本については、解題Ⅰ参照。

○『予章記』諸本で公刊されたもの

＊群書類従本…『群書類従・二一』、『新校群書類従・一七』

＊長福寺本…『伊予史談会叢書・五　予章記・水里玄義』（伊予史談会編　刊　一九八二年八月）

＊聖藩文庫本…『軍記物語叢書・八　未刊軍記物語資料集8　聖藩文庫本軍記物語集』（黒田彰・岡田美穂編、クレス出版　二〇〇五年九月）

○系図・家譜・縁起・郷土資料など

＊『伊予温故録』宮脇通赫編…『伊予温故録』（松山向陽社　一八九四年刊、名著出版　一九七三年七月復刻）

＊『伊予古蹟志』野田石陽（野田長裕。一七七五～一八二七）編…『伊予史談会叢書　一五　予陽郡郷俚諺集・伊予古蹟志』（伊予史談会編　刊　一九八七年七月）

＊『伊予二名集』岡田通載著、文化年間（一八〇四～一八）成立か…『予陽叢書　一　予陽郡郷俚諺集　伊予二名集』（曽我鍛編・愛媛青年処女協会・一九二五年一一月、臨川書店　一九七三年一〇月復刻）

＊『伊予三島縁起』作者未詳。永和四年（一三七八）以前成立…『神道大系・神社編四二　阿波・讃岐・伊予・土佐国』（神道大系編纂会　一九八九年一一月）、『続群書類従・三下』

＊『愛媛面影』半井梧庵（一八一三～一八八九）著…『伊予史談会叢書・一　愛媛面影』（伊予史談会編　刊　一九八〇年七月）

＊『乎《を》致《ち》宿祢系図』（伊予史談会文庫蔵・写本）

＊『越智姓河野氏系譜』（愛媛県立図書館蔵・写本）

＊『水里玄義』土居通安編、明応八年（一四九九）序…『伊予史談会叢書・五　予章記・水里玄義』（伊予史談会編・刊　一九八二年八月）

＊聖藩文庫本『河野家譜』作者未詳…『軍記物語叢書・八　未刊軍記物語資料集8　聖藩文庫本軍記物語集』（黒田彰・岡田美穂編、クレス出版　二〇〇五年九月）

＊善応寺本『河野系図』作者未詳…同寺蔵写本の東京大学史料編纂所蔵写真による。

＊『続伊予温故録』宮脇通赫編…『伊予温故録』（松山向陽社　一九二四年一月刊）

＊『築山本河野家譜』（『改姓築山之事　河野家之譜』）…（景浦勉編・伊予史料集成刊行会　一九七五年三月）

＊『三島宮御鎮座本縁』越智安屋編、宝暦四年（一七五四）成立…『神道大系・神社編四二　阿波・讃岐・伊予・土佐国』（神道大系編纂会　一九八九年一一月）

＊『予陽旧跡俗談』（予陽古跡俗談、伊予国旧跡俗談なども）作者未詳、江戸時代…『伊予史料叢書・三』（愛媛県立図書館蔵・写本）

＊『予陽郡郷俚諺集』奥平貞虎編、宝永七年（一七一〇）成立…『伊予史談会叢書・一五　予陽郡郷俚諺集・伊予古蹟志』（伊予史談会編・刊　一九八七年七月）

＊『予陽河野家譜』作者未詳…『予陽河野家譜』（景浦勉校訂・歴史図書社　一九八〇年一〇月）

＊『予陽塵芥集』野沢弘通（一七四七～一八〇一）編…『伊予史談会叢書　一一　西海巡見志　予陽塵芥集』（伊予史談会編・刊　一九八五年七月）

○文書類

以下の文書類については、いずれも『愛媛県史資料編古代・中世』（愛媛県史編纂委員会編　愛媛県　一九八三年三

月）に依拠した

＊「石手寺棟札」、「大友家文書録」、「観念寺文書」、「河野家文書（臼杵稲葉）」、「河野通尭文書」、「国分寺文書」、「小早川家文書」、「善応寺文書」、「大徳寺文書」、「長州河野文書」、「築山文書」、「築山本河野家譜所収文書」、「能寂寺文書」、「三島家文書」、「淀稲葉文書」、「予陽河野盛衰記所収文書」

校注者紹介

佐伯　真一（さえき　しんいち）
1953年5月4日、千葉県市川市生まれ。同志社大学卒業、東京大学大学院博士課程満期退学。博士（文学）。帝塚山学院大学助教授、国文学研究資料館助教授を経て、現在青山学院大学文学部教授。
著書に、『平家物語遡源』（若草書房、1996年）、『三弥井古典文庫・平家物語（上下）』三弥井書店、1993～2000年）、『戦場の精神史』（日本放送出版協会、2004年）、『建礼門院という悲劇』（角川学芸出版、2009年）など。
共著に、『四部合戦状本平家物語全釈・巻六～十』（和泉書院、2000～2012年）、『平家物語大事典』（東京書籍、2010年）、『人生をひもとく 日本の古典　1～6』（岩波書店、2013年）など。

山内　譲（やまうち　ゆずる）
1948年5月29日、愛媛県西条市生まれ。京都大学卒業。博士（文学　立命館大学）。愛媛県内の県立高等学校教員等を経て、現在松山大学法学部教授。
著書に『中世瀬戸内海地域史の研究』（法政大学出版局、1998年）、『中世の港と海賊』（法政大学出版局、2011年）、『瀬戸内の海賊―村上武吉の戦い―〈増補改訂版〉』（新潮社、2015年）、『豊臣水軍興亡史』（吉川弘文館、2016年）など。

伝承文学注釈叢書 1
予章記

定価はカバーに表示してあります。

平成28年10月12日　第1刷発行

©校　注　佐伯真一
　　　　　山内　譲

発行者　吉田栄治
発行所　株式会社 三弥井書店
〒一〇八-〇〇七三　東京都港区三田三-二-三九
電話　東京（〇三）三四五二-八〇六九
振替　〇〇一九〇-八-二一一二五
整版　ぷりんてぃあ第二
印刷　エーヴィスシステムズ

乱丁・落丁本はお取替えいたします

ISBN978-4-8382-3306-9 C1093　　URL:http//www.miyaishoten.co.jp